文豪怪奇コレクション

耽美と憧憬の泉鏡花
〈小説篇〉

東雅夫 編

双葉文庫

文豪怪奇コレクション

目次

耽美と憧憬の泉鏡花〈小説篇〉

髙桟敷《たかさじき》　9
浅茅生《あさじう》　29
幻往来《まぼろしおうらい》　73
紫障子《むらさきしょうじ》　101
尼《あま》ヶ《が》紅《べに》　185
菊《きく》あわせ　285

霰《あられ》ふる 323
甲乙《きのえきのと》 349
黒壁《くろかべ》 395
遺稿《いこう》 407
幼《おさな》い頃《ころ》の記憶《きおく》 441
編者解説 448

本文の表記は新字・新仮名とし、難読語には振り仮名を付した。
また代名詞・副詞・接続詞の漢字表記や送り仮名の不統一につい
ては原文を尊重し、振り仮名を補うのみとした。底本には岩波書
店版『鏡花全集』を使用し、必要に応じて他の版本を参照した。

文豪怪奇コレクション

耽美と憧憬の泉鏡花

小説篇

高《たか》桟《さ》敷《じき》

一

「もし、其処《そこ》は突当《つきあた》りではございません、抜けられますよ。」

「参られますか。」

と鳥打《とりうち》を被った懐手《ふところで》、別に用も無さそうな、ぶらぶら歩行《あるき》で来た青年《わかもの》が振返った。

春もたけなわと云う、一土曜日《あるどようび》の日暮前の事で。——これは近頃、強力松《ごうりきまつ》の裏あたりへ越した、何処か私立学校で一寸《ちょっと》何か教えている、木崎時松《きざきときまつ》と云うのが、当《あて》なしに大通りを西へ入って、谷町辺《たにまちへん》の坂下の窪地をぶらついていたのである。

其処等《そこいら》、屋敷町に、処々《ところどころ》まだ取払いを済まさない、卵塔場《らんとうば》の交ったのを抜けて、がっくりと坂へ沈んだ、下《お》り口は、急にわやわやと賑《にぎわ》しく、両側には、下積《したづみ》の荷物を釘を放して捩開《ねじあ》けた形だが、それでも店が続いて、豆腐屋の喇叭《らっぱ》も鳴れば、羅苧屋《らおや》の湯煙《ゆけぶり》もむらむらと立つ。小児《こども》も駆廻《かけまわ》れば犬も走る。

が、少し行くと、もうこわれごわれの長屋ばかり。夕春日《ゆうづくひ》の縁台へ欠けた竈《かまど》をがったりと据えたのが見える、と隣の軒下には、溝へ渡して附木細工の板流しが張出してある。手桶も、飯櫃《めしびつ》もごたごた大掃除の時のように、穴だらけの戸障子から遮るものもないくらい。露骨《あらわ》に世帯《しょたい》が溢出《はみだ》して、そのままべたべたと正札を貼れば、すぐにがらくたの市が栄えよう……

　それも道理か、——何も各自《てんでん》が嗜《すき》このんで、往来端《ばた》へ勝手を曝したわけではない。この片側は一帯に裏が見上げるほどな崖で、早や下萌《したもえ》の濃い煙、一面の草の叢《はえ》、蛇の蜒蜿《ぬたく》った跡《あと》らしい茶色の路《みち》が空《そら》さまに見え隠れで、狗《いぬ》がのそのそと戸惑《とまど》いをしたように歩行《ある》く。見ても慄然《ぞっ》とするばかり、じめじめと湿《し》けていて、処々に樹の繁った、この崖に押被《おっかぶ》せられて、何時が世にも、長屋長屋、その裏口には日の当る瀬はあるまい。

　ために家中、戸外《おもて》へ、戸外《そと》へ、と背後《うしろ》から小突かれて、主人《あるじ》は愚か、女房、小児、その日稼ぎに追廻わされて、内《うち》に端然《ちゃん》として居るのなどは、見たくてもない境遇。

　屋《や》の棟へ、どろどろと崖の雪崩《なだ》れた処には、蜜柑《みかん》の皮、瀬戸物の欠片《かけら》と一緒になって、上の墓地からであろう、卒都婆の挫折《ひしお》れたの、石碑の砕けたのが、赤土まじりに、草の根に落掛って、しょぼしょぼ雨の陰気さだと、昼も蒼白く燃えそうである。

　まだ凄《すさま》じいのは、流《ながれ》に青苔の生えた総井戸より、高い処に、崖の腹へ打《ぶ》ッつけた埃溜《はきだめ》で。いやもう、雑多な芥《ごみ》が、ぞろぞろぐしゃぐしゃして汚い滝のように流れ懸《かか》る。

即効散《そっこうさん》、一粒丸など、古めかしい広告が、破葛籠《やぶれつづら》に下貼《したばり》した体《てい》に、上へ、上へ、と路地、抜裏の透いた処を貼塞いで、この膏薬《こうやく》を潜《くぐ》らない新らしい風も通わず。

かかる中にも、勲八等在郷軍人の門札《かどふだ》は、頼母《たのも》しや、町内鎮座の軍神《いくさがみ》である。

尤《もっと》も件の名前に並べて、

（じょうぶな草鞋《わらじ》あり。）

と紙切《かみきれ》に貼出したは彦左衛門殿。

軒の、その下に、襤褸半纏《ぼろばんてん》を着た、鉄漿斑《おはぐろまだら》々な中婆《ちゅうばあ》さんと、襷掛《たすきが》けの胸を開けて、大《おおき》な乳をむっと押附《おッつ》けながら嬰児《あかんぼ》を抱いた、円髷《まるまげ》の手絡《てがら》の汚れたのと、……通懸《とおりがか》りの一寸見《ちょっとみ》によくは覚えぬが、もう一人、それも女で、三人。

悟ったように、晩方《ばんがた》の青黒い崖を見て、薄茫乎《うすぼんやり》と立っていたのが、背後《うしろ》から呼留めて、……そうした声を掛けたのである。

いま洪水《おおみず》がひいた跡《あと》と云うではなし、路《みち》の真中に、糠味噌桶、炭取《すみとり》が流留《ながれと》まったわけではなけれど、露顕《むきだし》な、流元《ながしもと》、竈《かまど》の前、何か他所《よそ》の台所でも抜けて行くようで、斜《はす》に渡した溝板《どぶいた》を幾つも飛び飛び、とぼとぼとした足つきで、

「御免……」と、肚《はら》の中でつい言いながら辿った処。

二

前途《ゆくて》にぴたりと、かなり大構《おおがまえ》の門がある。それから左右へ黒板塀を押廻《おしま》わした……その塀の角と崖の腹が、犇《ひし》とつぼまって薬研《やげん》の如く、中窪みに向うが行詰まりになって、一ツ身震いをして、むっくと起《た》って、ぬいと伸びを打った状《さま》に、樹の根の土を擡《もた》げているのが網を張ったように見える。下を潜って、崖の腰を、ちょろちょろと水が流れる。

樹の下なれば、早や暗い。

透かして、其処は行止りだ、と思って引返したその途端であった。

「難有《ありがと》う、」

「その塀際を、ちょろちょろ水について構わずおいでなさいまし。」

と鉄漿斑《かねまだら》な笑顔で言った。

「しかし、他所《よそ》の構内《かまえうち》じゃないのですか。」

「否《いいえ》、貴下《あなた》、」と、一寸抜衣紋《ちょいとぬきえもん》。

「何方《どちら》へ行《い》らっしゃいますの、」……と小児《こども》を胸に揺上《ゆすりあ》げるようにしながら、少《わか》いのが下駄を引摺《ひきず》って少し出た。

「何処と云って、……ぶらぶら運動に歩行《ある》きます。急ぎはしません、引返したって可《いい》んですよ。」

時《とき》が言うのを聞き聞き、二人で顔を見て、両方が瞬き交わした。

「え？」

「ええ？」

と頷《うなず》き合う。

「でも、行かれますかね。」

これには答えないで、

「大丈夫だね、先生方《あなたがた》だもの、何、お前、」と鉄漿斑が若いのに言った。

「そうねえ。」と納得したらしく、白歯が頷いて、も一ツ手を廻わして、小児の背を抱添える。

「行らっしゃいましよ……路なんでさあね、ほほほほほ。」

とまた斑。どうやらそれが意地の悪そうな顔色《かおつき》に見えた。

且《か》つその笑方《わらいかた》が、妙に嘲ける如く聞えたので、フト気になって猶予《ためら》ったのが、妙に引返しては蔑《さげす》まれるように思って、聊《いささ》か憤然とした気構え。

何を！　で、ずかずか。

「気をつけておいでなさいましよ、路が悪うございますわ。」

「難有う、」

と振返って鳥打に手を掛けたなり、その少《わか》い優《やさ》しらしいのが、小児を横に抱直して、襟を合わせたのを見たが、そのまま塀についてずッと入った。

上は樹《こ》の間《ま》に、草を覗いて、墓石が薄《すすき》のほうけたように、すくすくある、足許《あしもと》はもう暗い。溝の色は真黒で、上澄のした水が、ちらちらと樹の根を映して流るるともなく、ただ揺れる。……そのへりを、畝《うね》って穴のような路は、漸《や》ッと人一人、崖と板塀とに、それも袂《たもと》が擦れ擦れで。

塀の大《おおき》な破目《やぶれめ》から、心するともなしに中を覗くと、五輪が見える、手水鉢《みたらし》が見える。向うに、干からびた藤棚があって、水は濁ったが、歴《れき》とした池がある。境内の存外大《おおき》い、これも寺院《てら》で、その池の面《おも》に、大空の雲がかかった。

少し行く、と向うがまた突当りになりそうな、崖がぐるり取巻いた、……よく言うたとえながら擂鉢《すりばち》の底のような処らしい。

直《じ》きに、それも抜けられそう。で、別に仔細はない。女同士が囁いたのも、さては、此方《こちら》が念を入れたために、一寸《ちょいと》答えに淀んだので、実は矢張《やっぱ》り表向きの抜路ではなく、便宜のために、居まわりのものばかり覚えた抜裏《ぬけうら》などであろうも知れぬ。

気安く、また懐手《ふところで》のぶらりとなって、板塀の破目、透穴《すきあな》から、五ツばかり寺の池を数えて行ったが、一本、樹の大なのを向うへ抜けると、崖が引包んだ……その突当りのような上の、ずッと立樹の梢《うれ》を離れた、遥《はるか》な空に、上町《うわまち》の家の二階があって、欄干もともに目に附いた。

けれどもそれは二階ではなかった。が、三階四階と云うほど高い……崖の頂辺《てっぺん》から、桟橋の如く、宙へ釣った平家なのである。

三

勾配《こうばい》も随分嶮《けわ》しい、一《ひと》なだれの草の中から、足代《あししろ》の如く煤《すす》びた柱を、すくすくと組んで築上《つきあ》げて、崖からはまるで縁の離れた中途で、その欄干づきの一座敷を、樹の上に支えたが、真仰向《まあおむ》きになって見上げるばかり。で、恰《あたか》も橋の杭、また芝居の舞台の奈落とか云うものめく。

芝居と云うにぞ、桟敷《さじき》を一間《けん》、空に張出した形である。

襖の模様は奥深く、もう夜の色も迫ったろう、遠く且《か》つ暗くて見えぬ。

障子は一枚もなく、明放《あけはな》しで、廻り縁の総欄干。

時が彳《たたず》んだ処からは、その横手が見えて、一方は壁の、その色も真暗で、足代《あししろ》めいた橋柱は固《もと》より、透いて見える舟底の如き天井も、件の縁も、一体に煤け古びて、欄干の小間《こま》も其方此方《そちこち》ばらばらに抜けている。

背後《うしろ》正面は、これなる寺の屋根さえ、下界一片《いっぺん》の瓦にして、四谷の半分赤坂かけて、何処まで見通しか計り知られぬ。

からりと広いから、気の所為《せい》もあろうけれども、なかなか八畳六畳と云う座敷でない、十五畳二十畳、まだあろうとも思われた。

下から見えるのは、唯その一室《ひとま》ばかりであった。いずれ上町通りの門口には、——京が見える、大阪が見える、と斜めに貸家札を貼って、雑作《ぞうさく》がわりに、家相伝《いえそうでん》の望遠鏡《とおめがね》を売りでもしよう。

が、土蜘蛛の脊《せ》と蝦蟇《がま》の頭を礎《いしずえ》にしたような、床下の柱を見ても、十年来の貸家が知れる。

と時は目を睜《みは》って舌を巻いた。が、ぶらりと歩行《ある》いて、その桟敷の正面へ廻ると、ややあ、空屋処《あきやどころ》か。

ちょうどその間に、二抱えもありそうな、何の樹か、春早く葉の茂ったのが、崖の裾、やがて、溝越しに行くものの手の届きそうな処に、ずしりとあって、すッくと高い。

この樹の蔓《はびこ》った枝と、向い合った廻り縁の角の柱と、さしわたしに遮られて、横手からは見えなかっただろう。

その縁の曲角《まがりかど》に、夕視《ゆうなが》めと云う、つれづれ姿で、正面の欄干に凭懸《よりかか》った、絵の抜出《ぬけだ》したらしい婦《おんな》が居た。

が、東、西、夕日、宵月《よいづき》の景色を視める風情ではない。

此方《こなた》へ、雪のような襟脚《えりあし》と、すらりとした艶やかな鬢《びん》を向けた、すねた柳の坐りよう。風にも堪えまい、細《ほっそ》りした滝縞《たきじま》の、お召縮緬《めしちりめん》であろう、黒繻子《くろじゅす》の襟とその長い襟脚《えりあし》をすっきりと水際立てたは、濃い浅葱《あさぎ》、あとで心着《こころづ》くと、遠目だのに、——その半襟の無地だったのも不思議なほど判然《はっきり》見えた。

髪も浅葱の手絡《てがら》を捲いて、三《み》ツ輪《わ》と云う、婀娜《あだ》に媚《なまめ》かしい結方《ゆいかた》して、紺地に白で独鈷《とっこ》の入った、博多らしい丸帯を、浅葱絞りの背負上《しょいあ》げはずれに、がッくりと弛《ゆる》く結んだ。結目《むすびめ》は小間の横木に隠れたが、上についた袖が颯《さっ》と雲に沈んだように空へ掛《かか》って、うしろへ反《そ》らして肱《ひじ》をついた、八《や》ツ口《くち》深き緋縮緬は、居坐居《いずまい》の裾にも散って、黄昏《たそがれ》かかる崖の上も、ほんのり明るく、薄紫の霞を彩る。

時は茫然とした。

空なる婦《おんな》も、暫時《しばらく》、身動《みじろ》ぎもしないで、熟《じっ》として、部屋の向《むかい》の、突当りの黒ずんだ広い壁を見ていたのである。

ちらりと白い爪尖《つまさき》で、紅《くれない》の褄《つま》を、崩るる如く、横坐りに、もう一息、欄干に撓《しな》うばかり、たおやかなその脊を凭《も》たす、と思わず、青年《わかもの》が、板塀に殆《ほとん》ど魂の抜けた身体を寄掛《よっか》からせた時であった。

横手の縁側を前後《あとさき》に、二人、二三尺間を置いて、またこれは……羽先の黒い白鳩が、ひらひらと木隠れに梢《こずえ》を潜るように来たのは、対《つい》の白衣《びゃくえ》に墨染の腰法衣《こしごろも》を裾短かく着た、剃《そり》たてらしい、頭のあおあおと藍色して真円《まんまる》な、色の白い、揃って目鼻立《めはなだち》の愛くるしい、いずれも年紀《とし》は十三四。

四

お小僧らしいその二人が、摺足《すりあし》かと思う恭《うやうや》しい運びで廊下を渡って……今正面へ来たのを見ると、二人とも紙を折って、ぴたりと口蓋《くちおおい》を掛けていた。

で、いずれ飲料《のみもの》か何ぞであろう、両方が、斉《ひと》しく小さな器を手に捧げていて、と見るとやがて、婦《おんな》の前へ順に並べて、つつと腰衣を黒く、姿を白く、板を辷《すべ》って一様に跪《ひざまず》いた。

その時、何か差心得《さしこころえ》たものであろう、二人とも、ちょろちょろと立って、欄干へ出て、手を支《つ》いて、半身中空へ乗出すような形で此方《こなた》を瞰下《みお》ろす。白衣の下に薄紅《うすくれない》の颯《さっ》と透通《すきとお》って見えたのは、婦《おんな》の間近になったため、その長襦袢が照映えて、二人の膚《はだ》に染みたようであったが、よく見ると羅《うすもの》に襲《かさ》ねたので、お小僧達は、目許口許《めもとくちもと》、見紛う方《かた》なき女の童《めわらわ》なのである。

不審《いぶかし》さに、渠《かれ》は水を浴びたようにひやりとして、背後《うしろ》を見ると、凭懸《よりかか》った板塀の節穴に、背後なる寺院《てら》のその境内の池が、黄昏《たそがれ》の色に染み出したように急に大《おお》きさも広さも増して、ふわりと浮いて、ひたひたと水が背中を浸《ひた》しそうに見えて、そして波を立てて、緋鯉がすらすらと行く。

その影も、燐火《おにび》のように凄かった。

頭の上でごうごうと沈んだ陰気な音がする。

「樵夫《きこり》だ。」

と、声を出して呟いた。

婦《おんな》に見惚《みと》れて、恍惚《うっとり》となって忘れていたろう、崖に近い、その大樹の梢高い処《うら》で、鋸《のこぎり》を使う気勢《けはい》である。

枝さし繁りたれば、葉隠れて鳥の蹲《うずくま》った影も見えぬが、ごうごうごうごうとして幹の骨髄に響く。

と心着けば、向うの欄干の角の柱に生えた、やどり木の枝のような梢《こずえ》の一処《ひとところ》、特に緑を籠めて暗い中に、風のない日だったが、ざわざわとそよいで、かつらを捲く体《てい》に、木《こ》の葉《は》の渦巻くのがありありと認められる。……

「これは。」

羽織の襟、帯を懸けて、袖の皺にもばらばらと、少しずつ、少しずつ、霜が下りたように木屑が落溜っていたのである。且《か》つその色が生々《なまなま》として朱《あか》い。

時は、慌しく、総身に震揺《ゆすぶり》をくれて、袂をはたはたと払いながら、樹の下を摺抜《すりぬ》けた。

雨も鎗《やり》も厭わぬが、暮に及んで、こう鋸を使う処では、見込んだ仕事、半途《はんと》で止《よ》すまい。一息《ひといき》と云う仕上げで、今にも梁《うつばり》のような大枝が、地響きを打って落つるは一定《いちじょう》。

「疾《はや》く出よう、何だか可訝《おかし》い。」

それでも、余りの事の、媚《なま》めかしく美しいのに、骨筋《ほねすじ》もなえるばかり、蕩々《とろとろ》となって、徜徉《さまよ》いながら、突当りへついて曲ると、思《おもい》の外《ほか》谷は浅い。

向うは低い処、また墓場で、上に、町へ出るだらだら坂の、ぼきぼきと埒《らち》を結ったのが橋のように斜めに渡って、寂寞《ひっそり》したが人家も見える。

此処を取廻《とりま》わした崖は、裙《すそ》がその墓場で尽きる。谷の出口が懐を広く、箕《み》の形に開いていた。

墓場と崖の裙を境の処に、潰した井戸のあとと思うばかりの水溜《みずたまり》があって、それが浸《にじ》むか、一面にじとじとと、底光《そこびかり》がするかと土が濡れた。上には四方から樹が被《かぶ》さる。渠《かれ》が伝って来た小流《こながれ》は、幽《かすか》ながら、下から湧くか、崖を絞って滴るか、この水溜の、浸《にじみ》出《だ》す水の捌口《はけくち》らしい。

其処に朦朧として一人、大川端に暮残《くれのこ》った状《さま》して、頬被《ほおかぶり》した漢《おのこ》が居た。手足は動くが、潮《うしお》に揺れる杭を打った形である。

半股引《はんももひき》の裾端折《はしょ》りした脚に近く、水溜のへりに、やがて腰の上まで届く、網を蓋《ふた》した大形の古い畚《びく》。絵にした狸の八畳敷ばかりなのを引着けて、竹棹を横《よこた》えたのを、釣の帰途《かえり》が洗足《せんそく》するか、と思うと、違う。

手にしたのは一本の熊手。柄短かに片手に取った、片脇に手頃な一個《ひとつ》の箕を抱いた。

箕をひたと草に着けて、腰の骨で附着《くっつ》けながら、件の熊手で、崖の腹を逆さ扱《しご》きに、ずらずらと掻落《かきおと》して、その箕でうけて、溜ると、熊手をさし置いて、両手で取って俯向けにして、下の畚の口へあけ落す時、さっと云う……滅入った、沈んだ、冥途《よみじ》を吹く風のような音がして、心持冷々《ひやひや》として生腥《なまぐさ》い。

落葉掻くのに、畚は可怪《おかしい》。

一寸《ちょっと》見る間に、同じ事を三度した。

その差置く時、熊手は崖の草へしょぼりと沈んだ形になる、……すっと柄を取って、ちょっかいの手つきで掻く。トもう箕が小脇に引着けられる。かさかさと引落す、直ぐに溜るか、畚の口へ、ざあ、とあける。トさっと云う可厭《いや》な音。

仕事を急ぐのではない。向返るのも大儀らしく、だらけて、もそりと行るが《や》、馴れ切ったものらしい。何時も同一《ひとつ》呼吸《こきゅう》で、器械の如くに体が動く……恰《あたか》も緩《ゆるや》かな水車《みずぐるま》に仕掛けた機関《からくり》の案山子《かがし》のような。

山田小田、目も遥かな、里遠い山の峡《かい》に、影唯一つ秋の暮れ行く思《おもい》がする。

「親仁《おやじ》さん。」

と背後《うしろ》に寄って、渠は訊ねた……言《ことば》を交えて、あわよくば聞きたい事があったのである、――この界隈のものと見た。

「お精が出ますね。」

「うう。」

と頬被りの深い裡《うち》に、惰《なま》けた、面倒くさそうな声を出したばかり。

熊手を取って、さらさらと草を扱《こ》く。

「何をしていなさるんだね。」

「掘出すだよ。」

とまた一搔《ひとかき》。

近間《ちかま》で聞くと、これさえ可忌《いま》わしい、鱗に触るような草摺れの歯の音なり。

「掘るんですか、何をね。」

「毎日の食《じき》を求漁《あさ》るだよ。」

知れた事を、と投げた言語《ものいい》。

「食べるものなんですか。」

「売りもするだ。……」

「松露《しょうろ》じゃなし、一体何です。」

「問わんが可《え》え、聞いたら魂消《たまげ》るぞ。」

と箕《み》にうけるのが、ぞろぞろと鳴る。

時は、そんな事はつけたりで、構わぬのである。

「そう言われる、と尚《な》お聞きたいね、親仁さん。」

「何だてえ。」

「其処の崖の上にある……」

と言うことも身を転じて、指《ゆびさ》そうとしたが、美女《たおやめ》の姿は木隠《こがく》れになっていた。

虹の消えたような心地がしながら、

「あの、家《うち》は、……あれは何です。」

「ただで貸す、名代《なだい》の空家だ、誰も住まねえ。」

「違うよ、人が住んでいます。」

「や、」

と云うと、箕をさっとあけた処、——ぐるりと向直って、屹《きっ》と見た、その眼《まなこ》の凄さ。

何心《なにごころ》なく立ったのが、思わずじりじりと後《うしろ》に退《すさ》った。

「主《ぬし》あ！　見たか？」

声が出なんだ。

「…………」

「むむ、それを見たら、これも見しょう。」

と水溜に搔踞《かッつくば》い状《ざま》、握拳《にぎりこぶし》で丁《ちょう》と圧《おさ》えて、畚《びく》を、ぐらぐらと揺《ゆす》ると思え。

網を分けて、むらむらと煙のようにのたくったは、幾百条《いくひゃくすじ》とも数知れぬ、細い蛇《くちなわ》の鎌首であった。

呼吸《いき》がつまって、崖へ取って投げられた如くに突当ると、弓形《ゆみなり》に身体とともに反曲《そりまが》って、旧来《もとき》た塀際へ駆出《かけだ》した。

径《こみち》を塞いで、真赤な雲。恰も滝の如くにかかるは木屑で。早鐘を撞《つ》く耳の底を抉《えぐ》って、ごうごうごうと云う。

木の葉は空にぐるぐると大渦に渦巻いた。

「わっ、」

と叫ぶと、頭《かしら》から目口《めくち》へ浴びつつ、めくら突きに、その谷の窪《くぼみ》を飛出す。と、木樵が落ちたか、枝が下りたか、背後《うしろ》に凄じい音がした。

今は癒えたが、その後、しばらく目を悩んだ。そのあとも日を経て消えたが、木屑を浴びた羽織の其処此処《そこここ》、宛然《さながら》血に染みていたのであった。


（「新日本」第一巻第三号 明治四十四年六月）

浅《あさ》茅《じ》生《う》

一

鐘の声も響いて来ぬ、風のひっそりした夜ながら、時刻もちょうど丑満《うしみつ》と云うのである。

……この月から、桂の葉がこぼれこぼれ、石を伐《き》るような斧が入って、もっと虧《か》け、もっと虧けると、やがて二十六夜の月になろう、……二十日《はつか》ばかりの月を、暑さに一枚しめ残した表二階の雨戸の隙間から覗くと、大空ばかりは雲が走って、白々《しろじろ》と、音のない波かと寄せて、通りを一ツ隔てた、向うの邸《やしき》の板塀越に、裏葉《うら》の翻《かえ》って早《は》や秋の見ゆる、桜の樹の梢を、ぱっと照らして、薄明るく掛《かか》るか、と思えば、颯《さっ》と墨のように曇って、月の面《おもて》を遮るや否や、むらむらと乱れて走る……

ト火入《ひい》れに燻《く》べた、一把三銭《わ》がお定りの、あの、萌黄色《もえぎいろ》の蚊遣香《かやりこう》の細い煙は、脈々として、そして、空行く雲とは反対の方へ靡《なび》く。

その小机に、茫乎《ぼんやり》と頬杖《つ》を支いて、待人《まちびと》の当もなし、為《しょ》う事ござなく、と煙草《たばこ》をふかりと吹かすと、

「おらは呑気《のんき》だ。」と煙が輪になる。

「此方《こっち》は忙がしい。」

と蚊遣香は、小刻《こきざみ》を打って畝《うね》って、せっせと燻《いぶ》る。

が、前なる縁の障子に掛けた、十燭《しょく》と云う電燈の明《あかり》の届かない、昔の行燈《あんどん》だと裏通りに当る、背中のあたり暗い所で、蚊がブーンと鳴く……その、陰気に、沈んで、殺気を帯びた様子は、煙にかいふいて遁《に》ぐるにあらず、落着き澄まして、人を刺さんと、鋭き嘴《はし》を鳴らすのである。

で、立騰《たちのぼ》り、煽り乱れる蚊遣の勢《いきおい》を、ものの数ともしない工合は、自若《じじゃく》として火山の焼石を独り歩行《ある》く、脚の赤い蟻のよう、と譬喩《たとえ》を思うも、ああ、蒸暑くて夜が寝られぬ。

些《そよ》との風もがなで、明放《あけはな》した背後《うしろ》の肱掛窓《ひじかけまど》を振向いて、袖でそのブーンと鳴くのを払いながら、この二階住《にかいずみ》の主人唯吉《あるじただきち》が、六畳やがて半ばに蔓《はびこ》る、自分の影法師越しに透かして視《み》る、雲ゆきの忙《せわ》しい下に、樹立《こだち》も屋根も静まりかえって、町の夜更けは山家《やまが》の景色。建《たて》続《つづ》く家は、なぞえに向うへ遠山の尾を曳《ひ》いて、其方此方《そちこち》の、庭、背戸《せど》、空地は、飛々《とびとび》の谷とも思われるのに、涼しさは気勢《けはい》もなし。

「暑い。」

と自棄《やけ》に突立《つった》って、胴体ドタンと投出すばかり、四枚《よまい》を両方へ引ずり開けた、肱かけ窓

へ、拗《す》ねるように突掛《つっかか》って、
「やッ、」と一ツ、棄鉢《すてばち》な掛声に及んで、その敷居へ馬乗りに打跨《うちまた》がって、太息《おおいき》をほッと吐《つ》く……

風入れのこの窓も、正西《まにし》を受けて、夕日のほとぼりは激しくとも、波にも氷にもなれとて触ると、爪下《つました》の廂屋根《ひさしやね》は、さすがに夜露に冷いのであった。

その時、唯吉がひやりとしたのは――

この廂はずれに、階下《した》の住居の八畳の縁前《えんさき》、二坪に足らぬ明取《あかりと》りの小庭の竹垣を一ツ隔てたばかり、裏に附着《くッつ》いた一軒、二階家の二階の同じ肱掛窓が、南を受けて、此方《こなた》とは向《むき》を異《ちが》えて、つい目と鼻の間にある……其処《そこ》に居て、人が一人、燈《あかり》も置かず、暗い中から、此方《こなた》の二階を、こう、窓越しに透かすようにして涼むらしい姿が見えた事である。――

「や、」

たしかに、その家は空屋《あきや》の筈。

二

唯《ただ》さえ、思い掛けない人影であるのに、またその影が、星のない外面《とのも》の、雨気《あまけ》を帯びた、雲に染《にじ》んで、屋根づたいに茫《ぼう》と来て、此方《こなた》を引包むように思われる。

が、激しい、強い、鋭いほどの気勢《けはい》はなかった。

闇に咲く花の、たとえば面影はほのかに白く、あわれに優しくありながら、葉の姿の、寂しく、陰気に、黒いのが、ありとしも見えぬ雲がくれの淀んだ月に、朦朧《もうろう》と取留《とりと》めなく影を投げた風情に見える。

雨夜の橘《たちばな》のそれには似ないが、弱い、細《ほっそ》りした、花か、空燻《そらだき》か、何やら薫《かおり》が、たよりなげに屋根に漾《ただよ》うて、どうやらその人は女性《にょしょう》らしい。

「婦人《おんな》だとなお変だ。」

唯吉は、襟許《えりもと》から、手足、身体中《からだじゅう》、柳の葉で、さらさらと擽《くすぐ》られたように、他愛なく、むずむずしたので、ぶるぶると肩を揺《ゆす》って、

「これは暑い。」

と呟くのを機会《しお》に、跨いだ敷居の腰を外《はず》すと、窓に肱を、横ざまに、胸を投掛けて居直った。

その時だったが、

「え、え、」と、小さな咳《しわぶき》を、彼方《かなた》のその二階でしたのが、何故か耳許《みみもと》へ朗《ほが》らかに高く響いた。

それが、言《ことば》を番《つが》えた、予《かね》て約束の暗号《あいず》でもあった如く、唯吉は思わず顔を上げて、その姿を見た。

肩を細く、片袖をなよなよと胸につけた、風通しの南へ背を向けた背後姿《うしろすがた》の、腰のあたりまで仄《ほのか》に見える、敷居に掛けた半身で帯と髪のみ艶《あで》やかに黒い。浴衣は白地の中形《ちゆうがた》で、模様は、薄月《うすづき》の空を行交《ゆきか》う、——また少し明るくなったが——雲に紛るるようであったが、つい傍《わき》の戸袋《とぶくろ》に風流に絡まり掛った蔦かずらがそのままに染まったらしい。……そして、肩越しに此方《こなた》を見向いた、薄手の、中《なか》だかに、すっと鼻筋の通った横顔。……唯吉を見越した端《はし》に、心持《こころもち》、会釈《えしやく》に下げた頸《うなじ》の色が、鬢《びん》を透かして白い事!……美しさはそれのみならず、片袖に手まさぐった団扇《うちわ》が、恰《あたか》も月を招いた如く、弱く光って薄《うつす》りと、腋明《わきあけ》をこぼれた膚《はだえ》に透る。

褄《つま》はずれさえ偲《しの》ばるる、姿は小造《こづく》りらしいのが、腰掛けた背はすらりと高い。

髪は、ふさふさとあるのを櫛巻なんどに束ねたらしい……でないと、肱かけ窓の、そうした処は、高い髷《まげ》なら鴨居にも支《つか》えよう、それが、やがて二三寸、灯《ひ》のない暗がりに、水際立つまで、同じ黒さが、くッきりと間をおいて、柳は露に濡れつつ濃かった。

こう、唯吉が、見るも思うも瞬く間で、

「暑うござんす事……」

とその人の声。

此方《こっち》は喫驚《びっくり》して黙って視《なが》める。

「貴方でもお涼みでいらっしゃいますか。」

と直ぐに続けて、落着いた優しい声なり。

何を疑って見た処で、そのものの言いぶりが、別に人があって、婦《おんな》と対向《さしむか》いでいる様子には思われないので、

「ええん。」

とつけたらしい咳《せきばらい》を、唯吉も一つして、

「どうです……このお暑さは。」と思切《おもいき》って、言受《ことう》けする。

「酷《ひど》うござんすのね。」

と大分心易い言い方である。

「お話になりません。……彼岸も近い、残暑もドン詰りと云う処へ来て、まあ、どうしたって云うんでしょうな。」

言い交わすのも窓と窓の、屋根越なれば、唯吉は上の空で、

「はて、何だろう、誰だろう……」

三

「でも、もうお涼しくなりましょう……これがおなごりかも知れません。」
と静《しずか》な声で、慰めるように窓から云ったが、その一言から冷たくなりそうに、妙に身に染みて、唯吉は寂しく聞いた。

虫の声も頻《しきり》に聞える。

その蟋蟀《こおろぎ》と、婦《おんな》の声を沈んで聞いて、陰気らしく、

「それだと結構です……でないと遣切《やりき》れません。どうか願いたいもんでございます。」
と言ううちに、フトその（おなごり）と云ったのが気になって、これだと前方《さき》の言葉通り、どうやら何かがおなごりになりそうだ、と思って黙った。

少時《しばらく》人の住まない、裏家の庭で、この折からまた颯《さっ》と雲ながら月の宿った、小草の露を、揺《ゆり》こぼしそうな虫の声。

「まあ！……」
と敷居に、その袖も帯も靡《なび》くと、ひらひらと団扇が動いて、やや花《はな》やかな、そして清《すず》しい声して、

「御挨拶もしませんで……どうしたら可《い》いでしょう……何て失礼なんでしょうね、貴方、御免なさいまし。」

「いいや、手前こそ。」

と待受けたように、猶予《ためら》わず答えた……

「暑さに変りはないんです、お互様。」と唯吉は、道理《もつとも》らしいが、何がお互様なのか、相応《そぐ》わない事を云う。

「お宅では、皆さんおやすみでございますか。」

「如何《いかが》ですか、寝られはしますまい。が、蚊帳へは疾《と》くに引込《ひつこ》みました。……お宅は？」

と云って、唯吉は屋根越に、また透かすようにしたのである。

「…………」

婦《おんな》は一寸言淀《ちよつといいよど》んで、

「あの……実は、貴方をお見掛け申しましたから、その事をお願い申したいと存じまして、それだもんですから、つい、まだお知己《ちかづき》でもございませんのに、二階の窓から済みませんねえ。」

「何、貴女《あなた》、男同士だ、とどうかすると、御近所ずから、町内では銭湯《おゆや》の中で、素裸《すつぱだか》で初対面の挨拶をする事がありますよ……」

「ほほ。」

と唇に団扇を当てて、それなり、たおやかに打傾《うちかたむ》く。

唯吉も引入れられたように笑いながら、

「串戯《じょうだん》じゃありません、真個《ほんとう》です。……ですから二階同士結構ですとも。……そして、私に……とおっしゃって、貴女、何でございます……御遠慮は要《い》りません。」

「はあ……」

「何でございます。」

「では、お頼まれなすって下さいますの。」

「承りましょう。」

と云ったが、窓に掛けた肱が浮いて、唯吉の声が稍々《やや》忙《せわ》しかった。

「貴方、可厭《いや》だとおっしゃると、私、怨《うら》むんですよ。」

「ええ。」

と、一つあとへ呼吸《いき》を引いた時、雲が沈んで、蟋蟀《こおろぎ》の声、幻に濃くなんぬ。

「……可厭な虫が鳴きます事……」

と不図《ふと》、独言《ひとりごと》のように、且《か》つ何かの前兆を予め知ったように女が言う。

「可厭な虫が鳴きます?……」と唯吉は釣込まれて、つい饒舌《しゃべ》った。

が、其処に、また此処に、遠近《おちこち》に、草あれば、石あれば、露に喞《すだ》く虫の音に、未だ嘗《かつ》て可厭な、と思うはなかったのである。

「貴女、蟋蟀がお嫌いですか。」

と、うら問いつつ、妙な事を云うぞと思うと、うっかりしていたのが、また悚然《ぞっ》とする……

四

雲が衝《つ》と離れると、月の影が、対《む》うの窓際の煤《すす》けた戸袋を一間、美人の袖を其処に縫留めた蜘蛛の巣に、露を貫いたが見ゆるまで、颯《さっ》と薄紙の靄《もや》を透して、明《あきら》かに照らし出す、と見る間に、曇って、また闇《くら》くなり行く中に、もの越《ごし》は、虫の音よりも澄んで聞えた。

「否《いいえ》、つづれさせじゃありません。蟋蟀《こおろぎ》は、私は大すきなんです。まあ、鳴きますわね……可愛い、優しい、あわれな声を、誰が、貴方、殿方だって……お可厭《いや》ではないでしょう。私のようなものでも、義理にも、嫌いだなんて言われませんもの。」

「ですが、可厭な虫が鳴いてる、と唯今伺いましたから。」

「あの、お聞きなさいまし……一寸《ちょっと》……まだ外《ほか》に鳴いている虫がござんしょう。」

「はあ、」
と唯吉は、恰《あたか》もいいつけられたように、敷居に掛けた手の上へ、横ざまに耳を着けたが、
可厭な、と云うは何の声か、それは聞かない方が望ましかった。
「遠くに梟《ふくろ》でも啼いていますか。」
「貴方、虫ですよ。」
「成程、虫と梟では大分見当が違いました。……続いて余り暑いので、余程茫《ぼう》としている
ようです。失礼、可厭なものッて、何が鳴きます。」
「あの、きりきりきりきり、褄《つま》させ、ちょう、肩させ、と鳴きます中に、草ですと、その
底のような処に、露が白玉を刻んで拵《こしら》えました、寮の枝折戸《しおりど》の銀の鈴に、芥子《けし》ほどな水鶏《くいな》
が音《おと》ずれますように、ちん、ちん……と幽《かすか》に、そして冴えて鳴くのがありましょう。」
「ああ……近頃聞いて覚えました……鉦《かね》たたきだ、鉦たたきですね。や、あの声がお嫌い
ですかい。」
「否、」
と圧《おさ》える、声が沈んで、
「声が嫌いなのではありません。可厭などころではないんですが、名を思うと、私は悚然《ぞっ》
とします……」

と言った。

その気を受けたか、唯吉は一息《ひといき》に身体中総毛《そうけ》立った。

「だって、それだって、」

と力が籠って、

「可哀そうな、気の毒らしい、あの、しおらしい、可愛い虫が、何にも知った事ではないんですけれど、でも私、鉦たたきだと思いますだけでも、氷で殺して、一筋ずつ、この髪の毛を引抜かれますように……骨身に応えるようなんです……虫には済まないと存じながら……真個《ほんと》に因果なんですわねえ。」

と染々《しみじみ》言う。

唯吉は敷居越に乗出しながら、

「何か知りませんが、堪らないほど可厭《いや》なお心持らしく伺われますね……では、大抵分りました……手前にお頼みと云うのは、あの……ちん、ちんの聞えないように、虫を捕えて打棄《うっちゃ》るか、どうにかしてくれろ、と云うんでしょう……と其奴《そいつ》は一寸《ちょっと》困りましたな。其方《そちら》の……貴女のお庭に、ちょろちょろ流れます遣水《やりみず》のふちが、この頃は大分茂りました、露草の青いんだの、蓼《たで》の花の真赤《まっか》なんだの、美しくよく咲きます……その中で鳴いているらしいんですがね。……

蟋蟀《こおろぎ》でさえ、その虫は、宛然《まるで》夕顔の種が一つこぼれたくらい小《ちいさ》くって、なかなか見着《みつ》かりませんし、……どうして掴まりっこはないそうです……貴女がなさいますように、雪洞《ぼんぼり》を点《つ》けて探しました処で、第一、形だって目に留るんじゃ、ありますまい。」

と唯吉もここで打解けたらしくそう云った。

今は、容子《ようす》だけでも疑う処はない……去年春の半ば頃から、横町が門口の、その数寄《すき》づくりの裏家に住んだ美人である。

その年の夏が土用に入って、間もなく……仔細あって……その家には居なくなった筈だと思う。

五

庭は唯垣一重《かきひとえ》、二階は屋根続きと云っても可《よ》い、差配も一つ差配ながら、前通りと横町で、引越蕎麦のおつき合《あい》の中には入っておらぬから、内《うち》の様子は一寸分らぬ。

殊にその家は、風通しも可、室取《まど》りも可《よし》、造作、建具の如きも、ここらに軒を並べた貸家とは趣が違って、それに家賃もかっこうだと聞くのに……不思議に越して来るものが居着かない。

入るか、と思うと出る、塞がったと思えば空く。半月、一月、三月、ものの半年も住馴《すみな》れたのは殆《ほとん》どあるまい……ところで気を着けるでもなく、唯吉が二階から見知越《みしりごし》な、時々のその家の主《あるじ》も、誰《たれ》が何時のだか目紛《めまぎ》らしいほど、ごっちゃになって、髷やら前垂《まえだれ》やら判然と区別が着かぬ。

その中に、今も忘れないのは、今夜口を利いているこの美人であった。……

唯吉が雇っておく、お媼《ば》さんの説では、どうも人の妾、かくし妻であろうと云った……それが引越して来た当時、女主人《あるじ》と云うにつけて、その庭の片隅に植《う》わった一本《ひともと》の柳の樹、これが散ると屋根、もの干越《ほしごし》に、蓑を着て渡りたい銀河《あまのがわ》のように隅田川が見えるのに、葉が茂る頃は燕《つばくろ》の羽ほどの帆も、ために遮《さえぎ》られて、唯吉の二階から隠れて行く。……対手《あいて》が百日紅《さるすべり》だと焼討にも及ぶ処、柳だけに不平も言えぬが、口惜《くちおし》くない事はなかった——それさえ、何となく床《ゆか》しいのに、この辺《あたり》にしてはかなり広い、その庭に石燈籠が据《すわ》ったあたりへ、巴《ともえ》を崩したような、たたきの流《ながれ》を拵《こしら》えて、水をちょろちょろと走らした……それも、女主人の、もの数寄《ずき》で……

両方のふちを挟んで、雑草を植込んだのが、やがて、蚊帳つり草になり、露草になり、紅蓼《べにたで》になって、夏のはじめから、朝露、夕露、……夜は姿が隠れても、月に俤《おもかげ》の色を宿して、虫の声さえ、薄《うっす》りと浅葱《あさぎ》に、朱鷺《とき》に、その草の花を綾に織った。……

「今度裏の二階家へ越して来た人は、玉川さんと云うのだろう。」

お嫗《ば》さんが、その時……

「おや、御存じの方でいらっしゃいますか。」

「知るものかね、けれどもそうだろうと思うのさ。当推量《あてずいりよう》だがね。」

「今度、お門札《かどふだ》を覗いて見ましょうでございます。」

「いや……見ない方が可い、違うと不可《いけな》いから、そして、名はお京さんと云うんだ……」

「お京さま……」

「どうだい、そう極《き》めておこうじゃないか。」

「面白い事をおっしゃいます……ひょっとかして当りますかも知れません。貴方、そういたしますと、どう云うか御縁がおあんなさいますかも知れませんよ。」

「先《ま》ず、大丈夫、女難はないとさ。」

こんな事からお嫗さんも、去年……その当座、かりに玉川としておく……その家の出入りに気を着けたようだったが、主人《あるじ》か、旦那か知らず、通って来るのが、謹深《つつしみぶか》く温《つつ》ましやかな人物らしくて、あからさまな夏になっても、一度も姿を見なかったと云う。

第一、二階のその窓にも、階下《した》の縁先にも、とりどりに風情を添える、岐阜提灯と、鉄《かな》燈籠《どうろう》、簾《すだれ》と葭簀《よしず》の涼しい色。どうかすると石の手水鉢《ちようずばち》が、柳の影に青いのに、清らかな掛手拭が真白にほのめくばかり、廊下づたいの気勢《けはい》はしても、人目には唯軒の忍《しのぶ》。

六

「裏の美しいのは、旦那様、……坊主の持《もち》ものでござります……」

道理こそ、出入りを人に隠して形を見せぬと、一晩《あるばん》お媼さんが注進顔《ちゆうしんがお》で、功《てがら》らしく言った事を覚えている。……

台所の狭い張出しで、お媼さんは日が暮れてから自分で行水を使った。が、蒸暑い夜で、糊沢山《のりだくさん》な浴衣を抱きながら、涼んでいると、例の柳の葉越に影が射す、五日ばかりの月に電燈は点けないが、二階を見透《みとおし》の表の縁に、鉄燈籠の燈《ひ》ばかり一つ、峰の堂でも見るように、何となく浮世から離れた様子で、滅多に顔を見せないその女主人が、でも、端近《はしぢか》へは出ないで、座敷の中ほどに一人で居た。

その様子が、余所《よそ》から帰宅《かえ》って、暑さの余り、二階へ遁《に》げて涼むらしい……

「羅《うすもの》も脱いで、帯も解いて、水のようなお襦袢《じゆばん》ばかりで、がっかりしたように、持った団扇も動かさないで、くの字なりに背後《うしろ》へ片手支《つ》いて居なさる処……どうもお色の白い事……乳《ちち》の辺はその団扇で、隠れましたが、細《ほつそ》りした二の腕の透いた下に、ちらりと結び目が見えました……扱帯《しごき》の端ではござりません……確かに帯でござりますね、月ももう余程らしゅうござります……成程《なるほど》人目に立ちましょう。

これで以て、あの方が、一寸《ちょっと》も庭へも出なさらない訳も分りました、おみもちでござりますよ。」

とその時お媼《ば》さん抜衣紋《ぬきえもん》で、自分の下腹を圧《おさ》えて言った。

「それがどうして、坊主の持ものだと知れたんだろう。」

「処《ところ》が旦那様、別嬪《べっぴん》さんが、そうやって、手足も白々《しろじろ》と座敷の中に涼んでいなさいます、その周囲《まわり》を、ぐるぐると……床の間から次の室《ま》の簀戸《よしど》の方、裏から表二階の方と、横肥りにふとった、帷子《かたびら》か何でござりますか、ぶわぶわした衣《き》ものを着ました坊さんが、輪をかいて廻っております。その影法師が、鉄燈籠の幽《かすか》な明りで、別嬪さんの、しどけない姿の上へ、真黒になって、押《おし》かぶさって見えました。そんな処へ誰が他人を寄せるものでござ います。……まわりを廻っていた肥《ふと》った坊さんは、確《たし》かに、御亭主か、旦那に違いないのでございますよ。」

「はてな……それがまた、何だって、蜘蛛の巣でも掛けるように、変に周囲《まわり》を廻るんだ。」

「それは貴方、横から見たり、縦から見たり、種々《いろいろ》にして楽みますのでございます。妾《てかけ》などと申しますものは、そうしたものでございますとさ。」

「いや、恐れるぜ。」

とそれなり済む。

日は経ち、月はかわったが、暑さが続く。分けて雨催《あまもよ》いで風の死んだ、羽虫の夥《おびただ》しい夜であった。……一度線《はりがね》を曳《ひ》いて窓へ出して、ねばり着いた虫の数を、扱《しご》くほど、はたきに掛けて払い棄てたが、もとへ据えると、見る見るうちに堆《うずたか》いまで、電燈のほやが黒くなって、ばらばらと落ちて、むらむらと立ち、むずむず這う。

余り煩《うるさ》くって、パチンと捻って、燈《ひ》を消した。

曇った空の星もなし、真黒な二階の裏の連子窓《れんじまど》で、——ここに今居るように——唯吉が、ぐったりして溜息を吐《つ》いて、大川の水を遮る……葉の動かない裏家の背戸《せど》の、その一本柳を、熟々《つらつら》凝視《みつ》めていた事があった。

其処へ病上《やみあが》りと云う風采《とりなり》、中形《ちゅうがた》の浴衣の清らかな白地も、夜の草葉に曇る……なよなよとした博多の伊達巻の姿で、ついぞない事、庭へ出て来た。その時美人が雪洞《ぼんぼり》を手に取っていたのである。

七

ほつれた円髷《まげ》に、黄金《きん》の平打《ひらうち》の簪《かんざし》を、照々《てらてら》と左挿《ひだりざし》。くッきりとした頸脚《えりあし》を長く此方《こなた》へ見せた後姿で、遣水のちょろちょろと燈影《ひかげ》に揺れて走る縁《へり》を、すらすら薄彩《うすいろ》に刺繍《ぬいとり》の、数寄づくりの浅茅生《あさじう》の草を分けつつ歩行《ひろ》う、素足の褄《つま》はずれにちらめくのが。白々《しろじろ》と露に軽く……柳の絮《わた》の散る風情。

植え添えたのが何時《いつ》か伸びて、ちょうど咲出た桔梗《ききょう》の花が、浴衣の袖を左右に分れて、すらりと映って二三輪、色にも出れば影をも宿して、雪洞《ぼんぼり》の動くまま、静かな庭下駄に靡いて、十歩に足らぬそぞろ歩行《あるき》も、山路を遠く、遥々《はるばる》と辿るとばかり視《なが》め遣る……

間もなかった。

さっと音して、柳の地摺《じず》りに枝垂《しだ》れた葉が、裾から渦を巻いて黒み渡って、揺れると思うと、湯気に蒸したような生暖《なまぬる》い風が流れるように、ぬらぬらと吹掛って、哄《どっ》と草も樹も煽《あお》って鳴ったが、裾、袂を、はっと乱すと、お納戸《なんど》のその扱帯《しごき》で留めた、前褄《まえづま》を絞るばかり、浅葱縮緬《あさぎちりめん》の蹴出《けだし》が搦《から》んで、踏出《ふみだ》す白脛《しらはぎ》を、草の葉の尖《さき》で危《あやう》く留めて……と、吹倒されそうに撓々《たわたわ》となって、胸を反《そ》らしながら、袖で雪洞の灯をぴったり伏せたが、フッと消えるや、よろよろとして、崩折《くずお》れる状《さま》に、縁側へ、退《しさ》りかかるのを、空《そら》なぐれに煽った簾《すだれ》が、ばたりと音して、巻込むが如く姿を掻消す。

その雪洞の消えた拍子に、晃平《きらり》と唯吉の目に留ったのは、鬢《びんずら》を抜けて草に落ちた金《きん》簪《かんざし》で……湿《しめ》やかな露の中に、尾を曳《ひ》くばかり、幽《かすか》な螢の影を残したが、ぼうぼうと吹乱れる可厭《いや》な風に、幻のような蒸暑い庭に、恰《あたか》も曠野《あれの》の如く瞰下《みおろ》されて、やがて消えても瞳に残った、簪の蒼い光は、柔かな胸を離れて行方も知れぬ、……その人の人魂《おにび》のように見えたのであった。……同じ夜の寝る時分、

「裏家《あちら》では、今夜、お産のようでございます……」

と云った、お媼《ば》さんは、あとじさりに蚊帳へ潜《もぐ》った。

風は凪《や》んでも雨にもならず……激しい暑さに寝られなかった、唯吉は暁方《あけがた》になってうとうとするまで、垣根一重の隔てながら、産声と云うものも聞かなかったのである。

「お可哀相に……あの方は、昨晩《ゆうべ》、釣台《つりだい》で、病院へお入りなすったそうでございます。」

「やあ。産が重かったか。」

「嬰児《あかんぼ》は死んで出ましたとも申しますが、如何でございますか、なにしろお気の毒でございますねえ。」

二月《ふたつき》ばかり経つと、婆やが一人、留守をしたのが引越したッ切《きり》、何とも、それぎり様子

を聞かずに過ごす。

生死《しようし》は知らぬが、いま唯吉が、屋根越に、窓と窓とに相対して、もの云うは即ちそのの婦人《おんな》なのである。……

「まあ、」

と美人は、団扇を敷居に返して、ふいと打消すらしく、その時云うよう。

「どんなに私が厚顔《あつかま》しゅうござんしたって、貴方に虫を捕って、棄てて下さいなんぞと、そんな事が申されますものですか。あの……」

派手な声ながら、姿ばかりは慎ましそうに、

「そんな事ではありません。お願いと申しますのは……」

八

今はその頼みと云うのを聞かないわけには行かなくなった――……聞こう、と唯吉は胸を轟《とどろ》かす。

「どうぞ、貴方、私が今夜此処に居りました事を、誰にも仰有《おつしや》らないで下さいまし。……

唯それだけでございます。」

と軽く言う。

余り仔細のない事を、聞いて飽気《あつけ》なく思うほど、唯吉はなお気に掛る……昔から語継《かたりつ》ぎ言伝《いいつた》える例によると、誰にも言うなと頼まるる、その当人が……実は見てはならない姿である場合が多い。

「はあ、誰にもですね。」

自分の見たのは、と云う心を唯吉は裏問《うらど》いかける。

「否《いいえ》、それまでもないんです……誰にもと言いますうちにも、差配さんへは、分けて内《ない》証《しょう》になすって下さいまし。」

「可《よ》うござんすとも……が、どうしてです。」

と問返すうちにも、一層、妙な夢路を辿る心持のしたのは、その差配と云うのは、ここに三軒、鼎《かなえ》になって、例の柳の樹を境に、同じくただ垣一重《ひとえ》隔つるのみ。で、……形《かた》の如き禿頭が、蚊帳に北向きにでも寝ていると、分けてそれは平屋であるため、二人はちょうど夢枕に立って、高い所で、雲の中に言《ことば》を交わしているような形になるから。……

「御存じの通り、」

と、差配の棟の上のそのためか、婦人は声を密《ひそ》めたが、電車の軋《きしみ》も響かぬ夜更《よふけ》。柳に渡る風もなし、寂然《しん》として、よく聞える……ただ空走る雲ばかり、月の前を騒がしい、が、最初《はじめ》から一ツ一ツ、朗《ほがらか》な声が耳に響くのであった。

「此処は空家になっております……昨年住んでいましたってもう何の縁もありませんものが、夜中、断りもなしに入って参りましたんですもの。知れましては申訳がありません……

つい、あの、通りがかりに貸家札を見ましたものですから、誰方《どなた》もおいでなさらないと思いますと、何ですか可懐《なつかし》くって、」

と向《むき》を替えて、団扇を提げて、すらりと立った。美人は庭を差覗《さしのぞ》く……横顔はなお、くっきりと、鬢《びん》の毛は艶増したが、生憎《あいにく》草は暗かった。

「御尤《ごもっとも》です……あんなに丹精をなさいましたから……でも、お引越しなすったあとでは、水道を留めたから、遣水《やりみず》は涸れました。しかし、草はそのままです……近頃までに、四五度、越して来た人がありましたけれども、どう云うものか住着《すみつ》きませんから、別に手入れもしないので、貴女のおもの好《ずき》のままに残っています、……秋口には、去年は、龍胆《りんどう》も咲きましたよ。……露草は今盛りです……桔梗も沢山に殖《ふ》えました……

月夜なんざ、露にも色が染るように綺麗です……お庇《かげ》を被《こうむ》って、いい保養をしますのは、手前ども。

お礼心に、燈《あかり》を点けておともをしましょう……町を廻《まわ》って、門までお迎いに参っても可《よ》うござんす……庭へ出て御覧なさいませんか。

尤《もつと》も、雪洞《ぼんぼり》と云う、様子の可《い》い処は持合わせがありません。」

とうっかり喋舌《しゃべ》る。

「まあ、よくお覚えなすっていらっしゃるわね。」

「忘れませんもの。」

「後生ですから、」

と衝《つ》と戸袋へ、立身《たちみ》で斜めに近づいて、

「あの時の事はお忘れなすって下さいまし……思出《おもいだ》しても慄然《ぞっ》とするんでございますから……」

「うっかりして、此方《こっち》から透見《すきみ》をされた、とお思いですか。」

「否《いいえ》、可厭《いや》な風が吹いたんです……そして、その晩、可恐《おそろし》い、気味の悪い坊さんに、忌々《いまいま》しい鉦《かね》を叩かれましたから……」

唯吉は、思わず、乗《の》っかかっていた胸を引く。

九

婦人《おんな》の手が白く戸袋の端に見えた……近く、此方《こなた》を差覗くよ。

「あの……実は貴方が、絵を遊ばすって事を存じておりましたものですから、……お恥かしゅうござんすわね……」

と一寸言淀《ちょっといいよど》む。

唯吉は浮世絵を描くのである。

「私はその節、身重なんでございましたの……ですから、浅ましい処を、お目に掛けますのが情なくって、つい、引籠ってばかりいました所、何ですか、あの晩は心持が、多時《しばらく》庭へも出られなかろうと思われましたので、密《そっ》と露の中を、花に触って歩行《ある》いて見たんでございます。

生暖《なまぬる》い、風に当って、目が、ぐらぐらとしましたっけ……産所《さんじょ》へ倒れて了《しま》いました。嬰児《あかんぼ》は死んで生れたんです。

それも唯、苦しいので、何ですか夢中でしたが、今でも覚えておりますのは、その時、錐《きり》を、貴方、身節《みふし》へ揉込《もみこ》まれるように、手足、胸、腹へも、ぶるぶると響きましたのは、カンカン！　と刻んで鳴らす鉦の音だったんです。

ちょうど後産《あとざん》の少し前だと、後《のち》に聞いたんでございますが、参合《まいりあ》わせました、私ども主人《あるじ》が、ああ、可厭《いや》な音をさせる……折の悪い、……産婦の私にも聞かせともなし、早く退《ど》いて貰おうと、框《かまち》の障子を開けました。……

鉦を叩くものは、この貴方、私どもの門《かど》に立っていたんですって、」

「その横町の……」

「はあ、」

「何です……鉦を叩くものは？」

「肥った坊主でござんしたって、」

「ええ？」

すると……その婦人《おんな》の主人《あるじ》と云うのは……二階座敷の火のない中を、媚《なま》かしい人の周囲《まわり》を、ふらふらとまわり繞《めぐ》った影法師とは違うらしい。

「忌々《いまいま》しいではありませんか。主人《あるじ》が見ますと、格子戸の外に、黒で、卍《まんじ》をおいた薄暗い提灯が一つ……尤《もっと》も一方には、朱で何かかいてあったそうですけれど、それは見えずに、卍が出て……黄色黒い、あだ汚れた、だだっ広い、無地の行衣見《ぎょうえみ》たようなものに、鼠の腰衣《ごろも》で、ずんぐり横肥りに、ぶよぶよと皮がたるんで、水気のありそうな、蒼い顔のむくんだ坊主が、……あの、居たんですって——そして、框《かまち》へ出た主人《あるじ》を見ますと、鉦をたたき止めて、朦《もう》とした卍の影に立っていました。

(何だ？……)

主人《あるじ》も、容体《ようだい》の悪い病人で、気が上《うわ》ずっていて突掛《つっかか》るように申したそうです。

(騒々しい！……急病人があるんだ、去《い》って下さい。)

そうしますと、坊さんが、蒼黄色《あおきいろ》に、鼠色の身体《からだ》を揺《ゆす》って、唾を一杯溜めたような、ねばねばとした声で、

(その病人があるので廻《まわ》るいの……)

コンと一つ敲《たた》いて見せて、

(薬売りじゃに買いないな、可《え》え所へ来たでや。)

ッて、ニヤリと茶色の歯を見せて笑ったそうです……

(可《い》い所とは何だ無礼な、急病人があると云うのに、)

と極《き》めつけますとね。……

(お身様が赫《かッ》となったで、はて、病人の症《やまい》も知れた……血が上《あが》るのでや……)

と頷《うなず》いて、合点合点をするんですって、」

唯吉は、ここで聞くさえ堪《こら》えられぬばかりに思う。

「不埒な奴です……何ものです。」

「まあ、お聞きなさいまし……」

十

「主人《あるじ》は、むらむらと気が苛《い》れて、早く追退《おいの》けようより、何より、

（何だ、何だ、お前は。）

と急込《せきこ》むのが前に立つ。

（弘法大師……）

カーンとまた鉦を叩いて、

（御夢想の薬じゃに……何の病疾《やまい》も速《すみや》かに治るで、買いないな……ちょうど、来合わせたは、あなた様お導きじゃ……仇《あだ》には思われますな。）

（要らないよ。）

（為《ため》にならぬが、）

と、額に蜘蛛のような皺を寄せて、上目で、じろりと見ましたって、

（お導きで来合わせた薬を買わいでは、病人が心許《こころもと》ない。お頂きなされぬと、後悔をさり

ようが。）

（死んでも構わん、早々《さっさ》と帰れ。）

（甃《お》ちても可《え》えか……はあ、）

と呆れたように大きな口を開けると、卍を頬張ったらしい、上顎《うわあご》一杯、真黒に見えたそうです。

（是非に及ばん事の。）

カンカンと鉦を叩きながら、提灯の燈《ひ》を含みましたように、鼠の腰衣《こしごろも》をふわふわと薄明るく膨らまして、行掛《ゆきが》けに、鼻の下を伸ばして、足を爪立って、伸上って、見返って、それなり町の角を切れましたって。

（是非に及ばぬ……）

可厭《いや》な辻占でしたわねえ。」

と俯向《うつむ》いて一寸言《ちょっとことば》が途絶え……

「やがて、その後から、私は身体《からだ》を載せられて、釣台で門を出ました。

大橋辺《へん》の、病院に参ります途中……私は顔を見られるのが辛うござんしたから、」

ともの思う状《さま》に雲を見た。雲は、はッはッと、月が自分で吐出すように、むらむらと白く且《か》つ黒い。

「お星様一ツ見えないほど、掻巻《かいまき》を引被《ひっかぶ》って、真暗《まっくら》になって行ったんです。

（清正公様《せいしょうこうさま》の前だよ……煎豆屋の角、唐物屋《とうぶつや》の所……水天宮様の横通《よこどおり》……）と所々で、――釣台に附いていてくれました主人《あるじ》が声を掛けて教えますのを、ああ、冥途へ行く路《みち》も、矢張《やっぱ》り、近所だけは知った町を通るのかと思いました。

私は死にそうな心持。

そして、路筋《みちすじ》を聞かしてくれます、主人《あるじ》の声のしません間は、絶えず虫が鳴きましたっけ。前に、身体《からだ》の一大事と云った時に、あの鉦を聞かされましたのが耳に附いて……虫の中でも、あれが、鉦たたきと思うばかりで、早鐘を撞《つ》きますような血が胸へ躍ったんです……

また……後で主人《あるじ》に聞きますと……釣台が出ますと、それへ着いた提灯の四五尺前へ、早《は》や、あの、卍をかいたのが、重なって点《とも》れて、すっすっと先を切って歩行《ある》いたんだそうです。」

「そ、その坊主が、」

「ええ……遠くへも行《ゆ》かないで、――薬を買わなかった仇をしに――待受《まちう》けてでもいたのでしょう……直《じ》き二丁目の中程から、そうやって提灯が見え出したそうですが、主人《あるじ》かって、忌わしかろうがどうしようが、薬売りが町を歩行くのに、故障を言えるわけはありません。

何だって、また……大病人を釣台でかかえていて、往来、喧嘩も出来ない義理ですから、睨《にらみ》着《つ》けてそのまんま歩行いたそうです。

ただ、あの、此処《ここ》は、何処《どこ》……其処《そこ》……と私に言って聞かしました時分だけは、途切れたようにその提灯が隠れましたって。清正公様の前、煎豆屋の角、唐物屋の所、水天宮様の裏通り、とそッち此方《こっち》で、一寸一寸《ちょいちょい》見えなくなったらしいんですが、……」

十一

「すぐに、卍が出て、ふっと前へ通って行きます。もう、それを見ると、口惜《くや》しさが胸を縛って、咽喉《のど》を詰めて、主人《あるじ》は口も利けなかったそうなんですよ。

その主人《あるじ》の黙ってますうちは、私が鉦たたきに五体を震わす時でした……尤も、坊主は、唯ぼんやりと鼠の腰法衣《こしごろも》でぶらぶらと前へ立ちますばかり、鉦は些《ちっ》とも鳴《なら》さなかったって事でした……

カンカンカンカンと、不意に目口《めくち》へ打込まれるように響きました。

私は気が遠くなって了《しま》ったんです。

口へ冷いものが入って、寝台《ねだい》の上に居るのが分りましたっけ……坊主が急に鉦を鳴らしたのは、ちょうど、釣台が病院の門を入る時だったそうです。

その門が、また……貴方、表でもなければ潜《くぐ》りでもなくって、土塀へついて一廻り廻りました、大《おおき》な椎《しい》の樹があります、裏門で木戸口だったと申すんです。

尤《もっと》も、二時過ぎに参ったんですから、門も潜りも閉《しま》っていて、裏へ廻ったも分りましたが、後に聞けばどうでしょう……その木戸は、病院で、死にました死骸ばかりを、密《そっ》と内証で出します、そのために、故《わざ》と夜中《やちゅう》に明《あ》けとくんですって、不浄門！……

随分ですわねえ。ほほほほ、」

と寂しい笑顔が、戸袋へひったりついて、ほの白く此方《こなた》を覗《のぞ》いて打傾《うちかたむ》いた。

唯吉はまた慄然《ぞっ》とした。

「坊主はどうしました。」

「心得たもの、貴方……」

と声が何故か近く来て、

「塀から押《おっ》かぶさりました、その大《おおき》な椎の樹の下に立って、半紙四つ切りばかりの縦長い——膏薬《こうやく》でしょう——それを提灯の上へ翳《かざ》して、はッはッ、」

と云う、婦人《おんな》は息だわしいようで、

「と黒い呼吸《いき》を吐掛《はきか》けていたんだそうです……釣台が摺違《すれちが》って入ります時、びたりと、木戸の柱にはって、上を一つ蒼黄色い、むくんだ掌《てのひら》で撫でましたって……

悄乎《しょんぼり》と其処へ入ると、そのトタンに、カンカンカン。

釣台は、しっかり蓋をした、大な古井戸の側を通っていました。

余《あん》りですから、主人《あるじ》が引返《ひっかえ》そうとした時です……薬売《くすりうり》の坊主は、柄のない提灯を高々と挙げて、椎の樹の梢《こずえ》越しに、大屋根でも見るらしく、仰向いて、

(先《ま》ずは送ったぞ……)

と声を掛けると、何処かで、

(御苦労。)

と一言、婦《おんな》の声で言いましたそうです……

おやと思うと、灰色の扉《ひらき》が開いて、……裏口ですから、油紙なんか散らかった、廊下のつめに、看護婦が立って、ちょうど釣台を受取る処だったんですって。

主人《あるじ》は、この方へ気を取られました、が、それっ切り、薬売は影も形も見えません、あの……」

と一息。で、

「これは、しかし私が自分で見たのではありません。それから、私は私の方で、何か、あ

の、ござんした。

　変な事が。

　その時に、次手《ついで》に主人《あるじ》が話して聞かせたんです……私はただその鉦の音《ね》が耳について耳に着いて、少しでも、うとうととしようとすれば、枕に撞木《しゅもく》を当てて、カンカンと鳴るんですもの……昔、うつつ責《ぜめ》とか申すのに、どら、にょう鉢、太鼓を一斉《いちどき》に敲《たた》くより、鉦ばかりですから、余計に脈々へ響いて、貫《とお》って、その苦しさったら、日に三度も注射の針を刺されます、その痛さなんぞなんでもない！」

十二

「貴方……そんなに切なくったって、一寸《ちょっと》寝返り所ですか、医師《せんせい》の命令《いいつけ》で、身動きさえなりません。足は裾へ、真直に揃えたっ切《きり》、両手は腋の下へ着けたっ切、で熟《じっ》として、ただ見舞が見えます、扉《ひらき》の開《あ》くのを、便《たよ》りにして、入口の方ばかり見詰めて見ました。

　実家《さと》の、母親、姉なんぞが、交《かわ》る交《がわ》る附いていてくれます他に、その扉ばかり瞻《みつ》めましたのは、人懐かしいばかりではないのです……続いて二人、三人まで一時《いちどき》に入って来れば、屹《きっ》とそれが、私の臨終の知らせなんでしょうから、すぐに心掛りのないように、遺言の真似ごとだけでもしましょうと、果敢《はかな》いんですわねえ……唯それればかりを的《まと》のようにして目を瞬《みは》っていたんですよ。

そうしますとね、苦しい中にも、気が澄むって言うんでしょう……窓も硝子《がらす》も透通《すきとお》って、晴切《はれき》った秋の、高い蒼空を、も一つ漉《こ》した、それは貴方、海の底と云って可《い》いか何と申して可いんでしょう、寒《かん》の月の底へ入って、白く凍ったようにも思えます。玲瓏《れいろう》って云うんですか、自分の手も、腕も、胸なんぞは乳のなり、薄掻巻へすっきりと透いて、映って、真綿は吉野紙のように血を圧《おさ》えて、骨を包むようなんです。

清々《すがすが》しいの、何のって、室内には塵《ちり》一ツもない、あってもそれが矢張《やっぱ》り透通って了《しま》うんですもの。壁は一面に玉の、大姿《おおすがた》見《み》を掛けたようでした、色は白いんですがね。

トもう、幾日だか、昼だか夜だか分りません、けれども、ふっと私の寝台《ねだい》の傍に坐っている……見馴れない人があったんです。」

「ええ、何ですって、」

と思わず声を出して、唯吉は窓から頸《くび》を引込めた。

「私は傍目《わきめ》も触らないで、瞳を凝《じっ》と撓《た》めて視《み》たんですが、ついぞ覚えのない人なんです……

四十七八、五十ぐらいにもなりましょうか、眉毛のない、面長な、仇白《あだじろ》い顔の女で、頬骨が少し出ています。薄い髪を結び髪に、きちんと撫《な》でつけて、衣紋《えもん》をすっと合わせた……あの、その襟が薄黄色で、そして鼠に藍がかった、艶々《つやつや》として底光りのする衣服《きもの》に、何にもない、白い、丸抜きの紋着《もんつき》を着て、幅の狭い黒繻子《くろじゅす》らしい帯を些《ち》と低めに〆《し》めて、胸を真直ぐに立てて、頤《おとがい》で俛向《うつむ》いて、額越《ひたいごし》に、ツンとした権《けん》のある鼻を向けて、ちょうど、私の左の脇腹のあたりに坐って、あからめもしないと云った風に、ものも言わなければ、身動きもしないで、上から、私の顔を見詰めているじゃありませんか。

それが貴方……変な事には、病室で、私の寝台の上に、そうやって仰向けに寝ていますんでしょう。左の脇腹のあたりに坐りました、その女性《おんな》の膝は、寝台の縁と、すれすれの所に、宙にふいと浮上っているのですよ。」

唯吉は押黙った。

「……こう、さまで骨々しゅう痩せもしない両手を行儀よく膝の上に組んだんですが、その藍がかった衣服《きもの》を膝頭へするりと、搔込《かいこ》みました、褄《つま》が揃って、その宙に浮いた下の床へ、すっと、透通るように長々と落ちているんです。

朝と思えば朝、昼、夜、夜中、明方、もうね、一度それが見えましてから、私の覚えていますだけは、片時も、そうやって、私の顔を凝視《みつ》めたなり、上下《うえした》に、膝だけ摺《ず》らそうともしないんです。

可厭《いや》で、可厭で、可厭で。何とも、ものにたとえようがなかったんですが、その女性《おんな》の事に付いて、何か言おうとすると、誰にも口が利けません。……

身体《からだ》が釘づけになったようなんでしょう。

唯その中にも、はじめて嬉しさを知りましたのは、私たち婦《おんな》の長い黒髪です……白い枕に流れるように掛りましたのが、自分ながら冷々《ひやひや》と、氷を伸ばして敷いたようで、一条《ひとすじ》でも風に縺《もつ》れて来ますのを、舌の先で吸寄せますと……乾いた口が涼しくなって、唇も濡れたんですから。」

十三

「氷嚢《ひょうのう》や、注射より、ただ髪の冷いのが、きつけになって、幾度も、甦り、甦り、甦る度に、矢張《やは》り同じ所に、ちゃんと膝に手を組んで見ています。

何か知りませんけれども、幾らも其処等《そこいら》に居るものの、不断《ふだん》は目に見えない、この空気に紛れて隠れているのが、そうして塵も透通るような心持になったので、自分に見えるのだろうと思いました。

現在、居るのに、看護婦さんにも、誰の目にも遮りません……どうかすると、看護婦さんの白い姿が、澄まして、その女性《おんな》の、衣服《きもの》の中を歴々《ありあり》と抜けて歩行《ある》いたんです。

五日目です……後で知れました。

その朝です。

黒髪のまた冷たさが、染々《しみじみ》と嬉しかった時でした。

（お前。）

とその女性《おんな》が、そのまま、凝視《みつめ》たなりで口を利きました。

「ええ、その何かが？」

「今でも声さえ忘れませんわ。

（お前は渋太《しぶと》いの……先ず余所《よそ》へ去《い》にます。）

ッて、じろりと一目見て、颯《さっ》と消えました。……何処へ参ったか分りません。

午前、回診においでなすった医師《せんせい》が、喫驚《びっくり》なさいました。不思議なくらい、その時から
脈がよくなったんです……

その晩、翌朝《あくるあさ》と、段々《だんだん》、薄紙を剝ぐようでしょう。

まあ、この分なら助かります。実はあきらめていたんだッて、医師《せんせい》もおっしゃいます。

あの室《へや》は、今夜だ、今夜だ、と方々の病室で、そう言ったのを五日続けて、附添いの、親《しん》
身《み》のものは聞いたんですって。

そうしますとね……私の方が見直しました二日目の夜中です……隣の室においでなすった御婦人の、私と同じ病気でした。それは、此方《こちら》とは違って、はじめから様子のよかったのが、急に変《へん》がかわっておなくなりになりました。死骸は、あけ方に裏門を出て行きました。

真《まこと》に、罪な、済まないことじゃあるけれども、同一《おなじ》病人が枕を並べて伏《ふせ》っていると、どちらかに勝《かち》まけがあるとの話。壁一重でも、おんなじ枕。お隣の方《かた》は身代りに立って下すったようなものだから、此方《こちら》が治ったら、お墓を尋ねて、私も参る、お前も一所《いっしょ》に日参《にっさん》しようね。

と姉が云ってくれるんです。

もう、寝ながら私は、両手を合わせて回向《えこう》をしました。

日に増し……大丈夫と云う時に、主人《あるじ》が、鉦たたきの事から、裏門を入った事など話しましたッけ、——心も確《たしか》で、何にも気に掛らないほど、よくなったんです。

髪を結んでもらいました、こんなに……」

と、優しく櫛巻に手を触れて、嬉しらしく云ったが、あど気《け》なく、そして、かよわい姿が、あわれに見えた。

「朝、牛乳を飲んで、涼しく、のんびりとして、何となく、莞爾《にこにこ》して一人で居ました。

(おぎい、おぎい、)

ッて声がします……

ああ、明方にお産があった。

おなくなんなすった室の、次の室はあいていて、その次の室に、十八におなんなさる

……初産の方があったんです。其処で聞えるのを、うっかり、聞いていましたッけ。

廊下をばたばたと来て、扉《ひらき》をあけながら、私どもの看護婦さんが、

(まあ、可厭《いや》な、まあ可厭な。)

と云い云い、ずかずかと入って来て、

(貴女、一軒、あのお隣さんが、変なことを云うんですよ。唯今、どうしたんですか、急に、思いも掛けない、悪い容体にお変んなすったんですがね。皆が圧《おさ》えても、震え上るように、寝台の上から、天井を見て、あれあれ彼処《あすこ》に変なものが居て、睨みます、とって頂戴、よう、とって頂戴。あれ、釣下った電燈の上の所に、変な物がって、身悶えをするんですもの。気味の悪さッたら!)

私は水を浴びるように悚然《ぞっと》して、声も出ませんでした。

遁腰《にげごし》に、扉を半開きに圧《おさ》えて、廊下を透かしながら、聞定《ききさだ》めて、

(あれ、おなくなんなすったんだ。)

ドン、と閉めて駈出《かけだ》して見に参ります……その跫音《あしおと》と、遠くへ離れて、

(おぎい、おぎい。)

と幽《かすか》になって行ったのは、お産婦から引離して、嬰児《あかんぼ》を連れて退《どく》らしい。……

三ツ四ツの壁越ですが、寝台に私、凍りついたようになって、熟《じっ》とその方を見ていますと、向きました、高い壁と、天井の敷合わせの所から、あの、女性《おんな》が、」

「ええ、」

「見上げます所に坐ったなり、膝へ折った褄をふわりと落して、青い衣服《きもの》が艶々《つやつや》として、すっと出て、

(お前、どうしてもまた来たよ……)

と、其処から膝に手を組んで、枕許へふらふらと、下りたんです。その脇の下の両方を、背後《うしろ》から何ですか、大な黒い手が二ツ出て、据えて持っていたんです。

寝台と、すれすれの所へ坐りますと……」

ふと言淀《いいよど》むかして、黙って、美人は背後《うしろ》を振向いた。

唯吉も我が座敷の背後《うしろ》を見た。

「もう少し……」

と向うの二階で、真暗な中で云うのを聞いた。

唯吉は確乎《しか》と敷居を摑んだ。

婦人《ふじん》は、はっきりと向直って、

「ああ……その黒い大《おおき》な手が、蒼い袖の下からずッと伸びて、わ、私の咽喉《のど》を、」

はッと思ったのは、凄《すさま》じい音で、はた、と落した団扇が、カラカラと鳴って、廂屋根《ひさしやね》の瓦を辷《すべ》って、草の中へ落ちたのである。

「あれ、」

と云う、哀しい声に、驚いて顔を上げると、呀《や》、影の如く、黒い手が、犇《ひし》と背後《うしろ》抱きに、その左右の腕を摑み挫《ひし》ぐ。これに、よれよれと身を絞った、美人《たおやめ》の真白な指が、胸を圧えて、ぶるぶると震えたのである。

唯吉は一堪《ひとたま》りもなく真俯《まうつ》ぶせに突俯《つっぷ》した。……

夜は虫の音に更け渡る。


（「地球」第一巻第七号 大正元年十月）

幻《まぼろし》往《おう》来《らい》

些《ち》と如何《いかが》わしいから楼《うち》の名は言うまい。廊下の隅にも、煙草盆《たばこぼん》の中にも、塵《ちり》一つ置かず、室毎《へやごと》の燈《ともしび》も輝いて、繁昌を極《きわ》めるそうだけれども、亭主の好《すき》な赤烏帽子《あかえぼし》。中庭に据えた、天水《てんすい》を湛《たた》えた大釜が、蕭々雨《しょぼしょぼあめ》の暗《やみ》の夜には時々唸《うなり》を立てて廓内に聞えると言うのがある。その音を研究するためだ、と言ったが、そうではあるまい、法科の生徒で、頻《しきり》にその楼《うち》に通うのがあって、この男が一時《あるとき》宴会のあった皈《かえり》に、橘《たちばな》という、その節、医学部に居たのを引張《ひっぱり》出した。橘は私の信友《しんゆう》で、それから――こう云う出来事になった。

渠《かれ》は一体、学若不成《がくもしならずんば》で、信州から出て来た椋《むく》ではなく、下谷《したや》の生《うまれ》であった。けれども、桜にも、仁和賀《にわか》にも、つい未《ま》だ廓《くるわ》の地に足を入れたことはなかったから、はじめて肩を抱えるようにした二人乗《ににんのり》を引込まれて、門で車止《くるまどめ》の群集《ぐんじゅ》には驚いた。

ちょうど仁和賀も、後二三日で了《しまい》になろうという頃だったとか、途中の風は身に染みて、酔《よい》も醒めていたから、四辺《あたり》が明《あかる》いほど、益々後暗《うしろぐら》い。

恐縮して後《うしろ》へ退《すさ》るのを、捕まえて放さず、件の法学生が門へ入ると、左側の引手茶屋へ連込《つれこ》んだ。

馴染《なじみ》と見えて、女どもは、ちゃんと心得たもので、先刻《さつき》もおなじみに廊下でお目に懸《かか》りました。貴方の事を、あら解ってるじゃあありませんか。浮気をなさるから気を揉んでいるんでさあね、さあ、直ぐ参りましょう、お座敷のある内《うち》に。いや、待ったり、少し寸法が違った。今夜は別の楼《うち》にしよう、何、彼処《あすこ》ばかりが女じゃあるまいし。串戯《じようだん》をいっちゃ不可《いけ》ませんよ、さあ、といって、促して、妙な形。……寝巻を肩に懸けて、白丁《はくちよう》と提灯を両手に提げたのが前に立って導いたのが、その大釜の鳴るという、三層楼《さんそうろう》。

広い段階子《だんばしご》を上って、花瓦斯《はながす》の点《つ》いた取着《とツつき》の広間へ入ると、未だ座に着かないさきに、若い者が、ばたばたと出て来て、お座敷へ、といって廊下を連れて行く。

橘は唯手《ただ》を拱《こまぬ》いて俯向いていた。が、膳の上へ猪口《ちよこ》が乗って、三品《みしな》ばかりついて出た。それを二ツ三ツ傾ける内に、引着《ひきつけ》というものがあった。女の顔よりも、渠は膳についた輪切なる酢鮹の足の大《だい》なるを見て、一力《いちりき》では由良之助《ゆらのすけ》がこれにあてられた筈だ、揚屋《あげや》というものは恐しい海の化物を食わせる処だと、舌を巻いて、畏《かしこま》った、詰らなさも詰らない。煙草《たばこ》も飲む癖に、口も利かないので、陰気な座敷は寝た方が増《まし》だろう。それではおひけにというと、繻子《しゆす》の襟の懸った袷《あわせ》に、浴衣を襲《かさ》ねて、半纏《はんてん》は着ず、博多の男帯をぐるぐる巻にして、蟀谷《こめかみ》の処へ梅干を貼った、胸を突出して歩行《ある》く婆さんが来て、此方《こちら》へおいでなさい、と診察処《しんさつじょ》へ患者を呼入れるような見脈《けんみゃく》。

橋は気後《きおく》れがして立淀《たちよど》む。婆さんは眉を顰《ひそ》めて、法学生と二人を右瞻左瞻《とみこうみ》ながら、何処《どっち》だい。茶屋の女が傍《そば》に居て、其方《そちら》、というと、此方《こっち》、と念を入れて、頷《うなず》いた様子で、さあ、此方《こちら》へ。橋も仕方がないから、おなじようなことを、何方《どっち》。

此方此方《こっちこっち》、と尻上りにいって、手は掛けないが、引立てるように敷居の外。それをお穿《は》きなさい、と頤《おとがい》で草履の指揮《さしず》。凡《すべ》て北八《きたはち》のあつかいにされた、……と今も話す毎に橋は笑うのである。

三段ばかり、ずるずる辷《すべ》るようなのを下りると、電燈の点《つ》いた厠《かわや》があった。此処《ここ》だけ凹《くぼみ》になっていて、また向うへ二三段高くなって、廊下の突当《つきあたり》が合方《あいかた》の座敷だった。

直《すぐ》おひけかというので、突然行燈《いきなりあんどう》を点《つ》けてある上《かみ》の室《ま》の屏風《びょうぶ》を漏《も》れて、房つきの枕と、金糸《きんし》で紋を置いた天鵝絨《びろうど》の襟と、厚衾《あつぶすま》の真紅の裏が見えたので、橋は吃驚《びっくり》して、次の室の長火鉢の傍《わき》に坐って了《しま》う。

貴方お着換えなさいな。否沢山《いやたくさん》だ、とばかりで其処《そこ》にあった、都新聞を取って時計の懸《かか》った柱を楯に橋は固くなる。

沢山じゃありませんよ、と着いて来た茶屋の女が、引手繰《ひったく》って、新聞は横になっても読めますわ、などと切込む。

かかる時、勇士は錐毛急《すいもうきゅう》に用いて進むと聞くが、渠《かれ》は極めて弱卒《じゃくそつ》であった。新聞は取られる、方角は分らず、手持不沙汰ではある。気上気《きのぼせ》がして唾も乾いたため、黙って首低《うなだ》れている処へ、合方が、するする。……

どうなすったの。

否《いいえ》ね、おいらんが被入《いらっ》しゃらなければお寝《やす》みなさらないですとさ。

そう、まあ、嬉しいねえ、と少しかすれた声で笑った、——凄いことね。

おいらんお渡し申しますよ、どうぞ宜しく、さあ、皆《みんな》参りましょう。はにかんで被在《いら》っしゃるんだよ、一寸《ちょいと》と、言交《いいか》わして、婆さんと女とは故《わざ》と座を避けた。橘は二十三だったけれども、四《よっ》ツばかり人には若く見えた。

ねえ、お着替えなさいな、何故、え、不可《いけな》い。それじゃ、お羽織でも、と言って背後《うしろ》から玉のような手をかけて肩越に胸紐を解こうとする。

橘は何か、落人《おちゅうど》が美しい野武士に、緋縅《ひおどし》を剝取《はぎと》られるような心持で、緊乎《しっかり》襟を圧《おさ》えて身動《みうごき》もならず、顔の遣場《やりば》も無かったが、ふと見ると枕頭《ちんとう》に置いた行燈に女文字で、

東雲《しののめ》のほがらほがらと明け行《ゆ》けば、

と後朝《きぬぎぬ》の歌の上の句ばかりを書きつけてあるのを見て、熟《じっ》として目《め》まじろぎせず。

合方、持余《もてあま》したと見えて、手を放して、火鉢の向うへ片膝を支《つ》いたので、橘は吃《きっ》と心着《こころづ》

いて、膝に手を置いて向直って、姉さん、私は全く交際《つきあい》。遊ぶ気は無いんだから仕方がない。今度遊びたいと思った時は屹《きっ》と一人で来る。その時は遊ばしておくれ、と言った。そうすると、あい、といって、快く頷《うなず》いて、莞爾《にっこり》笑ったが、そのまますらりと障子を開けて、フイと出て行った。

後で、ほっという息をついて、汗を拭い、はじめて座を寛《くつろ》げて、煙草《たばこ》を喫《の》んだ。

暫くすると、先の婆が入って来たが、既に意を了《りょう》したと見えて、敢《あえ》て今めかしいことはいわず、向島《むこうじま》へ水が出た時は大変でございましたなどと、茶を入れる。程なく迎《むかい》が来たので、橘は支度には及ばず、座敷を辞して、入乱れた跫音《あしおと》、ばたばたばた。

前刻《さき》の厠近くなる、廊下の端に、誰とは知らず、後向《うしろむき》に立った一人の女。藤色縮緬《ちりめん》に三ツ紋着《もんつき》の座敷着を引懸《ひっか》けて、寒いか、肩狭う体細《み》く、褄《つま》を引合わせて、櫛巻《くしまき》の少しほつれた、襟許《えりもと》の清らかなのが、何となく窶《やつ》れて、一体になよなよとして霧が懸ったやつれた形《み》。

橘は一目見る、と悚然《ぞっ》とした、——廊下もこの辺《あたり》は風が、冷い。

顔を見る遑《いとま》もなく、それなりに連《つれ》を誘い、一組になって二階を下りようとする。階子段《はしごだん》の中ほどで、客を送出した皈《かえり》と見えて、片手を懐にして、褄を取って、風に芙蓉の揺らる風情、些《ち》とよろける姿で上って来るのに行逢《ゆきお》うた。これも櫛巻にして頬に後毛《おくれげ》をかけていたのを、橘が不図《ふと》見ると、また氷を浴びたように悚然《ぞっ》とした。

合乗《あいのり》で皈《かえ》りがけ、上野の蹈切《ふみきり》を越えると、連《つれ》の男が、……橘、どうだ。

どうとは。どんな心持だよ、何とか思やしないか、と聞く。尤《もっと》も行きがけにちょうど此処で、男子これから後へ引返すことが出来るか、と昂然《こうぜん》として言うから、橘は意に介せず、このまま家《うち》へ皈れば結構だ、といったので。今に分ります、と連は澄ましたのであった。皈途《かえり》に聞かれても、別に何ということは無かったから、その由《よし》をいうと、然様《さよう》、人に由《よ》って、この薬、利目《ききめ》の疾《はや》いのと遅いのとがある。君なんざその遅い部だろう、翌朝《あくるあさ》になって見ろ、屹《きっ》と御利益があるから、と独《ひとり》で飲込んでいるのを、心に可笑《おかし》かったのである。けれども、果せるかな、日を経《ふ》るに従うて、物思《ものおもい》深く、胸を掻挘《かきむし》らるるようになった。が、その時余り綺麗な口を利いたので、もう一度とは言出し難《がた》いのに殆《ほとん》ど悩んだ。

というのは、深い仔細がある。——

ちょうどその時から二年前《ぜん》のこと、夏の末方《すえかた》、橘は医書に一冊買いたいのがあって、本郷に来ようとする、無縁坂を上って、彼《あれ》から龍岡町《たつおかちょう》へ出て、豊国《とよくに》の前を通って左へ折れると、前途《むこう》、枳殻寺《からたちでら》の方から、警察と区役所の間を一台釣らせて来た駕籠《かご》がある。行違《ゆきちが》った時、見た中に、黄八丈《きはちじょう》の敷蒲団、同搔巻《おなじかいまき》を深々と懸けて、括枕《くくりまくら》の大《おお》なのに凭《より》かかった、凄いほど美しい、年紀《とし》は二十余《はたちあまり》の、髪は房々とあるのを、櫛巻にしたのが、枕に溢《こぼ》れて哀《あわれ》に見え、痩せた手に絵団扇を持ったのを、少し上の方に翳《かざ》して、白魚のような指の尖《さき》で、たゆげに、くるくるとまわしながら、静々《しずしず》と舁《か》かれて通る。

思わず、振返って、立停まると、兄妹ならば兄であろう。洋服を着た、もの優しい紳士と、小綺麗な女中と、乳母とも見ゆる年配の媼《おうな》とが、乗物の前後に附添うて、日中《ひなか》涼傘《ひがさ》で蔭を造った中へ病人を入れて守護しながら、いずれも沈んだ趣で、大学の門を入った。

橘は、以来寝覚《ねざめ》にもその俤《おもかげ》を忘れなかったそうである。が、大学に籍を置く医学生のことであるから、病院には次手《ついで》があって、霧島民《きりしまたみ》……というその美人の名と、その病は肺結核であることを知った。

用のある時と雖《いえど》も、その事あってからは、心咎《こころとが》めがして、病院の出入《でいり》に気がさす。でなるべく遠ざかっている内に一年過ぎた。その美人の俤は、忘れねばこそ思い出さずで、時過《ふ》るままに、際立ってこれという印象もなくなったが、幻は一ツ、何時《いつ》も影身に添って離れなかった。

そうすると、去年の秋のはじめ、恰《あたか》も今年、廓へ誘われた頃の月夜。

橘はその頃、丸山の方に引越していたが、本郷に用があって菊坂を上る……と不思議や。白地の中形《ちゅうがた》の浴衣に、縞の半纏を着て、悄然《しょんぼり》した姿で、前途《むこう》から来た女の顔。ああ、見たことのある、——知己《ちかづき》の気がして、遣過《やりす》ごしてから考えたが、急に思出《おもいだ》せない。

身を絞るばかり気に懸って、他念なく、うかうか通《とおり》へ出た、警察署の角を曲って、ふと心着くと、自分は此処へ来る意《つもり》ではなかった。

我ながら怪しく、引返《ひっかえ》そうとすると、三間《さんげん》ばかり前へ、後向《うしろむき》になって行く女がまた。


――


襟附《えりつき》、髪容《かみかたち》、着物は緊《しか》とは解らなかったが、月の光であろう、半ば蒼みを帯びて、灰色の濁ったような姿を、一目見ると、確《たしか》にそれ。橘は茲《ここ》に、はじめて菊坂で逢った女の、人に似たと想うのは、この俤で、染込《しみこ》んで忘れない、……あの病《びょう》美人の俤に、そッくりなのであることを知った。

同時に件の後姿は、ふらふらと向うへ遠ざかって、学校の門へ入った、と思うと見えなくなった。

月明《つきあかり》にも留まらぬ、その後姿を見送って、茫然《ぼうぜん》としていたが、何か、世の中に澄《す》まないような気がして、思いに沈んだまま、達すべき本郷の用も忘れて、茫然《ぼんやり》して家へ皈《かえ》ると、さあ、眠れようか。

翌日《あくるひ》は一日、机に凭懸《よりかか》ったまま、うつらうつらで居た。が、到頭耐《こら》え切れなくなって、家を出て――三号室に懸った、心覚《こころおぼえ》の、霧島、と言うその名札でも見ようと思って、大学病院に行く。医員にも、看護婦にも、知った顔がある。憚《はばか》らず、奥深く内科に入《い》って、それと思う戸の前に行った時、我ながら動悸が高くなった。そのまま札を見ることもせず、向うへ行抜《ゆきぬ》け、壁を視《なが》めて佇《たたず》んで、思切《おもいき》って皈りがけに、唯目《とめ》を注ぐと無い、その人の札は懸っておらぬ。

橘は国が変ったか、と興覚《きょうさ》めると斉《ひと》しく、為《し》たことが総て間違ってると思って、人目を忍ぶばかり、急いで退《の》く。

日暮方《ひくれがた》なり、薄暗く、ひッそりして誰も居ない。玄関傍《わき》に赤い緒の草履が、裏が覆《かえ》ったのも、仰向いたのも構わず一束にして積揃《つみそろ》えて、綺麗に掃除がしてあって、がらんとして、腰掛を置いた処に、火鉢が一個《ひとつ》。火種がぽっちり見えたので、天井を仰ぎながら立停《たちどま》って、煙管《きせる》を出して、落着いて、一服、立ちながら吸って気を静めて吻《ほっ》と呼吸《いき》した。

やあ、おいでなさい、と声をかけて、小倉《こくら》の古洋服を着た、下唇の大い、への字形《なり》の口の締った、目つきに愛嬌のある、ぽっちりと短い眉の極めて濃い、兀頭《はげあたま》で、年紀《とし》六十ばかりの小使が顕《あら》われた。見知越《みしりごし》ではあり、遠慮がないので。

どうだね、爺さん。

また雨だ。この様子じゃ、二百十日は暴《あ》れでがす。両に四升《しょう》の奴が二三合切込《ごうきれこ》みそうだね、可恐《おそろ》しいじゃがせんか。此方人等《こちとら》の若い時にゃ、尤《もっと》も、その時分は、お前様《さん》、昼三《ちゅうさん》といって部屋持《もち》の飛切《とびきり》の奴が三歩《ぶ》だ。米なざ安うがしたぜ。御存じでしょう、当百《とうびゃく》って代物だね、天保銭でうんとあったもんでがす。人間もそんな時にゃ暢気《のんき》でさ、ですからお前様《さん》、病人なんぞ根《ねツ》からありゃしません。

近来出来るものは病人と子供だ。何の事《こた》あない、苦労をしに生れて来るようなものでね、そいつの嵩《こう》じたのが癆咳《ろうがい》、え、肺病ッていいます。昔でも癆と名がつくと難かしいね。直《すぐ》様《さま》過去帳へお届《とどけ》を出す位なもんで、この節はまた世の中は、この癆でもって持切《もちきり》だね。内《うち》の御病人なんぞも半分の上です。悪く若い人に多いでがすから、気を着けねえけりゃなりません、今日もお前さん、可惜《あったら》ものを。ええ！

この小使に、橘は、かの意中の美人が、到底《とて》も快復の望《のぞみ》がなくって、退院したことを聞いた。一年越居《いちねんごし》た病院の玄関を、駕籠《かご》に舁《か》かれて出る時、幽《かすか》な声でものをいった、附添のものは両三度聞直《ききなお》したが、病人は、「……龍岡町を通るの？」

と言ったのである。通りますよ、と答えると、頷《うなず》いて目を閉じた。そのまま亡骸《なきがら》のように運び出したのを爰《ここ》に見ていた、と小使が言って聞かした。

龍岡町を通るの。……橘はこれを聞いて蒼くなった。迷った心には、無理はない。殊に同一《おなじ》駕籠で出たといえば、その時のことが見ゆるよう。

声も震えて、何処の方だね、と何気なく聞いて見る。龍岡町を通るッてそう言ったっけ、下谷の徒士町《おかちまち》の邸《やしき》だそうでがす。と教えて、小使は喟然《きぜん》として、胸を打って、歎息して、昔々と一概《いちがい》に言うけれども、今の肺病なんざ、矢張《やっぱり》死病てえ折紙が着いてましたよ。木の根の黒焼や、草の葉をらんびきに懸けたのじゃ、浴せたって叶わねえ。ところで、不思議と言うものは、今の世にゃはやらねえそうでがすが、昔はお前《めえ》さん、とてもいけねえというその病気が、私《わっち》の知ってます法で治ったから不思議じゃがあせんかい。病院の先生方には話されるわけではなし、また入院をしようと言うほどの人達には、言ったたって、から、用いませんから、見放されて出て行くのを見る毎《たんび》に私《わっし》あ目を瞑《ねむ》ってまさ。

どういう法なんだね、と真顔で尋ねる。

何《なに》くだらねえ、車前草《おんばこ》の葉なんでさ。

と自ら嘲けるように言棄《いいす》てたが、内心自負する事の極めて大《おおい》なるものであるのは、顔の色に顕《あら》われた。

車前草《おんばこ》の葉をどうします。

や、お前さん、少《わか》いに似合わねえ、聞きますかい。

此奴《こいつ》は話せるぞ、とだぶだぶして少し裂目の見える、衣兜《かくし》の欠唇《いぐち》へ手を突込み、古びた印伝皮《いんでんがわ》の三折《みつおれ》の紙入を出して、底から小さな紙包、開くと草の葉の色の、殆ど端倪《たんげい》すべからざるものを取って、掌《たなそこ》に据えた。

これだ、こりゃね、こう二ツに岐《また》を打ってましょう。二岐の車前草《おんばこ》ッて、滅多にゃ無いもんでさ。そうして何《な》んだね、蔭干《かげぼし》にしたのでね、油を塗っちゃ乾《ほ》し、乾し、大抵な丹精じゃありませんぜ。で、どうすると言うと、癆病《ろうやみ》の寝ている室《へや》をね、夜ならば灯を消します、昼間でも雨戸を閉切って真暗にして、それから病人の寝床に並べて、新筵《あらむしろ》を一枚敷きます、可《よ》うがすかい。そこでこれだ、と言って掌《てのひら》を動かした。車前草《おんばこ》の葉は、ぶるぶると揺れた。

これに灯《ひ》を点して、こうその病人の額の上へ。……言いかけて、屹《きっ》とへの字形《なり》の口を結び、葉を取直して、抓《つま》んで前へ出して、目を据えて透かして見せた。

頭《かしら》の方を照《てら》しまさ、影が映りましょう、病人の、その影が、右の筵《むしろ》に映るのを、そのまま緊乎《しっかり》巻込んで、スウと引放《ひっぱな》して、持って出て、直《すぐ》に川へ行って流すんでがすよ。魔法じゃあがせんから、呪文も何も要りやしません。私《わっし》が覚えてからも、それで治ったのが七人ありまさ。学問をなさるお前《めえ》さんにゃ、馬鹿馬鹿しいでがしょう、……という時、天を仰いで呵々《からから》と笑った。小使がその時の風采は、一個不思議の道士のように見えたと――橘は言う。

渠《かれ》は思う仔細あり、道士に対するの慇懃《いんぎん》と信仰を以て、一枚、件の霊草を請得《こいえ》て、これを懐にして病院を辞した。突当りの本郷枳殻寺《からたちでら》の通《とおり》には、早《は》や人通のなかに、ちらちらと灯の見ゆる、黄昏《たそがれ》の龍岡町を、目を瞑《つむ》るが如く、腕を組み、首を低《こうべ》れて歩行《ある》いたが、忽《たちま》ち夢の覚めたようになって、かの、朦朧《もうろう》とした後姿の束髪《たばねがみ》の婦人《おんな》を見失った、大学の門際を、見返りさまに、……すたすたと急いで行く。

こう云う風に話したら、これで橘がこの記念の多い町を通った時、耐難《たえがた》い心の内が、粗《ほぼ》知れよう。

自分も知っている。――殊に病院に於ける国手《こくしゅ》が匕《さじ》を投げ、病人も覚悟をして引取った位のもの、到底、快復の望はないから、儚《はかな》いことでもこの上は頼《たのみ》にするより外はない、神仏の力、はた、道士の奇薬。

橘は、当初《はじめ》この霊草を持って行って、直《ただ》ちに霧島の玄関から訪れて、来意を告げ、病室に通って、ちょうど夜なり、灯を点して影法師を映して見よう。あれほどの女の世を去るというについての、その親身のものの未練は、自分に譲るまい。一面識は無くっても、何《なに》、と思ったのであった。殊に迷った心から、何かあの病人とは、幽冥《ゆうめい》相通ずる因縁があって、自分その門に到れば、人あり佇《たたず》んで、待兼《まちか》ねて、言葉を交えない前《さき》に、意を通ずる事が出来よう、と気も漫《そぞ》ろ。

徒士町に行く時分、もう日が暮れた。霧島という邸は、人に聞かないで、直《すぐ》に知れた。然《しか》るに、この苦も無く探し当てたほどの立派な門構は、橘が気臆《きおくれ》した一《ひとつ》であった。且《か》つその上、門の扉は、鉄《くろがね》の釘隠《くぎかくし》犇々《ひしひし》と固く鎖《とざ》してあったのである。

奥の見ゆる、浅間《あさま》な家は、ものを言うにも心易いが、城壁を築くこと斯《かく》の如きに到っては、些《ち》と難かしい。

豆腐を買いに出る女中も居らず、縁のつなぎようもなければ、言葉を懸ける機《しお》もなかったけれども、一旦引返して、またその内《うち》に出直そうという容体ではないから、そのあたりを立去りあえず、霧島の前を、往ったり、来たり。……

誰《たれ》咎むるともなく、渠《かれ》は人目を憚って、なるたけ暗い処に身を置いた。露も輝くばかり良《い》い月夜で。

やがて、この町に人の往来《ゆきき》絶えて、裏通を行く跫音《あしおと》が高く聞ゆるようになった。ままよ、思切《おもいき》って入ろう、と最後に潜門《くぐりもん》に体を押当て、耳を澄まして彳《たたず》んだ時、配達夫が一人、月夜を流るるが如く、衝《つ》と来て、呵呀《あなや》と退《すさ》る橋の姿が二個《ふたつ》に分れたか、と擦違い、潜門を押して、翻然《ひらり》と入った、がらがらと、いうすずの音。

吃驚《びっくり》して飛退《とびの》く途端に、遥《はるか》玄関の方で、電信！　と呼ぶのを聴いて、身を翻しつつ、横町に曲って遁《に》げた。

とある薪屋《まきや》の、戸を鎖した門《かど》は暗く、月の光に白い屋根、それより高く積上げた、薪の蔭に身を潜めて、先ず可《まよ》かった。

万一にも門を開けたら、あの通《とおり》ががらという音がするのだと、橘は冷汗を流して呼吸《いき》をついた。動悸の静まるのを待って屈んだが、人通もなかったから、やや落着いて、やがて思切《おもいき》って皈《かえ》ろうとして、傍《かたわら》を見ると、梶棒《かじぼう》を件の薪に押着《おツつ》けるようにして、軒下に曳棄《ひきす》ての荷車一輛。月光《つきあかり》に判然《はつきり》と太い輪が見える。その上に、二ツ三ツ炭の欠《かけら》と、乾《から》びた木の葉とが散《ち》ばって、新《あたら》しい筵《むしろ》が掛っている。

橘は熟《じつ》と見た。この炭屋の向《むこう》に、柳の木が一本《ひともと》ひょろひょろと立って、亀裂《ひび》の入った硝子戸《がらすど》に、きらきらと月が射して眩《まばゆ》いよう。建附《たてつけ》はがたがたと、軒も傾いた場末の床屋、之《これ》も寝静まっていたのであるが、件の床屋と、その柳の木を境にして、この横町の片側に、ずッしりと立った一帯の土塀は、先刻《さつき》から幾度も邸の周囲を徘徊して心得た、霧島の家のである。

之《これ》を視《なが》めながら、我にもあらず彳《たたず》んだが、袂《たもと》を探すと早附木《マツチ》があった、懐には、かの霊草の紙包。

此処で決心したというのであるが、余り思詰《おもいつ》めて、考《かんがえ》が如何《どう》にかしていたのであろう。尤《もつと》もさっきから説《い》った、その様子というものも尋常《ただ》ではない。

筵《むしろ》を密《そつ》と、荷車から取外す、とかさかさと炭の欠《かけら》は溢《こぼ》れて落ちる。衣服《きもの》の襟にも、帯の下にも藁《わら》すべを乱しながら、横町を斜《ななめ》に切り、向《むこう》の土塀に押着《おツつ》けて、片隅を圧《おさ》えて、くるくると開く。塀の腰へ、筵が立懸けられたのである。その時、安からず、前後《あとさき》を眴《みまわ》し眴し、懐の包を出して、試《こころみ》に、そっと筵に翳《かざ》して見た。果して霊草の霊ありや。両股《ふたまた》の車前草《おんばこ》は、月の影に筵に映った。是《これ》だけでも何等《なんら》か験《げん》あるように思い取られる。——橘は一心に、この塀の内の、庭の彼方に、植込《うえこみ》の中から見え隠れの青黒い瓦屋根の、彼処《かしこ》には、民が、顔白く、鼻隆《たか》く、唇朱《あか》く、目を閉じて、清らかな額に後毛を乱しながら、無言の人々に瞻《みまも》られつつ、従容《しょうよう》として死ぬのであると、仮定めて、打念《うちねん》じ、早附木《マッチ》を摺って、葉にうつすと、道士が鍛《きた》えた車前草《おんばこ》は、燧《ばっ》と燃える。

時に、室《ま》の内なる病人が、枕を上げて、美しい、蒼ざめた気高い顔で、此方《こちら》を向いて、寝返った、と胸に浮んで、……近々と筵に寄せる、火尖《ほさき》は畝《うね》った。

指の根に赤く映って、弗《ふっ》と消えて、この灯が世の中なら無くなろうとする時、新筵《あらむしろ》の中へ、髪を結った女の影法師が、歴然《ありあり》と半身《はんしん》に顕われた。が、あッという間に、上へ伸びて、悄然《しょんぼり》と筵を放れて、大きくなって、土塀に宿ろうとする時、慌しく筵を掴んで、体で押《おっ》被《かぶ》さるようにして捲込んだ。橘は気が遠くなって、耳の穴を、何かで蓋をされたと思った。頭《かしら》に千斤《せんきん》の重量《おもみ》を感ずると斉《ひと》しく、氷を浴びたように慄然《ぞっ》として、恍惚《うっとり》となったが、その場合の己が身の如何《いかん》であるかに気が着くと、一分間も猶予ならず、踵《くびす》を返して、抜足《ぬきあし》に、再び薪屋の前に引返し、前途《ゆくて》を透《すか》して伺いながら一散に走り出した。それから素直《まっすぐ》に踏切を抜けて、お成道《なりみち》へ出ようとする。

おいおい、おい！　辻に立ったのは巡回の警吏。

橋は小使が授けた法に従い、何処にか川へ行って流そう、と思って、正《まさ》にその筵を抱えていたのである。

待て、こら。

待たんか、と一喝されたから、思わず、お成道の柳の根際へ、件の筵を打棄《うっちゃ》ったが、目が眩《くら》んで、前後も弁《わきま》えず、筋違《すじかえ》へ出て、万代橋《めがね》を右に見た時、乗客《のりて》のない、寒そうな鉄道馬車が、するすると今来た方へ通った。秋葉《あきば》ケ原《はら》あたりで轟々《ごうごう》という汽車の響《ひびき》。見附の人通も、ちらほら、夜は未ださまでに更けてはおらない。

漸々《ようよう》我に返って、体に縄が懸っておらぬのを確めたけれども、糸は一筋、背後《うしろ》から、巡査の手に繋がれているように思われたそうで。

辻にも、橋にも、心を置いて辛うじて、家に皈《かえ》ると、帯も解かず、書斎の寝床に倒れたが、胸騒《むなさわぎ》がして寝ることが出来ぬ。

一旦固く緊乎《しっか》とかけた掛金をまた外して、何時《なんどき》でも入って来い、後暗いことはない、とやがて拘引《こういん》しに来る巡査を待つようにもして見たけれども、それも不安心で再び鎖《とざ》した。

今にも車前草《おんばこ》を点した処から、燃上《もえあが》って、徒士町に火事が始まるであろう。さもなければ、お成道《なりみち》に人殺《ひとごろし》があって、棄てた筵が血に染って、自分は嫌疑を蒙るのであろう。何をした、一体、何の真似を働いたのだ、虚気《うつけ》な！

罪にはならぬまでも、人に言われることではない。次第に癇《かん》が高ぶって、今にも巡査が踏込みそう、本郷へ三点警鐘が聞えそうで耐《たま》らないから、橋は自殺をしよう、自殺をしよう、と思いながら、心神昏々《しんしんこんこん》として綿のように疲れて眠った。

翌日《あくるひ》になる。昨日のことは宛然《まるで》夢。自分の体が、彼処《あすこ》から、彼処から、彼処から、月夜に動いていた、と思った位である。

その日も、翌日も、恥じて戸の外へは出ないで引籠ったが、何事もなく、日が経つに従うて、蘇生した心持。よくも、あんな時、うつけな体に、放火犯《ひつけ》、人殺犯《ひとごろし》の魂が入らずに済んだ。細い町の両側から、薪屋と床屋の家《うち》が迫って、挟み潰されなかった。腕車《くるま》に引かれなかった、と身顫《みぶるい》をして慎んでいた。——

すると、かの法学生に引張出された。橋が廊下で後姿の遊女《おいらん》に逢い、再び段階子《だんばしご》で出合って悚然《ぞっ》としたと言うのは、即ち、彼が菊坂上と、大学の門とで月夜に見た、その櫛巻の婦人《おんな》に少しも違《ちがい》はなかった所為《せい》なのである。

渠《かれ》は、不夜城に於ける美人の去就進退《きょしゅうしんたい》を詳《つまびらか》にせず、横から跟《つ》いて来たか、後《うしろ》から歩いて来たか、但《ただし》は先へ行って待っていたか、よくは解らない。で、詰り廊下のも、段階子のも、一ツ、いずれか両個の中《うち》か、はたその時の合方か、かの病美人に、そっくりその儘《まま》であると思ったのであった。

元来、その為に、渠は自殺をしようとまでした覚《おぼえ》のある、可懐《なつかし》い人の幻は、如何なる時も、脳中を消え去らないのに、一度大釜の鳴る楼《うち》に遊んで後は、肖《に》た俤《おもかげ》の、恋しさは忘れられぬ。……

されば意味こそ違え、友達が山下で言った言葉の坪に嵌《はま》った、が、先に、余り綺麗な挨拶をしたので、今更一所《いっしょ》にとは我慢にも打出し難《にく》い。

幾干《いくら》か金を懐にして、件の法学生の所へ行って、御同伴を言いそそくれては、そのままにして、到頭《とうとう》その年過ぐる。

夏の試験に及第して、首尾よく学士の称《しょう》を得たが、肺結核の難治であることを思うと同時に、思い切られぬ、例の俤。

秋風が身に染みて、月が冴えるようになった。

夜の町を歩行《ある》くごとに、幻は迫るのである。

今は、と家を出たが、どんより曇った晩、馴れない悪所《あくしょ》へ行くのであるから、有繋《さすが》、良心も咎めるので、星が一ツ見えたら行《ゆ》こうと、雨模様の空を仰ぎながら歩行くと、益々暗くなるばかり。出直そうと、引返しつつ、龍岡町を横に見た。——もう耐《たま》らない。

切通上《きりどおしうえ》で、下谷の何処のか灯《ともしび》を、先《ま》ず星としておいて、……車夫《くるまや》。へい、と言うと車を引寄せて、お召《めし》なさい。芳原《よしわら》まで、と言ったのを、聞いたのか聞かないのか、御免よ、と威勢が可《いい》。腕車《くるま》の上で、一寸《ちょいと》芳原だよ。あい御免よ。可《い》いかい。ありゃありゃ、などと駈ける。おい、可いのかい。旦那御串戯《ごじょうだん》を。

二度三度、とそれから重ねて通《かよ》ったが、実に愚《ぐ》なり。さまでに可懐《なつか》しんで、さて行って見ると、先年の合方は些《ちっ》とも意中の人の俤《おもかげ》に肖《に》ていない。否《いや》、肖た処もなかったのである。落胆《がっかり》した。その上、行燈に後朝《きぬぎぬ》の歌を書いて、渠《かれ》が交際《つきあい》だと言って震え上った時、あいと艶麗《あでやか》に笑った女が、今度は薩張《さっぱり》と様子が変り、去年は書生さんでおいでなすったから可かったが、もう卒業をなすったろう。気晴《きばらし》に入《い》らっしゃるんじゃ頼母《たのも》しくはありませんね、なぞといって構いつけず。淡々として水の如し。それでも通った、未練らしいが。何故《なぜ》、肖《に》ないのであろう。

唯一度、送られて出る折で、急足《いそぎあし》にばたばたと一所《いっしょ》に来た、廊下が切れて、向うの廊下へ行く間《あいだ》、土蔵の戸前《とまえ》から漆喰叩《しっくいたたき》になって、板が渡してある処を、翻然《ひらり》と伝う時、廂合《ひあわい》から射す月に、自分の左に並んだ、浴衣を着た、しどけない女の姿、おお、肖《に》たような、と思うもさそくで、ばたりと、上草履で向《むこう》へ飛んだ。更に廊下の、明い電燈の光に見れば、髪こそは縺《ほつ》れたれ、色こそ白けれ、露ばかりも消てはいないのである。

それでも、もう一度行った。——また、もしやと思って行った。が、更に見出すことが出来ないので、余りの本意《ほい》なさ。是《これ》ッ切《きり》、と十月中旬、数《かぞ》うれば垂死《すいし》の美人を、一夜塀の外で看護した、その三年目、日は覚えぬ、がちょうど時節もその頃、単衣《ひとえ》ばかりでは冷《ひやや》かに感ずる夜。

例の如く、二階へ上る。此方《こちら》へ、と燭台を持って導いたのは、中庭に面して小座敷で。博多の挟み帯、かの胸を突出す婆さんが、酌をしつつ、容子《ようす》の可《い》いことを饒舌《しゃべ》っていたが、一寸《ちょいと》と言って立際に、蠟燭の心を切り、来てはちらちら迷わせるんでございますね、おや、可恐《おそろ》しく流れるよ、蠟するする……と出て行く。

橘は、独煮込《ひとりにえこ》む蠟燭の音を聞いていた。が、ふと首《こうべ》を回《めぐ》らして、床の間を見ると、香を焚いている一人の支那美人の画像の軸が懸けてあった。はじめは何の気も着かなかったが、瞳を定むるに従うて、髣髴《ほうふつ》として、泛《うか》ぶお民の俤。目許《めもと》、口許《くちもと》、眉つき、些《ちっ》とも違わぬそれであった。固《もと》より、髪なり、衣服《きもの》なり、敢《あえ》て我国のものではないが、偶然とはいえ、不思議だと、自《おのず》から心もあらたまって、かかる遊里に在ることも忘れ、神聖なる仏像に対する思《おもい》で、清々《すがすが》しさも感じたのである。

面《おもて》を打つ、留木《とめき》の薫《かおり》、ずッと入って来た合方を、画像の抜出《ぬけで》たのかと思うまで、気を取られていた位。その画《え》が意中の人に肖《に》ているほど、傍《かたわら》に坐した合方は愈々《いよいよ》肖ない。思切って、これまでだ、と思ったから、少し酒を過ごして、見反勝《みかえりがち》な座敷ではあったけれども、此方《こっち》へ、此方《こちら》へ、といわるるまま、ふらふらとするのを扶《たす》けられて、やがて一室《ひとま》へ——羽織を脱ぐと横になった。

帰《かえり》がけに、と思ったのであるが、しばらく合方が来ないから、橘は起上って、廊下へ出ると、二階の奥の方で、電燈は此処には点いておらず、櫺子窓《れんじまど》と、欄干の間の、狭い廊下を、透しながら手水《ちょうず》に行く。

厠の灯も手に取るよう、一段上って、表から一続《ひとつづき》の、広い板敷へ出ようとする、と向うから、懐手《ふところで》で、すらすらと来た遊女《おんな》があった。

摺違《すれちが》う時、橘は身に寒さを感じて、思わず振向いて見送ると、今来た下の廊下の方へ、すッと通る。震いも着きたい、後姿。撫肩の物淋しゅう、襟足の細いのに、鶴の翼を首抜《くびぬき》の派手な裲襠《しかけ》を、悄々《しおしお》と絡《まと》った、恰《あたか》も、その鳥の化したる如く、歩行《ある》くに連れて、白い羽と、黒い羽は、ゆらゆらと渦《うずま》いて揺《ゆら》げる風情。

正《まさ》しくと見て、はッと思うと、暗い処で見えなくなった。隙間洩る風は縷々《るる》として身を絡うに似たり。

橘は首《こうべ》を垂れ、袖を搔合《かきあ》わせて、帰ったが、と見ると、同一《おなじ》ような部屋が二ツ並んで、何方《いずれ》かを見紛うたのである。

ばったり、障子に向って当惑した。さても天道は人を殺さず、幸《さいわい》一ツの方の前には、革鼻緒の草履が脱いであった。

合方は未だ来ていない筈。草履のない方が、的切《てっきり》と、それでも気迷うから静《しずか》に開けると、入口にすっくり。確《たしか》にその姿で、肩から上は雪に埋《うず》もれたような鶴の裲襠《しかけ》を着て、色も蒼ざめて立っていた。一ツ一ツは取立てて言わないでも、画にも人に違いはせぬ。

我にもあらず、おや、といって退《すさ》ったけれども、その遊女《おんな》は、毛一筋も動かさないで、石のように立っているから、違った、と声を懸けて、自分でぴったり閉めたのである。

貴方貴方、と次の室《へや》で呼ぶのは、合方の声。

来ていたか、と枕許へ坐って……、隣は何という遊女《ひと》だい。

信女《しんにょ》と、合方が答えた。

何？　信女さんの遊女《おいらん》と言うんですよ。二階の突当の一番隅で、何でございますわ、内《うち》で遊女がたが亡《なく》なりますと、皆お隣へ片づけるんです。人が居る処だもんですか、私がこの室《へや》へ参るのも生命がけでございますよ。

其上《それ》に、この間仏様があったんですもの。肺病で亡《なく》なりました、羽衣《はごろも》というんですが、大変お金子《かね》の懸った妓《こ》なんですってね、病気の中《うち》は手当をしてくれますけれども、死んだとなるとそれは貴方、酷いんですよ。お経一ツ読むんじゃあなし、多度《たんと》あった髪の毛もそのままで、丸裸にして男衆がね、石炭箱のようなものへ押込んで、お棺が小《ちい》さいんですから、筋が伸びるといけないッて、釘づけにした上へ、沢庵石を乗せました。そしてね、どうせ、土用を越すんじゃあねえッて、二晩ばかり打棄《うちやっ》といたじゃありませんか、……否《いいえ》、こんな処に居るものは皆《みんな》、と故《わざ》とか、潸然《しめやか》である。

橘は早や一時《いっとき》も居耐《いたたま》らぬ。

生憎込合《あいにくこみあ》ったもんですから部室《へや》が此処になって恐くって、それで遅くなりました、堪忍しておくんなさい。否《いや》、そんな訳じゃない、と言ったが、引留めて放さぬから、私は少し考え違いをしていたのだ。もうこれで来ないんだよと、判然《はっきり》いって、然様《さよう》なら。――おのがきぬぎぬなるぞ悲しき。……

旦那、此処《こら》等でございますかい、旦那。

橘は車夫に呼ばれて眠りが覚めた。そして徒士町の霧島の邸の手前で下りたのである。

一体門から乗った腕車《くるま》は、三島様の辺《あたり》まで駈けて来ると、済みませんが呼吸切《いきぎれ》がして曳《ひ》かれません、少時煩《しばらくわず》らっていて、今夜はじめて出ましたが我慢にも遣切《やりき》れません、というので。強《し》うるに及ばず、その腕車《くるま》を乗棄てた。が、夜更《よふけ》ではあり、往還《ゆきかえり》の提灯も少いので、別に坂下で雇って、此処まで乗って来たのは合乗で。このまま、乗ったまま体を持って行ってくれるのだから、廓で事のあった次手《ついで》に、も一度、恋人の住居《すまい》の辺を伺って見よう、晩《おそ》いから幸《さいわい》人目もあるまい。そうして炭の欠《かけら》も、木の葉も、藁屑も、早附木《マッチ》の燃さし《たき》も、その時の心懸《こころがけ》が凡《すべ》て綺麗に掃除されたのを確《たしか》めて、自分もそれッ切《きり》、薩張《さっぱり》しよう、と思ったのだそうで、——腕車《くるま》を曳出《ひきだ》すと、うとうとした。

可《よ》し、御苦労だ、と言って下りる。また良《い》い月夜。尤《もっと》も筑波の方に、密《こまや》かな白い雲が綿々として累《かさな》っていたが、まだ月にかからなかった。

明《あかり》を便《たより》に、橘が、この時は良《やや》心強く、過日《いつか》苦心したと同一《おんなじ》に邸の周囲を一廻りした。筵を立懸《たてか》けた塀の色もかわらず、薪屋も床屋も在《あり》の儘《まま》。

一寸立停《ちょっとたちど》まった時、色も鮮明《あざやか》にまた幻が目の前に、顕われたから、袖を払って、決然として踵《くびす》を返す。

曲角《まがりかど》に、我を待つともなく、合乗の車が未だ休んでいた。看板の灯も薄《うっす》りとして、月は益々明《あか》るい。車屋。おや、唯今の旦那でございますか、参りましょう、貴方、お一人でげすかい、と言った。何故？……姉さんはどうなったんで、と言いながら差寄せる。

はじめから一人だよ、連《つれ》なんぞありゃしない、と言うと、……北叟笑《ほくそえみ》をした。戯談《じょうだん》をおっしゃっちゃ不可《いけ》ません。坂本の通《とおり》でお供をしました時から、御一所《ごいっしょ》なんで。

へい、曳出すと看板の灯が消えたようになります。消えたのかと思うと、何点《なにっ》いてるんで。また歩行出《あるきだ》すと、また暗くなります。おかしいな、と振って見ると矢張《やっぱり》ついてます。変に陰気でけたいが悪うごすから、幾度も振向いて見ましたが、旦那、……乗ってたじゃありませんか、上野へ出ると、此方《こっち》も気が強うごす、それから見返《みかえり》もしないで一呼吸《ひといき》にのしましたがね、一所《いっしょ》にお下りなさいましたが、櫛巻《くしまき》で、色の抜けるほど白い、病上《やみあが》りのような凄い姉さんで。

本当か？

ええ、威《おど》かしちゃあ不可《いけ》ません、とがったり止ったが、はははは、何か、隠していらっしゃる、と高笑《たかわらい》をして、また駈出《かけだ》した。

橘は顔を蔽《おお》い、目を塞いだ。丸山の家、間近になった時、急に大粒な雨が、ぱらぱらと来たが、母衣《ほろ》を下《おろ》す隙《ひま》もなく、一呼吸に家の門につける間に、びっしょり浴びたようになって、それから、久しく瘧《ぎゃく》という病で寝た。その晩、坂本から合乗を雇ったのは一人ばかりではあるまい。乗せた車夫も、乗った人も、互に見違えて、婦人《おんな》と合乗をした一組《ひとくみ》は別にあったのであろう。であるけれども、しかし、それもこれも、よくそんな時に、魂が、道端の柳にも、屋根瓦にも、車にも、月にも奪われず体に着いていた。

（「活文壇」第一巻第一号・第二号明治三十二年十一月・十二月）

紫障子《むらさきしょうじ》

一

戸外《おもて》には黒い雨が簾《すだれ》のように降って、颯《さっ》と繁吹《しぶ》いて雨戸に当ると、ばらばらと断《ちぎ》れて礫《つぶて》のように乱れながら、隙間洩《も》る閨《ねや》の灯《ともしび》で燄《ぱっ》と白くなって入交りつつ、ばらばらと枕頭《まくらもと》の障子を敲《たた》くと、それが浸込むように、ぱらぱらと鳴って、面《つら》を打って、目、口、鼻を飛塞《とびふさ》ぐ、その鬱陶《うっとう》しさと言ったらない。が、払っても落ちず、撫でれば、搔けば、粘々《ねばねば》と附着《くッつ》いて、そのまま痘痕《あばた》になりそうで、生暖《なまぬる》く、臭《くさ》い、腥《なまぐさ》い。

そのおなじ事を、繰返すうちに、吐《つき》あげるような、咳込むような胸苦しさに堪えないで、アッと思うと、京都の宿で目が覚めた。否《いな》、目が覚めたと言うより、正気づいて我に返ったのであろう。半ば夢心地に魘《うな》されていたのであるから。……

木菟《みみずく》は……私の友人をこう名づける、本来はA氏とかB氏とかすべきであるが、たかが平民の上方《かみがた》見物、旅費さえあれば何もアルファベットまで借りて使う要はない。しかしこの話の男が内々《ないない》との事ゆえ、（鶯が、鶯が、たまたま都へ）の童謡に因《ちな》んで仮に鶯と名づけて、次手《ついで》に題も鶯が可《よ》かろうと思ったけれども、形《なり》、恰好、どう見ても鶯と云う柄でない。しかし昼間は懵《ぼう》としていて、夜になると、珍しい事を見よう聞こうで、耳を引立《ひった》て、目を円《つぶ》らかにしたと言うさえあるのに、吶々《とつとつ》としてもの語るに口を尖《とが》らかす工合《ぐあい》が、いや、可笑《おかし》いほど何かに似ている……そうだ、肖如《そつくり》だから木菟とする。

さて木菟は、石を括りつけたかと思う重い枕から、やっと頭を擡《もた》げて、先刻《さつき》からの寝苦しさに自然と夢の中で悶掻《もが》いたと見えて、肩が抜けて、ぐったりと寛《はだ》かった、胴着の袖ぐるみに、苦しい胸を反《そら》して起上ろうとして、ぐっと手を支《つ》くと、羽二重《はぶたえ》より柔かな、ふっくり滑かな手触りに、毛爪《けづめ》に掛けて、雛鳥か何ぞ引摑《ひッつか》んだか、とハッとして、肩を捻《ひね》って身を開いた。

並べた厚衾《あつぶすま》に、美人が一人、梅、松の光琳《こうりん》模様、朱鷺色地《ときいろじ》に処々《ところどころ》、色紙《しきし》を浅葱《あさぎ》で鹿《か》の子《こ》に絞った、紋羽二重の掛蒲団、おなじ白羽二重の裏つけたのを二枚、ふわりと掛けて、こんもりと透《とお》った鼻の半ばまで、軽そうに襟を被《かっ》いで、枕を近く、さりながら、柳が霞む黒髪で、すやすやと眠っている。

木菟の今度の旅行に取っては、唯一の同伴なり、案内者の、大阪南地《なんち》の蘆絵《あしえ》と言う芸妓《げいしゃ》である。眉毛をほんのり横顔で、真白な百合の花を咲かせたように、柔く、甘く、暖かそうに蒲団に投げた手の上へ、起きるはずみの肱《ひじ》をついた。木菟は吃驚《びっくり》したらしく胸を横へ引いて起直《おきなお》った。

と見ると、風が誘ったように女の腕のその白百合が、微《かすか》に揺れると、白羽二重の袖裏が纏《もつ》れて、緋《ひ》の板〆縮緬《いたじめちりめん》の肌着がちらちらと夢を囁く、夢もさぞ燃立つばかり紅《くれない》であろう。と思う、藤紫の半襟も、微《かすか》に汗ばむらしい。萌黄《もえぎ》の地に、百合を白く、淡《うす》いと濃いと、葉を藍緑《あいみどり》の友染《ゆうぜん》の長襦袢の肩を、一輪白く覗かせたのが、胸も露白《あらわ》、と見えつつ、そのまま静《しず》かに蝶の翼の寝息を続ける。

待て、面影さえ寄添うて、随分手枕に貸しそうなその腕《かいな》を、怒ったら詫《わび》るまで、うっかり触ったのを驚いたのではない。

木菟は美しい寝鳥《ねどり》の夢を破って、目を覚さすまいと思ったのである。

二

「さぞ疲れたろうな。……頼まれて引受けた義理とは言っても、義理ばかりじゃあこうは出来ない。あだには思われません。ああ、つい昨日のようだけれど、今夜で三晩か、……大阪で一晩、昨夜《ゆうべ》は奈良で一晩、……夕方の汽車で宇治、桃山を通って京都へ来た。

――」

宿ったのは八坂《やさか》の塔を、森に仰ぐ、並樹《なみき》のような松原の片側町《かたかわまち》を、奥深く、一軒家に似た、襖も畳も、姿見《すがたみ》の中に色をそのまま透通《すきとお》る、綺麗で、閑《しずか》な、玉芝《たましば》と言う家《うち》であった。

「余り旅行《たび》をした経験《おぼえ》がないとか言って、此家《ここ》も万事が行届いた家だと言う事を、おなじ宗右衛門町《そうえもんちょう》の友だちから聞いていて、連込《つれこ》んでくれたのだが、日が暮れて、七条の停車場《ステエション》へ着いた時、何処からも言込《いいこ》んでおかないのだから、そうでもない。……先方《さき》が立籠《たてこ》んで断られでもするような事があると、旅宿《やど》は他へ取って、代えるにしても、一日でも道中、泊《とまり》をまごつかせるようでは申訳がない、と言って、そんな事にも心遣い。――一つの大《おおき》な気扱《きあつか》いより、この何でもない、細《こま》い、小さな、セコンドを刻むような心配をする方が、どんなに気を使って、心《しん》を疲らせるか知れません――ああ、そうだ、大阪から掛けて、奈良と、こう一つ座敷に寝ていて、此方《こっち》が一寸《ちょっと》でも動くと、煙草《たばこ》にも、灰吹《はいふき》にも、直ぐに目を覚まして、（火はありますか。）（お湯を上《あ》げましょうか。）と、寝ながら、南天の実を散《ちら》して、枕に雪の手がつもる。……」

と寝苦しい夢に苛《さいな》まれて、ぐったりとなった顔を、染色も模様も対《つい》な掛蒲団に押着けると、熱い我が鼻息が、密《そ》と靡《なび》いて、露《あらわ》白なその白百合の香を吸《か》うように膚《はだ》に響く。

木菟は手で我が呼吸《いき》を遮って、

「ああ推参《すいさん》な、口説《くど》いたら、枕に貸しそうだなぞとは沙汰《さた》過ぎた。これは、いぎたなく寝忘れたのではない。寝ながら張詰めた気の油断なく、此方《こちら》の身動きに連れて、咳をすれば、(かぜひくな)で、すぐに掛蒲団の襟を圧《おさ》える心構えをするのであろう。

蘆絵姐《ねえ》さん、目を覚すんじゃありませんよ。……」

彼は逆に手を伸して、枕頭《まくらもと》の煙草を取ったが、ト吸附けようとすると、それさえ何故か煙が胸に問《つか》えそうで、独り巻莨《まきたばこ》で額を圧えた。

「真個《まったく》だ、……宵に七条の停車場《ステエション》へ着いて、自動車《タキシイ》を雇う時もそうだっけ。——奈良を立つ時は曇りだったが、京都は雨だったたと見えて、びちゃびちゃと燈《あかり》に黒い艶《つや》を見せて濡れていた。……どうやら直ぐに東山の影が倒《さかしま》に映りそうな、あの広場を、急に陽気も冷《つめた》くなるし、……早く落着く先へ落着かせようと思う、この人の深切《しんせつ》から、一寸《ちよつと》……眉毛の上へ、篝火《かがり》で白魚の影が映ったような、舞仕込《まいじこみ》の小手招《こてまね》ぎぐらいでは、ずらりと並んだ大《おお》な目の光る自動車《やつ》が寄って来ぬ。

何とか云ったっけ。……渡舟《わたしぶね》を呼ぶようだとか言って莞爾《につこり》して、まだるッこいと、あの濡れた地《つち》を、草履で構わずひたひたと、世帯《しよたい》崩して、大輪《おおわ》の銀杏返《いちようがえし》の鬢《びん》を揺《ゆす》って駈出《かけだ》すから。——

此方《こっち》は、汽車が籠《こ》んで袖を押合せていた思《おも》いじゃあ、太郎坊の袖にぶら下ったと云う見物《けんぶつ》ではない。天人の翼から落ちたように、停車場前《ていしやばまえ》の人脚《ひとあし》の中にぽかんとして、信玄袋一つ無しに杖《ステッキ》をついた処は、雁《がん》が留まって、沖の凪《なぎ》に、ふわりと浪に乗ったような様子だっけ。……」

三

木菟は思続《おもいつづ》ける。

「出番の都合か、先約でもあったか、蘆絵が最初掛合《かけあ》った自動車が、オイソレと捗《はか》を遣らぬ。並んだ次のに掛《かけ》ると、それが煮切《にえき》らず、三台めがまた埒《らち》が明かぬ。(行《ゆ》くのかい、行かないのかねえ。)(そうどす。)とか言うのが聞えて、茶色の鳥打《とりうち》を耳まで被《かぶ》って、もっそりと大外套を被ったのが二人まで唯のそのそと歩行《ある》くのが見えて、蘆絵が(困るわね、焦《じれ》ったい。)と、並んだ七八台の自動車の間を、縫ったり、抜けたり、足袋をチラチラと褄《つま》を捌《さば》いて、出つ入《い》りつ間を廻る。模様の花は、濡れても露で好《い》いとして、雨にしとりを見せてむくりと頭を並べた発動機が、巨大な牛の面《つら》に見える処へ、ふッと地《じ》を摺《す》って青白い光を放つ電燈は、這奴《しやつ》が鼻嵐を噴く形で美しい、姿は、その間に挟って、上品な紗綾形《さやがた》の濃い紫紺《しこん》のコオトを被《き》た姿ぐるみ、一束《ひとたば》に挫折《ひしお》って、鞍に着けられそうで、痛々しかった。

呪詛《のろ》われたようだ、牛の時詣《ときまいり》に――怪我をしよう。で、飲続けの酒に疲れた声を絞って、（私は構いませんよ。歩行いても、お前さんと連《つれ》連《つれ》立《だ》って、京の町を通れば光栄です。）（あ、そりゃ私の方こそ……ですけれどもう出来ました。）とその時極《きま》ったらしい自動車《タキシイ》の窓に立ったのが、自分で扉をよっと開けて、（さ、お乗りやす。）と、どうかするとそのままの阪地言葉《かみがたことば》になる。……

それもサ願わくは、構わず、うまれたままの舌の小唄を、自由自在に聞《きか》して貰いたいのだと、このおのぼりは言うのだけれど、聞取り悪《にく》いと思う所為《せい》か、それとも調子が合わせいいと思うのか、窮屈そうに（ですよ。）（ねえ。）で言葉を合わせる、時々舌ッ足らずになって、仇気《あどけ》ないが、可笑《おか》しいと、言うものの、且《か》つ以って自分への心遣い、これしかしながら心中する時、先祖の宗旨をかえるの意気だ、粗略には思われません。」と頷《うなず》くように、傍《かたわら》の寝顔を見る下から、つい目を瞑《ねむ》って吻《ほっ》と呼吸《いき》する。……胸尖《むなさき》へ込上《こみあ》げる、何やらものの閊《つかえ》がある。……つい、だらしなく、ニタニタとしそうな処を、木菟は嘴《くちばし》を横に歪めて、苦い顔して、「それに、身に染みて優しい事を言ったっけ。……そうそう、自動車がまっしぐらに、宵暗《よいやみ》の、巻絵の京の燈《ともしび》の中を飛んだ時だ。――いや、またこの女《ひと》が窓を開けた。となると、容色《きりよう》と言い場所柄で、牛車《うしぐるま》の簾を捲いた風情であった。ト並んで対《つい》になったところは、吉野紙に包まれて白粉《おしろい》の薄霞に籠ったようなものだっけ。忽《たちま》ち烏帽子《えぼし》でも被った気で、木曾将軍ここにありと、なけなしの髯を反らしたまでは可《よ》かったが、つむじ曲りの牛飼めが、目にもの見せんず意気込やら、疾風の如く大路《おおじ》を飛ばせる、宵の口の人通りさっさと一団《ひとかたま》りずつの黒い影が粉《こ》になって散る度に、腰は据《すわ》っても、肝はヒヤイさに宙に躍って、ふためく、転げる。

堪《たま》らぬと、窓を敲《たた》いて、（やあ、運転手、急ぐ旅ではないよ、遅くても構わない、人達に怪我のないように、可《い》いかい、裡《なか》に居る二人なんざ、些《ちつ》と壊れても構わない。）と正直な処を云うと、（真個《ほんと》にな。）とこの女《ひと》が莞爾《にっこり》して、一寸膝《ちょっと》に手を置いたが、片手で前途《ゆくて》を熟《じっ》と拝んで、（もし、清水《きよみず》の観音様、これからお傍《そば》へ参ります。誰方《どなた》にもお怪我のないように。）

やがて、ぽっと霞の花の咲いた中を、真青に水が流れる、岸の柳が燈《ともしび》ながら、夜の黒地の羽二重に友染の影を流した、大橋の上を、静まってスッと抜けると、成程、見当は（お傍らしい。）が、颯《さつ》と掠《かす》める、窓の音が松風の声となる……狐に魅《つま》まれたのだと、この辺で、肩を合せたこの別嬪《べつぴん》が、フッと消えて向うの辻へ、石の地蔵が立ちそうな、松原並木の片側町。

二《ふた》ツ三《み》ツ四《よ》ツ、忍べ、と謎を掛けたような、廂《ひさし》暗く門《かど》深き、みがき格子の磨硝子《すりがらす》の軒燈《けんとう》がちらちらと彼方此方《あなたこなた》、松葉を歌の色紙の影。」――

彼は蒲団の色紙を見た。

四

「自動車《タキシイ》がするすると行過《ゆきす》ぎて、がッがッと歯を噛んで、一つぐい、と小戻りをして留まると、髪を低めて扉《ひらき》を出るのが、雲を離れて降りるようで、(あ、此処だんな。)と、春の朧《おぼろ》の玉芝を、眉ほんのりと仰いだが、(一寸《ちよつと》、待っておくれやす。)と続いて巣の裡《なか》から耳を出す木菟の顔を留めながら、宵から三寸下《さが》ったような格子戸をガラリと開ける後姿が、座敷がなくて断らりょうか。で、覚束《おぼつか》なさの瀬踏《せぶみ》だけれども、手綺麗《てぎれい》に門に嵌《はま》って、さすがは芸者《それしゃ》の、一寸《ちよつと》横町へ湯帰りめいて、色っぽいのが頼母《たのも》しかった、……トばかりあると、一度消えた跫音《あしおと》がばたばたと響いて引返して来て、(さあ、どうぞ。)とひったり窓に倚《よ》せる顔に、埃だらけなのを触らせまいと外套の袖を囲ってポイと出て、……(お世話様)で、こう松の中に、ぽッと濡色《ぬれいろ》で映る、何とか(だんご)と書いた掛茶屋めいたものを、明日《あす》は茶を飲もう、とゆっくりした心になった、可懐《なつか》しく傍見《わきみ》をしながら、――(自動車屋はん、一寸《ちよつと》待って(ママ)と言棄《いいす》てたこの女と、……待てよ、格子を入って敷石が露地かと思うほど深かったので、大阪の泊《とまり》で、炬燵《こたつ》で聞いたのを思い出す。——
お前の袖と私が袖、……
トンと地唄の合方《あいかた》で、カタカタと入ると辷《すべ》った、いや胸を反《そら》して辷った。（あれ危い。）留南木《とめき》が衣紋《えもん》の突支棒《つッかいぼう》、滑かな石に水を打って清めてあるので、田舎もの田舎ものと、低声《ごえ》で呟いて、発機《はずみ》で摺合《すりあ》った片頬を背けて見返った時に、入口に装《も》った、まだ新しい装塩《もりじお》が、装塩と知りながら、松はあり、渚の波、とふと旅の心の催すトタンに、ぽつりと白く、三石《せき》、碁石が並んだように見えたんだ。

——はてな……」

——と思うと、アッと込上《こみあ》げる、胸を圧《おさ》えて、衾《ふすま》に突伏《つッぷ》しそうにすると、火も点けないで持った巻莨《まきたばこ》が、ポロリと落ちた、が、切なさの余り我知らず手先を藻掻《もが》いたと覚しく、巻きめがほぐれて、ほろほろと解けて、落ちて、白と薄紅梅の掛蒲団の小枝に掛ったのが、一寸《ちょつと》結玉章《むすびたまずさ》の風情があると、精々《せいぜい》もの綺麗に気を持替えて、胸を透かそうとしても、炬燵越にホッと立つ、媚《なまめ》かしい香水の薫さえ、吐くなら吐け、と薬が利くようで、アッとまた嘔上《こみあ》げる。……

心を転じて、気を外《ほか》へ移そうと、種々《いろいろ》に宵からの事を辿るうちに、ハタと碁石に折衝《ぶッつか》ると、ゲッと、それが、胸先へ支《つか》えたのである。

「……簾のように黒く降った、雨が砕けて白く飛んで、障子を敲《たた》いてばらばらと、枕を打って、乱れ掛ったのも、交った碁石。……」

と、うう、と口一杯の唾《つばき》を、やっと嚥下《のみおろ》して、吻《ほっ》と息した。

「馬鹿な、何を食った紛れにだって、碁石が腹へ入りそうな訳はない。……が、しかし変だ。あれから廊下へ通って、……」

と木菟は独《ひとり》で、密《そっ》と胸尖《むなさき》を撫でさげ、撫でさげ、

「通ると、其処へ、はじめて人柄な円髷《まるまげ》に結った女中が突当りへ迎いに出て、(おいでやす……どうぞこれへ。)と更《あらた》まるから、自然と此方《こっち》も、(はい、はい。)と慇懃に通って、見事な手水鉢《ちょうずばち》だ、ああ、好い梅の樹だ、思いつきな石燈籠だと、庭を前にした奥座敷、次の室《ま》で、もそりと外套を脱ぎながら座敷を視《み》ると、もう整然《ちゃん》と、炉を二個、緞子《どんす》で切ったように褥設《しとねもう》けをして一つ挟んで、中を措《お》いて、桐火桶《きりひおけ》が対に出ている、行届いたものだった。

と、先《ま》ず脊筋を、揺《ゆす》って、衣紋を通して、床の間を背負《しょ》って、天井を憚《はばか》らず立つ処へ、波に片帆の三ツ紋、薄色の羽織になって、春ながら京の雨の冷《つめた》さに、些《ちっ》と蒼味を帯びた色の白い中肉《ちゅうにく》なのが、一寸《ちょっと》おくれ毛を払いながら、着崩れた片褄《かたつま》長くはらはらと百合のほのめくのが、乱れた白脛《しらはぎ》に紛《まぎ》って入《い》る蘆絵の風情は。……」

五

「こう、その、新婚旅行にしては両方が砕け過ぎる。……芝居から帰った女房のようでもあり、病上りを見舞われた妾と言う状《さま》もあり、いや、荷物が無くって立った処は、泊りに着いた落人《おちゅうど》の体《てい》もある。……

と思えば、霞に桟《さん》を描いたような、障子に寄せて、黒檀《こくたん》の唐机《とうづくえ》を据えて、蒔絵の硯箱を飾った。いずれも品《しな》ものの、ずッしりと落着いたのを視《み》れば、一夜仮寝《かりね》の心地はせず、御殿の奥で反魂香《はんごんこう》を焚いた中へ、高尾《たかお》が化けて出たとも見える。

少し窶《やつ》れて、金紗縮緬《きんしやちりめん》に飛模様《とびもよう》の絞りの蝶が萎々《へなへな》となって、胸高な帯さがりに浅葱の扱帯《しごき》の、青い水のように浮世を覗いた状《さま》は、膚《はだ》の白さを湧出ずる清水《しみず》のようで慄《ぞっ》然とさせた。……

寒いと言えば、京は音にも聞く底冷のする処へ、余りに片付いて掃除が届いて、襖も障子も透通りそうなのは、夜気が染みて冷たかった。悪く言うのではない、柱さえ天井さえ玉で刻んだようなのだ。

こうなりゃ野郎の玉の輿だ。

ふわりと緞子《どんす》へ、度胸を据えたが、半分浮いたような腰を沈めると、この女が、坐った蒲団を少し辷《すべ》って、（お疲れだすやろ。）と斜《ななめ》に手を支《つ》いたから、此方《こちら》も会釈をして、（御苦労様。）は一寸《ちょっと》妙な形だったが、――（もの閑《しずか》で行届いた好い家《うち》ですね。しかし、寒い。）と肩を縮めて、この女《ひと》の媚《なまめ》かしいその膝の上へ蔽被《おっかぶ》さるように、火鉢に噛着《かじりつ》いた処へ、女中が来て茶を入れる、出来合の殿様、袖を払って居直ったと。……（大阪からお出《い》でやしたか。）（違いますさ、奈良から。）（えらい、いい処だんな、お楽《たのし》みで。そやけど寒うおましたやろ。二月堂さんのお水取《みずとり》がホン済みましたばかりやよって。）……

成程、奈良でも旅籠屋《はたごや》で、そう言ったし、大阪へ着いたばかりで梅田の停車場《ステエション》から乗った車夫《くるまや》も言ったが、一年中の寒い時だそうで、どっちも厳しかった。が、今夜の京は一入《ひとしお》で。……胴震《どうぶるい》をするばかり。と見てこの女《ひと》が胸で圧《お》すように気を入れて、（御酒を早うな。）（はいはい、お肴は。）其処で、すき焼で鴨を誂《あつら》えた。

この鴨は旨かった。……待てよ、空腹《すきばら》で熱燗で、じわじわと来た処を、舌を焼くばかり、ホッと云って、――あれが、何も胸へ支《つか》えたとは思われない。……他に海鼠《なまこ》、と一塩の若狭鰈……焜炉《こんろ》の火が赫々《かっかっ》とするから、火鉢は一つ向うへお隙《ひま》で、この女《ひと》も、気疲れやら、何やら立《たて》つけた四五杯の遣取《やりと》りに微酔《ほろよい》となって、一つの火鉢へ凭掛《よりかか》って、襟脚《えりあし》も白々と覗かれる肩を合すばかりにして、あの若狭鰈を、綺麗事に、何と雛へでも供えそうに、細《こまか》い指で鰭《ひれ》を放してサッと捲《むし》ってくれたっけ。……

　鰈が中毒《あた》る理由《わけ》は無い。

が、はてな、あの時の、この蘆絵の手は、碁石を持ったそのままであったろうか。」

彼はけだるそうに、肩を窘《すく》めて首を掉《ふ》った。

「……黒石だ。……が、一体此処の内で、碁石を視《み》たのは、あの鰈を捲ってくれた前《さき》だったろうか後だったろうか、トそうだ、前だ。

四五杯立続《たてつづ》けた杯を、焜炉《こんろ》火鉢の端に置いて。——女中は立違《たちちが》って居なかった。——煙草を取ろうと、手捜りで、火鉢の附根で、手がこの女《ひと》の袂に触った時、コトッと指に当ったものがある。些《ち》と大袈裟だが、そうでない。……ヒヤリと指が切れそうに冷くッて、氷の欠片《かけら》のように応えたから、一度落したのを、また拾って撮《つま》んだのが、あの碁石だった。

　仔細あって、——蘆絵が一石《いっせき》、黒の碁石を持っているのを知っていたから、（袂から出たんだね。）（あ、真個《ほん》に。）と、この女《ひと》が、掌《てのひら》で一寸《ちょっと》見て、指で辷《すべ》らしたと思うと、袂じゃ、つい、また溢《こぼ》す、机の上でも大業《おおぎょう》だし、だったやら、くの字になって、うしろ向きに手を伸して、障子の桟へ、（五ツめ）と忘れないお禁厭《まじない》だろう、一人で言って載せた時か、……」

六

「蘆絵が、別に開けもしないで、障子越に、偶《ふ》と気付いたそうで、(ああ、亭《ちん》のような、いい離亭《はなれ》がありまんな。)とか言って、熟《じつ》と覗いていたっけ。

其処どころじゃなかった。此方《こっち》はいまので煙草を取って、火を点けて、唇へ持って来ると鼻を突いてプンと嗅い。糠のような、油のような、腥《なまぐさ》いような、何とも堪《た》えられぬ臭気《におい》がした。酒も煙草も座にあるものの、あんな悪臭を放つのはない。……指だ。いま碁石を拾った指だが、それにしては、変だ、希有《けう》だ、と思ったばかり、何の穿鑿《せんさく》をする隙《ひま》もない。……一度その臭気を嗅いだばかりで、ああ、可厭《いや》だと思うと、今食べたばかりの、鴨には羽が生え、鰈には鰭《ひれ》が湧いて、胸間《きようかん》と思う処で、ピチピチ、バタバタと跳ね廻る。アッと圧《おさ》えて肘を支《つ》いて横になったが、掌《て》に触る耳が冷いほど、何故か一時《いちじ》に慄然《ぞっ》とした。

いや、まだその上に、その以前から胸に支《つか》えていたものがある。

京へ入ったのは夜だっけ。――四時何分かの汽車で奈良を立とうとして、猿沢《さるさわ》の池のほとりの勝手屋とか言う旅籠を出て、障子の破れのぺらぺらと風に動くのが、白い舌を出すような、古ぼけた白昼の廓《くるわ》を抜けて、町通りを導者《どうじゃ》づれに交って、古道具屋の店の人形の西行《さいぎょう》にも、葉茶屋の銘の喜撰《きせん》にも、紅屋の看板の小町にも、活きた生《しょう》のものに逢うような気がしながら、蘆絵と二人づれで、ぶらぶらと歩行《ある》いて。……」

――風は冷く、砂はさらさらと捲いた、が、それも黄色な幕を絞って、古い都の面影を通りがかりに覗かせた。奈良の町の風情を思い浮べると、こみ返す胸も、やや静まった。が、まだ煙草を飲む元気も無しに頽然《ぐたり》として、それでも背けていた顔を、蘆絵の寝姿に向け直した。

「ああ、此処に寝ている人は、其処を百合の棲《つま》の水際立って、外套と並んで歩行いた、可懐《なつかし》い……その時は、気ぶりにも、こんな、むかむかする可厭《いや》な心地がしようとは思わなかった。

その後だ。……しかも自分の発議《ほつぎ》で、町端《まちはず》れの一膳めし屋へ入って、軽石のような玉子焼を食って、それが胸へ支えたのは。……

ああ……彼処《あすこ》で、この女《ひと》が碁石の黒を一石拾った。……

余り暢気《のんき》で、停車場《ステエシヨン》へ着くと、あああ彼《あれ》がと言う汽車が、むくむくと煙を噴いて大《おおき》な首を掉《ふ》って、埒外《らちそと》を出て行く処――待つ間の怠屈《たいくつ》に引返《ひつかえ》して町へ入ると、（寒いわ、お一口。）と勧めたんだ。いまが今まで、猿沢の池のほとりで、炬燵に屏風で飲みながら、その三味線で、……梅川《うめがわ》の風俗人目に立つを包み兼ね……何とかして忠兵衛が、と言うのを蕩《とろ》けそうになって聞いた処。——(何屋と名がつくと億劫《おっくう》です。昨日《きのう》、)とそうだ、昨日の昼過ぎ大仏殿をはじめ、東大寺、興福寺の巡礼をした時だ。——(二月堂の傍《わき》の絵馬堂へ入って、焼豆腐と雁もどき、並びに蒟蒻《こんにゃく》、狸の煮込みの皿盛で、釜から引《ひっ》こ抜いた熱燗を遣りましたね、あれは甘《うま》かった。酒も良かった。ああ言った店がありますなら。)(真個《ほん》においしゅうござんしたな。)と何が、この女《ひと》に旨かろう。

言《いい》なり次第に、跋《ばつ》を合せて、彼処等《あすこいら》の餅屋だ、飯屋だ、と覗いて歩行《ある》いて、(御両名様、もしもし。)なんか、旅籠屋の軒に立った、古風に矢立《やたて》を腰にさした紺の前垂掛《まえだれがけ》の宿引《やどひき》に呼懸《よびか》けられるのを振切りながら(可《よ》さそうですぜ。)(は。)と入ったのが、煮込のおでん、赤飯を盆づけで、店の暖簾《のれん》は気に入った。が、真暗な土間を抜けて、おっとこんなものがある、椅子や卓子《テエブル》に躓《つまず》きながら、ほんの腰掛と薄暗い中座敷めいた処へ通ると、畳がじとじとして汚い縁側に、おかわが見える。……

奇特《きどく》に卓子台《ちゃぶだい》を置いたが、手を掛けると、むらむらと埃が立つ。いや弱ったっけな、鼻の下の赤爛《あかただ》れになった七つばかりの小女《こむすめ》が、指をアングリと銜《くわ》えて、ベソを掻いたように、框《かまち》でじろじろと此方《こちら》を視ると、五歳《いつつ》くらいな次男坊が、頭から、向足《むこうあし》までどくどくな一つ身で、糠味噌桶から引出したどぶ漬の茄子が化けたように土間で跳ねる。……」

七

「見たばかりで、もう胸が一杯になった。が、誂《あつらえ》を聞きに来た女房の、前掛が煮染めたようで、禿げた紺の鯉口《こいぐち》の垢光りに光る奴の、黒く生えた手の爪を窃《そっ》と視ながら、とに角、酒を、と言って、後でこの女《ひと》も気の毒な。何だか悄気《しょげ》た体《てい》で、框まで立って出て元気の無い懐手《ふところで》、半襟を銜《くわ》えて引きながら、土間の暗い隅を覗いていたっけが。……此方を見向くと、寂しい笑顔で莞爾《にっこり》して、一寸頭《ちょっとかぶり》を掉って、さし足と言う見得《みえ》で帰って来て肴を見たが、鰤《ぶり》も比目魚《ひらめ》も皆どろどろ、煮込も形《かた》なし、汚くって、申訳に玉子焼を誂えた。と言って、あの小女《こおんな》が幅ったく引曲げて、よちよちと運んで来た膳の上の銚子を取って、大形《おおがた》の欠けた猪口《ちょく》へ、湿気払《しっけばらい》、と酌をしようと、袖の揺れた時、カチリと卓子台の上へ転がったのが、……碁石だった。――転げた時は天井から鼠のふん、とギョッとしたよ。……

ああ、と拾って、(私の袂からだんな。)(そうらしいね。)と、中庭の薄明に透かして見ると、この碁石に彩色がしてある、とこの女《おんな》は言ったが、そうでない。黒い質緻《きめ》へ、縦横に細い絣《かすり》を見るように、青いのだの、薄蒼いのだの、黄色だの、白が交って、微細《こまか》に晃々《きらきら》と光ったのは、黄金《きん》の性《しょう》を験《ため》すのに、そうやって、碁石の黒に磨込《すりこ》んで試《み》る事だ、と聞く。……それに違いない。が、この女《おんな》の袂から辷《すべ》った……あの、その出処《でどころ》だ。

——出処に就いて、あの時も話合った。が、これはそれまで居た旅籠屋のに相違ないので、……」

——と言う次第は、——

肝心な処だ。……翠帳紅閨《すいちょうこうけい》、玉芝の一室で、蘆絵と衾を並べながら、独《ひとり》で、胸を嘔気《わる》がって、のッつ、反《そ》ッつしている男の思出を辿るのなんぞに委《まか》しておけない、——やがて、その金彩藍粉《きんさいらんぶん》の一枚の黒石か、燦爛《さんらん》たる悪龍毒蛇の鱗か、とも疑うべき、不思議な事が起ったのであるから、ここは作者が引取って話すとしよう。

その前日、所々《しょしょ》見物をして、春日《かすが》様の鹿は、今日《こんにち》は、とお辞儀をして煎餅を食べるし、おのぼり木菟はおいでやす、で、絵馬堂の煮込を嚙る、と知ったあとで、晩の泊《とまり》を、菊水か、ホテルか、と案内者の蘆絵は言ったけれど、スリッパで廊下を辷るのは、この土地に相応《そぐ》わない。膳にお平《ひら》と中壺のついて出る昔の本陣とでも言ったような旅籠《はたごや》を、木菟の註文で。組合の旗を立てた車夫《しゃふ》に訊くと、それじゃあ唄にもある通り、「奈良の旅籠屋になさいませ。」で、轅《かじ》を相国寺《しょうこくじ》へ巡らした後、芝生に鹿の搔伏《かきふ》す頃、猿沢の池の汀《みぎわ》を一廻り、蘆《あし》吹く風は無かったが、入相《いりあい》の鐘に波が立つ。広野の中へ打撒《ぶちま》けたような、あからさまなあの池は、深くも暗くもないけれど、唯人の行く方へ、箕《み》のごとく傾いてサラサラと動くと言った。が嘘らしい、木菟の目がチラついたに相違ない。

桜の中の錦川も、春浅ければ、木の葉と小石。細い柳の石橋を渡った角へ、ガラガラと車を二台曳込《ひきこ》んだ。

「これが、名代《なだい》の奈良の旅籠屋やて。」

「三輪《みわ》の茶屋と一所《いっしょ》に、唄にありますやろ。」

と掛合で車夫が遣る。

「成程。」

と鍵形《かぎなり》の通庭《とおりにわ》に、昔の遺物をそのままな、八間《はちけん》の下に立って、木菟はきょろんとして、

「大《おお》い仏じゃによって大仏と、……先刻《さっき》、四国の観光団に、坊さんが棒を持って教えるのを見て覚えて来ました。奈良の旅籠屋だから、奈良の旅籠屋。」

「へへへへへ。」

「ほほほ。」

出迎えた番頭、女中の笑う中から、蘆絵の手が、友染《ゆうぜん》の萌黄《もえぎ》に白く穂に出《い》でて、

「早く、お上りや。」

と袖をぐいと曳いて、トントンと二階へ上る、壇の途中で、肩を捻《ひね》って、笑いながら木

苑の手を取った。

八

欄干越《らんかんごし》、……二階へ上り切らない前から、もう見えた。上の、横手大広間に、煙草盆を配ってずらりと三十ばかり席を取って、まだ一人《いちにん》も人影は見えないが、座蒲団が並べてある。

「まあ。」

「何、賑《にぎや》かで可《い》いじゃありませんか。」

定めし、多人数《たにんず》の団体客が泊込む待設《まちもう》けであろうと思いながら、おとなしい小娘に導かれて廊下に掛《かか》ると、その取着《とツつき》で件の大広間とは壁で背中合せになろうと思う十五畳敷くらいな座敷に、おなじく十五六人分の座蒲団が並んで、此処には、その座取《ざどり》の数と同じように、膳が並んで、しかも皿、椀、鉢のものまで丁寧に揃っていながら、……同じく誰も居ない、とばかりで通り抜けしなに思わず差覗《さしのぞ》く、トタンに顔を背けた、が、艶々《つやつや》と円髷《まるまげ》に結った、姿の細《ほつそ》りした大屋《おおどこ》の御新姐《ごしんぞ》か、それとも豪商などの妾か、と思う人柄。何処か媚《なまめ》かしいのが、床柱を背後《うしろ》にして、火鉢に悄乎《しよんぼり》と寂しそうに端然《きちん》と坐った。その背けたので薄暗い中《うち》に横顔を見たばかりで、案内された。——間《あいだ》に一室《ひとま》置いた、——座敷へ導かれて入った、が、一寸《ちょっと》妙に思った。

待《まち》うけの、その大連《たいれん》の座の空しいのはさる事だけれど、膳が並んで、婦《おんな》が唯一人は受取れない。

その唯一人も寂しそうに見えた、と思うと、気を引かれて、さっと陽気を障子越に、すぐ前なる猿沢の池の水に吸込まれたように、一斉《いっとき》に目も暗く、座敷も冷たく、血の気を引《ひっ》攫《さら》われたかと、悚然《ぞっ》とした。が、それも束の間、ふっくりと、旅の袖の袖近く、蘆絵の姿が蝶の模様で浮織《うきおり》になる処へ、大きな台十能《だいじゅうのう》で、小娘が、火を赫《かっ》と運んで来たので、桃は白と紅と一所《いっしょ》に開いて、敷流《しきなが》した中古《ちゅうぶる》の絨氈《じゅうたん》も、紫雲英《げんげ》を咲かせ、春になる。

で、火を入れた真鍮《しんちゅう》の獅噛《しかみ》火鉢を、座勝手《ざがって》に引こうとすると、いや、重き事鼎《かなえ》の如し。で、ビクとも動かぬ。……逢魔《おうま》ケ時《とき》で、狸が附着《くッつ》けたのでは決してない、旅籠屋が老鋪《しにせ》の身上《しんしょう》、軽んずべからざる重量《めかた》である。

其処で、隣室（叩いていたが）の襖《ふすま》へ些《ち》と寄《より》過ぎた、が、蒲団を其処へ敷いて二人座に着くと、襖際の何とか書いた横額《よこがく》の下に、碁笥《ごけ》を整然《きちん》と飾って碁盤があった。

ハテ、これを飾っておきそうな床の間は、と視れば、山水の大幅《たいふく》はやがて黄昏《たそがれ》に紛れつつ、置《おき》ものは青銅の狂獅子《くるいじし》、銅の平盤《ひらばん》にそなれを活けた他に、床柱の掛花活《かけはないけ》に、紅白の牡丹の大輪の造花は面白い。

「炬燵《こたつ》がよござんしょうな、あの、姐《ねえ》ちゃん、お炬燵《こた》を、どうぞ。……」

と次手《ついで》に酒肴を急がせた蘆絵が、見物疲れに、うっかりしてた木菟の顔構《かおがまえ》、目の冴えないのを怠屈《たいくつ》ゆえ、とそんな事まで気を揉んだが、

「如何《いかが》。」と言うに、チリチリと虫の音のような石の音。

「本碁《ほんご》、……」

「井目《せいもく》置きますから、どうぞ。」

と、もう並べるのを、慌てて留めて、

「串戯《じょうだん》じゃない。……私に碁が打てれば、お前さんを口説《くど》きます。」

「まあ、あんな事ばッかり。」と、掌《てのひら》で軽くその碁笥《ごけ》の蓋を扱《こ》く。

「五目、なら。」

「どうしやはる?」

「枕を、――」

「あの、枕を。」

「驚いちゃ不可《いけ》ません、賭けるんじゃあない、取《とり》かえるんです。お前さんが負けたら括枕《くくりまくら》、私が負けたら船底枕《ふなぞこまくら》、つまり負けた方が、枕を取替えて寝るんです。」

「おほほほ、おいでやす、さあ。」

「面白し、……」

九

木菟は沁《しん》みりとした声で、

「蘆絵さん。」

「はい。」

「お前さんが聞けば、昔奥州の夷《えびす》の話柄《ことがら》かと思おうが、下総国成東《しもうさのくになるとう》と言う処に温泉がある。東京から道程《みち》は近し、それに手軽だもんだから、五人づれ友だち同志、暑中休暇に遊びに行った事があります。……面白ずくに飲むわ食うわで、勘定が足りなくなって、皆《みんな》が心当りへ無心して呼金《よびがね》の来るのを待つ間、その始末だから、帳場へ対して、大広間には陣取っても、心持は行燈《あんどん》部屋です。……一人前の鰹のさし身を五人で剝《へ》がして、この中へ後生《ごしょう》だから、一合《いちごう》、もうたった一合と、徳利《とくり》に仕切をして見せて女中に強請《ゆす》る境遇さ、酒が来ると皆の咽喉《のど》が鰌《どじょう》のようにキュウと鳴る、いや、お話にならないんだ。昼寝の眠気ざましに、五目をしましょうよ、と馴染の女中が来たから、私が対手《あいて》になるとね、姐御《あねご》姐御と私たちで言ったその年増がね、――銚子の酒屋に許嫁《いいなずけ》の有るのを嫌って、こんなしだらになってるが、ああ、彼処《あすこ》へ縁着いていれば可《よ》かった、あんた方に首ったけ酒が飲ませられる。――首ったけは可訝《おかし》いが、指で徳利を劃《くぎ》るからです、其奴《そいつ》をしんみりと言われた時は、思わず美しい涙が出た。

こうして、まあ、何年ぶりかで碁盤に向って思出《おもいだ》すんですが、この間から、ふんだんの灘の酒で、奈良の旅籠屋の碁の対手が、南の芸妓《げいしゃ》じゃあ職過《しょくす》ぎますよ。」

「飛《と》んだ事。」

と消すのを圧《おさ》えて、

「真個《まったく》さ、それもこれも、皆《みな》友だちの情《なさけ》です。」

「あの、征矢《そや》さんは。」と蘆絵が言う。

征矢は友だちの姓《な》なのである。

「……湯治場で徳利を劃《しき》んなはった、その時のお一人だっか。」

「どうして、征矢は大家《たいけ》の若旦那だよ。しかし仲よしでね、一昨年から会社の都合で大阪に勧めている。今度の旅行は上方見物とは言うものの、……唯あの人に逢いに来たのが、定《じょう》なんだ、……処《ところ》が生憎《あいにく》、その会社の急用で土佐まで行かなけりゃならなかったもんだから、四五日して帰るまでを、下宿の二階に放込《ほうりこ》んでおきもしないで、お前さんの袖に預けられた。……天下は太平、鳳凰《ほうおう》の羽に包まれてると思います。」

「ま、こんな袖を。」

と俯向いて、袂を引く時、碁石を落して、

「消えたい、隠れたい、蓑《みの》ですわ。」

「お前さんの名の通り、絵に描いた蘆は、成程鳳凰の着る蓑かも知れない。……しかし……何しろ不思議な知己《ちかづき》だね。」

次手《ついで》に言っておこう、彼が蘆絵を知り、見て、且《か》つ名を覚えたのは、先日東京を立った神戸行《ゆき》最大急行の夜汽車の中であった。……木菟は、鷲やら、鷹やら、鳶やら、びらしゃらとした孔雀やら、蝙蝠《こうもり》も紛込《まぎれこ》んだ夜半《よわ》の暴風雨《あらし》の巣の中を、もそもそと出て食堂へ入ったのは、それは真夜中の二時頃で、豊橋のあたりであったと言う。……誰《たれ》も居ない、正面に（禁喫煙。）の掲示を置いて、給仕が四人固《かたま》って、饒舌《しゃべ》りながら、その癖《くせ》煙草を喫していた。浜松でもう火を落した、煮焼《にやき》したものは何も出来ない。……湯はあるから燗はつけようと、言うから、酒を頼んで待つ処へ、一人スッと入って来たのが、この蘆絵。——とも無論知らず、寝台車の方から、目覚しく容子《ようす》のいいのが、と思うと、一人の給仕が何と間違えたか、ツカツカと導いて、「これへ。」と掬《すく》うようにその婦《おんな》に腕を下《おろ》して教えたのが、木菟の居たひとつ卓子《テエブル》、差向いの椅子である。おっとりと逆らわないで、「お許し。」とか、「御免やす。」とか言って、すなおに其処へ掛けようとする途端に、背後《うしろ》から夥間《なかま》が二人声を合せて、「違う違う。」と気立《けた》たましく言った。

十

吃驚《びつくり》したらしく、「ア此方《こちら》へ。」と、退《の》くに連れて、何にも言わず、嬌態《しな》で会釈して、片側の椅子へ、――其処で、背後《うしろ》向きに優容《しとやか》に腰を掛けた。

見惚《みと》れて、酒を飲むうちに、其方《そちら》へは、誂えらしい、紅茶と、水菓子とが出た。が、すぐに女が、素湯《さゆ》を一杯、と頼んで、やがて持って来たので、皓歯《しらは》で吸って薬を飲んだ。

……飲むと、そのまま勘定を済して、何にも食べたくはなかったそうで、蜜柑《みかん》を二つだけ、絹手巾《きぬハンケチ》に一寸《ちよつと》包んだのを提げると、椅子を立って。――と立ったなりで猶予《ためら》ったが、振向いて、振向いて艶麗《あでやか》に目礼した。

硝子杯《コップ》を措《お》いて、会釈を返すと、スッと褄《つま》を捌《さば》いて出た。

「南地《なんち》だ。」

「蘆絵さんだ。」

と、がやがやと給仕の言うのが聞えたと思うと、一人が飛出して、その女の卓子《テエブル》に置いた林檎と芭蕉実《バナナ》を皿ごとチロリと取るのを見て、三人が六本ヌッと白服の腕を突出すと、ひょいとその皿を天窓《あたま》へ載せて指でペロリと剝《む》いた目が、林檎より真赤に見えた。

——其処で、名も人がらも覚えたのであるが。——

「しかしね、蘆絵さん。」

碁盤に凭《もた》れてまた話す。

「大阪へ来た思出に、お前さんに逢わせて欲しいと言って、素面《しらふ》で、征矢を口説いた時は、極《きま》りが悪くって冷汗が出たよ。——征矢が私より、ずッと少《わか》いんだからお察しなさい。勘当中預けられてる叔父に向ってヤケに遊ばせろ、と言うよりか余程弱った。——負惜みを言うんじゃないが、征矢の旅行をする処にさえ衝突《ぶつか》らないで、二人で遊んでいられたんだと、そんな野心は起らなかったかも知れない。——とまあ、しておくけれど、広い大阪三《さん》界《がい》に只一人その人を便りにした征矢が、退引《のっぴき》ならない社の用で、しかもその日の夜の汽船で、神戸から土佐へ立たなけりゃならないと言うんじゃないか。

お前さんと食堂で一所《いっしょ》だった。あの汽車が梅田へ着いたのは昼前十時頃だっけ。……寒かったね、実を言うと、停車場《ステエシヨン》へ出る時なんぞは、只友だちの顔を見ようばッかりで、一つ処へ出て来そうなお前さんの姿を、改札場から眴《みそな》わそうなんぞの野心はなかった。が、周囲《まわり》が赫《かっ》と賑《にぎや》かになるにつけて、急に心寂しくなったのも、虫の知らせだとか言うんだろうね。……留守か、それとも一晩泊で旅行でもしていやしないか、と妙に征矢が居てくれそうもない気がしてならない。――ママよ、居なかったら、次の汽車で東京へ引返そうくらいに覚悟をしたほど、――誰にも恩には被《き》せないけれど、――私は一人旅が心細い。

毎日勤めているのは知れてたから、俥《くるま》で、会社へ志した。――寝不足はしているし、汽車の弁当で舌は荒れるし、寒さは寒し、両側の看板に並んで通抜《とおりぬ》ける向風《むかいかぜ》の面色《つらつき》は、もの干で吹曝《ふきさら》されるようで、ガタガタ震えるくらいだった。――寒いなあ。車夫《くるまや》と、思わず言うと、（さいで、奈良のお水取やさかいな。）と言ったがね、――訳は知らないけれど、朝湯の風説《うわさ》より冷《つめた》いよ。

道修町《どしょうまち》の会社へついた時は、石壇に、車夫を待たせた。征矢が居なかったら、すぐに停車場《ステエシヨン》へ引返そうと思ってね。――

給仕に名刺を出して、一寸《ちょっと》待て、で、事務室の方へ入って行く半分洋服の白いのを見送りながら、まだ逢えるか逢えないかと、危ぶんだ、が、その給仕が、向うでお辞儀をした、肩の締った背後向《うしろむき》で、卓子《テエブル》に向って何か、かきものをしているらしい男がある。その背後《うしろ》姿《すがた》を視《み》た時は、ここに血を分けたのが居る、と思ったほど可懐《なつか》しかった、征矢なんです。」――

「まあ、好かったわ。」と、もう分っている事ながら、蘆絵が吻《ほっ》と安心の息を吐《つ》く。

十一

「右へ向って、ペンを持った手が挙る、と名刺を受取ったっけ、すっきりした片頬が見えたが、見る見る心持聳《そび》えた肩は、春日山、この若草山の十《と》ウぐらい、腕で堪《こら》えて乗せそうに、力が籠る。……ああ大きな会社を背負って立つ、柱だ、さすがは頼母《たのも》しいと思った、が、そうじゃあ無かった。私と言う不意の重荷が掛ったのを、心で堪《こら》えた、我慢したのが姿勢《すがた》になって顕《あらわ》れたんです。

ペンを置いて、ずいと立つと、袴で向直った、が、引緊《ひきしま》った顔でずッと出て来た、……ト顔を合せて此方《こっち》はもう魂を向うへ取られた、うつろな声で、やあ、と言って、だらしなくニヤリとなると、やあと、幽《かすか》に眦《めじり》へ笑《わらい》の影で、荷物は、と言って、私の家《うち》ぐらい片手で引立《ひきた》てそうな確乎《しっかり》した片腕をもうこう差出し加減で、つかつかと玄関の石へ下りる。こればかり、何もない、と風車のような信玄袋を振って見せるのを、ぐい、と取って、応接室だろう、中へ入る、と慌てて、私は賃銭を渡したっけ。待ってた人の好《い》い車夫《くるまや》の老夫《おやじ》が、(逢いなされたなあ、可《い》い塩梅《あんばい》や。)と髯斑《ひげまだら》な口で嬉しそうに和笑《にやり》としたのを見ても、どんなに私の嬉しそうだったかが知れるでしょう。……

信玄袋を卓子《テエブル》の上へハタと置いて、(困って了《しま》いました。私は今夜土佐へ立たなければならないんですよ。)と爽《さわやか》な声で言った時、ものに動ぜぬ征矢の、凜々《りり》しい目の瞼《まぶた》へ颯《さつ》と血の色が出たんじゃありませんか。

私は思わず胸が切《せま》った。

(これでもう十分だ。)

と信玄袋を膝へ取ってそう言った。——

その信玄袋を、征矢がまた引立《ひった》って卓子《テエブル》の上へトンと置いて、(どうにかします、一寸《ちょっと》失礼。)(ああ、心配しちゃ不可《いけ》ません。)と言ううちにもう見えなくなった。——過ぎた事を、(何故、電報で打合せてくれない。)なぞと愚痴を言うような男じゃあない。囲まれた城なら敵を破って出るのみだ。——此方《こっち》も勇気に引立てられて、逢ったばかりで帰るのを何とも思いはしなかったが、それでもね、滑かな大理石の床が砂利《じゃり》で踏むように痛かったのは事実なんです。——おっと三々《さんざん》になりますね。」

木菟は、避けて一石パチリと入れた。

「給仕が来て御馳走ぶりに、ドンドン焚いてくれる瓦斯《がす》暖炉《ストオブ》も寒いような気でいるうち、待たせましたね。

小一時間。——抱くと私の身体より重いくらいな、倫敦《ロンドン》仕込の大外套を引抱《ひきかか》えて入って来て、(残念です、八方電話を掛けました、重役とも熟議《じゆくぎ》をしましたが、是非がありません。)と面《おもて》を正して言った、(しかし屹《きつ》とどうにかします。)……(飛《とん》でもない、どうにかするなんて。)(否《いや》、土佐へ立つのはどうにも仕方がありません。が、何とでもして四日間帰って来るまで引留《ひきと》めます。)……何にも言わせず、(とに角、戸外《おもて》へ出ましょう。そして食事を。……)

これから歩行《ある》き出したが、私は、幾重にも、征矢が心配をしないように、そして、昼飯《おひる》を一所《いっしょ》に食べて、夜汽車で帰るのが決して不愉快な事じゃあない、却って洒落てるから、と言っても洒落なんざ大嫌《だいきらい》な征矢だから、洒落にしないで、心配をしてくれる。……から、其処でお前さんの事を言った。

言った、が、極《きま》りが悪かった。私は立停《たちど》まって、電信柱を小楯《こだて》に取ったんですがね、——何処だか方角も何も分らなかった。——後で聞くと、毎日新聞の横を曲った処だったそうで、真昼間です。

のっけに芸妓《げいしゃ》に逢いたいとも、さすがに言出せないから、(御飯は何処で食べるんです。)も、とぼけていましょう。

征矢は何の気も付かないから、(それも考えてるんですがね、今新《いましん》と言う金麩羅屋《きんぷらや》があって、一寸《ちょっと》うまくもあるし、浜側で景色も変ってますから其処にしよう、と思っても見ましたが、入込《いれこみ》ですから——些《ちっ》とでも落着いて、話をしたいのには。……矢張近処《やはりきんじょ》ですから鶴家《つるや》と言うのにしようと思います。が、何ですか、註文がおありですか。）——こう問われたのには少なからず弱りましたよ。」

十二

「と、行詰《ゆきづま》りながら、（其処は芸妓が呼べますか）サ、どうです窮したものでしたな。（さあ、呼べましょうが、その方は別に算段がしてありますから。）で、尚《な》お弱った……牛屋《ぎゅうや》の割前《わりまえ》のあとが、おい、お互に羽織を脱ごうぜ、紐を取っておく事さ、くらいは腕の古疵《ふるきず》、覚えのある強兵《つわもの》だけれども、素面《しらふ》で、真昼間で、町の角で電信柱で、剰《あまつさ》え風立ってヒュウと寒さが身に染みる、汽車で外套が皺だらけで、凹んだ信玄袋を紐長にぶらりと下げて、日向《ひなた》でまぶしくッて、砂ぼこりで鼻をしがめて、トやった処が征矢の方が、ずッと年下でいて、脊が高いんだから、形もつかなけりゃ壺も嵌《はま》らず。ここで口説《くど》くのは、奥同者《おくどうしゃ》が本願寺を拝んで、あの屋根を歩行いて見たいと言うようなものでね、（実は、）と言い出すと胴震いをして、汗と涙が一所に出る。

いや、笑事《わらいごと》じゃあない。——

……だから、その蘆絵と言うのを視《み》せて下さい、そして一所《いっしょ》に晩まで飲めば、大阪に思《おも》い置《お》く事は誓ってなし、君は、神戸へ、私は東京へ、擦違《すれちが》いに——と事実決心をした証拠は、対手《あいて》のあの大《おおき》な目を屹《きっ》と視ながら談じたので分ります。——人が見て通りまさね、辻に突立《つッた》っているんだから。——馬鹿も、この位になると超越と云ってね、一つ上を通越《とおりこ》して、人に真面目な心配をさせます。」

と、彼は独言《ひとりごと》になって歎息した。

「この日そのおのぼりに対して、吹曝《ふきさら》しの辻に立ちながら、征矢は苦笑《にがわらい》もしないで、真面目に心配して、……知らない芸妓《げいしゃ》だ、それだし会社の便宜上、曾根崎の方には万事を承わらせる茶屋もあるが、南地《なんち》は宴会で知ってるばかり。……何しろ、今朝一所の汽車で大阪へ帰った婦《おんな》が、つい、おいそれの間に合うか覚束ない。しかし、北の仲居に元老株のききものがある、腕を振《ふる》わせて見ましょう、と鶴家で食事をしたあとを、北の、あの百川《ももかわ》へ出掛けたんです。」

「お身体《からだ》も、貴方、それに気づかれもおましたやろ。……芸妓《げいこ》はん大勢の中で、酔ってお了《しま》いなさいました。お酒の花が満開頃にな。征矢さんがずッと立って、私を一人別室へお呼びやして、あの、凜としたお声でな、——（蘆絵さん、）と更《あらた》まって、（僕が土佐から帰るまで、あんじょう引請《ひきう》けて下さい。）とお袴に手をこうおつきなすって、あの目で顔をお見やしたばッかりで、私はもう身体をも忘れて了《しま》いました。恥かしい事ですけれど、内証《ないしょ》はな、世話になっております人と、出るわ、引くわの悶着があって、身の上の相談に、東京の芳町《よしちょう》に待合《まちあい》をしています、姉の許へ、相談に行って帰ったばかりの処でした。けれども な……ああ、心易《こころやす》うて言いました、貴方、まだ御心配なさいますな。あの、凜々しい方が、私のような、こんなものに、貴方を頼むと、膝を正してお言いなすった、志で、二十五のこの年で、殿方の気がはじめて分って、夜があけたように思いますわ。」

と忘れたように、碁盤の端《はし》へ頬杖しつつ、無意識らしく一石黒《くろ》をカチンと継いだ。

「ま、この延びた事をお見やす。うっかりうっかりお話していて、…何処までも、……」

と心付くと、石は、白と黒をずるずると、幅二寸くらいに繋がって、盤の上をずるりと這って、暮れかかる色に冷く輝いたのが、鱗の小蛇に紛《まが》ったのである。――と言うのも後に心付いたので、その時は何とも思わなかったそうであるが、艶々《つやつや》と盤が光って、……また何となく其処へ人影が映《さ》したように思ったので、ふと目を上げると、襖を細目に、影のように立って、蒼白い瓜実顔《うりざねがお》で、頬に片手を添えながら、やや打傾《うちかたむ》きつつ差覗く、早《は》や天井の夜《よ》を籠めて、黒髪に黄昏《たそがれ》の色を吸った円髷《まるまげ》の婦《おんな》がある。――

片手頬をば支えた手首に、市松らしい友染縮緬、裏の浅葱が冷く搦《から》んで、凄いような、盤面の石もこの影か、瞳が大く、すらりと脊が高い。

十三

木菟は一目見て、一室に大勢の膳を並べて、唯一人寂しく居た先刻《さつき》の婦人を思った。

「お楽《たのし》みどすな。」

と、その時言った。

「如何《いかが》です。貴女も。」と、つい言って、盤を向けて一膝《ひとひざ》開いた。

「御免やす。」

と、すっと入る。……

「蘆絵さん、お願いなさい。……貴女、此方《こちら》は本当のが打てるんですから。いや、敗軍敗軍！」

と陽気に饒舌《しやべ》って、遁《に》げるように、もう出来てる置炬燵《おきごたつ》へすぽりと入ったのは、避けたのでも何でも無かった。木菟は、――不意に顔を出したのが、征矢ならば、と思うと、急に寂《さび》しくなって、一人で、ものを思いたかったのである。

海が見える。

波を打つ。

水の色が襖に映った。

猿沢の池が面影に立つのであろう。

霞の中を、供奉《ぐぶ》して鳳輦《ほうれん》のきしるのは、昼視《み》た絵馬堂の額の土佐絵の幻である。萌黄の筆彩《ひっさい》、黄金《きん》の刷毛《はけ》。

荒海の船の甲板に、すっくと一人外套の黒い姿は、征矢の影、朝日がさし、夕日が映る。

怪しく美しき鳥の、嘴《くちばし》を接して、幽《かすか》に囁く如く婦二人《おんなふたり》の声を聞き、盤は花園に似て、袖の花咲き、手の蝶の戯るるのを見つつ、彼は虻《あぶ》となって、うとうとした。……

「あ、失礼、頭痛がして、ま、こんな事。」

と、言う声を現《うつつ》に聞いて、ふと我に返った時、蘆絵が、金口《きんぐち》の女煙管《おんなぎせる》を、吸《すい》つけて、ト向けたにつれて円髷《まるまげ》の婦人が、生際《はえぎわ》つめて額を結《ゆわ》えた紫の煙管筒を解くのを視た。透通るばかり白い顔の、蒼褪《あおざ》めたのも一つはその色の映るのであろう。市松の襦袢の浅葱がまたチラリと照った。

「やあ、寝ましたか。」

膳は赤く、銚子は黒し、猪口《ちょく》は藍、蘆絵に燈《ともしび》は紅《あか》かった。

「客は帰りましたか。」

「は、強い方だすな。」

「碁は、……」

「まだ、さしかけでしたけれど、……何処へ行かはった。見えん言うて、わッと向うの座敷で大勢で騒ぎ声がしますとな、よう言うて、すぐに、隠れるようにお帰りでした。」

「「連《つれ》が来たんだね。」

と、木菟は、其処に給仕に控えた小娘に向って言った。

ト、小娘が優しい目を細《ほっそ》りと仰向くようにして、

「あの、御寮人《ごりょうにん》はんどしたら、お連は誰も居やはりまへん。」

「沢山膳が並んでたじゃあないか。」

「大勢はんは団体の方《かた》どす。」

「否《いや》、もう一つの座敷にも。」

「へ、あれどしたら、御寮人はんが、陰膳《かげぜん》を据《す》えはったのだんね。」

「陰膳を。」と蘆絵が訊くと、

「へい、陰膳言うても、旦那はんのお留守のやないのどす……志《こころざし》の仏はんやらな、お友だちの分やら、生きとらはるにも、死なはったのにも、心に思うお方々《かたがた》に皆供えるんや言わはりましてな、……」

「馴染の客かい。」

「へい。」

「じゃ、奈良見物じゃあないのだね。」

「京のお方やそうどしてな……見物やおまへん、毎月一度ずつ生駒《いこま》はんへおまいりやすな、その途中にお寄りやしては、一遍一遍、数を殖《ふや》してな、お膳を揃えはりまんのどす。」

生駒は、音に聞く、罰、利生《りしよう》、験顕《あらたか》に、凄《おそろ》しき聖天《しようでん》の御山《おやま》である。御堂《みどう》に籠って、女の、捌髪《さばきがみ》に蠟燭を結《ゆわ》えて炎を燃し、男の、掌《てのひら》に油を湛《たた》えて燈心を点《とも》しながら難行をするのもあり、一足《いつそく》だちと称《とな》うるのは、麓より絶頂までを一足《ひとあし》歩行《ある》いては土に跪《ひざまず》き、立って一《いっ》歩《ぽ》しては坂に跪きする。御堂までは三日三晩、その間一眠りもせず、一休みもせず、茶屋の男の都度都度に運び来る湯水を、合掌の手も解かず、手よりして口に受けて、息継ぎ息継ぎ砂利に石に、血だらけになって行《ぎよう》する男、女の数も多いと言う。……

何となく、蘆絵と顔の見合された時、廊下に賑《にぎや》かな跫音《あしおと》して、襖を開けて三人、色々に顕れたのは、木菟に退屈をさせまい心づかいで、蘆絵が計らった土地の芸妓《げいしや》であった。

木菟は酔潰れたため、京の御寮人と言うのに就いて、その夜は蘆絵とも何も話さなかった。あくる朝は遅かった。湯に入ったあとをまた酒で、隙間も漏らさぬ六枚屏風。

炬燵《こたつ》に蘆絵も貸褞袍《かしどてら》で、爪弾《つめびき》の、

忠兵衛《ちゆうべえ》が、――

旅店《りよてん》に取っては、志す人に膳を据えて、一人寝の京の御寮人より、この二人の方が怪しい、苦しまぎれの鼻唄で、毒薬でも飲む心中だと思ったろう。……手代《てだい》、番頭のソッとぬき足で入っては、十畳の隅を囲った屛風の裏で、踞《しやが》んで立聴《たちぎき》をしたのは事実である。日もやや傾く頃、煮こごりの溶けたようになって炬燵《こたつ》を娑婆へ出た顔で、欄干越に猿沢の池の水に吹かれながら、興福寺の鐘楼の屋根に留《とま》った烏ともならず、外套とコオトで並んで発《た》った。

昨日の座敷は、団体方も、御寮人分も、掃いたように何《なん》にもなかった。

さて、停車場《ステエシヨン》で乗り遅れて、引返して入った一膳飯。――話は京の清水の麓、松原の中なる、玉芝の蘆絵と寝つつ、夢に魘《うな》されて目を覚した。夜中の木菟の胸の裡《うち》に戻る。

十四

「そうだ……」

木菟は乱れた夜の媚《なま》めかしい、が悩ましい閨《ねや》の裡で、

「碁石を拾って、蘆絵が袂に入れた時、一寸頤《ちよつとあご》で押えるようにして、四五枚懐中《ふところ》にあった

絵葉書を見付けた。猿沢の池のほとりの旅籠屋で、東京の誰彼《たれかれ》へ出すつもりで、私が書いたのを、途中で郵便函へ入れて遣ろうと預かったものだっけ……（あ、浮《うっか》り忘れました。どうしましょう。）と、何《なに》、構いはしないものを、どうせこれから行く停車場《ステエション》で出せば可《い》い、と此方《こっち》の言う間も待たないで、衝《つ》と土間へ出て捜足《さぐりあし》を草履へ引掛ける、と隅の板前に居た一膳めしの女房が、（もし郵便函は右隣りの小路《こうじ》の角だっせ。）（大きに。）と、コオトの裾をしっとりと、しかし急足《いそぎあし》に暖簾を分けてスッと出る。あとへ茄子の溝漬《どぶづけ》が、ばちゃんと音のするように跳ねて行く。

此方《こちら》は手酌で注足《つぎた》して、一口飲《や》って試《み》ると、ひどい酒で、舌の尖《さき》から、いきなり脳天へピンと来る。さすがの意地汚《いじきたな》も銚子を睨んで溜息を吐《つ》いた処へ。

其処へ持って来たんだ。玉子焼を、――女房が汚れた上被《うわっぱ》りの、あの諸手でガチャリと皿を卓子台《ちゃぶだい》の上へ置いて、（お連《つれ》は南地《みなみ》の芸妓《げいこ》はんだんな。）と上目づかいをして言った。（分りますか、無論、私は旅のものだが。）（ええ、そりゃ風体《ふう》が、ものを言いますさかい、……旦那はん、お喜びなさらんとなりまへん。）（何をえ。）（何《なに》やかて、南地の芸妓はんが、こないに勤《つとめ》やはる事言うたら、真《ほん》、見とうてもありまへん。……そら、貴客《あんた》、横のものを縦にもしやはりまへんえな、ツンとして首を据えはって、）とその据えた顔を、俄然と崩して、（えへへ、）と笑って、ずたずたと引退《ひきさが》る。……此奴《こいつ》茶代を奮発《はず》ませるとは、思ったものの、南地の芸妓の働き振《ぶり》。成程と、あの時も頷《うなず》かれて、見りゃ、狐色の玉子焼。それとても心づくし、仇《あだ》にはしまい、とザラメを掛けないばかりに、渦巻に焼いて薄く切ったのを、ト一口食《まい》ると、ガサガサと口一杯になって、どうやら硫黄《いおう》でも嚙むようなのをぐッと嚥《の》んだ。が、そればかりなら、こうまで胸には支《つか》えなかったろう。……小児《こども》にゴム鞠を買って持たせて、その時帰って来た蘆絵が、煤《すす》の裡《なか》の玉子焼を気懸りそうに覗いて、（あ、切って来ましたな。）と言うと、密《そっ》と手を掉《ふ》って、（およしやすや、これは。……筋向うの玩具屋《おもちゃや》の店から一寸《ちょっと》振向いて見たらな、女房《おかみ》さんが庖丁をあの前垂《まえだれ》で、……）

私はぎょッとした、いま其処へ坐ったあとが、じとじと濡れてはいなかろうかと思うような汚腐《よごれくさ》った前垂で。……（べたべた拭いているのが見えましたから。……先刻《さっき》お肴を見に行きました時、土間へ庖丁が落ちていましたよって、……使われては困る、と思うて、玉子焼は切らんと、と、そう言うて誂《あつら》えましたものを。）と眉を顰《ひそ》めた時は、もう此方《こっち》の咽喉へ引掛《ひっかか》って、此奴《こいつ》がごくりごくりと、虫唾《むしず》とともに胃の腑をさして下りて行く。

言えば心配を掛けようと、そのまま黙ったが、変な心持で、口も利けない。あんな時は酒だが、サそれが飲めないのだから弱った。……元気がないと、蘆絵も悄気《しょげ》て、冷い瀬戸物の火鉢に両方から押被《おっかぶ》さっていたのは惨憺《さんたん》たるものだ。

が、時間が来る、……直ぐに出る、……汽車へ乗る。並んで掛ける。駅々も名所の名で、暫時《しばらく》紛れていたのだったが。

——待てよ、鴨や鰈の所為《せい》ではない。……宵にここの玉芝の奥座敷《うち》で、……ああ遣って、」

思出《おもいだ》す目を上げて、空に見当をつけようとする、グイと口へ吐上《つきあ》げるのを、アッとまた俯向いて木菟が圧《おさ》えて、

「……ああ遣って、とそうだ。碁石を拾うと、忽《たちま》ち、得も言われない臭気がして、坐っておられないで、こう胸を密《そっ》と横に寝かした……碁石が臭う訳はない。確《たし》かに、かの碁石と一所《いっしょ》に、一膳飯の玉子焼の欠片《かけら》が胃の腑で生返って、腐った臭《におい》がプンと来たんだ……そうだ。」

十五

「清涼剤《きつけ》にもなろう袖の香《か》で、頭を抱きそうに擦寄《すりよ》って、どうかしたか、と狼狽《うろたえ》てるほど聞いてくれる。……いや、何でもないが、少し寒気がする、と紛らかした時、……世辞のつもりか玉芝の女中が、更まった挨拶をした。(貴女《あんた》はんな、内の女房《おかみ》はんがお目通りせんなりまへんのどすが、少々加減が悪うて、引籠っておりますよってに。)(どういたしま

して、それは不可《いけ》ませんね、余程お悪いのですか。）と蘆絵が訊くと、（ほん、ぶらぶらしてどす、気鬱《きうつ》見たように、陽気が悪うおすよって。……旦那はん少しお休みしたらどうです。）で、次手《ついで》に病人のお夥間入《なかまいり》は可厭《いや》だったが、何、気鬱の症と言うんなら、一寸附合《ちょっとつきあ》っても可《い》いような心持がしたので、（それでは願いましょうか、）と言うと、……（御気分が直った処でまたお飲《あが》りやす。——それが可うおすな。）と二人ともに口を揃えた。（夜が長《なご》うおすさかい御緩《ごゆっく》り。）と、女中が支度をしに立った後でも、此方《こっち》は気の毒なほど黙っていた。

嘔気《むか》ついて堪《たま》らない。

処《ところ》で、あの時にも、一度うとうとしたっけか、二階へ上るのに、絵かと思う蘆絵の姿に、手を曳《ひ》かれて、……壇の中途で、白い顔が優しい目で、振返ったのを覚えている。……いま、此処に寝ている顔だ。」

と思うと、何やら今更らしく、我がもののような気がして、取《と》ッときの人形でも見るらしく、頻《しきり》に可愛く、可懐《なつかし》くなって、肩をぐたり、と徐《そっ》とその重い頭を捻向《ねじむ》けると、睫毛《まつげ》ばかりが、ひそひそと囁くような、幽《かすか》な寝息を浮かせて、乱れた胸は白い陽炎《かげろう》の風情がある。

「床へ入っても、総気立つ寒さに、足で炬燵に、……しがみついて、胸を十文字に確《しか》乎と手で圧えて倒れた。肩から背《せなか》をさすってくれた。この手が、夢を絵にした蝶々のように、こうふわふわと目に見えると、それに搦《から》んで、悩ましく切ない、此方《こっち》の胸が黒い、蝶になってぶらぶらした。……南地《みなみ》の芸妓《げいこ》にこんな介抱。……一膳飯の女房の言葉につけても、と思出《おもいだ》すと、玉子焼が硫黄の臭気《におい》。唇を嚙んで堪《た》えるうちに、びっしょり身体中へ粘々《ねばねば》とした汗が流れると、それで幾干《いくら》か胸が裕《ひら》けて、すうすうと呼吸も楽になると、ああ、あれから一寝入《ひとねいり》か。——

——しかし、夢中にも、寝苦しさは、雨の音が障子を敲《たた》いて、ばらばらと飛込《とびこ》むのが、顔に手足に乱れかかって。——

まるで、碁石を取って、擲付《ほうりつ》けられたようだ。」

と思えば、新《あらた》にまたもや堪難《たえがた》い臭気が鼻を衝《つ》く、腹に碁石が固っている如く、手で撮《つま》んだだけでも、あの可厭《いや》だった、何とも言われない臭気《くさみ》が、脳に染みて、どろどろと耳まで流れる。

「吐こう。」

木菟は、腰を落したが、肩で息して居直った。

「宵からも、何よりだ、吐くに限ると思いながら、連《つれ》の憂慮《きづかい》を苦にしたんだ。断っても医師騒ぎをするに極《きま》っている、と気の毒でもあり、面倒だし、体裁も悪し、無理に堪《こら》えた。……ちょうど寝ている。この隙《ひま》に。……五臓の神は何がために俺を起した。吐けと言うのだ。嘔《もど》せと教える。それだのに、今まで、何をし、何を思って、何だ、馬鹿な。」と嘲笑うような、我ながら木菟は気味の悪い青い顔して、肱で一度、枕に倒れながら、枕頭《まくらもと》の時計を覗くと、ぶるぶると脈に響くばかりセコンドを刻んで、夜は恰《あたか》も二時である。

殆《ほと》ど言合《いいあ》わせたように丑満《うしみつ》の鐘が聞えた。

「知恩院《ちおんいん》か。」――

耳を澄ますと、雨戸越の松の梢を、波を打ち打ち、遥に鴨川に伝い、近く東山を繞《めぐ》る気勢《けはい》して、音の余波《よは》は蘆絵の黒髪のほつれに響く、……

心付けば、風も雨も幻なりしか、それとも、何時《いつ》の間にか留《や》んだらしい。雨戸にそよとの声もない。

帯を締直して、ずッと立って、ふらふらとなる、トタンに、ぐわッと胸許《むなもと》へ嘔上《こみあ》げる。

十六

「ええ、我慢しろ。」

と思わず、声に出て、熟《じっ》と胸を圧《おさ》えながら、木菟は襖を開けて蹌踉《ひょろひょろ》と次の室《へや》へ出ると、じいん、と疼《いた》いほど頭が寒い。で、春の夜を友染で蒸すばかり紅《くれない》の閨《ねや》を見棄てたとはなく、艶《えん》なる婦《おんな》の花に眠る霞の中から、急に坊主にされて追出された形があった。

向合《むかいあ》って、襖を閉めた別に一座敷があって、縦の六畳らしいこの次の室《ま》を横に取って、階子段《はしごだん》がある。その拭込んで沢《つや》の出たのが、襖越しの電燈で、薄白く霜を置いたかと見えるのを、捜足《さぐりあし》で冷く蹈《ふ》んで、胴震いをしながら、片手を壁に縋《すが》り縋り、穴へ落ちるように、やがて、ひょろりと下りると、下が板敷。一方が壁で、一方は(——其処から納戸か住居《すまい》へ通うらしい。——)襖で、取着《とツつき》にずらりと、まだ木目の薄赤い、新しい雨戸が見える。

「何でも、あの辺、」

その何処かを開けると、厠へ行く路《みち》がある筈、と宵の見覚えを辿って、雨戸についたその廊下へ、手繰《たぐりつ》着く思《おもい》で、わくわくして急いで出た。が、と、薄明《うすあかり》で見ても、開《あ》きそうな箇処が無い。立てつけも密《こまか》に犇々《ひしひし》と閉っている。

稍忙《ややせ》いて、こう瞬《みまわ》すと、廊下を劃《くぎ》った突当りの硝子《がらす》の嵌《はま》った一枚の扉戸《ひらきど》があった。

「彼処《あすこ》だ。」

その扉《ひらき》の前に、室咲《むろざき》の紅梅の、幽《かすか》に色を残した、樹は古く、桃色に黄を交ぜて乾《から》びついて咲いたのがある。四辺《あたり》が武蔵野だと、薪《たきぎ》に折添《おりそ》えよう。……所がらとて、銘をば歌屑《うたくず》とでも言いそうな、と宵にちらりと見覚えの、……それそれ剝製の鶯を一寸枝《ちよつと》に留《とま》らせた、

——これがあるからには、二人が鴨を煮た座敷に相違ない。

「此処で厠の見当を。」

で、かなり大きい、その鉢植と、摺々《すれずれ》に戸を開けようとして、偶《ふ》と覗くと、裡《なか》が続いて縁になる、が、障子の閉《た》った座敷の前に、上草履《スリッパ》が対に二足、揃えて二足脱いであった。

「あ！」と木菟はぎょっとした。

——読まるる方々、御察しが願いたい。——

これを思えば、階子の上口《あがりぐち》に、自分たちの使った外にも、もう二足脱いで在ったようでもあるし、下りた処の襖際にも、対に並んでいた気がする。……要するに、この玉芝は、うかうかと木菟なんぞが、一人で泊るべき家《うち》ではなかろう。僥倖《さいわい》に草履《スリッパ》の一足がいるとしても、何は措いても真夜中の今時分滅多に歩行《ある》くべき廊下ではない。

「……弱った。」

第一、閨《ねや》の戸を敲《たた》いて、用場を尋ねようなどとは思いも寄るまじき事である。

「さあ、弱った。」

これに懲りよ、木菟。——四五年以前に、一度西石垣《さいせき》の旅館、某楼《なにがしろう》へ宿った夜半《よなか》にも、おなじ事で、座敷座敷の対の上草履《うわぞうり》に、八陣《はちじん》の如く引包《ひッつつ》まれて、七顚八倒《しちてんばっとう》した覚えがある。

——

あの、すやすや寝入ったものを、三日四日の疲労《つかれ》もともに、罪も報《むくい》も忘れているのを、対丈襦袢唯一重《ついたけじゆばんただひとえ》、衣服《きもの》も着ねばなるまいし、扱帯《しごき》もせずばなるまいし、それを揺起《ゆりおこ》すくらいなら、はじめからさてこうじゃない。

思切《おもいき》って起した処で、汚い音を聞かせたあとの、またこの人の心づかい、人騒がせの夜《よ》更《ふけ》を思え。

寒さは寒し氷を浴びる、胸には硫黄が沸上《わきあが》る。水も火も一斉に、がちがちと身震《みぶるい》しながら、情《なさけ》の牢と、正面の雨戸に縋って、やあ、ふし穴が目になれ、と破っても出たそうに藻《も》掻《が》くうち、その節穴がひょこひょこと動いて縦に並んで、字になったかと思うばかり、ふと一枚、細長い紙を貼って、雨戸に字を記した箇処《ところ》がある。

色消しだが、喘《あえ》ぐ息と、鼻息と、切ながりの涙で、曇った目を瞬《みひら》いて、熟《じつ》と視ると、巳《み》の字が五文字《いつもじ》。……

（巳、巳、巳、巳、巳、）

「巳、巳、巳、巳、巳」

嬉しや、その下に、サルが五箇《いつつ》、五箇のサルを、乱杭《らんぐい》、逆茂木《さかもぎ》、しゃにむに抜くと、カタリと開《あ》いた。

外は早や雨を含んだ爽《さわやか》な松の香《におい》、緑の伏籠《ふせご》の留南奇《とめき》である。

十七

其処の通縁《かよいえん》は、樹立《こだち》繁き庭に面して、雨戸と言うものの設《もうけ》がない。この深夜に、開放《あけっぱな》しになっていて、折から鐘の音《ね》が誘う、風の音信《おとずれ》もなかった、が、夜気は冷《ひや》やかに面《おもて》を打って、頭《かしら》には石を負い、胸には火を包んで悩ましい中《うち》にも、心は確《たしか》に、目は爽かに、どうやら火宅を遁出《のがれで》たと言う気がして、片側《かたかわ》を視ると、磨硝子《すりがらす》の戸の鎖《とざ》したのが、ずらりと続いて、松を籠めた有明《ありあけ》の電燈に、宛然《さながら》月影の映《さ》す風情がある。

突当りは真暗で、穴のようだが土間らしい。

ぽッと、内側から薄紅《うすべに》の、硝子戸《がらすど》に浸出《にじみだ》すのは、京の女の肌を浸《ひた》す、滑かな湯殿であろう。――其処から斜違《はすか》いの庭前《にわさき》に、夜目には確《しか》と分らぬけれど、葉がくれに見えて、ほんのりと、白い手拭が掛《かか》っている。手水鉢に相違あらじ。

嬉しや厠が、と、つかつかと行くと、ものは果してそれだったが、ああ、上草履が、戸の外に整然《きちん》と一足脱いであった。

実は、湯殿の前にも上草履が見えた、――が、置忘《おきわす》れたのであろう、今時分、誰も湯に入るものは無い。いずれにしても、その方は気にしないで済んだけれど、この厠の前のには、ハタとまた吐胸《とむね》を吐《つ》いた。

断るまでもない、唯一足、が、一足だとてどうなろう。

尾籠《びろう》ながら、……もう我慢がならぬ。

と、偶《ふ》と前に在るその真暗な土間に気が付いた。こう、妙に陰気で、湿っぽい様子が、客用にあらぬ、俗に言う下後架《しもこうか》がどうやら在りもしそうな気がしたので、柱に摑まって爪《つま》尖探《さきさぐ》りを行《や》ると、庭下駄やら、台所穿《だいどころばき》やら、とに角穿物《かくはきもの》が触ったのを突掛《つッか》けて、のめずるように土間へ下りた。が、暗い事は、鼻を撮《つま》まれても分らぬ。

いや、不恰好《あさがお》さは御察しに任せる。……木菟は、わくわくした手搜りで、その捜す手がいきなり便器に打着《ぶつか》っても、もう構わぬ気で、下駄を引摺り引摺《ひきず》り且《か》つ恥を言わねば、理《わけ》が聞えぬ、ふんふんと嗅ぐ。が、一生懸命だと、暗い中《うち》に、何か有《よ》りそうな、ものの形が朦朧として、皆手水鉢に見え、便器に見える、だけなら可けれど、同時にそれが、残らず、沢庵桶に見えたり、大《おおき》な鍋に見えたり、擂鉢に見えたり、そうかと思うと先刻《さっき》の紅梅の鉢植になって、鶯がひょいと留《とま》っていたり、上草履が並んでいたりする。……

浮《うつか》り、ここへ便《し》ようものなら、馬だ、驢馬《ろば》だ、犬だ、怪《ばけ》ものだ、いや狂人だ。夜が明る、と京洛中の騒動になる。

が、もう堪難《たえがた》い。

「弱ったな、これは弱った。」

つい情ない声を出して、其処は断念《あきら》めて、半分泣き泣き、蹌踉蹌踉《ひょろひょろ》と後へ戻ると、そうでもない。もしやこの間に、と空頼《そらだの》みにした例の草履《スリツパ》は、鼻緒に根を生じてぴたりとして、一寸《ちょつと》も動かず厠の前に納まり返っている。

木菟は縁へ上る元気も失せて、框《かまち》の柱にがッくりした。

その時であった。

ぱッと鳥影が映《さ》すように、人気勢《ひとけはい》がしたので、偶《ふ》と顔を上げると、湯殿の前に、背後向《うしろむき》に立った、半身の婦《おんな》の姿がある。……余程静《しずか》に戸を開けて、其処へ出たか、此方《こっち》が苦しいので夢中だったのか。……気のついた時はもう其処に、——雫《しずく》の音もしなかった湯殿の裡《なか》が、この時二度ばかり、ざあと鳴ると、暖い湯の香《か》に添って、黒髪が芬《ぷん》と薫った。

婦《おんな》は、紐一筋なしに、トぽっと全身に湯の霧を、柳の絮《わた》の散るように絡《からま》ったが、ふくらみを腰に示した肉の緊《しま》った肩なぞえに、撓《しな》やかに落した手に、濡色の、青白い、手拭をだらりと下げた。トその手拭の端だが、一つ撓《たわ》んで、上へズルズルと巻いて、にょろりとして、且《か》つ尖ったのは鎌首で、長虫である、蛇である。

十八

「あ……」

左の手にもまた一条《ひとすじ》、ずらりと畝《うね》って、コと鎌首を立てたのを、……世に実《げ》にあるまじき事ながら、浅ましさは、余りの思掛《おもいがけ》なさと、目覚しさと、膚《はだ》の白く美《うる》わしさとに、我にもあらず、と視《み》つつも、婦《おんな》の艶やかな円髷《まるまげ》に心付くと、何故か昨日の暮方に、奈良の旅籠屋で、蘆絵と碁を打つのを現《うつつ》に見た、その御寮人と言うのに似た、と思う時、動くか、膚の色が筋を薄紅《うすくれない》に颯《さつ》と冴えた。と同時にてらてらと二条《ふたすじ》の蛇の鱗が光って、一つは碁石を揃えて黒く、一つは碁石を繋いで白く、アレ揺れる、女の指が細く長く、軽そうに尾を取って、柔かに撮《つま》んで、しかも肩よりして脊筋、脇、胴のまわり、腰、ふくら脛《はぎ》にずッしりと蛇体の冷い重量《おもみ》が掛《かか》る、と、やや腰を捻《ひね》って、斜めに庭に向いたと思うと、投げたか、棄てたか、蛇が消えると斉《ひと》しく、黒髪の影は長き裳《もすそ》の如く、円髷の容《かたち》は大《おおい》なる袖に似て、颯《さつ》と真綿に濡色《ぬれいろ》の婦《おんな》の姿を隠蔽《かく》して、松の影に靡《なび》くかとすれば、湯殿の燈《あかり》がパッと消えて、忽《たちま》ち縁の其処が真暗になった。

カタンと扉《ひらき》の音、出入口は（巳巳巳巳巳）であろう。

ざわざわざわと鳴って、空を揺《ゆ》る庭木の響《ひびき》。放した蛇は、土を這っても、梢をば伝うまい、風が出たのであろう、手水鉢の手拭は、暗中《くらがり》から白く顔のように此方《こなた》を覗いて、ひらひらと嘲笑って、吹添う風が黒く、そして、むらむらと腥《なまぐさ》く鼻を衝《つ》いた。電光《いなびかり》の切目の如く、フト忘れた、胸の悪さを、錐《きり》で抉《えぐ》るように思出《おもいだ》すと、もう堪《こら》えられない。今は外聞も恥もない。

からり、と扉《と》を開ける、と男用の青い便器《あさがお》に逆《さかさ》になって、真黒にしたたか吐いた。玉子焼《しょう》が生のままでくるくると舞って落ちた。木菟は両手を瀬戸煉瓦の壁に縋《すが》って、ぶるぶると震えたのである。

「がッがッ、げッい、げッい。」

時鳥《ほととぎす》も五位鷺《ごいさぎ》も一所《いっしょ》に鳴く。やがて目も鼻も口も、首も手足も一縮みに、木菟は円《まる》くなって、縁の手水鉢の前に踞《しゃが》んでいた。

「何だ、誰も居ないじゃあないか。」

入っても、出ても、上草履は旧《もと》のままで、厠には他の人の気勢《けはい》も無かったのである。

やっと人心地。

「言語道断、夜中にあんな事をする婦《おんな》だ、自分が湯に入るのに、横隣の便所へも人を近づけないために、計略の藁人形。……」

と独りで苦笑《にがわらい》したが、また思うには、

「いやいや、世の中に何を間違えたって、蛇を二条両手に提げて、裸体《はだか》で玉芝の廊下を歩行《ある》く婦《おんな》のあろう道理はない。——雨の繁吹《しぶき》が碁石になって、ばらばら身体へ降懸《ふりかか》った気分も同一《おなじ》で、胸にこだわった不潔な汚い不消化物が、吐出《はきだ》すのに先立って仮に幻に顕《あらわ》れたのだろう。

それに違いない。……すると、魔法使だ、仙人だ、凄いものを飲んでいた。迚《とて》もの事に、蛇は遁《に》げて婦《おんな》だけ胸に残れば可《い》い。」

と半ば串戯《じょうだん》らしく思うのも、やや胸のすいた嬉しさであった。

藁で庵形《いおりがた》の屋根を組んで、竹の水車《みずぐるま》を仕掛け、引出しにして手拭の切《きれ》をくるくると砧《きぬた》に巻いて軒に掛けたのを、引くと、くるくると廻る時、カチカチカチリと何やら音がする。

鼠が噛るのではない。

鶯が密《そつ》と嘴《くちばし》を鳴《なら》すのかとも思えば、美しい女の幽《かすか》に歯軋《はぎしり》をするかとも聞えて、聞澄《ききす》ましても留《や》まないのである。

カチカチカチカチと冴々《さえざえ》と細く響く。

「否《いや》！」

渠《かれ》は愕然とした。

腹で碁石が鳴るのではないか。

「馬鹿な事を。」

十九

が、実際、耳を脈に附けて、熟《じつ》と聴入《ききい》ったほど、何とも知れぬその音は、糸が絡みつくようで、木菟の身を離れなかった。

けれども、可厭《いや》な音でも、不快な音でも、気味の悪い音でも何でもないので、凄く、綺麗で、細く、可愛らしく、そして寂しいのは、象牙づくりの雛が手拍子を打つようで、伝説の中の姫が、世に漂泊《さすら》いて四《よ》ツ竹《だけ》を鳴らすようであった。

余り唐突な譬喩《ひゆ》は、言葉が幽玄、凄艶《せいえん》に似ても、藪から棒に人騒がせをするようで、聴人《ききて》を驚かすのである、……が真個《まったく》、聞澄ました時の感情は、譬喩《たとえ》を誤らなかった。

……桐の箱から、真綿を解いて出したような、京の祇園の舞妓が二人、真暗な樹の下に立って、黒白《こくびやく》の碁石を一石《ひとつ》ずつ手に持って、玉を刻んだ前歯を敲《たた》いていた。……その音である……

恐らく、この事実は、単に、カチカチ、カチリと鳴る丑満《うしみつ》頃の幽なものの音響を聞いたばかりで、雛が手を打ち、姫が四ツ竹を鳴らすと聴取った荒唐な想像よりも、一層《いっそう》読者を驚かそう。

けれども、その実際に衝撞《ぶっか》った木菟の驚駭《おどろき》は、読者が聴いて驚かるるくらいな事では無かったそうである。

で、先《ま》ず、錦、綾、友染《ゆうぜん》、金の糸、銀の糸、玉の飾《かざり》、花簪、京風の髷《まげ》、だらり結び、振袖濃い笹色紅《ささいろべに》、揺れるとちらちらと真紅な、この極彩色の舞妓、絵の如く暗夜《やみ》の庭に、仮に立たせて頂きたい。

場所は庭である。が、飛石の上、石燈籠の傍《わき》でもなく、窓に梅の枝の葉をはらはらと宿した離座敷の円窓の前で、東山つづきの土の上である。

ちょうど、木菟が土間へ下りて、捜《さぐ》って歩行《ある》いたその土間は、この縁側から右の方へ畝《うね》るので。舞妓の立ったのは、反対に庭へ出たその取着《とりつき》の処で、離座敷へは歩行板《ほこういた》も橋も無しに庭下駄で伝う誂《あつら》えの、その梅松の葉がくれの、暗い緑の如き庭前《にわさき》である。

其処に舞妓が、袖も友染の対《つい》に二人、暗《やみ》の中に、靄《もや》に包まれて白く灯《とも》れた、燈心の土器《かわらけ》を、緋に花の刺繍《ぬいとり》ある襟許《えりもと》に捧げて、片手に据えつつ、黒く、白く、紅《べに》と笹色の唇を、前歯を、碁石で敲いていた。

木菟は、框際《かまちぎわ》の、その柱に摑まって見たのである。

ほのかに映《さ》した、葉に桃色の蝶のような、燈心の灯《ひ》も一つはしるべで。……

……はじめ、木菟は、床《ゆか》しい、微妙な、微《かすか》な音に、打傾き打傾き、つい二歩三歩。と松に、ちらちらと掛って、軽く絡《まつ》わる霞の灯影《ひかげ》に、思わず、つかつかと出て庭を覗いて一目視《み》た。

その光景を思え。

余りの事に、柱に縋《すが》って、半身を、松の葉摺《はず》れに、ひやりと濡れながら、ぬいと出す。

……

と、緋桃《ひもも》の花片《はなびら》戦《そよ》ぐとばかり、揺るるのは碁石を叩く前歯のみ、水晶に黒く漆《うるし》したようだった二人の双《そう》の四ツの瞳が、昆虫の如く輝いて、ちらりと動いたと思うと同時に、

「何《なん》や。」

「怪体《けったい》な。」

「誰《だれ》や。」

「好かん。」

呼吸《いき》を揃えて、吻《ほ》と吹いた、燈心がフッと消えると、薄くなる間も、霞む間もなく、パッと立処《たちどころ》に姿が消えた。暗がりの裡《なか》から、颯《さつ》と狙って、礫《つぶて》が飛んだ。

……礫が飛んだ。

二十

その一個《ひとつ》は外《そ》れて、柱に迸《ほとばし》って失せた。が、一個はハタと冷い虫の膚触《はだざわ》りして、頰を撲《う》って、ヒヤリと襟に落ちた。

「あッ。」と飛退《とびすさ》って、木菟は身悶えをしながら手で胸を捜した、その間《あいだ》の不気味さと言ってはない。飛込《とびこ》んだものは蛇の首で、摑出《つかみだ》すものは守宮《やもり》の尾であろうと思う、氷のような汗の流るる心地で、ウと握って痙攣《ひッつ》りながら、ぶるぶると戦慄《わなな》く掌《てのひら》を、燈《ともしび》に透かすと、黒い碁石で。……

と見ると、奈良の一膳飯で見たと同一《どういつ》に、薄青いのと、曇った金と濁った銀の摺込《すりこ》みの横縦《よこたて》の縞がある。

が、怪《あやし》んで確《しか》と認める余裕《ひま》はない。何とも異様な、悪腥《わるなまぐさ》い、その臭気と言うものは。……庭へ振飛《ふりとば》すと、ざらりと黒い鱗を立てて、青い腹を翻して、ずるずると蛇になって這って行く、……と思った。一呼吸《いっこきゅう》も堪《た》えず、鉢前へのめって、またしたたかに、どろどろと吐いて吐いて吐出した……

世に祇園の舞妓を視て、風流にも、碁石を取って礫《つぶて》に打たれて、ために、したたかに吐いたものは他《た》にはあるまい。沙汰の限りである。

いや、お話にならぬ。

「不思議だ……が、皆食ったものが化けて出たのだ。」

要するに、余り身に相応わな過ぎる、美人とさしむかいの旅行をしたため、愚にも附かない食《くい》ものなんぞに可恐《おそろ》しく刺戟《そぐ》をされた、神経衰弱、俗に云えば脾肝煩《ひかんわずら》い。……これが小児《こども》だと、虫の所為《せい》で、偶《まま》、とろとろとした春の宵など、どうかした工合で、一人寂しく縁側、框《かまち》などに彳《たたず》むことがあると、隣座敷を白犬がスッと通る。……思い掛けず兎が飛んだり、可厭《いや》なのは、鼬《いたち》がツウと切ったり、馬がのそのそと出たり。地獄か畜生道に落ちたのかと可恐《おそろ》しくもなれば、また世界の話など聞いたあとだと、フッと駱駝《らくだ》が歩行《ある》いたり、黒奴《くろんぼ》が乗ったり、赤い頭巾《タアバン》を着ていたり、鵠《こう》の鳥《とり》が頤鬚《あごひげ》を長く生《はや》して鰌《どじょう》を狙ったり。空虚《なが》な八畳敷がパッと沙漠になって、心細さに泣出《なきだ》すかと思うと、萌黄の簾の垂れた蒔絵の長轅《え》の駕籠が見えて、官女《かんじょ》が白衣《びやくえ》、緋の袴で、小さな金の釜、銀焜炉、紫の袱紗《ふくさ》まで調《ととの》った、茶箱を担《かつ》いだ奴《やっこ》が供して、仕丁《しちょう》が台傘、五人囃子の笛鼓が、曠野《あらの》か峰かと思う遠くから遥《はるか》に聞ゆる合方《あいかた》に連れて、畳のへりの清い処をスッと曳いて通る、おお、雛の行列、と可懐《なつか》しさに、おのずから玉のような美しい涙がはらはらと溢《あふ》れるかと思うと、絵本の通りの鼠の嫁入が、スタースターと落着澄《おちつきす》まして行くのが、面白くつい莞爾《につこり》となる。……母親の使う剪刀《はさみ》の鈴がコロコロと鳴って廻る。

……と同じ訳で、忽《たちま》ち六道《ろくどう》、俄《にわか》に天上、鷲の翼の暴風《あらし》となり、鳩の声の日和《ひより》となる……

いずれも虫の所為《せい》と聞く、――

ただ、年長けた邪《よこしま》さに、蛇を提げた白呈皓研《はくていこうけん》の年増、碁石を含んだ綾羅金繍《りようらきんしゆう》の少女《おとめ》を、幻に視《み》たのに相違あるまい。

「確《たしか》にそうだ。……」

遍《あまね》く人体に宿る、幻奇、怪玄《かいげん》、五臓の神に感謝せよ。

襟を合《あわ》すと、一種敬虔なる心持で、更めて清めた手を拭く、水車仕掛《すいしやじかけ》の手拭が、曳くと颯《さつ》と下《さが》って、キリキリと巻上るのが鎌首に似たのに故《ことさ》らに一揖《いちゆう》して、立直ると心気《しんき》爽かに、寝乱れ姿も、しゃんとなって、静《しずか》に縁を扉《ひらき》に入ると、鉢植の紅梅の、色も香も新しく咲出《さきい》でたように視《なが》めつつ、階子段を、落着いて、跫音《あしおと》も軽《かろ》く、浮いて上るように、友染に霞の立迷う、蘆絵とおなじ閨に帰った。

見ると……艶《えん》に媚《なまめ》かしい、炬燵《こたつ》に纏《もつ》る萌黄の糸、掻巻《かいまき》の綴糸《とじいと》のほろほろと緩んで溶けるような、夜を籠めて萌ゆる下草《したぐさ》の香《におい》とともに、戸外《おもて》に颯《さつ》と松の翠《みどり》の春の雨。

蘆絵の胸は尚《な》お露呈《あらわ》に、霞を掛けて蒸した風情の、袖の乱れた手の白さ。

二十一

腰を附けると、褥《しとね》は浮いて、天井は矢張《やっぱ》り暗いが、白い雲に乗った心地なり。

しかも添寝の半面は、暖かな池に浮んだ趣がある。

もう、こうなると、鼻が可愛い嘴《くちばし》で、髪を結った、鴛鴦《おしどり》でも構わない、畝《うね》った二の腕が、鵠《こう》の鳥の長い首で、くるりと巻いて一つ畝った小蛇を銜《くわ》えていようが怪《け》しゅうはない。

触ると、むくむくと血が動いて、颯《さつ》と羽二重漉《ごし》に、我が脈に灌《そそ》ぎそうな腕《かいな》を密《そっ》と取って、……先方《さき》の掻巻《かいまき》の裡《なか》に入れた。

「かぜを、おひきでないよ。」

と、うっかり言うと、

「はアい。」

と現《うつつ》らしく、魂に鶯が入交《いれか》わったかと思う声で、幽《かすか》な返事をしたのが、不思議に、前世の約束の恋人のように聞えた。

ほろりとするまで、何となく身に染みて、熟《じっ》と声を聞くうちに、いつの間にか、媚《なまめ》かしい長襦袢が、蝶の飛《とび》模様の小袖に替ると、莞爾《にっこり》笑った顔と顔を見合せながら。——この丑《うし》満《みつ》を何処へ行く。――

頬被《ほツかぶり》をしないばかり、骨のない袖と袖を、縒《よ》れつ縺《もつ》れつ、雨戸開ければ欄干越、緋の扱帯《しごき》の結んだのも松ヶ枝に残さずに、濃い浅い翠《みどり》の梢をスッと渡って、庭越しに京の町へ出た。

律義な事には、雨がしとしとと降っているので、傘をさす、相合傘、が、番傘で。これが円くほんのりと暗夜《やみ》に浮いて行くのが、誰が見るのやら判然《はつきり》見える。見えつつ、ふわふわと中有《ちゆうう》を通る。

蘆絵は草履で。

何処で借りたか、木菟は足駄穿《あしだばき》。

処《ところ》で、傘の柄《え》を両方の手で持添《もちそ》えながら、

「取替えよう。」

「可《い》いんですよ。」

あれ、……何処の国の言葉だか、二人で喋舌《しやべ》って、足と足と、白々と、ちらりと暗《やみ》に、穿物《はきもの》を取かえる。……踵《かかと》も空《そら》で、矢張《やつぱ》り中有《ちゆうう》だが、場所が、と思うと、嘗《かつ》て詣でて見覚えのある、清水《きよみず》の坂の中途である。

これが魔所だと聞く児《ち》ヶ淵《ふち》だと、真葛《まくず》ヶ原《はら》を紀の路《みち》へかかって、行方も知れずなるのである。

繰《あやつ》るものは鬼にせよ、魔にせよ、行く処は清水と思ううちに、暗夜《やみ》には碧い山門の下で、番傘がフッと消えると。……

……渠《かれ》はその跡《あと》を知らなかった。……

ほの明りに緑を籠めた、薄紫の春雨に、障子さえ細目に開けて、霞の流るる庭の樹立《こだち》の梢に対し、立つと人たけばかりの黒檀の縁の姿見に片膝立てて、朱鷺色《ときいろ》に白で独鈷《どっこ》の博多の伊達巻、ずるりと弱腰、鳩尾《みぞおち》を縊《くび》らし、長繻袢のままで、朝湯のあとの薄化粧を、いま仕澄まして、卜肱を撓《たわわ》に脇明《わきあき》を雪のように覗かせながら、油のような濡髪を、両手に紅《くれない》を翻《ひるがえ》して撫付《なでつ》けながら、

「ほほほ、貴方の方が色が白い。」

「御串戯《ごじょうだん》もんだ、鬼が笑います。」

と、うっかり背後《うしろ》に立った木菟は、ついと八畳へ畳を辷《すべ》った。

羽二重の座蒲団、脇息を対に、もう火桶には銀瓶に湯が沸る《たぎ》。……座敷は替った。二階が三間《みま》続きの中の間が、そうして蘆絵の容《かたちづく》る姿見の在る処で、向うの六畳が昨夜《ゆうべ》の閨《ねや》の、隅の開《あ》いた襖の陰から、夜の調度が、散って崩れた牡丹の花片《はなびら》の如く、朝の雨を、ほのかに覗く。

さて、さすがに、二条《ふたすじ》の蛇と、婦《おんな》の浸った湯殿へは入り得なかったけれど、傍《かたわら》の洗面場に、……行届いた、歯磨のコールゲート、石鹸のペイヤの球を使って、口嗽《そそ》ぎ、顔を洗った心持は、清く爽かで、胸に滞《とどこお》ったものは何もない。

且《かつ》はその夕《ゆうべ》こそ、待ちに待構《まちかま》えた征矢が、土佐から帰る日なのである。

二十二

京阪地《かみがた》に、切込鍋、また、すいしゃ鍋、すいしょ鍋とも称《とな》うるのがある。鯛、鰕《えび》の切身と一所《いっしょ》に、湯葉、生麩《なまふ》、水菜、菠薐草《ほうれんそう》、蕪の類を交ぜて薄いつゆで煮込むので、魚は佳《よ》し、野菜は甘《うま》し、つゆの加減も至極好《い》い、魚と菜を切込むから、一つの名は分ったが、もう一つの方が明《あきら》かでない、粋な座敷の寸法で、粋者鍋だと言うのもある、が覚束《おぼつか》ない。取合せた魚の頭《かしら》の、鳴門鯛《なるとたい》の眼を水晶に見立てて、水晶鍋の所説《いわれ》も拵《こしら》え過ぎたり。案ずるに、水煮《すいしゃ》の意味で、水煮鍋なら大した相違は無さそうである。

これを煮ながら、小雨を見つつ、掃清《はききよ》めた新座敷で、蘆絵の酌で、白鶴《はくつる》の熱燗となると、昨夜《ゆうべ》の怪異は、京の地図に色糸で刺繍《ぬいとり》した夢に過ぎない。

木菟は半ば忘れていた。

「あ。」蘆絵が思出《おもいだ》したように、欄干越に庭を視《み》て、

「池の前の、あ、お亭《ちん》だんな。」

老梅の枝さしかわす、色の分けて濃き中に、石を畳んだ苔青う、萱屋《かやや》づくりの庵を据えた。が、小窓の障子雨に深く里を離れた風情であった。

「四畳半か知ら、洒落たものだね。」

「昨夜《ゆうべ》、障子の桟《さん》に碁石を置きました時、見てからな、余り好《よ》うて、夢にまで見たんだす。」

「…………」

「今朝起きて、先刻《さっき》お湯に入る前に、一寸《ちよつと》飛石づたいに、……濡れても構わんわ、……」

と、しなやかに肩に手を遣って、

「いい工合な雨ですよって、羽織を引《ひっ》かけたなりで、行って見ました……壇《だん》がおます。……男はんと二人こんな離座敷やったら、真個《ほんと》に浮世に思置《おもいお》くことはない、と思うて、横側の障子の硝子《がらす》から密《そっ》と覗いて見ましてん、お客を泊めるかどうや知れん。こんな綺麗な家《うち》ですけどな、畳の上に積るほど、強《きつ》い埃だんね。三畳敷や、見たよりは小そうおます。……そして何様《なにさま》か祭ってありますわ。床の間の前に、古い古い碁盤を飾って、碁笥の上に、燈明土器《とうみようかわらけ》を対《つい》に置いて、燈心が二筋ぼんやりと点いていました。」

木菟は杯をハタと置いて、

「はあ、で、祭ったのは。」

「何神様や知れません、床の間に真黒な掛軸がおましたけれど、暗《くろ》うて可《よ》う分りませんでした、寂々《しんしん》として、陰気でな、何やら凄《すご》うなったよって、密《そっ》と帰りましたえ。」

と一寸《ちょっと》顔も陰気になる。

「へい、大きにお構いもしまへんで。……」

女中が、銚子のおかわりを持って来たので。

「やあ、お世話。……姐さん、真個《ほんとう》に閑静《かんせい》で、好《よ》い心持のお家《うち》だね。」

「へい、大きに、……」

「庭の奥の、あの亭《ちん》のような離座敷は、絵にも描けないような形だ、が、どうだろう、……私がもし生れかわったら、蘆絵《このひと》と二人で、彼処《あすこ》へ泊めて貰えるだろうか。」

「じゃらじゃらと、貴方《あんた》はん、何言わるる。」

と女中が笑うと、蘆絵も流眄《ながしめ》で莞爾《にっこり》した。

「いや、串戯《じょうだん》ではない。」

「ほんなら、今からでもお越しやす。」

「しかし、滅多に誰も人を入れないのじゃあないのかね、何か、祭ってあると言うじゃないか。」

「はあ、巳様《みいさま》が祭っておます。」

「みい様とは？……」

「巳様。」

「蛇かい。」

と突抜《つきぬ》けると、蘆絵が密《そっ》と畳を叩いて言葉を押えて、注意しながら、

「そう、巳様がお祭りしてあるのだっか。」

「家《うち》のぬしはんやそうにおしてな。二匹や。」

「ええ！」

木菟は翼を縮めた。

「出ますか、時々、其処等《そこいら》へ。」

二十三

「そないな事、おまへん。」

と女中は頭《かぶり》を掉《ふ》って、

「尤《もっと》もな、先《せん》のうちは、よう庭へ遊びに出やはって、松の樹へ絡《から》もうて上《のぼ》らはったり、軒から、よれよれになって、二条《ふたすじ》で下《さが》らはったりしたそうにおす。そやかて、ぬしはんやよって、どないにもしやはらん。些《ちい》とも可恐《おそろ》しないそうにおすが。……五七年あとに、嵯峨の法印《ほういん》はんに、内で頼みやしてな。その法印はんが、あのお亭《ちん》へ祭って、封じ込みやはってからは、もう、お姿は人目に掛けなはらんそうにおしてな、へい、私《あて》が奉公して四五年にもなりますけど、真夏や言うても一度かて拝んだ事はおへん。」

「成程、祭込《まつりこ》んだと言う訳なんだ。」

「へい、客商売やよって、お客様によっては、お姿を嫌わはります方もおすやろえ。」

「お客様にはよらいでも、蛇……蛇も怪《ば》けた方じゃあ尚《な》お大変だ。」

「貴方《あんた》、巳様が化けやはるもんどすかいな、そりゃ狐、狸の方でおますぜ。」

「何、狐や狸なら。」

「ほんなら狸を出しまひょか。」

と急に陽気に吻々々《ほほほ》と笑う。

「狸は嬉しい、呼ぶと出るかい。」

「貴方《あんた》もな、話だすが。……緋鯉のように手を拍《たた》いて顔出すのやおへんけれどな、彼処《あっち》の高台寺《こうだいじ》の森には居ますよって……つい近間《ちかま》までは、よう見たものがおすそうな。内のお上《かみ》さんやて、十二の頃までは、広い境内に、娘《いと》はんたち遊んでやはると、夕景《ゆうけい》にはな、フイフイと、手《て》ン手《で》の髪の花簪《はなかんざし》がなくなるそうにおす。あ、あ、言うて手を遣る間《ま》に消えまんが。……あくる朝行って見た事なら、大きな大きな杉の根のまわりに、何本も、何本も、すくすく植えたように並べてあるのえ。」

「これあ手綺麗だね。」

「そうか思うと、お池がおすがな、この春のとろとろとした日中《ひなか》なんで、摘草《つみぐさ》やかしてやとな、お池のまわりへ、スッスッと、誰も人影もおへんに、赤い日傘が、ばあと開いて、七ツも八ツもくるくると並びまっさ、あれあれ言うて、少女《いと》はんたちが取ろうとしやはると、シュッシュッとゴム風船のように縮まって、消えて了《しま》うえ。皆お狸はんの悪戯《いたずら》やそうにおす。」

「面白い、お目に掛《かか》りたい狸だなあ。」

蘆絵が、

「真個《ほん》になあ。」

つい、この話に、うかうかと杯を重ねて、とろとろとなるまで酔った。

「此処のお上《かみ》さんが、十二くらいな時分と、……すると、今はお幾歳《いくつ》くらいだね。」

「は、当ててお見やす。」

「狸じゃあないよ。……一度も逢った事のない人の年が分るもんですか。」

と言掛《いいか》けて、何故か、昨夜《ゆうべ》の湯上りの婦《おんな》の後姿を思出《おもいだ》した。……

「が、お待ち、御病気だそうだけれど、万端行届《ばんたんゆきとど》いた、この綺麗事《きれいごと》の容子《ようす》じゃあ、……そう二十七八の美人だね。」

「そんなお口のうまい方、養子にしたいそうにおす。……」

――後で知《わか》れた。……(もしそれが事実だと、幻怪深刻なる魔媚《まび》の修法《しゅほう》に因《よ》って、みずみずと少い。)

――が、もう五十《ごじゅう》歳の上だと言う。――

蛇も、狸も何のその、神将の第一人《にん》、征矢は、土佐の沖を雲で飛んで、晩には大阪へ着くと、曾根崎の石百《いしもも》で落合《おちあ》う手筈になっている。

汽車は五時頃ので、京を発てば可《い》い。

蛇の話を紛らすためか、何か、それとも偶然だったか、杉の根の花簪《はなかんざし》と、池の陽炎《かげろう》の絵日傘は、狸の声も京訛《きようなまり》、太《いた》く木菟を喜ばせた。

朝酒の過ぎた酔《よい》も頻《しきり》に、昨夜の疲労《つかれ》、寝不足で、小雨は降る、暖《あたたか》し、鶯は鳴く、霞は煙る。

「一返《いっぺん》おやすみやす、――」

蘆絵に、

「貴方《あんた》はんも。」

と、女中の言半《ことばなかば》にして、脇息《きようそく》をずいと、押遣《おしや》ると、座蒲団で肱枕。

松の梢の高塀越、寺詣の、わやわやと人声を、……

「それ、狸が、狸が。」

二十四

「ああ、ぐっすり寝た。」

と、衝《つ》と健《すこや》かに半身《はんしん》を起す、と起きた方向《むき》で、ちょうど真直に中の室《ま》の――姿見を飾った――其処を通して、昨夜《ゆうべ》の閨《ねや》を見るようになっていたが。……

間《あわい》のやや隔《へだ》った所為《せい》か、しとしと振暮《ふりくら》らす雨ゆえか、其処はもう薄暗かった。その肘掛窓の処に、黒髪と白い顔、欄干に迫る松のみどりに蒼ずんだ衣《きぬ》きた婦《おんな》が、寂しそうに一人、熟《じっ》と此方《こちら》を見つつ坐っているのを、枕を擡《もた》げ状《さま》に、蘆絵と見た。

と、その婦《おんな》が、蒼白い横顔で見越して、此方《こなた》の起上ったのを心付いたらしく、美しく通った鼻筋のあたりへ、白い手を上げて、黒髪の濃い影から、こう隠顕《ちらちら》と招く。

「おお。」と言って、搔巻を抜けた。木菟は、今朝既に衣《き》ものを着替えて、紺博多の角帯を締めたままで寝ていたのであった。が、彼方此方《あちこち》、二三枚、障子を開放《あけはな》していたのが、寝ぬくもりを急に引攫《ひっさら》って、肌寒いので、直ぐ手の行く処に、袖だたみにしてあった、絣《かすり》の羽織を引被《ひっか》けながら、ずッと中の室《ま》まで出た。が、蔽《おおい》のしてない、その姿見に、明かに我が等身の影が、畳を斜違《はす》に足袋ながらスッと映ったのに、ふと瞬《また》く間《ま》気を取られたうちに、つい、其処に、つい、その手招きした人の姿が影も無い。

隠れたか、と覗いた、が眴《みまわ》したが、押入も何もない、振返って、小戻りをして、こう立《たち》状《ざま》に覗くと、

「何だ。」

蘆絵は、我がその搔巻と枕を並べて、おなじように寝ていたのである、べたりと濡れたような鬢《びん》が、あの横顔を柔《やわら》かに劃《くぎ》って、桃色の小枕の布《きれ》が、ほんのりと瞼に映って、濃い睫毛まで見える。

あの、こんもりとした鼻どころか、その睫毛さえ頰に触れたろう、と思うと、……ぶるぶると慄えた。

それを厭《いと》ったのでは断じてない。

渠《かれ》は、生れて以来、その蘆絵の寝姿ばかり、艶々《なまなま》しいとも、もの凄いとも、不気味とも、

可恐《おそろし》いとも、綺麗だとも、濡れたとも、光沢《うるお》ったとも思うのを見た事がなかったのである。

と言うのは、斉《ひと》しく薄寒かったか、袖も肩も、やがて顔の半ばまで、ひたひたと身につけて、するりと横寝の、脊筋をなぞえに、ふっくりと腰の線を掻巻いて、すっと爪尖《つまさき》を揃えた、裾は細く、隣の掻巻に隠れたが、蘆絵が身を包んだのは羽蒲団《はね》で、萌黄と、薄萌黄が光線《ひかり》の工合と姿で濃く淡《うす》く、更紗形《サラサがた》の羽二重に、黄、樺色《かばいろ》、朱、青を交ぜた唐草をちらちら彩ったが、伏糸《ふせいと》で、するすると横に綴目《とじめ》をつけたのが、畝《うね》って、波を打って、縺《もつ》れて、こう巻きに巻いて、すべすべとして滑かな、……で、何と見えよう、萌黄、薄萌黄の縞の膚《はだ》に、黄と朱と、青い鱗を鏤《ちりば》めた、錦に紛う蛇一条《ひとすじ》。

鼻白く、睫毛濃く、髪黒く、松の畳に満ちて脂《やに》に薫る裡《なか》に、降る雨に、しんと、寝鎮まっているのである。

木菟は立窘《たちすく》んだ。

「いや、しかし構わない、……あの婦《おんな》を我がものに。……この間から言い難い迷《まよい》にも、大阪の妓《おんな》だ。……男振《おとこぶり》は構うまい、金がなくッて、どうして煩悩《ぼんのう》の犬に従わし得よう、と謹んだ。この紫首錦体《ししゅきんたい》の毒蛇を征服する望《のぞみ》はない。が、呑まれて、餌となって溶ける事は出来るだろう。……溶けよう、蕩《とろ》けよう、あの青く畝《うね》った腹へ、……」

ぶるぶるとなって覗込《のぞきこ》んだ。トタンに姿見に映る顔を見れば、ああ、親の産んだ面影は、木菟には似ても、蛇ではない。

「ええ！　気を確《たしか》に。……」

思わず、二の腕を擦《さす》ると、……ここに植えた種痘のあとは、鱗でない。

清い、幼い、熱い涙が、ほろほろと流れて、衝《つ》と身を、六畳の間へ退《ひ》いた、櫺子《れんじ》づくりの小欄干《こらんかん》。

誰ぞ、……此処で今招いた婦《おんな》は？……

二十五

瞳を、庭の面《おも》に外《そら》した渠は、また愕然として駭《おどろ》いた。

ここにも不思議なものを視た。

樹《こ》がくれの、亭《ちん》の、障子の、硝子越《がらすごし》に真青な婦《おんな》の姿が映る。……いや濃い群青、緑青《ろくしよう》の色、青銅の黴《かび》の色だと言おう、古樹《ふるき》の幹の黒ずんだ苔にも似ている。……

肩、襟、胸、帯の上あたりまで、端坐して、半身《はんしん》が梅松の葉を分けて、硝子《がらす》に映るのが、青とも、緑とも、縹色《はなだいろ》とも譬《たと》えん方なく、袖、衣紋《えもん》の、隈《くま》ありと思う処は、緑青で刻んで、左向きに、やや斜《ななめ》な、差俯向いた、痩せた横顔は藍よりも青く、島田髷にや、と思う髪は、群青を濃く束ねて、淡くはらはらと浅葱のおくれを乱したのが、色ある影絵の如く、薄く煙る雨の奥、碧潭《へきたん》の如き庭の緑の底に、後《うしろ》なる山の森の蔭を籠めて、鮮明《あざやか》に見透《みす》いたのである。

何秒か何分か、はたそれ、幾干《いくばく》の時ぞ、瞬《またた》きもしないで瞻《みまも》った間《あいだ》、婦《おんな》の影は、毛一条揺《ゆら》ぐともせぬ。

はッと瞳を離す時、黄昏の京の電燈は、燦《ぱっ》と濡色に散って点《とも》れて、影を中空《なかぞら》に流しつつ、庭の松にもちらちらと青く点れた。

座敷の障子は、颯《さっ》と紫。

青い婦《おんな》の、亭《ちん》の窓は、それよりも濃い、暗いばかりの紫である。

「うーむ。」

と幽《かすか》に呻吟《うめ》くかとすれば、蘆絵は、衝《つ》と枕を上げて、藍を散らし朱を鏤《ちりば》めた、その滑かな、羽蒲団のまま、顔を上げて此方《こなた》を見越す。……

木菟は手招きした。

「了《しま》った……」

噫《ああ》、この挙動《ふるまい》は、怪《あやし》い婦《おんな》が、今しがた我を招いたのに肖《に》た、と胸を打ったが、もう遅矣《おそい》。

「おお寒い。」

とゾクリとしたように、色は薄白《うすしろ》みつつ、羽蒲団をそのまま取って、肩を引《ひき》しめながら、夢に乗ったように、飛模様《とび》の蝶々の裳《もすそ》、ふらふらと此方《こなた》に来つつ、

「貴方《あなた》。」と、崩れるように、くッたりと寄添う。

「蘆絵さん。」

「え。」

「一寸《ちよつと》、彼処《あすこ》を……」

「あれ、」と——一声、すっくと立った。が、亭《ちん》の窓を視《み》るや、否や、

「あ！　彼処に私が居《あて》る。」

と言うかと思うと、何の間もない。高く欄干を跨いで出た、裾は離れた、堪《たま》るべきや。髪は倒《さかしま》に、枝にも留《と》まらず、中有《ちゆうう》に落ちる、刹那《せつな》、殆《ほとん》ど無意識に、木菟は、飛去《とびさ》る雲を掴むが如く、両手で羽蒲団の片裙《かたすそ》を絞って留めた、が欄干に、ズンと女の身の重量《おもみ》が響く。

蘆絵は生死《いきしに》の力を籠めた拳《こぶし》で、縊《くび》るるばかり肩を包んだ羽蒲団のその片端を、襟許に引締めながら、二間《けん》下なる車輪の如き飛石を空に離れて、真倒《まつさかさま》にずるりと下《さが》った。

ぶるぶるとわななく、畝《うね》る、波打つ、と腕はしびれ、手は萎える。……救《すくい》を呼ぶに声は出ぬ、目は明《あきら》かに、松葉の数《かぞ》さえ一枚一枚を算うるのである。軒には霞もあるものを、松葉よ、棲《つま》を縫留《ぬいと》めよ。……面影は蜘蛛の巣に搦《から》まれて、綾を抜けた蓑虫《みのむし》で、姿は苦《くるし》む錦《にしき》の

蛇《くちなわ》。悶え、苦み、巻上り、巻下り、畝々《うねうね》と、伸びつ、縮みつ、果《はて》はくるくると腹を翻《かえ》して、青い鱗に乳もあらわに、朱の鱗に脛《はぎ》も乱れつつ、と思うと、最後の顔に、莞爾《にっこり》と微笑《ほほえ》んだが、肉身《にくしん》の膏《あぶら》は赤く衣《きぬ》に染《にじ》んで鱗を通すと、木菟の身からも滝の如く、氷かと思う汗が流れた。

力は堪《た》えず、目が眩《くら》んで、うむと言うと、男が欄干を上へ、ずるずると引かれて、蘆絵の髪は、血の火花をパッと飛石に散らして、水に捌《さば》くが如くに地に乱れた。——亭《ちん》の燈《とう》明《みよう》がちらりと光る。

途端に我に返った。が、ハッとはじめて夢の覚めた、睫毛に近い蘆絵の顔は、思いなしか、おくれ毛も濡るるばかり汗ばんでしかも蒼白い。

小枕の桃色の布《きれ》を見るさえ、滴る血汐、瞳を破る。……木菟は慌《あわただ》しく衝《つ》と立つと、次の室《ま》の姿見に、先ず我が生きたる面《おもて》を映して、密《そっ》と六畳へ出て、窓を欄干から覗くと、あの、亭《ちん》の障子に、同じ婦《おんな》が、同じ色が、同じ姿が。

雨を黄昏の電燈が松の梢に流れた。

二十六

――心を鎮めて、羽織の紐を確《しか》と締めると、木菟は、一人で密《そっ》と二階を下りて、縁側へ出会《であい》がしらの、女中に、

「一寸《ちょっと》、」

とだけ言って、玉芝を戸外《おもて》へ逃れて出た。……同じ室《へや》で、同じ事して、蘆絵を起して、同じ事を繰返さねばならない事を信じて、恐れ且《か》つ危《あやぶ》んだからである。

松原の茶店へ休んで、其処で自動車を誂えて、それから結玉章《むすびぶみ》で蘆絵を呼んだ。――勘定万事宜《かんじょうばんじよろ》しきよう。……委細は途《みち》すがら、との趣にて。

――さて自動車で、無事な顔を見合せた時、

「何ですか、不思議な。」

蘆絵が先《ま》ず言ったのはこれである。

「私、可厭《いや》な夢を見ました。……朝覗いて来た、あのお亭《ちん》へ、行きとうて行きとうてまた行きました。祇園の舞妓はんが二人、……」

「…………」

「芸妓《げいこ》はんも居た。皆が車座《くるまざ》になって、碁石につけては油を舐《な》める、……碁笥《ごけ》の中は、油どしたえ。……床の間の掛軸に向《むこ》うて、おがんでいたのが奈良で碁を打った御寮人《ごりようにん》はんどす。じろりと私を見て、いい色艶や、艶豊《むっちり》して言うて、裸体《はだか》にしやはるとな、――蛇が二筋、……私の手足を巻いて締《しめ》ると、血も肉もたらたらと滴《しずく》になって、碁笥の中へ、……あッ！」

と言う。……時しも自動車は、一方が鼠色の築地《ついじ》で、一方青い練塀《ねりべい》の長く続く、渺《びょう》とした人なき黄昏の広い道路《みち》を走っていたが、途端に、路傍《みちばた》の柳の下から、ふらふらと宙《と》を出て横状《よこさま》に突切《つっき》った、藍よりも青い、先刻《さっき》の女が、と思うと、ギシッと痙攣《つる》るが如く車が留まった。

「殺《や》った。」

と附添《つきそい》の助手が、翻然《ひらり》と鞠のもんどりを打つようにはずんで下りる。

「あ、人を轢《ひ》いた。」

蘆絵は弱々《よわよわ》となった、白い頬を、ぐったりと木菟の膝に落した。

「どうした。」

「大丈夫……何だ、何にも居《お》らん。」

這組《はいすが》って車輪の前後を覗いた助手が、すくと立直って、しゃんと乗ると、粂《くめ》の平内《へいない》の如く、しゃち硬張《こば》って石になった運転手が、ぐい、と把手《ハンドル》に指を掛けるや、三間《げん》ばかり、ツツと乗戻して、凱旋将軍の円陣に揖《ゆう》する如く、這個大道《このだいどう》を輪に辷《すべ》らし、半輪に舞って一廻り廻るかとすれば、静《しずか》な勾配の広々とした坂に掛《かか》って、疾風の如く躍って行く。

嬉しさと、可哀さと、もの優しさと、心細さに、雪の頸《うなじ》を抱上《だきあ》げると、弱々《なよなよ》となった蘆絵の頬に、ツト唇を当てた、が冷かった。

自動車は停車場《ステエション》より先に、最寄の医師の玄関へ着けねばならなかった。征矢も、大阪から京へ来なければならなかった。来た。が、その力も病める婦《おんな》を如何《いか》にせん。

蘆絵は一度、大阪へ帰り得《う》るまで、持直《もちなお》したけれども、またやがて中の島の病院で情《なさけ》ない姿で果敢《はかな》くなった。

木菟も久しく煩《わずら》った。

不思議な事には、今まで身の毛を悚立《よだ》てた蛇が、その、何となく、よくてならぬ。動物園を覗く、花屋敷に立つ、その大きく、のたうつほど、尚《な》おずらずら巻かれたさに堪《た》えられないのを、浅間《あさま》しがって……

——内証《ないしょう》で話した——

渠《かれ》には言うまい。作者だけ、密《ひそか》に祇園の或人《ある》から聞いたのには、京なる、芸妓、舞妓には限らない、内儀《ないぎ》娘たちの或《ある》秘密な組は、（場所は言わなかったが、）蛇神を信ずる。色のますます艶《えん》に、媚《こび》の愈々《いよいよ》淫ならんことを欲するのである。あの、油を嘗《な》めると、痩せたるも白く滑かに、枯れたるも黄に湿《うるお》うと聞く。黒石で歯を磨いた舞妓は、襟かえの金主《きんしゅ》を求めたので、白石《しろいし》で研《と》いだのは、旦那を取替えるのだそうである。虫の術者は凄いような婦《おんな》で。毎月生駒の聖天に参籠する。……碁石は、お百度の行《ぎょう》の数取《かずとり》に用いるので、蛇の鱗を形象《かたど》るが、怪しく可恐《おそろ》しき霊験を示す。さて、その油は、色よく、顔よく、肉よき女を種々《さまざま》の術《てだて》を以て呪って絞る。……かくて生命《せいめい》の絶《た》ゆるものありとか。奈良の旅籠屋の主《ぬし》なき幾多の影膳は、それがための供養であった。――老《お》いたりと言うに、アノ艶婦《えんぷ》。……

――纐纈城《こうけつじょう》の一種であろう。

（「新小説」大正八年三月号・四月号）

尼_{あま}ケ_が紅_{べに}

一

大尉江崎順吉《えざきじゆんきち》氏は、堪《たま》り兼ねて、がっと行《や》ったが、血臭《ちぐさ》く、その変な、膠《にかわ》の腐れたようなのが棒になって咽喉許《のどもと》へ込上《こみあ》げるので我慢がならぬ。——今は何をか包むべき、正にこれ蝮《まむし》の嘔《おくび》で。

それでも彼は、件の長虫《ながむし》を持参に及んで、庭前《ていぜん》に於て鰻がかりの摑み料理と御目《おめ》に懸けた、村の六兵衛《ろくべえ》が、来た時の勢《いきおい》とは、がらりと時の間《ま》に容子《ようす》が変って、ぐたりとなって、大尉が居室《いま》の前から本堂へ続く廻り縁《まわりえん》と、向うの卵塔場《らんとうば》とを隔てた曲《ゆが》みなりの木戸を、……この松輪寺《しょうりんじ》の門内、崩掛《くずれか》けた鐘楼《しゅろう》の方へ出て行くまでは、——辛うじて堪《こら》えて見送ったが。……

その六兵衛の後姿《うしろつき》が、日盛の百日紅《ひざかりひやくじつこう》の下へ入って、黒くなって、劃然《くっき》りとしたのさえ、茫《ぼう》と影の如く目に映ったほど、彼は気が重く、胸が切なく、——件の鐘楼の傍《わき》に、近ごろ照続《てりつづ》く炎天に太陽の栄華を見よと、日射《ひざし》の腕《かいな》に花の輪を投げたようで、何時《いつ》が代《よ》に散ろうものか、夜も月の板戸越、桃色の蛇《じゃ》の目《め》になって、緑の蚊帳へ影の射すまで、朝に晩に目に染みたその百日紅の在処《ありか》さえ、何処へ飛んだか、赫《かっ》と日輪へ附着《くッつ》いて、火花を颯《さっ》と迸《ほとばしら》したと見るまでに、——大尉の瞳はぐらぐらとなった。

もう六兵衛の影などは、いずれへ失せたか、全然《まるで》見えぬ。

この六兵衛とても、三十分前《ぜん》に、同じ百日紅の樹の下へ、勢《いきおい》よく顕《あらわ》れた時は、胸の悪さに見かえられて、影も形も消えるような景気の無いものではなかった。

腹巻した、銅《あかがね》造《づく》りの胸許《むなもと》露出《あらわ》に、鳩尾《みずおち》の毛を戦《そよ》がせ、ヌと突出《つきだ》した片拳《かたこぶし》に、汚れたりと雖《いえど》も手拭を引掴《ひッつか》んだ、肩を斜めに、腰骨でぐいと極《き》めの、後《うしろ》へ構えて、寝首を掻きそうに、しゃっきりと提げた竹の尖《さき》に、じっとり重そうな黒髪をずるずると捲いて掛けた片端が、ぼたりと仰向けに下った獲物……尖《と》がった女の首かと見えつつ、頭《かしら》から尾へぬらめきを持って、仇沢《あだつや》が照々《てらてら》と脈を打ち、蒼黒い蒸気《いきれ》が、烈《はげし》い日にむらむらと立って、親仁《おやじ》が竹を握った手首へ絡んで、胴は縄に縺《もつ》れながら、草履穿《は》いた足許《あしもと》へ這った影、畝々《うねうね》と蠢《うごめ》いて、倒《さかさ》にそのぼたりとする黒い鎌首を擡《もた》げた蝮……

この長物《ながもの》を、事もなげに提《ひっさ》げた処は、天晴《あっぱ》れ蛇《じゃ》を斬って釣鐘から躍出《おどりで》たかの骨柄《こつがら》。

で、及腰《およびごし》に、こう斜違《はすつか》いに廻縁の角を切って、座敷を見込むと、横手と正面、両方開け拡げた十五畳の、床《とこ》へ附着《くッつ》いた片隅に、小机を置いて、懶《ものう》げに肘《ひじ》を懸けて、トその肘にハアト形の天窓《あたま》を載せた、背面向《うしろむき》で崩折《くずお》れたと云う風《ふう》、中形《ちゅうがた》の浴衣の机に折れた袖を洩れて、何か雑誌らしい紙の端は見えながら、読むでなく視《なが》めるでもなく、うとうととしたらしい容子《ようす》だったのは大尉であった。

腰を些《ち》と伸《のば》し気味に、六兵衛、その形《なり》でこれを見ると、頤《おとがい》をがくがくと二ツ頷《うなず》き、

「旦那、旦那旦那。」

と勇ましく呼んで、

「六兵衛でがす。」

と名乗りかけたは、おのれ、やれ、組んで取られたお主《しゅう》の仇、躍りかかって、このその恐しい呪詛《のろい》の縄で縊《くび》り殺そう気構《きがまえ》だったが、呼びかけられて、直ぐにツト向直《むきなお》った、大尉の、まだ大尉らしい酒ぶとりもしない、髯の細い、口許《くちもと》の優しい、面長な、痩せた頤《あご》を見ると、にやにやと笑ったもので。

「へ、や、お昼寝でがすかね、えら、お邪魔のうしますだあ、もし、」

と目を細うして、額際の汗を拭く。

「むむ、何か、」

と痩せた大尉は、背をそのままで、肘の手を支《つ》きかえた。

「爺でがす、旦那様には、ちょっくら、へい、何でがすがね。」

と口を開けて、また高縁《たかえん》を見越して六兵衛。

二

「へい、何は、奥様はお留守でがすかね。」

と妙にうそうそ。

「奥さんに用か。」

「いんえ、」

と云って、またにやりとした。

「まあ、此方《こっち》へ廻れ。——奥さんは食後に浜へ出掛けたんだ。——」

「へへへへ、そりゃ、へい、旨《うめ》え処へ来ましたで。そうしたら旦那様に好《え》えものを持って参りましたよ。ちょっくら御免なさりまし。」

で、腰を捻《ひね》って前へ出す。竹に絡んだ生々しい襷《たすき》は、百日紅の花の影に、物凄い友染《ゆうぜん》の濡色《ぬれいろ》見せて、日の光に晃々《きらきら》とひだ打ち、鱗が颯《さっ》と逆立って、四五枚金色《こんじき》の光を放った。が、牝の蝮《まむし》が死装束、臨終《いまわ》の晴《はれ》を飾ったのであった。

六兵衛、影の輪を足に絡めて、蝮を地摺《じずり》に、のそりと件の卵塔場の木戸を入って、飛石

を繞《めぐ》って咲いた松葉牡丹を除《よ》けながら、大尉が凭《もた》れた机の前面《むこう》へ、高縁の下なる沓脱《くつぬぎ》の傍《そば》へ来て、

「これでがす、旦那。」

と云ったが、無躾《ぶしつけ》だと思ったろう。手柄《てがら》を正面へは突出《つきだ》さず、竹を横手へ、蝮をずるりと飛石の上へ白く下げた。

「おお、あったか。」

と、大尉はその読みさしの雑誌へ頬杖《ほおづえ》つく。

「ようやっと見附けただよ。へい、この土用中さ、此奴《こいつ》が危険《あぶねえ》だで、うっかり草の中踏込《ふみこ》めねえと云うだけれども、扨《さて》はあ捜すと居ねえもんだ。

聞かっせえまし、これも藪の蔭や沢の縁《ふち》さ突《つッ》つき捜して、私《わし》が手に引摑《ひッつか》めえたもんではねえだね。

この街道の踏切さ行ぐ処《とこ》に、別荘があってね。私《わし》其処さ、出入するだが、その別荘の坊ちゃまが、お友達の書生さんと、たった今しがたの事だね、これ。お不動様まいるとって、裏田圃《たんぼ》から砂浜へ抜けさしっけ。その畦路《あぜみち》の、草ン中にでも居ることか、あの岩ぽこの崖《がけ》路《みち》だね、草も生えねえ、旱《ひでり》に破《わ》れて、ぼろぼろ岩の欠《かけ》ら降る処に、しゃっきり張《ば》って鬼の首さ牙を嚙んで、のたっていたちゅうだもの——危《あぶ》ねえ。

潮湯治《しおとうじ》の嬢さま方、海水着の帯も緊《し》めねえ、跣足《はだし》ですたすた通らしゃる処《とこ》だ。出っくわしたらどうしべい。我武者等《がむしゃら》の坊ちゃま達で僥倖《しあわせ》だね。——

さあ、見附けたら最後、その徒《てあい》、逃《のが》しっこはねえ、砂利を浴びせる、石を放る。此奴が、」

と皺《しわ》びた手なりに、竹の真中を流眄《しりめ》に懸けると、蝮のその畝《うね》り方が、口惜しそうにぶるぶるとしたようだったが、六兵衛の身動きが伝ったので、首は旧《もと》のままぐたりとしていた。

「何と、此奴が、真黄色《まっきいろ》にその石礫《いしつぶて》の飛ぶ中を、黒くなって、ぴんぴん、飛んだり、刎《は》ねたりで、なかなか以《もっ》て手におえねえ。

(行って来う、往こう。)

(畜生、帰途《かえり》に殺してやる。)

何処へも行くなって、そのまんま通り抜けて、坊ちゃま達あ御堂《おどう》へ行きっけ。……可《い》い加減に遊んだりの、お腹が空いたで、昼飯にすたすた帰って来さっしゃると、何と、へい、旧《もと》の処に、しかも、へい、のいと菱形の鎌首を擡《もた》げて、それもさ、今度アぐるりと此方《こっち》向きで睨んだ形体《ぎょうてい》。

(わあ、)

(殺せえ。)

と二人とも躍上《おどりあが》って、夢中での、滅茶苦茶に、へい、やっとなやしつけた。何が、これ、なやして了《しま》えば三尺足らずの虫だけれども、容易な事では納《おさ》まんねえで、炎天に砂煙《すなけむり》を上げて働かしった時は、岩の根さ打《ぶ》つかる浪が黒かっけ、この長物《ながもの》さ、火縄のように赤くなって刎《は》ねたと言うだね。

海松《みる》の枝、拾って来て、真中へぶら提げて、ぎいらぎら、畦道《あぜみち》さお別荘の裏木戸へ帰って来さっしゃる処へ、私《わし》、昼休みに、また、へい、茶の御馳走になって、狸話でもして聞かせますべい思って、湯殿口からお縁側さ、奥様のへい、海水着干した棹の下潜って、ひょっこりと出て出会《でつくわ》したもんでがす。

其処でへい、」

とまた汗を拭いた。

三

「旦那様、この生肝《いきぎも》を薬にせるとッて、見つかり次第に一条《ひとすじ》提げて来《こ》うと頼まれていたもんだで、

（坊ちゃまな、爺やにそれをくれさっせえ。）

で、壜詰めにして焼酎に浸《つ》けるちゅうを、訳《わけ》さ話して貰って来ただが。

前《せん》の内《うち》は厭だと言っけ。露西亜《ロシア》との戦争に、豪《え》ら手柄をなされた旦那様だよ。——年あ少えが、その手柄に因《よ》って、大尉殿にならしった。何《なに》せい波の上の修羅場では、夜《よ》の目も寝ねえで、辛労《しんろう》さした、その疲労《つかれ》が出て身体《からだ》悪くなって、半年にも一年にも夜が寝られねえ、困った疾病《やまい》。お友達の軍医殿、町方の医師方《せんせいがた》も匙を投げての、まず、気を鎮めて静《しずか》に休まっしゃるが何よりだちゅうで、この夏を、村の松輪寺《しょうりんじ》へ御夫婦で来てござります。……がの、矢張《やっぱり》お塩梅《あんばい》が悪いもんだで、そこで或人《あるひと》が言うには、蝮の生肝《いききも》鵜呑みにするだ。すると、へい、心《しん》の弱ったには、凡《およ》そこのくれい効力《ききめ》の可《え》えものはねえ、立処《たちどころ》に験《げん》が顕《あらわ》れると言うもんだで、私《わし》が頼まれて捜していますだ。

そう言うと、あれだよ。

(さあ持ってけ。)

ッて、さくく投出してくれさしっけ。旦那様の前だがね、坊ちゃまも今に海軍にならっしゃるちゅうで、お大将へ御奉公だね、旦那様の前だけれどよ。

(己《おれ》たちを待って、お剰《まけ》に首を向けかえていた奴だ、肝は屹《きっ》と大《おおき》いぜ。)

お友達が言わっしゃる。

そりゃ可《え》えが、足許へずるりと辷《すべ》らかして寄越さした長い奴めが、たわいがねえと思う、と違うだ。何か言う内に、脊筋を立てて、のろりと返って、ぐいと、植込へ首を突込《つッこ》む。

（あれ。）

って奥様は遁《に》げさっしゃる。あわア食って私《わし》、へい、手拭で、その頭押伏《おっぷ》せると、歯向いて、かしり、と噛みついた処へ、坊ちゃまが、この竹さ投出《なげだ》してくれさしったで、ポカポカと遣《や》ったでがさ。弱る処を引離《ひっぱな》いて、へい、踏切線路から大廻りにこうやって持って来たがね。町を突切《つッき》りゃ近《ちけ》えだけんども、小児衆《こどもしゅ》まじりに多《いけ》えこと女衆が遊びに来て、其処《そこい》ら歩行《ある》いてござるもんだで、またそうでもねえ、青大将とは違う。此奴《こいつ》が刎出《はねだ》すめえとも限らねえ、怪我をさしてはなんねえと思った事でね。へい、それにゃ生肝さ入用《にゅうよう》だ言わっしゃるけえ、殺切《ころしき》れば仔細ねえだがそうはなんねえ。……えら気を揉んで持って来ました、へい。」

先刻《さっき》から頬杖したまま、目を塞いで、半ば、坐睡《いねむり》するよう、時々、うとうとしながら、可《い》い加減に黙って頷《うなず》いていた大尉は、ここで、細く目を開けたが、何のその、二巻《ふたまき》捲いた長虫も、蚯蚓《みみず》ぐらいとしか視《なが》めなかった。

「ああ、御苦労御苦労。」

とまた一つ軽く頷く。

六兵衛、労《ねぎら》われてほくほくもので、

「や、何、そねえな事さ何でもねえだが、私《わし》、苦労にしたは、奥様だよ。この間、晩げえ、旦那様御酒《ごしゅ》さ飲まっしゃりながら、私に、この註文さっせえた時、奥様は、へい、話だけでも身ぶるいして、

(爺や不可《いけな》いよ、屹《きっ》とだよ、持って来ては厭だよ。)

(馬鹿な、き様《さま》。)

と旦那様は言わしっけが、へい、こりゃ奥様は無理イねえね。

けんども、へい、弄物《おもちゃ》や慰物《なぐさみ》にさっしゃるでねえ。薬だと言うけえ、私《わし》も気い揉んで、初中眼《しょっちゅうまなこ》さあ押《おっ》ぱだけて、見えたらござれ、摑めえべいで、やっと一尾《ひとつ》手に入れっけ。

どうだかな、塩梅式《あんばいしき》、奥様居さっしゃらねえければ可《え》え工合だが思ってね、へい、お寺の門は潜っても、うっかりとは面《つら》ア出さねえ。

しばらく鐘撞堂《かねつきどう》の裏へ踞込《しゃがみこ》んで、本堂から庫裏《くり》の方、お座敷は第一、ぎょろりぎょろり、昼強盗《ひるがんどう》見《み》たように、野天《のでん》にへい、眼玉ぴかつかせて、はッはッはッ。

どうやら居さっしゃらねえようだから、のっそり出て来ただが、油断なんねえ。背《うしろ》へ得《え》手物《てもの》押隠して、旦那様呼ばわっただっけよ。

もの、これが、また見さっせえまし、襷《たすき》には掛けられず、帯にはならず。……はッはッ

はッ、帯にゃ短し襷に長し、もの唄でがさ。」

「ああ、唄だよ。」

と大尉はうとうと。

四

「首か、」

と言って大尉は愕然《がくぜん》として目を開いた。——唐突《だしぬけ》のこの（首か）に、六兵衛は、あっとも言わず、眼《まなこ》を睜《みは》ったなり緊乎《しっかり》と拳を握って、

「旦那様。」

「う、へい。」

と言う。トその顔を凝《じっ》と瞻《みつ》めた、瞳が据って、大尉の顔の筋がびくびく動く。

六兵衛、食切《くいしば》るような口附《くちつき》して、少時《しばらく》して、

「肝《きも》、肝でがすが旦那、蝮の生肝を抜いたでがすよ。」と握った拳をぶるぶると震わす。

大尉は吻《ほっ》と息して、

「ああ、肝か。」

「肝でがすがね、」

「はは、」

と寂《さび》しく笑って、優しい髯を押捻《おしひね》って、

「己《おれ》は首かと思った。」

「首を食べるかね、首は其処へ切っ放しておいただけんど……私《わし》はへい、薬にさっしゃるは生肝だと聞いたもんだで、」

「何、蝮は生肝だが、己は生首《なまくび》かと思ったんだ。人間の、露西亜《ロシア》兵の、ロスケのよ。」

「ええ、ロスケの首、」

と六兵衛は怪転《けてん》する。

いや、怪転も道理。大尉は今実にとろとろとしたのであった。――

「そうか、夢か、」

と、自分で独言《ひとりごと》のように言って、

「ああ、そうだ、お前が今、蝮の腹を裂くと言ったな。」

「へい、」

「で、小刀《ナイフ》を貸せと言うから床の間にあったのを渡した。……」

「へい、此方《こっち》の手に持ってるだがね、」

と中風《ちゅうぶ》のようにぶら下げたり。

「台なし、もの、蒼いような、黒いような、血みどろ血げえにしっけえ。だからお前様《めえさま》、この切物《きれもの》さ、この中《じゅう》も見ただら、奥様が、へい、旦那の麦酒《ビイル》の肴にせるって、梨の皮剝かっしゃった小刀だで、蝮を料理《りょう》ったら悪かんべいちゅうたけんど、お前様《めえさま》、構わねえ言わっしゃるもんだで。ひゃあ後《のち》に洗うべいさ。」

と帯に挟んだ手拭で、ぐいと一ツ手拭《てふき》をすると、つるりと辷《すべ》ったらしく、鼻の尖《さき》へ当てがって、フンと嗅ぐ。

「何、小刀《ナイフ》がどうだとも言うんじゃない。そして俎板《まないた》のかわりに何か持出したっけな、むむ、そうだ。」

と頤杖《あごづえ》の一つをはずして、机の縁を圧《おさ》えて言った。

「縁側にあった蠟燭箱《ろうそくばこ》。……」

「それでがさ、土釜《どがま》とへい、紙屑と一所《いっしょ》に入って其処に手水鉢《ちょうずばち》の傍《わき》にある、その大《おお》な箱の蓋でがさ。……お寺から借物《かりもの》でござらっしゃるべい。それだら、へい、蓋一枚打棄《うっちゃ》ったって仔細はねえだよ。」

「そう、そりゃ構わないのよ。――で、その飛石の上へ直して、き様《さま》、向うむきに膝を割って踞《しゃが》みながら始めたんだ、ちょうどその何だ、一輪、桔梗《ききょう》の花の咲いた下で、」

と言う、つい沓脱《くつぬぎ》の前の飛石の傍《かたわら》に、すっくりと紅《べに》の勝った紫に、日盛《ひざかり》を咲いている。……この日中《ひなか》は花も夢中で、自分ながら、さて色も姿も弁《わきま》えまい。露《つゆ》重たげに打首垂《うちうなだ》れた風情こそ、覚《さ》めて装《よそおい》を凝らしたので、こう威厳正しく暑さにめげない時は、秋の草は寝ているのである——だから、偶々《たまたま》蝶が来ても、夏の午《まひる》は幻の影ばかり、朦朧《もうろう》とあるのが多い。で、向うの藪だたみから、昼顔が、白い面で、ほらほらと覗いて笑うが、風もなければ、誘われもしないで、しゃん、と咲く。

咲いたのはこの一輪ながら、桔梗は飛石の其処此処《そここ》に、五本《いつもと》とは株にならず、二本《ふたもと》三本《みもと》ずつすらすらと伸びて、庭を綺麗に、土に埃も置かず掃き清めてあるだけに、尚《なお》脊高く根《ね》じめの草が欲しそうに見える。

次手《ついで》だから言おう。この松輪寺は真言宗で、住職は六十歳《いく》つと聞えた恐ろしく脚の長い、脊の高い、杖を支《つ》いたら木登りしゃんせと言いたい骨法師《こつぼうし》で、これに斉眉《かしず》く尼が一人。台所万端、寺男なしに庭掃除まで手一つで老実《まめやか》に働く。其処らに塵ッ葉のこぼれていないのも、いずれ尼の丹精で、桔梗だけ残したもそのすさび歟《か》。丈《たけ》の伸びたは気になるが、尼が女郎花《おみなえし》でない以上は、桔梗は上人《しょうにん》とかかわりない。

五

紫の由縁《ゆかり》の色は、大尉の夫人のためにこそ、一本庭前《ひともとていぜん》に咲出《さきい》でたものとは思わるる。

——かの女《おんな》は、海へ行って今此処には居《お》らぬが、奥さんが留守中の薄眠い大尉の目には、桔梗のその立姿が、其処に彳《たたず》む夫人の俤《おもかげ》に髣髴《ほうふつ》として映っていた。

一輪、その紫の花の下へ、蠟燭の折の蓋がぴたんと置かれて、真直《まっすぐ》に腹を割るべく、六兵衛の手に、軀《むくろ》がのたりとなって伸びた時は、二片三片《ふたひらみひら》、葉の影ながら、鱗の色は蒼褪めて、蝮は死相を露《あらわ》したものであった。

が、扱帯《しごき》が解けたほどにも、虫の生死《いきしに》に懸念せぬ大尉は、さりともなく、唯茫乎《ぼんやり》と視《なが》めていると……

「その何だ……桔梗の花が潑《ぱっ》とこう大きくなって、そのかわり色が薄くなって、其処等《そこいら》へ、茫《ぼう》として青い環《わ》が出来たと思え、……き様《さま》。

奥さんが海水を遣ってる頃だと云うのが心にあったその為《た》めかな。その青いのが水に見えて、のたのたと波を打つ——何の蝮の腹が、びくびく、のた打《う》ったのかも分らんな、爺や。き様《さま》がソン中で、じょきじょき小刀《ナイフ》を使う手附きが抜手《ぬきで》を切って泳ぐようで、大潮の中をぶくぶく遣る……頭の髪が赤くなって、露西亜《ロシア》兵に変じたんだ。」

「むむ、その首がころりと落ちて、」

「露西亜《ロシア》兵に、」

「わああ、」

と言ったが、小刀《ナイフ》と、肝で、両手とも塞《ふさが》っているから、ぶるぶると猪首《いくび》を窘《すく》めて、厭な顔色《がんしよく》。

「水雷艇の舷《ふなばた》を、ぶっくりこと、青い提灯……じゃない、颯《さつ》と探海燈《たんかいとう》の光で飛ぶのだ。……そこを唐突《だしぬけ》に呼ばれたから、その首が来たか、と思った、ああ、」

と滅入込《めいりこ》んだ欠伸《あくび》を一ツ、生嚙《なまがみ》にして留《や》めた。

「そうか、肝か、註文の生肝が取れたのかい。」

「へい、」

で以《もっ》て六兵衛は、己《おの》が肝を抜かれた容体《ようだい》。

「見せろ、どれ。」

と起《た》ちもやらず、座も動かさないで、机越に猿臂《えんぴ》を出すのが、式《かた》の如き妙薬を服するには、余り無雑作な挙動《ふるまい》で。

龍《たつ》の顋《あぎと》の珠《たま》とこそ謂《い》わね、故事来歴までもない、別荘の和子《わこ》たちが崖路《がけみち》の行還《ゆきかえり》、戦い再度に及んで、火花を散らして退治してから、手拭で圧《おさ》えつけて、途中を憂慮《きづか》いつつ、寺の門へ運んで来て、鐘撞堂の蔭へ踞《しゃが》んだ心遣《こころやり》も現にある。……処《ところ》を、珍しい蕈《きのこ》ほどにも気にしないで、そうまた平気に食指を出した処が、六兵衛聊《いささ》か腑に落ちない。

「旦那、よくへい、目のう覚めただかね、可厭《いや》な夢だ、現《うつつ》にしても好《よ》くねえだね。六兵衛の首さころりは縁起でねえ。」

「露助《ろすけ》になったから可《い》いではないか。馬鹿だな。」

「そうかね、へい、だらまあ、そりゃ可《え》えが、お前様《めえさま》どうさっせる。太《でか》い丸薬にしても、鵜呑は咽喉《のど》に支《つか》えるだあもの。どうやら、へい、びッくびッく、脉を打って、掌《てのひら》で息吹くだがね。何か、へい、生暖《なまぬく》とく、冷《ひや》こい、……こりゃ生肝だで活きてるだよ。」

「手の筋へ自分の血が通うんだ。堅乎《しっかり》握っているからだろう。また何だって、そう拳を石のようにして摑んでるんだ。」

「ほう、」

とはじめて知ったか、引摑《ひッつか》んで固くした握拳を鼻の先へ、我が手に突向《つきむ》けて熟《じっ》と見ると、

「首か、」

と言われて、驚いた拍子に、ハッと摑んだままでいたのに心着《こころづ》いて、六兵衛、我《われ》と苦笑《にがわらい》。

「へへ、蝮めが甚《え》ら惜《おし》んで、鎌首さ飛んで来て取返すめえもんでもねえと考えたで、うん

とへい、握ってこました。旦那、私《わし》、あれだ、のたくった死骸の上で、雷様ごろつかねえければ可《い》いと思っとるくらいでがすよ。大事なもんだね、へい、で、開けようとすると、指が、がっしり！

「や、どうしただ、これ、附着《くッつ》いた。あれ、はて、これは、やあ、これは。」

と慌てるままに、小刀《ナイフ》の尖《さき》で、こじりかける。

「危い、怪我をする。」

と大尉は縁へずっと出た。

六

「爺や、き様《さま》にしては感心だぜ。その手に引握《ひんにぎ》っていたのは弱るが、桔梗の葉に載せておったので通りが可《よ》かった。胸が空《す》いた。ああ、目が覚めた。」

とそれでも、浴衣の上から襟の下へ一つ撫でながら、大尉は片膝立てになって言う。

時に六兵衛は、さすが、吾《わ》が手を下《おろ》した蝮の、その生肝を、まざまざと嚥込《のみこ》む処を、正的《まとも》に見るに堪えなかったか、それとも、截割《たちわ》った体の跡始末《あとしまつ》をする積《つも》りか、沓脱《くつぬぎ》の前面《まえ》へ下《さが》って、日の真下に、桔梗の花を蔽《おお》いながら、影短《かげみじ》かに突立《つッた》って、熟《じっ》と、足許に取乱した俎《まないた》の上を視《なが》めていた。が――少時《しばらく》何にも言わなかった――どうして音に聞いた金鵄勲《きんしくん》章《しょう》に対しても、可愛い倅《せがれ》は水兵なり、大尉殿がお言下《ことばくだ》しおかれるのに、やわか返事に猶予《ためら》う親仁《おやじ》でないのが、黙然《もくねん》たりしも道理にこそ。

「あッ。」

と言うと、横ざまに飛開《とびひら》いた、顔の筋が、鼻と、口と、引釣《ひきつ》り、引張《ひっぱ》り、爪尖《つまさき》を揃えた膝がくがくで、はあはあ急《せ》いて、

「旦《だ》、旦《だ》、旦那、」

「どうした。」

「旦那、」

「どうしたんだ。」

「へい、」

「笠も被《かぶ》らないで、炎天に久しい間、心持でもよくないか。」

「いんえ、」

ぶるぶると頭を振ったが、横歩行《よこあるき》に、あとを見い見い、蝮の骸《むくろ》を沓脱へ遠退《とおの》いて、

「見、見さっせえ。」

と下の方へ緊乎《しっかり》差した、不細工な指をちゃっと引込め、

「豪《えれ》えもんだ、へい、恐ろしい、あの死骸を見さっせえまし、まあこれ。」

とごックり唾を呑んで目を瞻《みは》る。

「首が口でも開けたかい。」

「首が口、首、首が口。」

「口がどうした。何を慌てる。」

「開けたから嚙んだ、嚙んだでがす。」

「嚙まれたか、指を嚙まれたか。」

「そ、そうではねえだよ。」

とずり退《さが》るように縁側へ身を躙《にじ》って、足を搦《から》んで、片手支《づき》の腰が据《すわ》らず。……

「私《わし》、へい、この年になるだけれど、初めて見ただ。旦那、蝮は未だ死にましねえだよ。」

「うむ、動いてるか、蜥蜴《とかげ》の尻尾も同一《おんなじ》だ。」

と一向に気に懸けぬ。

「尻尾、尻尾じゃござりましねえ、頭《かしら》だがね。もの、その鎌首さ、一番がけに、其処な小刀《ナイフ》で、チョン切った事は切っただよ。

へい、鼈《すっぽん》には、庖丁見せて、赫《かっ》と、奴がなる処を、藁《わら》すべを口へ当てるだ。口惜紛《くやしまぎ》れに喰つく拍子に、ポンと落す。でねえとその、一念が虚空へ飛んで、料理人の咽喉首《のどぶえ》へ食いつくとね、こりゃ、へい現にあるこんで。……

蝮だで、それにも及ぶめえ思った。これとてもでがす——道具があれば鰻突きに、ト組へ縫いつけておくだけんども、そのさもし、真鍮《しんちゅう》の火箸では弱いもんだで。またそうでもあんめえ、半死半生の腹を劃くで、苦紛《くるしまぎ》れに鎌首さ持立《もった》てて食いつかれては大事《だいじ》だと思ったけえ。……

最初、首根子《くびねっこ》をじょっきり遣った。動きましねえ。向うの藪畳《やぶだたみ》の方さ突向《つんむ》いて静《じっ》と据っとるで、はて、正体なくもう斃死《くたば》ったかな、思い思い、輪形《わなり》の切口のう、つぶつぶと遣りかけると、ひゃあ、それ、胴中《どうなか》あたりと思う時さ、ぶるりと来た、大《おお》のたを横に打って、巻き上って踠《もが》くだよ。なにが、そのくれえなことさ朝飯前だで、

(やい、これ)

ッてぐるりぐるり巻戻して、圧《おさ》えつけて截割《たちわ》っただがね。へい、横のたを打ったも道理。お前様《めえさま》、この蝮さ胴が太い思ったも違う道理かな。腹の中に、七寸ばかり、蚯蚓《みみず》に鼻が生えて鱗の立ったような児《こ》が居ただよ。小刀《こがたな》は、親雌《おやめす》の腹をかけて、子虫の胴中斜《どうなかはす》っかいに裂き破っけ。——

何の年の何の月日揃ったちゅう腹籠《はらごも》りも何も用はねえ。生肝さ御入用だで、ずだずだな親蝮《おやまむし》児蝮《こまむし》、打棄《うっちゃ》って、肝《かん》の臓を指の尖《さき》で血わたぐるみ引摺《ひきず》り出いて進《しん》ぜた、」

と話す、指の尖《さき》がむずつくか、頻《しきり》に縁側に引摺《ひっこす》るが、六兵衛は無意識らしい。

七

「海鼠綿《このわた》のようなものさ、ぶるぶる引《ひっ》からまって、附着《くッつ》いて抜けた奴を、小刀《こがたな》の腹で、べたと扱《こ》いて、俎板《まないた》へなすりつける、とひゃあ、もうこの炎天干《えんてんぼし》だ、青膨《あおんぶく》れに色が悪い。新しい肝《きも》だで、大事に桔梗の葉の中さ、押包《おッつつ》んで持って来《き》けえよ。そりゃ可《え》えだが、へい、薬さ済んだら早く臓物の押片《おっかた》づけべい。蝮の店開きな、また尼さまにでも見付《みつか》ったら厭な顔されるだ思って、始末に掛《かか》ろうとすると、あれでがす、その、」

と胸毛を揺《ゆ》って、息を吐《つ》いて、

「あれだ! 鎌首が。あれ見さっせえ、咽喉輪の裂口を逆にへい、向うから、じりりと来て、己《おのれ》の胴中《どうなか》へひとりでに乗っかって、ええ、斜《はす》に切れた、あの、その、腹籠《はらごも》りの小蛇の頭を、がりりと、その、引咬《ひっか》んで、あれあれ此方《こっち》を向いて、眼《まなこ》なア白く半眼に見据えて、ひいくひいく尖鼻《とんがりばな》のずべらっとした奴で、ふッふッ息を吹く、切口の肉《み》が動いとるだもの。どうしべい、旦那、あれ、あれだ。」

と言う言う、六兵衛は片膝縁にかけて、遁身《にげみ》に半身《はんしん》を摺上《ずりあが》り、気になるかして其方向《そっちむき》の目も放たず。

トこれを聞くと、絶えず捻《ひね》っていた髯の尖《さき》で、膠着《くっつ》いたように指が留《と》まった。……大尉は胸をやや机に乗って、前にかけて、まだ板の上に擦《こす》り留《や》めない、六兵衛の太い指のかさかさとして黒いのを熟《じっ》と見ながら、

「何、蝮の首が歩行《ある》いて来て、腹籠を銜《くわ》えとるんか！」

「やあ、あの通り、此方《こっち》い向いて、うう、それ、旦那。」

「誰が、誰が児持《こもち》の蝮を割けと言った。」

と額の両方から突寄《つきよ》せた如くにその眉を顰《ひそ》めたのである。

親仁《おやじ》はきょとん。

大尉も我知らず不快の余りつい口へ出した、自分の無理に逸早《いちはや》く心付いたか、声を強《し》いて落着けて、

「可《い》いから、打棄《うっちゃ》れ。」

「へい、」

「打棄っ了《ちま》えよ。其処に置くから気になるんだ、馬鹿な。」

「でがすがね、旦那、」

「見なけりゃ可いではないか。」

「だけんど、私《わし》へい、見ただからね。」

「見たから打棄れと言うんじゃないか。」

「私《わし》、へい、手が着けられましねえだ。旦那様の前だけんど……どうもへい、何とも切《きり》裂《こまぜ》えた奴が一ツ活きとるだて、約《やっ》と五六疋《ぴき》刎《は》ねくッとるだね。鬼の首が、へい、指揮《さしず》さして、巻けたら巻きつく、噛めたら咬《か》むべい。もの、このまんまにして私《わし》遁《に》げてえ。太陽干《てんとうぼし》に乾固《ほしかた》まれば、後で鱗のある虻《あぶ》に化けても、この長《なげ》えのよか始末が可《え》えだで……ええ、些《ちく》とべい行って参じます。」

大尉は慌しく膝で留《と》めて、

「打棄《うっちゃ》って行っちゃ不可《いか》ん。」

「尼様が見ればとって、済んだ跡《あと》だら何も理窟のう言いますめえ。次手《ついで》にあの働き人《もの》だで、其処等《そこら》打坐《ぶっすわり》込《こ》むような腰附《こしつき》で、ちゃちゃらちゃっと掃出《はきだ》してくんさるだんべい。尚《なお》と可《え》えだで、へい、私《わし》これで御免なさりましょ。」

と真個《しん》に思入《おもいい》って頭《つむり》を下げる。

「不可ん、不可んぞ、き様《さま》、それを打棄っておかれて堪《たま》るものか。尼さんは言句《もんく》を言わないでも、今に帰る……奥さんが見たらどうする……奥さんも腹に児《こ》があるんだ。」

ああ、一ツは、それがためにも神経衰弱のこの病疾《やまい》、奇薬《きやく》と言えば、蝮の肝を嚥《の》んでもと思った……大尉は顔の色もやや変って、

「打棄れえ！　親仁《おやじ》。」

と言った。一声《ひとこえ》が、部下に命ずる号令の如きものであったから、六兵衛は、はッと畏縮して、返すべき言葉も出ず……勿論その位《くらい》ならば御自身にとも言い出さねば、自分が、と大尉の考える暇《ひま》もなかった。

まるで夢中……密《そっ》と蠟燭箱の蓋を取る、トふらふらと漂う腰附、反《そ》りかえり状《ざま》に奮《はず》みかかって、

「七里《しちり》潔《けつ》ぱい、わッ」

と唸《うな》って、正面の藪畳《やぶだたみ》へ投《ほう》り出した。が、据《すわ》らぬ体の拍子が狂って、件の軀《むくろ》は、炎天を飛ぶ板一枚、颯《さっ》と流れて横なぐれに、ぞろりと卵塔場の片隅へ落ちて消える、と赤い砂がぱっと揚《あが》る。

八

途端に其処等《そこら》じりじりじりと蟬が鳴出《なきだ》す——低く来て、蜻蛉《とんぼう》の羽が、ぴかりと桔梗の葉を

掠《かす》った。が、いずれ親類にしろ、他人にしろ、式《かた》の如き長虫が、さばかり苦悶の最期に対して、暫時《しばらく》息を詰めていたものらしい。

で、庭も、境内も、本堂から座敷へかけ、卵塔場から四辺《あたり》の山へ颯《さつ》と展《ひら》けて、その辺が闊《かつ》と広くなった――障子を開放《あけはな》してあれば、縁も高し、鐘撞堂の藁屋根に草の戦《そよ》ぐのも見えて、門前の松原を吹いて通る風が涼しい。

惟《おも》うに悪辣なる龍種《りゆうしゆ》の一族、将《まさ》にその屠《ほふ》られんとするや、眼《まなこ》を瞋《いか》らして野を蔽《おお》い、尾を揮《ふる》って山を隠し、のたうつ膚《はだえ》に世を狭めて、障子も柱もぎりぎり噛寄《かみよ》せたろう。風も雨も起《おこ》さぬけれども、桔梗のもとは暗かった。……

ト大尉は、その首の執念を聞いたにつけて、あらぬ事をフト思う。

しかし先《ま》ず、六兵衛は、現物のあって爪先に蠢《うご》めかないのに、一安心も、二安堵《ふたあんど》もして、やっと荷を下ろしたと云う様子。脇の下の汗をぐいぐいと袖を通して拭いたりける……手《て》拭《ぬぐい》を、はだかった胸にぶらりと入れた、これがまた長虫の尾に見える……厭な顔して、無言の大尉に、塵を払った揉手《もみで》をして、

「旦那、可恐《おそろし》い執念の深い虫でがす。随分へい殺生も私《わし》したもんだがね、こんな厭らしい心持さついぞ覚えましねえだ。ええ、凡夫壮《ぼんぷさかん》だて、観音院の少《わか》い坊様、何い吐《こ》くか思ったけんど……聞かっせえまし、蝮さ仇《あだ》をしねえ禁呪《まじない》ちゅう御詠歌《ごえいか》があるだよ。もの――いぐ

前《さき》にだ、旦那、」

「何、」

と大尉は気が重いので生返事《なま》でいた。

「いぐ前《さき》に……だね。」

「行く前《さき》にか、」

「ひゃあ、そうだんべい。行ぐ前《さき》にさ。」

「行く前《さき》がどうしたんだ。」

と少し焦《じ》れたは、……一つ言《こと》を二度言われるだけ、もう些《ちっ》とずつ、あのその一嚥《ひとのみ》にした奴が、ぐい、と胃の腑から持上るのであった。

これより前《さき》、棗《なつめ》を溝《どぶ》に浸したようで、紫がかって淀《どんよ》りとして、ぶすぶすと血沫《ちしぶき》の噴くその肝を、桔梗の葉から辷《すべ》らして、湯呑の微温湯《ぬるまゆ》で、一息に服した時は、えごくも渋くも感ぜず、煙草《たばこ》の脂《やに》を嘗《な》めたほどにも思わないで、うい奴などと六兵衛に賞言葉《ほめことば》で、澄まして、けろけろとしたものだったが……一度《ひとたび》首の執念、しかも腹籠《はらごも》りの小蛇の条《すじ》に喰《くい》ついたと聞くと同時に、その元気では早く既に、溶《とろ》けて煉薬《ねりやく》になっていそうな筈の肝が、キヤリとして、むくむくと胸の下で応えた。さて、がッと鳴って、一堪《ひとたま》りもなく突き上げそうになったものを!

不浄を除《よ》けると、胸が透《す》こうと、急《あせ》って軀《むくろ》を棄てさせると、俎《まないた》が上《あが》った時、一所《いっしょ》に胃の中が動揺して、ドンと六兵衛が投げるはずみに、ツイと込み上げて、あわや、迸《ほとばし》って出そうになった処を、ううう、と冷汗になって揉堪《もみこら》えた。

が、庭は清めても、腹は洗えず、妙に胃袋がむらむらと煽《あお》って、他愛《たわい》なく、その癖、胸はと言うと板を張ったように堅い。

この折から、生ぬるい、同一《おなじ》ことを繰返されて、歯の間へツツと唾が走るのを、ぐちゃりと嚥《の》んで、また、胸を悪くして苦切《にがりき》る。

六兵衛 聊《いささか》も察せずして、

「そこで、聞かっせえまし、もの、歌ちゅう、それでがす。

　行《ゆ》く前《さき》に鹿《か》の子斑《こまだら》の虫《むし》這《は》はば
　　山《やま》たつ姫《ひめ》のありと教《をし》へむ。

このさ、もし、鹿の子斑の虫ちゅうは、蝮のこんだね。山たつ姫は猪でがすとの。凡《およ》そ山谷《やまたに》かけて、蝮にへい向っては、猪ほど強いものはねえちゅうで、ここが理合《りあい》だね——鹿の子斑の虫這はば山たつ姫のありと教へむ。——旦那様もへい、念のために禁呪《まじな》わっせえまし。あんねえ執念のかかった奴じゃけに、どんな事で、また仇《あだ》をしめえもんでもねえで。……

だが、もし、それだけにへい、生肝は嘸《さぞ》利きますべい。」

この嘸利こうが、またずッしりと胸へ利いた。思わず、かッと言いそうになるのを、眉根を寄せて噛殺《かみころ》す。

その色艶《いろつや》を伺って、

「旦那、どうかさせえましたか。」

「睡いんだ、もうお帰り、」

と堪《こら》え兼ねたが、不便《ふびん》や親仁《おやじ》の所為《せい》ではない。で勤めて声を優しく、

「礼をするよ、な、礼をするよ、」

九

否《いいや》、飛《とん》でもない、さらぬだに悚毛《おぞけ》を震う処、利慾のために行《や》ったとあっては、命のほども覚束《おぼつか》ない、と真剣に六兵衛、頭《かしら》を掉《ふ》って、

「旦那様、御免なせえまし。」

とぼとぼと行く前《さき》に、

「鹿の子斑の虫這はば、」……

で、卵塔場の方を横目にかけつつ、青菜に塩のぐったりとなって――さて、百日紅の花の蔭から鐘撞堂を寂《さみ》しく帰る……

と見送ると、もうその色が赫《かっ》と瞳を射て、頬が熱く額が重い。大尉の目はくらくらとした。一体、親仁の前なり、我慢もあって、それまで押堪《おしこら》え揉殺《もみころ》していた腹中《ふくちゅう》のこだわりが、いや、尾籠《びろう》ながら、ウイと吐《あ》げて咽喉《のど》へ来ると、得も言われぬ、青い、腥《なまぐさ》い臭気《におい》が芬《ぷん》とする。

「ああ、」

と身悶えして、我にもあらず机に突伏《つッぷ》そうとする途端に、背後《うしろ》で、

「ふえへ、」

と云う、底力のない、ぼやけて濁った笑《わらい》が、天井の隅から鴨居越《かもいごし》にぶわりと来て背中へ負《おぶ》さった――古寺なりと言って夏の日中《にっちゅう》、敢《あえ》て怪しむには当らぬ。何時《いつ》も聞馴《ききな》れた当寺の尼の音声《おんじょう》。但し才蔵《さいぞう》の笑は仕来《しきた》りの嘉例《かれい》でお儀式なり、落語家《はなしか》のそれは家業の売物で別条なしだが、手品師が笑うのは意味がわからぬ、と一般で、この尼の笑うのも、かの女《おんな》の来歴と同然一向に素性が知れぬ。

素性の知れない笑《わらい》と云うものは、お互に気味が悪い。しかも尼は何でも笑う。まずこの頃で言えば、やれ暑い、それ暑いで、ぶつぶつ独言《ひとりごと》しながら立働いている時でも、猫を叱

っている時でも、鳥を追っている時でも、人を見れば必ずにやりと来て（ふえへ）と行《や》る。

その顔が……だふりと黄色に膨れた丸顔、小鼻から頬へ掛けて、朱色がさして、照々《てらてら》と艶《つや》持つ湿沢《うるおい》。総身の皮が弛《たる》んで、ぶよぶよとした肥肉《ふとりじし》の小造《こづくり》で、小さな天窓《あたま》がもじゃもじゃと薄黒く、そして前歯が仇白《あだじろ》い。その歯を莞《に》ッと遣《や》ると、目皺が寄って、上瞼《うわまぶた》がぶるッと震う。……額が日に焼けて皺ながらの汚点斑《しみぶち》で、眉のあたりに猫の髯のような毛が疎《まばら》で、旭に透かすと、すいすいと露《あらわ》れる。……

年紀《とし》は幾つだか能《よ》く分らぬ。南は九州薩摩潟《さつまがた》辺の出生《うまれ》とあって、西国《さいこく》四国諸国遍路、当松輪寺《しょうりんじ》へも同じく杖と笠で辿り着いたが、仏縁があったか、草鞋《わらじ》を解いて、件の脚長上人《あしながしょうにん》とともに、本尊に斉眉《かしず》いて、やがて三年になると聞く。

お経も誦《よ》めば、鐘も鳴らす。針仕事もすれば飯も炊く。歯の痛《いたみ》、虫封じ、安産の祈禱など立処《たちどころ》にその験《げん》を顕《あらわ》す、とあって、参詣の老弱男女《ろうにゃくなんにょ》、これを尼公《にこう》は僭上《せんじょう》なり、尼御前《あまごぜ》は時代に過ぎる、尼さんも余り露骨と心得たか、誰《たれ》云うとなく（お尼《に》さん）（お尼さん）と申して信仰する。

現在。——

大尉のその夫人が、近い頃、渚の巌間《いわま》をぽちゃぽちゃと素足で渡って、蹠《あしのうら》へむざとした刺《とげ》を刺したが、薄皮に沈んで圧《お》しても抜けず、繊弱《かよわ》い女、雪のような足を震わして悩む

のに気を揉んで、大尉が縫針で穿出《ほりだ》そうと言うのを、危《あぶ》ながって身を縮める、髪を揺《ゆすぶ》る、眉を顰《ひそ》める、果《はて》は、

「あれあれ、」

と言って遁出《にげだ》す——睦《むつま》じいのは何も慰楽《なぐさみ》。

「臆病者、腐らぬ内《うち》切って取るぞ。」

と洋剣《サアベル》を抜いて、すらりと出す。

「あれえ、」

と裾もはらはらで、痛い足を飛上《とびあが》って、本堂へ遁出すのを、どたばたどたばた追廻《おいまわ》す——処へ、お尼さん、台所から、ひょっこり出会って、

「ふえへ、」

と笑って乃《すなわ》ち、何か知らず、黒焼《くろやき》の粉薬を、飯糊《そくい》に煉合《ねりあわ》せて、ベタリと貼ったが、一夜にして創《きず》も残さず、刺を皆吸取《すいと》った。

が、こんな事は、些《ちっ》ともその和《にや》りとする説明にはならぬので、お尼さんの笑うのは、矢張《やっぱり》その仔細が些《ちっ》とも分らぬ。

十

この際大尉は、氷でも抱きたい胸に、ヒヤリと透《とお》ってキャッと抉《えぐ》る、猿《ましら》の声でも聞きたい処……（ふえへ）には一際《ひときわ》弱った。

声ばかりか、もうそれを聞くと、早《は》や汚点《しみ》のある額、仇白《あだしろ》い歯、ぶるぶるとする上瞼《うわまぶた》が、まざまざと脳に浸《し》み込む。

ト振返れば、ソレ果《はた》せる哉《かな》、果せる哉。

尼は、がらんとした寺の内へ抜出《ぬけで》た形で、大尉が借住居《かりずまい》の縦に長いこの十五畳の広書院と、敷居を隔てた本堂との間、固《もと》より吹通《ふきとお》しに遥か向うの破障子《やぶれ》――其処は一段低く下りる台所口の二枚戸まで開広《あけひろ》げの、四五本すかすかと見える黒い柱の、最も近い入口の一本に、遮る物もなく身を凭《もた》せたが、寂《しん》とした本堂の板敷へ、気勢《けはい》を籠めて、薄黒くもまた黄色に顕《あらわ》れて、熟《じっ》と此方《こなた》を見込みながら、件の仇白い笑《わらい》を、唇から泡の如く、はみ出させて立っていた。

大尉の振向いた顔を見てまた、

「ふえへ、」

と笑った。

大尉はむかッとして、苦切《にがりき》ったが、尼の上瞼はぶるぶると震えて、西国《さいこく》四国諸国遍路の、殆《ほとん》ど系統の分らぬ音《おん》で、

「お暑いこんでございますえ。のう、」

と和笑《にや》る。

大尉の咽喉は、ぐうと鳴った。静《じつ》と堪《こら》えて、

「暑いです。」

「真個《ほん》、お暑いこっちゃえの、」

と言った切《きり》……法衣《ころも》ではない、布のちゃんちゃんを抜衣紋《ぬきえもん》の、膨らんだ黄色い背《せなか》をふわりと背後《うしろ》向きになったが、すぐにふわふわと鼠の腰布が動いて、本堂を斜《ななめ》に、時代に煤光《すすびか》りのする広い板敷を、皮たるみのした太脛《ふとはぎ》を揃えて揺《ゆす》って、すいすいと去《い》ったが、やがて件の台所口の破障子へ、それでも穴からではなく、すとんと入って見えなくなった。

途中の状《さま》が、宛然《さながら》土蜘蛛でも這出《はいだ》す体《てい》。

何の事やらハテ得体《えたい》が知れぬ。……この日中《にっちゅう》を唯暑いとだけ会釈して、用はもうそれで済んだ風《ふう》で、さっさっと台所へ引込《ひっこ》んだ。余り誂《あつら》えたような立際《たちぎわ》が、どうやらそれまでに思うだけの事はして了《しま》ったもののように見える。

とすると、先刻《さつき》から同一所《おなじ》に立っていたようでもある。薩張《さつぱり》ものに紛れたが、さては六兵衛が蝮を料理《りよう》った一伍一什《いちぶしじゆう》を視《なが》めていたか、或《あるい》は跡始末のあたりから居合せたか。

兎《と》に角《かく》、寺の庭で殺生《せつしよう》をしたとも何とも言句《もんく》はないから、鳧《けり》にして可《い》い。

可いが、しかし胸の悪さは些《ちつ》とも薄らがぬ。ばかりでなく、尼の姿、その顔色《かおつき》、件の（ふえへ）で、一層《いつそう》ねばねばと口が粘る。恰《あたか》も以《もつ》て目に膠《にかわ》を流した気持。

「堪《たま》らん、ああ、」

と仰向けに背後《うしろ》へ手を支《つ》き、反返《そりかえ》るが如く胸を伸《の》して、目を瞑《ねむ》って、ぐっと押下げようとすると、ぶつぶつ、と動いて支《つか》える。

握拳《にぎりこぶし》で、ドンと敲《たた》いて、

「何だ、馬鹿な。」

で、ハッと気を変えて、居直り状《ざま》に、ぱっちり両眼《りようがん》を開いて、土瓶の底の片傾《かしが》って灰に塗《まぶ》れた、火鉢の縁に手を懸ける、と其処に差置いた湯呑が目に着く。

先刻《さつき》、生肝を噛《の》む時注《つ》いだのが、咽喉の通りが好かったため、半ばも乾《ほ》さず、まだそのままに湯が残った。

仮の世帯《しよたい》は、一つ茶碗を夫人も使う。……近ごろの女は、初々《ういうい》しくても口紅のあとは染めぬが、フト見ると、梅の花片《はなびら》、薄《うつす》り唇の影が映《さ》す。

さそくの清涼剤《きつけ》に、つと茶碗を取って、そんな中でも大尉は莞爾《にっこり》、何も忘れて一口にぐっと呑もうとすると、湯も泡立たぬに、呀《や》！ その臭気《しゅうき》！ 胸のを吐出したら、むらむらといきれが立って、と思うのが、ツンと強く鼻を刺す、蝮の移香《うつりがた》 堪うべしや。

「うむ、」

と言い状《ざま》、ドンと投げると、湯もこぼれずに縁《えん》を躍《おど》って、颯《さつ》と桔梗の葉に覆《かか》って、からりと葉陰に破れて散った。

「畜生！」

はたと睨んで、大尉はぶるぶると火鉢を揺《ゆす》った。

十一

それから暫時《しばらく》の間《あいだ》、彼は堅くその腕《かいな》を組んだ肩を聳《そび》やかして、桔梗の下を飛石かけて、庭下駄で、茶碗の欠《かけら》を蹂躪《ふみにじ》り蹂躪り、めった矢鱈《やたら》に蹴附《けっ》けたのである。……皆《まなじり》は上《あが》って、眉は顰《ひそ》んで、額に青筋を畝《うね》らしたが、唇には著しい冷笑を浮べている。蓋《けだ》し自《みず》からその躁狂《そうきょう》の態度を嘲《あざけ》ったのであるが、嘲らるる当人さえ気随《きまか》せに制し得ないのは、この二三ヶ月は特に独り悶えながら夜が寝られぬ……神経衰弱に悩んでいるから。

やがて、蹈《ふみ》つける地響きに、桔梗の花のふらふらとなるのを、熟《じつ》と視《なが》めて静まった、夫人はこんな簪《かんざし》もすれば、こうも揺《ゆら》めく。……

「欠《かけら》を拾って打棄《うっちゃ》るのも愚《ぐ》だが、待てよ、また、病気の所為《せい》の肝癪腹《かんしゃくばら》で、叩き破《わ》ったと思ったら心配するんだ。

が、蝮の事は金輪際《こんりんざい》話は出来ん、出来んとすると、何為《なぜ》、どうして茶碗を破《わ》ったか。

そうだ、桔梗に水を遣ったと言おう。ちょうど飲みさしの湯が溢《こぼ》れて飛石も濡れた。」

と思った。もうその時、夫人が寺の門の松原まで帰っていても、歩行《ある》いて此処へ来る間には、この日盛《ひざかり》を何乾くまい？　一体、鐘撞堂を背後《うしろ》に置いて、百日紅も其方《そなた》に赫燿《かくよう》とある古寺の庭に、日本海海戦当日、水雷艇を指揮した天晴勇士《あっぱれゆうし》が、独り佇立《ちょりつ》してこんな事を考えると言うも蝮の祟《たたり》——否《いや》、疾病《やまい》である。

……剰《あまつさ》え夫人は今ごろ、未だ真蒼《まっさお》な浪打際に、素足で富士でも視《なが》めていよう。

「尤《もっと》も朝顔じゃない、炎天に水を遣るも可笑《おかし》いが、それが可笑いと言って莞爾《にっこり》しよう、」

あの美しい唇で、優《やさし》い眉を開いて、と紫の花片《はなびら》に、その俤《おもかげ》を宿して視めて、大尉は寂《さび》しく微笑んだ。

追《おっ》つけその顔が見えるとして、……何時《いつも》の如く、己《おれ》は億劫《おっくう》だから海へは行かぬ、雑誌を読んで寝転んで、うとうととする……

「貴郎《あなた》、唯今《ただいま》。」

と言う、そこで嬉しそうな顔二つと、事も簡単に参らぬのは、今日は胃にある蝮の生肝。しかも唯《たっ》た今の身動きで、下腹から煽《あお》り上げて、胸の悪さは、また夥《おびただ》しい。ああ、用いなければ可《よ》かった。夫人《おく》も身震《みぶるい》して留《と》めたものを。……一ツはしかし彼《か》の女《おんな》のために、同じくは健《すこやか》な身体《からだ》で相愛《あいあい》し、相睦《あいむつ》みたさに、人の勧めに焦《いら》って嚥《の》んだが。……

「ええ、吐了《はいちま》え！　仔細はない。」

はじめて豁然《かつぜん》として悟ったように、大尉は今更ながら心付いた。

が、余り卑怯なようでもあるので、振返って鐘撞堂の方《かた》、固《もと》より其処等《そこいら》に居そうもない六兵衛を見定めて、直ぐに反対の方向へ。縁前《えんさき》を真直《まっすぐ》について厠《かわや》の角から、ぐるりと本堂の裏へ廻った。大尉は寺の台所口を、下水のはけ路《みち》、じとじとした草の生《はえ》を斜めに下りる小川の流《ながれ》を志したのである。

さても心細い事には、流許《ながしもと》の傍《かたわら》が、寺の方丈で、折から和尚は留守で、尼も先刻《さっき》台所へ消えたまま寂《しん》として音もしない。小縁前《こえんさき》に、紫陽花《あじさい》の花の陰映《かげうつ》りをする、浅葱《あさぎ》の隈《くま》へ涼しそうに、のそりと寝ていた三毛猫の、如何《いか》にも胸の透《す》いたらしい、苦のない形が、昨夜《ゆうべ》も鼠を、活きながら、あぐりと遣って、ぺろぺろと舌嘗《したな》めずりをした癖に、と見る目も羨ましかったはどうしたもの歟《か》。

で、流の岸の猫柳の枝の中から、水の上へ、冴えない顔をぬいと出したが、出すや否や、がッと遣った。

出《いづ》ればこそ。

その癖、吐くまい、落着けようとすれば、胞衣《えな》で搦《から》んで扱《しご》くが如く、ずるずると出そうなのが、計略ここに及ぶと、かッかッ空《から》いきばかりする。唾も乾いて、蝮の生肝は腹の壁を掻いて潜《くぐ》るが如しで。

一層倒《いっそうさかさ》になって、ありったけの流《ながれ》を吸って、漲《みなぎ》らしても洗いたいが、情ないのは潮入《しおいり》で、淀《どんよ》りした水の色も塩辛い、で、何《なん》ぼでも含漱《うがい》も出来ない。

大尉は苦しさに大粒の涙を流して、天窓《あたま》ばかり逆《さかさ》に掉《ふ》ったが、柳を分けて水に宿った、蒼白い顔の色が、可忌《いまわし》や、宛然《さながら》獄門。

向うの田圃《たんぼ》の日当《ひあたり》に、白犬が喘《あえ》いでいた。

十二

堪り兼ねて、左手《ゆんで》の指を、やがて手首まで突込《つッこ》んで搔廻《かきまわ》すと、頭を殺《そ》いだように耳が寄って、口も鼻も一所《いっしょ》になったが、断《た》っての思いをするばかりで、此処から生肝は摑出《つかみだ》せない。で、目の眩《くら》む中にも、大尉は、筍《たけのこ》の嫌いな女が、何かの紛れに一切《ひときれ》食べると、さしこみに悩んで、半年の余《よ》ふらふらして、骨と皮ばかりになった最後に吐出した真蒼《まつさお》な液体の中に、噛切《かみき》れもしないで、その筍が入って出たと言うのを思出《おもいだ》した。……

生命《いのち》の瀬戸際、もう一息で、

「ぎゃッ」

と遣ったが効《きき》が見えぬ。がっくり、首を掉って、ふらふらして手を外す。

ト引裂《ひきさ》いたように咽喉が痛む。搔破《かきやぶ》りはしないかと、今突込《つッこ》んだ手を返して見ると、ぬらぬらとした唾が、水搔《みずかき》のように指の股へ絡んで、ぽつぽつ赤いのは尚《な》お可忍《しのぶべし》。苦しさに悶えて引釣《ひッつ》られた五本の指が一ツ一ツぐびりと曲って、俗に言う皆鎌首。爪が白く目を開いて、えみ破《わ》れたような指の頭《さき》が、渦巻《とぐろ》いて、ケケラと笑った。慄気《ぞっ》とすると、鉛のような掌《てのひら》のその重さ。潮《しお》の光に虚空を摑んだ露西亜《ロシア》兵の拳をそのまま、肖《に》たとは愚《おろか》で。

大尉は突張《つッぱり》返った片手で、袂《たもと》から手巾《ハンケチ》を引摺《ひきずり》出したが、さりとてはまたこの悪毒《あくどく》臭穢《しゅうわい》無慚《むざん》な中に、それはかりは夫人の手業《てわざ》に雪の如く美《うつくし》いので、大尉は拭くことは為得《しえ》なかった。

かくて卵塔場に蔭が出来て、鐘楼《しゅろう》の釣鐘の中仄黒《ほのぐろ》う、百日紅に夕陽が射して、藪畳《やぶだたみ》に薄《うつす》りと何処からか煙が搦《から》んだ時……大尉はげんなりした風《ふう》で、持余《もてあま》した胸を突出《つきだ》し気味に、高縁《たかえん》に腰を懸けて、頭《こうべ》を垂れて、病人の如く太息《といき》を吐《つ》いていた。

彼はそれまでに、兎《と》さま角《こう》さま、散々《さんざん》に悶えて焦って、果《はて》は爾《しか》く疲れたのである。

ト言うものは、先《ま》ずその胃を翻して生肝を吐出すと言う至極簡単な方法に失敗した彼は、独り自《みず》から処方をかえて、浜辺へ夫人を見舞旁々《かたがた》、散策して気を取紛らそうと考えた。

そこで小流《こながれ》で——この水も生温く、白斑《しろぶち》の件の犬の影がぶっくり掌に映ったのも不快だったが——手を濯《すす》いで、庭前《にわさき》へ引返《ひっかえ》すと、直ぐ高縁《たかえん》に投出《なげだ》しの海水帽を引被《ひっかぶ》って、ぱっと日に向いたが、げっそり秒《とき》の間《ま》に痩せたかと頰を暗く、杖《ステッキ》も持たないで、卵塔場の木戸を出たが……

出る時だった、フイとその、行く前に、と思浮《おもいうか》んで、

「鹿の子斑の虫這はば」……

とうっかり口誦《くちずさ》んだ。またこのマダラの音《おん》が悪い。何となく嘔気《むかつ》く響きで、しかも、アノ生肝と云うのが、紫がかって血点々《ぼつぼつ》、どうやら斑々《まだらまだら》とした、と思うと、咽喉から引摺《ひきずり》出して、胸前《むなさき》で悶えた手付《てつき》も粘って、血が垂れて斑々……ああ、それ、ごッと鳴って込上《こみあ》げる。

……浪立つ姫に早く逢おう……

自分の手廻りに惜しいほどのものはないが、浪立つ姫の調度があるから、平時《いつも》二人とも出払う節《せつ》は、尼に一言云って行くのが、今日はその（ふえへ）を聞く堪《たま》らなさに、黙ってつかつかと境内を。

百日紅の花のほとりに、彼の顔は、蝮の肝に酔ったよう、赤くなって通ったが、鐘撞堂の棟裏《むねうら》あたりは、ずるりと這っていそうで頸《うなじ》をすくめた。

やがて黒門を出る、松原、門前の石碑から、畷《なわて》の爰《ここ》が果《はて》を少し行く――村の学校の運動場を横に、百姓家を二三軒、一寸《ちよつと》した橋がある。この流《ながれ》が、青い雑樹《ぞうき》に包まれて、円くなって、寺の裏を流るるのである、が、渡果《わたりは》てるまで何事もなかった。

ト左が水田《みずた》で、右は茅屋《かやや》が一二軒、路筋《みちすじ》から引込《ひっこ》んで、往来端《ばた》に、蘆《あし》の葉が一簇《ひとむら》茂って、小鯰《こなまず》ぐらいは釣れそうな水溜《みずたまり》が一ヶ所ある。

この溜から溢《こぼ》したか、流れから汲んだか、いずれ小児等《こどもら》が棒切《ぼうきれ》で掻廻《かきまわ》した、その雫《しずく》が溢《こぼ》れたほどで、じりじりと照り込んだ、真白な砂地の上に、前後《あとさき》は乾いて、路《みち》の真中へ輪が一ツ、すっと濡れて、一つ巻いて、薄《うつす》りまたすっと幻に消えた跡が見えた。時に人通《ひとどおり》更になし。

フトこれに目が付いた。

十三

「何だ、ふん、」

と自ら嘲って、大尉は咄嗟《とっさ》、釘づけにされたように立淀《たちよど》んだ脚を、引抜《ひきぬ》くが如く、一間《いっけん》ばかり此方《こなた》から、故《わざ》と大跨《おおまた》に、と一歩《ひとあし》出る。

その拍子に、幽《かすか》に濡れた水の筋が、胴中《どうなか》からむっくりと動いて、ふっと高くなったと見るや、ああ悪いぞ。其処らで腹籠《はらごもり》を嚙んだと思う、件の黒い塊が、するすると伝って出て、濡筋《ぬれすじ》の端《はし》へ行くと共に、ぽつり縁が切れて鎌首ばかり、むくむくと蠢《うごめ》いて、草の中へ、忽《たちま》ち消えたが、音もしないで水田へ落ちた。

瞻《みまも》って瞳に映る内《うち》に、蓋《けだ》しそれは一疋の小さな蛙《かわず》であった事は明《あきら》かに認められた。が、言うばかりなく不快な感に打たれて、大尉は件の小沼から瘧病《わらわやみ》が襲って来て、背中へ取憑いたように悚然《ぞっ》として寒気《さむけ》立った。

「ちょッ引返《ひっかえ》そう。」

が、こんな事で、路《みち》を遮られては、また其処へ憑入《つけい》らりょう。踏切《ふみき》って、突抜《つきぬ》けて、絡《まつ》わるものを払うに不如《しかず》。

思切《おもいき》って、駈出《かけだ》すようにして、やと一ツ跨《また》いだが、溝ではないから、足溜《あしだま》りの見当もなくずるずると反跳《はず》んで飛越す——

同時にヒリリと焼けそうに蹠《あしのうら》の熱かったも道理こそ、ソレその拍子に脱いで了《しま》った、余程顚動《てんどう》したらしい、かなり遠方に、庭から穿《は》いて出た下駄が一足《いっそく》。それも丁《ちゃん》と揃えたように蘆の葉の前にキチンとして、活きたるものの如く鼻緒面《はなおづら》を此方《こちら》へ向けて、おいらは後《あと》の草履持《ぞうりもち》で播踞《かツつくば》う。

そして、水の跡は、拭《ぬぐ》ったように失《う》せていた。

「どうかしてる、余程どうかしてる、どうしたんだ、まあ。」

と素跣《すはだし》足で立って茫然とした大尉は、心細そうに嘆息して、しばらく其処を動かなかった。

やがて、さも落着いて、居馴れた座敷を歩行《ある》く体《てい》に、澄まして砂路《すなじ》を取って返して、ゆるゆると踵《かかと》を返しざまに、ちょんとその下駄に乗って、今度は悠々と落着《おちつき》払って、海の方へ歩行き出したが、余所目《よそめ》にはどうやら辿々《たどたど》しく見えた。

一本路《みち》を、それからまた、じょろじょろ水について、夏樹立《なつこだち》の田舎家を通るが、その何軒目かに大《おお》きな榎の茂った門《かど》に、軒へ目白籠《めじろかご》をかけたのがあって、一豆伊《つい》、一豆伊、きりきり、と可愛く囀《さえず》る。夫人が同行の時などは、二人で立停《たちどま》って、覗込《のぞきこ》んで、目白も馴染なら、此家《ここ》には鶏も飼って、産みたての鶏卵《たまご》と言うので、故《ことさ》らに読める処から、内のものも知合だった。

処《ところ》で、大尉は自ら我身に、否々《いないな》、寧《むし》ろ、祟《たたり》を為すその生肝に向って、綽々《しやくしやく》たる余裕を示すつもりで、榎《えのき》の下から差覗いて、卜眴《みまわ》したが、その日に限って籠が見えぬ。勿論、豆伊豆伊の声も聞えぬから、

「目白はどうした。」

と聞くと、横土間の框《かまち》の板に腰を掛けて、囲炉裡《いろり》も近いのに、掌《てのひら》で煙草《たばこ》をすぱすぱと遣っていた亭主が、顱巻《はちまき》を咽喉へ抜いて、微笑《ほほえ》み迎えた。世辞は可《い》いが、その返事の悪さと言ったら。

「目白は戸棚へ入れました、つい頃日《このごろ》何でがさ、旦那、したたか長い奴に見込まれたでね。」

「蝮か。」

と思わず言う。

「否《いんえ》、六尺もあるずら。ふとっこい黄領蛇《あおだいしよう》でね、その榎の枝さ、ぐるりと巻いて、宙で胴伸びをして、ちょっきん鎌首を食反《くいそ》らして、軒の籠の中さ狙うだね、」

大尉が樹の下を摺退《ずりの》いた事は言うまでもなかろう。

「鍬《くわ》あ掉《ふ》って追いこくって、目白籠、裏口へ掛け代えましけ。屋根伝いをして、廂《ひさし》から鵯越《ひよどりごえ》に攻寄《せめよ》せるだね。はッはッ、無官の大夫《たいふ》危い、と内へ入れて、はい、この納戸の真中へ縄でぶら下げておきましけな、野良から帰って見ると、ひゃあ、梁《うつばり》から舌をべろりだ。彼奴《あいつ》また見込んだが生涯、附狙《つけねら》って離れっこござりましねえさね。」

十四

「殺生するでもねえだけんど、小鳥が可哀相《かわいそう》だで、巻落《まきおと》して打殺して、旦那様ござらっしゃる、あの小橋から川へ棄てたが。さあ、またわれ好な処へ来う、とお馴染のその軒前《のきさき》へ目白ッ児《こ》さ出して遣ると、どうでがす。同じ枝から、同じ太さの、同じ長さの同じ鱗な奴が、同じ構《かまえ》をして狙いますがい、私《わし》もへい、殺した蛇さ化けて出たとは思いましねえけんど、話に聞いた夫婦《めおと》でけつかる。二度目に来るは女房の雌だんべい。」

己《おれ》は雌の肝を、と大尉は思った。

「跡くされなく連立《つれだ》てさで、また、はい、其奴《そいつ》を打殺しただが、念のために、裏の芥棄場《ごみすてば》へ半日乾しただ。

夜《よ》さり燈《あかり》つけて見ても、ヒクリともしましねえ。婆さまが見ても、嫁を呼ばっても、誰も死切《しにき》った、と鑑定《めがね》打つだで、倅《せがれ》が引摺《ひきず》って行って、旦那様の前でがすがね、大海《だいかい》へさらりと棄てた。琉球へ流れて行けばって、もう大丈夫だと思うと、何として、埒《らち》明きましねえ。

翌日《あくるひ》、はい、同じ刻限にまたしてもへい、同じ長さの、同じ太さの、同じ鱗の奴が榎からにょろりと出るだ。これには、ぎょっとしたで、こん畜生、と恐怖《おっかな》さ紛れに大《おお》きい声出したもんだで、とっ様《さん》何ずら、と隣から人が来ッけえ。

その人の言うにはの、見さっせえ、榎の虚洞《うつろ》はこんねえだで、この樹に住居《すまい》するちゅうではねえだが、この同じ長さの、同じ太さの、同じ鱗の蛇さ、此処等《ここいら》、山、野良《のら》かけて何百何千何万と居るか知んねえ。一度見込んだが最後小鳥を嘗めるまで、後から後からとのたり出すだで、死骸さそのままで棄てるでねえだよ。骨も皮も黒焼に焼消《やきけし》して了《しま》わっせえ、そうせると根絶《ねだや》しだと言う。

そうもあろかと、芥溜《ごみため》の傍《わき》さ穴を穿《ほ》って上下に薪を積んで、炎天に焔を上げたが、煙《けむ》さ黒蛇のようにのたくり上って、火先さ舌をへらへら遣っても、夕立にもなりましねえ。

えら膏《あぶら》が染みたと見えて、埋《うず》んだあとは、それから可恐《おそろし》い蚊柱だけんど、もうそれ切長《きりなが》虫《むし》は来ましねえ。

だけんど、目白ッ子さ三日続き襲われたで、怖毛立《おぞけだ》って、びくびくして鳴得《なきえ》ましねえだで、戸棚に、はい、落着《おちつ》かせておきますだ。」

と語った。

大尉は海へ行くのを止めた。——

彼は来た時とは打って変って、足許《あしもと》も定かに勇ましく松輪寺へ引返《ひきかえ》した。村老《そんろう》の言《げん》、我が意を得たり、先刻《さつき》六兵衛が棄てた蝮の体は、切れた鎌首が腹の子を咬《く》えたまま、正に卵塔場の何処かに草枕でのたれていよう。

可《よ》し、摑出《つかみだ》して気の済むまで、目前《まのあたり》で焼亡《やきうし》なおう。我が吐《つ》く呼吸《いき》さえ、一度外へ出れば行方は知れぬ。煙も、やがて、松風も吹いて散らせば、晩の麦酒《ビイル》は清々《すがすが》しく飲めるであろう。

何故《なぜ》疾《と》くにも気が付かなんだ、と口惜《くちおし》いまでに気も漫《そぞ》ろ。で門の前の松原を潜る時も、焼くに然《しか》るべき枝振《えだぶり》を、と眴《みまわ》して、余り大業《おおぎよう》なのに独りで微笑《ほほえ》んだくらいであったが。

さて、そう首尾よく行かぬのは、蝮の祟歟《たたりか》。生憎《あいにく》なもので、突然《いきなり》卵塔場を、と見ると……人が居る。

早《は》や其処だけは秋になったような垣根の草が日に蔭《かげ》って、葉末《はずえ》を樹の枝へかけて細く濃な煙の立つのは、新しい線香らしい。鐘撞堂の辺りまでは、まだその匂も渡らず。今詣でたばかりと見えて直ぐには帰りそうな様子もない。——寺に附属の埋葬地は広い場所が別にあって、門内のその井戸の傍《かたわら》のは、十坪《とつぼ》余よりはないのであるから、其処へ割込んで、蝮は探せぬ。

「ちょッ、」

と舌打して木口《きど》からそれた。ついこの六日ばかり前の新仏《しんぼとけ》の家族らしいが、村でも大分の旧家、由緒ある家で、大祖先の塚さえある。その為に、特に此処へ葬った由《よし》、和尚の話。亡くなったのは女房で、産後で嬰児《あかんぼ》も共にと聞いて、夕越《ゆうごえ》の二日月に、夫婦で縁から回向《えこう》したものだったに。……

大尉は同じ縁に腰を落して、その時、可哀《あわれ》がった小児《こども》ども煩《うるさ》い。それ、黒い天窓《あたま》が一つ草の中をちょこちょこ歩行《ある》く。

十五

夫人が同伴者《つれ》に手を曳《ひ》かれて、蹌踉《よろよろ》と片折戸《かたおりど》を入って来た。

卵塔場は、と云うと、線香の煙が次第に濃かになって、樹《こ》の間《ま》に夕暮の色を籠《こ》めた。草の中に、黒い天窓《あたま》が、一ツ殖え、二ツ殖え、やがて四ツ五ツに数を増して、手鞠が伝うように行ったり来たり、二三人小児《こども》まじりに一家族が墓参と見えて、なかなか帰りそうな気《け》色《しき》もないので、気が抜けた大尉は、千斤《せんぎん》の磐石《ばんじゃく》を胸へ掛けて、ずしりと一ツ重量《おもみ》をくれた体《てい》、首から腰へ突張《つッぱり》を入れて、ぐたりとして俯向《うつむ》いていた処。――

手を曳《ひ》いたのは、場所は違うが同《おなじ》一土地に、別荘のある少佐某《なにがし》氏の夫人で、上官ではあるが、郷里を同一《おなじゅ》うする大尉とは、主人《あるじ》同士が別懇《べっこん》なれば、女同士は尚《な》お親しい、その人であった。

凭懸《よりかか》り合った、袂も、裾も、搦《から》みついて咲分《さきわ》けた朝顔見るよう、浴衣の色こそ涼しいが、大尉の夫人は葉を垂れてしぼんだ風情。

譬《たと》えば耳許《みみもと》白く、頬の色が颯《さつ》と褪《あ》せて、唇も白澄《しろず》んだ、片手に二人の海水帽を一ツに累《かさ》ねて、ぶらりと力なく紐を下げた――この方が瘦ぎすで、唯《ただ》較べても弱々しいのに、しおしおと同伴《つれ》の花やかなのに凭りかかって、手を曳かれた肩を落して、長い襟脚《えりあし》たよたよと、俯向き気味の、鼻筋の通ったのに、べったりと鬢《びん》が乱れ、膨《ふっく》りとあるべき前髪が、斜《はす》にひしゃげて眉を隠し、束《つか》ねた頭《かしら》はがっくりと摺落《ずりお》ちて、支《ささ》うる簪《かんざし》もなく重そうであった。

「唯今《ただいま》。」

ト、同伴《つれ》の方が、其処に端居《たんきょ》した大尉を見るなり、平時《いつも》の快活な調子で声を懸けた。この人の手にぐしょ濡《ぬれ》の、白と朱鷺色《ときいろ》の海水着が二人分、両端がずぶりと下って、真中を結《ゆわ》えた手拭からも雫《しずく》が垂りそう。

と見ると、夫人も大尉を見た。が、同時に著しく美しい眉を顰《ひそ》めた。蓋《けだ》し心に澄まぬ事があって、それが目のまわりに露《あらわ》れたのでもなく、大尉に対して不快を感じたのでも無論ない。仔細は立処《たちどころ》に分ったが、要するに、途中人目を包ましゅう押堪《おしこら》えていた身体《からだ》の悩みが、遠慮なく眉宇《びう》に出たので、夫人は無言の裡《うち》に、早《は》や深切《しんせつ》な夫に甘えたのであった。

「貴下《あなた》、大変よ。」

と同伴者は同《おな》じく快活な調子で云った。……大尉が造りつけた体《てい》で動かないから、二人はその前に立停《たちど》まったままで、

「一寸《ちょっと》、奥さんは死にかけてよ。」

躾《たしな》めるように、前髪を掉《ふ》って睨む。

「死にかけ……」

と重々しく言いかけて、大尉は目ばかり慌しい。

「そう、そうよ、死にかけたわ。真個《ほんとう》に。江崎さん、貴下、泳《およぎ》を知らない方を一人ぼっち海へ寄越すなんて乱暴よ——お気を着けなさいよ、真個よ、大事な奥さんをどうするつもり。」

と二人の顔を見較べながら、早口に饒舌《しゃべ》って、微笑して、また大尉を睨んだ。

時に、言う処に因《よ》ると、夫人は浪に捲倒《まきたお》されたとの事である。

唯倒れたばかりなら怪《け》しゅうはないが、皆無《かいむ》水心《みずごころ》がないので、ハッと動じて驚くと、もう気が遠くなって、腰よりは深くない渚ながら、手を支《つ》いて起上《おきあが》る方角もなく肩も髪も波に沈んで。

「それに、また危いったって、」

今日あたりやっとなだらかに凪《な》ぎたけれども、まだどうやらこの中の土用波《じゅう》の余波《なごり》らしい、胸越すばかりなのが時々大畝《おおうね》りを打って寄せる。ちょうどまた倒れた処へ、二ツ三ツ続けざまに引被《ひっかぶ》せた——

「私は直《じ》き附着《くッつ》いていたんだけれど、」

と同伴者は念を入れるが如く自から頷いて、極めて真面目に且《か》つ老実《ろうじつ》に附加《つけくわ》えた。

「ひょっと見る。と奥さんの姿がないんでしょう。一寸《ちょいと》、おやと思ったわ。私、」

と驚いた風を仕方で見しょうと、はじめて手を離して、思入《おもいい》れで胸を叩くと、支え竹をはずれたように夫人は扱帯《しごき》した半身《はんしん》を崩して、俯向《うつむ》いて密《そっ》と胸を撫でる。大尉もげっと言って狼狽《うろた》えて胸へ、握拳《にぎりこぶし》。

十六

「まあ！　直き足許《あしもと》の処に海水帽が見えるでしょう。その何ですよ。反返《そりかえ》った麦藁の縁《へり》へ、真白な潮がざあざあざあ、ほら、一つはその重さで以《もっ》て、奥さんは起《おき》られなかったのね。と云うものですがね……

まさかとは思ったけれど、一寸《ちょいと》覗いたら驚いたわ。その浪の中に真蒼な奥さんが居るじゃありませんか。吃驚《びっくり》して、突然《いきなり》腕の処を摑まえて起《おこ》そうとするけれど、潮がかかって、貴下《あなた》、頭《つむり》が重くってどうにも動かないんだわ。……御覧なさいな、奥さんは起《た》てない筈よ。一寸《ちょいと》……

（大変よう、誰か来て！）

ッて怒鳴《どな》ったもんだから、近所に居たのが、二三人ざぶざぶ躍《おど》って来る。沖の方から抜き手を切って帰ったのもあってさ、いきなり引起《ひきおこ》して、まあね、私の許《とこ》の海水小屋へ抱込《だきこ》んだんです。——やっとまあ助かったわ。

すぐに、海水着を脱がして、浴衣を、それだっても大勢人だかりがするんですもの。可《い》い塩梅《あんばい》に来合せたお隣りの別荘の、あの顎鬚《あごひげ》の生えた書生さんが、背後《うしろ》むきに小屋の前へ立

って、こんな大きな握拳を拵《こさ》えて、

（蹴殺《けころ》すぞ！　覗くと、こらっ！）

てんで追散《おいち》らかしたわ。

まあね、それから静かに熱い砂の上に寝かしておいたの、大分水を飲みなすった。そうでしょうって、ええ、」

と顰《ひそ》んで独りで合点《のみこ》み、

「でも、そんなにはお吐きなさらないのですもの。途々《みちみち》もお腹が、がばがば云って、胸が苦しいって、些《ちっ》とずつ水を反吐《もど》すんだわ。」

聞く内に、大尉は自分幾度《いくたび》か、口許《くちもと》まで、がっと来る。ために応答《うけこた》えもせず渋り返った。

同伴者は頓着なしで、

「その書生はじめ、助け出した人たちも、途中を案じて送って来るって言ったんですけれど、往来のものが目をつけると極《きま》りが悪いからって断って、私だけで送って来たわ。そら、大した事はないけれど、何しろ吃驚《びっくり》したでしょう。大変に気を打って、口もよくは利かないんだもの。それに、御妊娠《ごびようにん》ですからね、ほほほ、お大事になさいまし。私は、足はこんなだし、それにね、晩方《ばんがた》に旦那のお友達が来るッて、何《なに》ね、構わない方《かた》だけれど、またお酒でしょう。その支度もしなけりゃならず、もうそちこち来ているかも知れないの。

勿論ね、帰るとすぐに、近いから下女を遣って、お医師《いしゃ》をそう云って寄越《よこ》しますからね、診《み》てお貰いなさいまし。

奥さん、」

と夫人に向って、

「海水着は、持って帰るわ。一所《いっしょ》に濯《ゆす》ぎ出させて乾かしてから届けますよ。ね、」

と言いかけて、未だ其処に悄然《しょんぼり》と立った夫人の姿に、はじめて気が付いたように慌しく、

「一寸《ちょっと》。まあ、縁へでもおかけなさいよ。江崎さんに摑《つか》ってさ。こんな時の夫じゃありませんか。真個《ほんと》に、気抜《きぬけ》がしたように茫乎《ぼんやり》していらっしゃるわ。でもね、御無理はない事よ、驚いたでしょうッて。」

「難有《ありがと》う存じます。」

と、たゆげに深く頭《かしら》を下げて徐々《そろそろ》と二足《ふたあし》ばかり、やっと今、それも弱々と手を伸して、濡れた帽子を投据《なげす》うるが如く、ぐしゃりと縁へ——熟《じっ》と大尉の顔を視《なが》めて、

「貴郎《あなた》、よくお礼を仰有《おっしゃ》って下さいな。私ほんとうに死ぬ処でした。」

些《ち》と怨《うら》めしそうに言ったのは、不思議なくらい。大尉の黙然《だんまり》で渋っているのを、同伴者に対して気が揉めた所為《せい》である。

ハッと突立《つッた》った、大尉の未だものを言わぬに、

「何ですね、お礼なんて、奥さんの飛《とん》だ御災難を助けさして頂いて、私こそお礼を言いたいわ！　真個《まったく》よ。もしもの事があったらどうしましょう、」

と声を糸のように震わせた。

「私が傍《そば》についていながら、それこそ申訳がないじゃありませんか。奥さんは内気で華奢《きゃしゃ》でいらっしって、海水なんてお転婆なことはお好きでないのを、無理に私が誘うんですもの！　江崎さんのはお色が白いから、やっかんで、き様《さま》の夥間入《なかまいり》をさせるんだ、なんて夫《やど》で言うわ。ほほほほ。じゃ失礼しますよ。医師《いしゃ》を寄越しますがね、お大事になさいましよ。まあ、桔梗がしおらしく咲いたこと、御覧なさいな、奥さんが立ってるようだわ。」

十七

同伴者が帰ると、夫人は重そうな頭《つむり》を下げて、両方の腕《かいな》を白く、黒髪に掛けて懶《ものう》げに一つ、ぐらりと揺《ゆ》った。

「おい、寝んのかい、早く、此方《こっち》へ上って、」

と大尉は矢張《やっぱ》り苦《にが》り切って、胸のむかつくのを押堪《おしこら》えた。これが不断《ふだん》、胃袋に生肝のない時だったらこの場合である——そのまま、飛び着いて、弱腰を抱いて、書院へ躍込《おどりこ》んでも罰は当らぬ。が、大きく動いても嘔《あ》げそうで遣切《やりき》れなく、卵塔場の墓参者は、蝮の死骸を探すにも、夫人を抱上《だきあ》げるにも、旁々《かたがた》両方で、妨げられて、一向冴えず、

「喃《なあ》、」

と生暖《なまぬる》く促した。

「ええ、」

と夫人も滅入って言って、頭《つむり》を圧《おさ》えた手を辷《すべ》らして、細い頸《うなじ》を上へ掻く。

「どうした。」

と言うとまた可厭《いや》な噯《おくび》。ごっくり飲んで、

「ううむ、き様《さま》。」

「ええ、急にキヤキヤと胸が痛みましてね、あの、お腹で、びいく、びいく、動くような気がしたもんですから、」

「ウ、腹で、びいく、びいく、」

忽《たちま》ち口に虫唾《むしず》が溜《たま》る。ちゅうと、辛うじて咽喉へ送って、

「小児《こども》か。」

「は、そんな気がしたもんですから。あら、冷えたのじゃなかろうか、腰まで水の中へ入って小児《こども》に障《さわ》ったか知らと、ヒヤリとした処を、浪が来て巻いたんですもの。海水帽へ滝

のように突《つッ》かかって、私苦しくって、脱ごう脱ごうとしたんですけれど、結んだ紐が、髪と一所《いっしょ》に絡みついて、」

と鬢《びん》を撫で撫で、引入《ひきい》れられそうに言った。

「塩水をどっさり呑んで、貴郎《あなた》を――呼ぶと、口へも鼻へも焼火箸のように水が入るんですもの。かっとすると、もう気が遠くなりましたよ。

でもあの、……」

と莞爾《にっこり》した、夫の目に、その得も言われぬ美しさ。

「誰か抱起《だきおこ》してくれたのを、余所《よそ》の人だとは思わなかったの。貴郎《あなた》だ、――と思って、……しっかり抱着《だきつ》いて、あとで恥かしい思いをしたんです。」

ああ、生肝を嚥《の》むのではなかった。

「立、立ってちゃ不可《いか》ん、まあ、横になれ、よ、疾《はや》く。」

「ええ、ですけれども、私髪が洗いたい。」

「髪が洗いたい。」

と大尉はつい鸚鵡《おうむ》を遣《つか》った。

「潮水でびっしょりで、堪《たま》らない、可厭《いや》ですもの。」

「き様《さま》、不断《ふだん》でさえ髪を洗うと、ぽっとして逆上《のぼ》せるではないか。そんなに疲労してる処を、何だ！　まあ、止せ、そんな事は何時《いつ》でも可《い》い。」

「ですけど、私もそう思いますけれど、粘々《ねばねば》して、ほら、こんなよ。」

でまたぐらぐらと揺《ゆす》ったが、べっとりして左右で捌《さば》けた。もう元結《もとゆい》を弾いていたから。

「そりゃ酷《ひど》く粘々しますよ。」

大尉は最惜《いとお》しさ堪え難く、

「構わんさ。」

身悶《みもだえ》を静《じっ》とする。

「でもね、私聞いたことがあるんです。私の国のね、何とか村って言うのには、一人ずつ髪の長い女が生れるんですって。その女は髪が長くって、艶《つや》があって、光るほど綺麗なかわりに、どんなに、洗っても擦《こす》っても、扱《しご》くほど粘々する。それがね、代々蛇《じゃ》の子孫だって言う話があるんですもの。」

「馬鹿な事を、」

と声高に叱りつけて、颯《さっ》と顔の色をかえた。

「愚図《ぐず》愚図してると引摺込《ひきずりこ》むぞッ。」

が、夫人の驚く隙《ひま》もあらせず、大尉はぎょっとするまで、その無法だったのに心着《こころづ》いて、
辛うじて笑顔を造って、

「かちかち山の嘶処《はなしどころ》か。嬰児《あかんぼ》だな、まるでき様《さま》は。」

けれど、今の剣幕で、夫人は兎《と》も角《かく》も思い留《とま》って、

「では絞るだけ絞りますわ、まだ雫《しずく》が垂《た》りますから。」

と髪を扱《しご》くのに、弱腰をすらりと極《き》め直す。

十八

ちょうどその時、袖が寄添った扱帯《しごき》のあたりで、桔梗の茎が、偶然煮湯《ふとにえゆ》でも濯《そそ》いだように、ぐしゃぐしゃと萎え凋《しぼ》んで、葉を絞って、ぐったりとなる。……ト根に散乱《ちりみだ》れた茶碗の欠片《かけら》に、ちらりと映った鱗のような青い影。

それがまたほんのり染まって、白さも凄いまで、頸《うなじ》を其処へ。片手で握余《にぎりあま》る髷《まげ》を握って、扱《しご》いて解《ほど》いて倒《さかさ》にすらりと落すと、腰を屈《かが》めて前へ俯向《うつむ》いた夫人の丈《たけ》では、長さを宙へは釣り切れないで、ずらりと飛石へ落ちる処を、我が腕《かいな》でも掬《すく》って投げたし、千条《ちすじ》の柳も心あって、泥に塗《まみ》れまいと毛捌《けさば》きをしたらしく、髪の末は艶々《つやつや》と緑流れて、高い縁《えん》へ、颯《さつ》とかかった。見事に丈にも余るのである。

実《げ》に実に、美しきこの夫人、その黒髪に於て最も美しく、美しい黒髪は、その長さに於

て最も美しいのであった。

言うまでもなく癖のない素直なのであるが、上手な髪結も余りその濃かなので扱い兼ねる……一寸束髪《ちょいとたばねがみ》で通っても、路《みち》行く者の振向いて見るばかり緑の影が房《ふっさ》りする。

時に襟脚《えりあし》から、ふっくりと、髻《もとどり》を手で一《ひと》扱き、一つ下《さが》って、すらりと長く、今その縁にかかった処に、先刻《さっき》親仁《おやじ》が差置《さしお》いた、蝮裂《まむしさき》の小刀《ナイフ》がギロリと光って、毛筋を縫って潜《くぐ》ろうとした。

大尉は何故《なにゆえ》ともなく、啊呀《あなや》と一目、ひょい、と手に取り除《の》けたが、トこう突刺《つきさ》すべき構《かまえ》のまま、ぶるぶると震えが起《おこ》って、柄《くッ》が附着《つ》いて手を外《はず》れず、腕が鍵形《かぎなり》に突張《つッぱ》り返って、思わず、

「あっ、」

と溜息する。

「ふえへ」

の笑《わらい》が、大尉の頭から、ふわりと被《かか》って、尼の姿が湧いたように忽然《こつねん》として其処へ出た。が、兎角《とこ》うの間もなく、黄色にむくんだ膝で、腰布をふわりと支《つ》いて、両手で、縁の髪の尖《さき》をぐい、と圧《おさ》える。

響《ひびき》が微妙に八尺の糸を幽《かす》かに伝《つたわ》って、夫人はものに襲われたように、毛穴から慄然《ぞっ》とした

ろう。髪を倒《さかさ》にしたまま、顔を上げようとすると、引釣《ひきつ》られた状《さま》にまたがっくりとなった。が、紛うべくもない尼であるから、そのまま絶入《たえい》りはしなかった。

「こら、」

と異変な声して、小刀《ナイフ》持った手がはじめて動いたが、ぐるぐると空《くう》へ廻す。ああ、ああ、危い。こんなのは中空《なかぞら》の怪《あや》しいものに、蝮の肝を餌にして釣り上げられたも同然であるから。

その赫《かつ》とした烈《はげし》い顔を、瞼《ひとみ》をぶるぶると上目づかいで、

「ふえへ。」

と例のあだ生白い笑《わらい》を放って、腋の下から、ぐっちょり黄ばんだ、蒼黒い、鬱金《うこん》の切《きれ》の汗拭《あせふき》を出して、べたべたと夫人の髪を圧《お》して、

「最愛《いとし》や、可惜毛《あたら》を。可惜毛、」

と揉んで拭く時、一艶垂々《ひとつやたらたら》と千条《ちすじ》に湧いて、夫人が握った髻《もとどり》からも、さらさらと水が落ちた。

尼が膝敷く縁も濡れた。

「艶《つや》が流れるえの。ふえへ。」

と荒《にや》って、

「ても美しい、よい髪でござるえの。可《よ》い髪じゃいの。長い、長い、長い、長い、」

と尻上りに言った声とともに、その身もそのまま、虚空へ飛んで上《あが》りそうな気勢《けはい》がする。

本堂の暗さよ。鐘も撞木《しゅもく》も夜に架《かか》って、庭前《にわさき》の黄昏時《たそがれどき》。

十九

「お尼《に》様、お尼様。」

と呼ぶ皺枯《しわが》れ声。本堂前の高縁《たかえん》の階《きざはし》を、四五段上《あが》った処に、影のような人が真正面を向いて立った。……

別なものではない。墓詣《はかまいり》に来て卵塔場に居た黒い頭が、胴に繋《つなが》り、太い蝮を半分に切った形、いずれも鎌首を真直にした体《てい》で、ぞろぞろと五つばかり。今その出口の片折戸《かたおりど》から、其処等《そこら》へ籠め来る逢魔《おうま》が時《とき》の陰気の動揺《どよみ》に漾《ただよ》う状《さま》に、ふらふらと出て行った。その中の一人誰《たれ》かが、用あって尼を呼んだので。——固《もと》より彼等は、木戸を出際《でしな》に、つい目の前に、尼の踞《つくば》った姿は認めたのであろうけれども、大尉の住居内《すまいうち》なれば、と地下《じげ》のものの遠慮から、故《ことさ》らに其方《そっち》を立廻《たちまわ》ったに相違はない。

と黄色い膝も、蒼黒い汗拭《あせふき》も、縁に波打つ夫人のその黒髪の末を、フイと消えて、暗い

処で、

「ふえへ、」

と笑《や》ったが、本堂の板敷に、みしみしと幽《かすか》な跫音《あしおと》。

「南無阿弥陀仏《なんまいだあぶ》。」

と押被《おつかぶ》せて、件の男と、何か其処で喋舌《しゃべ》り出す。――蝮割《まむしさき》の小刀《ナイフ》は、無事に何事もなく、

パタリと大尉の手を離れて落ちた。

けれども誰がそう為《さ》せると云うでもなしに、大尉は再びこの小刀《ナイフ》を人知れず手にするような事になった――しかもそれは、夜更けて、人々が寝鎮まってからである。――言うまでもないが、同一日《おなじひとしゅ》が暮れての事で。――

大尉は蚊帳を斉うして、夫人と枕を並べて、先《ま》ず寝た。

寝たとは言うが、唯疲れ果てた身体《からだ》を、畳の上へ横《よこた》えたに過ぎぬ。その疲れ方と云うものは。……蚊帳もそうで。

「貴郎《あなた》、済みませんが蚊帳を釣って下さいましな。」

と座敷の片隅から、白百合の花が、蜘蛛の巣に悩んだような風情で、夫人が細い声して言ったので、はじめて気が付いて、蹌踉《よろよろ》と沓脱《くつぬぎ》から立って入《い》って、殺生禁断の浦へ網を打

つような工合に蚊帳を釣ったが、もうその時から、……そう言った疲れ方。可哀《かわい》や、夫人は潮垂《しおた》れ髪を、虫に弄《なぶ》られていたのであった。自分では団扇《うちわ》で払うほどの元気もなく、これも疲れて、たよたよと寝床に倒れた。

医者の注意は、腰、腹の冷えないよう、褥《しとね》を重ねて暖く、と言う。旧の暦《こよみ》で、盆近い今日この頃、暖いも暑いもありはしないが、冷える冷えぬは別段。殊に、医者が来て診《み》た時には、晩方の熱が出て、夫人は悪寒して、ぶるぶると震えていた。髪を絞って、縁へ上《あが》るのに、一度手を支《つ》いて、はっと息をして、それから漸々《ようよう》、浴衣で包んだ片膝を上へ、裾を足搔《あが》いて入った位。

直《す》ぐに医者が来たのであったが、寺は、黒門の敷居が、腐蝕《むしば》んでも朽ちても高いから、お抱え車は引込《ひきこ》めぬ。膝掛を肩に、革鞄《かばん》を提げて、車夫が供して、国手《せんせい》は洋服で扇子《おうぎ》使いをしながら。——丁《ちゃん》と案内は少佐の別荘の方から伝えたと見えて、鐘撞堂を見上げもせず、ひょいひょいと靴を浮かせて、片折戸から、ずっと入って来たものだった。

処《ところ》で大尉は、その気分、夫人は言うまでもなく病人なり、診察は、美濃《みの》と近江《おうみ》の国境、寝覚《ねざめ》の里《さと》と言ったような、縁と座敷の敷居の際《きわ》で。

これが済んでも金盥《かなだらい》に手拭と言う式もなければ、初手《しょて》から座蒲団、お茶などの手当《てあて》勿論なし。

何でも医は仁術なり、と極《き》めて掛《かか》ったような扱い。医もまた仁術と差心得《さしこころえ》て、容体《ようだい》の説明、養生の注意を畳み掛けると、大尉が、

「はあ、」

夫人が、

「は、」

二十

その時分、台所で、かたかた、方丈を、ざらり、続いて板敷をばたばたで、尼が本堂の鐘の傍《わき》の金網張の常燈明《じようとうみよう》に御明《みあかし》を点《とも》して、

「南無阿弥陀《なんまいだ》。」

ずるりと廻って、

「南無阿弥陀。」

で、御本尊の前へ、御蠟《おろう》を、

「南無阿弥陀。」

御前立《おんまえだ》ちに灯《あかり》を点《あ》げ点げ、

「南無阿弥陀、南無阿弥陀。」

やがて台所へ、かたんと下りた。——いや、御念仏もこうなると惨目《みじめ》なもので、煤取杵《すすとりきね》

取《とり》ヤレ忙《せわ》しやと些《ちっ》とも違わぬ。

——ト、以前の墓参者と入替《いれかわ》って、この容子《ようす》を、肩に膝掛けして車夫が階《きざはし》に立って視《なが》

めながら、揉足《もみあし》で藪蚊《やぶか》を払《はた》く。

此方《こちら》では国手《せんせい》が、何を言っても、(はあ)と(は)で、一向冴えないところから、勢合《いきおいがっ》

点《てん》の行くように細々《こまごま》と喋舌《しゃべ》らねばならぬ。そこで喋舌る。喋舌るが、手応えのないため、

もう一息《ひといき》、もう一息で、

「お手がありませんですな、薬を取りにお寄越しになるのに。……ああ、お使者《つかい》を下すっ

た御知合のあの御別荘の女中でもお遣《つか》わし……」

大尉は依然として、

「はあ、」

夫人も同じく、

「は、」

と言う、——どうやら未だこれだけでは腑に落ちず物足りない、で立場が悪いが、はず

み懸《かか》って、つい深入《ふかいり》して、

「ト云っても、彼家《あすこ》までも御使いがないようにお見受けします。……宜《よろ》しい、車夫に持たせて、私から差上げましょう、そうなさい。」

一ツ判然《きっぱり》と申された。

「まあ、国手《せんせい》、」

と夫人の調子が活々《いきいき》となったを機会《きっかけ》に、すっと立って、突立《つッた》って、大《おおい》に国手振《せんせいぶり》を発揮なされて、

「銀蔵！」

「へいッ」

向うから車夫が、横走りの小刻《こきざみ》。跳《と》んで来て、鷹揚《おうよう》に無言に差出《さしだ》さるる革鞄《かばん》を攫《さら》うように引取《ひきと》って、すたすた門前へ突走《つッぱし》った。

国手《せんせい》が靴を穿《は》かるる頃には、もう梶棒《かじぼう》を圧《おさ》えて待とう。

国手《せんせい》はずんずん出て行かれたが、余り御機嫌の体《てい》ではなかった。

処《ところ》が、何と思ったか、ふいと立って、大尉がその後へついて、出掛けて、ちょうど、国手《せんせい》が車に乗って、梶棒を上げた処へ、潜門《くぐり》から、松原へ、その蒼白い眦《まなじり》の上った凄い顔をひょいと出す。

はっと国手《せんせい》は帽を脱《と》って、

「やあ、お見送りで、これは恐縮。」

とはじめて、その体面を保った風に、悠々と扇子《おうぎ》使いをされたが、車は矢の如く走り出す。忽《たちま》ち小橋をがらがらがら。

が、大尉は慇懃に、国手《せんせい》を門に礼したのではなく、実は、彼が夫人を診《しん》して、やがて、薬の効を説いて、頓服《とんぷく》して胸が開き、再用して悪寒が去り、三服にして小用《しようよう》を通じ、忽ち安眠することを得て則《すなわ》ち治《じ》す、と恰《あたか》も掌《たなごころ》を指すが如き頼母《たのも》しさ！　自分盗んでも服用したく、追って夫人の清々しくなるのが、目に見えるような羨しさに、手を出して脈を診せて、胸の苦悶を語りたかったが、しかし平時《いつも》は兎《と》もあれ、疲労し、発熱し、戦慄する夫人の前では、怪我にも打明《ぶちま》けられる臓物ではない。

処《ところ》で、帰り際を途中で留《と》めて、兎も角もと、とつおいつで、つい応答《うけこたえ》も上の空でいたが、いざ、となると国手些《せんせいち》と奮然の体《てい》で、ツンツンと去られたので、夫人の手前、駈出《かけだ》しも追いもならず、やっと門の際《きわ》で顔を合すと、余り早合点《はやがってん》の挨拶に、フト出後《でおく》れて車を逸《いっ》した。

「ああ、」

とその途端に失望の歎息を洩らすと、芬《ぷん》と、臭って、ウイとまた噯《おくび》が出る、その気持！

二十一

「ううむ、」

と自棄《すて》ばちのような力のない呻吟声《うめきごえ》で、大尉は俯向《うつむ》きざまに、頸窩《ぼんのくぼ》をドンとその門の扉に当てて、邪慳《じやけん》に二ツ三ツ引擦《ひっこす》った。兵児帯《へこおび》もだらしなく、足が捩《よじ》れる。開《はだ》けた胸を掻合《かきあわ》すも億劫《おっくう》で、億劫ばかりか、此処へ手でも触《さわ》ろうものなら、忽ち件の生肝が、びくりと指の尖《さき》へ触れそうで、生暖《なまぬる》い息が発奮《はず》む。

頭も、一つは冷気を感じたいのが目的で、扉に附着《くッ》つけたものだったが、触って見ると、照込《てりこ》んだ余炎《ほとぼり》が未だ松の露にも冷えないで、むっとする、不快な枕。

肩で乗上って、ふらふら後脳《こうのう》で釘隠しの鉄の金物を探したけれども、一寸《ちょっと》は見当らぬ。のみならず、足をそう捩《よじ》り掛けて、頭が扉を蠢《うごめ》く工合が、何か長いものの畝《うね》り上《あが》るようで、我ながら思わず慄気《ぞっ》とした。

斜向《はすつかい》の鐘撞堂が、夕暮に薄黒い。

釣鐘を抱いたら嘸《さぞ》、と此方《こちら》から手を出すまで、一縷《いちる》涼しさの綱を手繰《たぐ》った。

けれども、それも束の間で、ついその引片傾《ひっかし》いだ屋根裏を籠めて、黒くむらむらと隈立《くまだ》って、ひらひらと筋の赤い百日紅《さるすべり》が炎のように絡むのを見ると、額がほてって赫《かつ》となる、……剰《あまつさ》え青竹に蝮を巻いて、其処へ六兵衛が立顕《たちあら》われた発端を惟出《おもいだ》すと、半日の出来事が、腹を波立たせて、胸を引掻《ひッか》く、むくむくと肝《きも》が響く。

「げっ！」

と叫んだ。

瞬間、大空の星に離れて来たように、光もなく、音もなく、ずんと大《おおき》く目前《めさき》に架《かか》った釣鐘の形が巨大なる蝮の鎌首となって釣下《つりさが》った。見る内に、鳴らぬ響が伝《つたわ》って、執念の唸り声が、ぶんと大尉の頭脳を打つ。

彼はこの時から、岑々《しんしん》と頭痛がし出したのである。

「不可《いか》ん、これは不可んぞ！」

と呟き呟き、両方の耳を平手で、圧《お》し圧し、脚早《あしばや》に引返《ひきかえ》す。

忘れはしないが、猛然として思い浮ぶ。夫人は、と見ると、その時、床の間の傍《かたわら》の押入れから、一枚夜具を出したのを、裾とともに爪尖《つまさき》に引摺《ひきず》って、尚《な》お暗い中へ、手を二の腕まで突込《つッこ》みながら俯向《うつむ》いていた処。

「寝るのか、出して遣る。」

と大尉も蹌踉《よろ》けながら、急いで寄った。

「済みませんです、動くと嘔吐《もど》しそうで、」

「うう、」

と苦《にが》り切ったが、しかし深切《しんせつ》に引摺出して、蒲団を拡げた。隅っこでは暑かりそうな折ながら、大尉も其処までは行届《ゆきとど》かず。夫人とても大儀な余り、座敷の風通《かぜとお》しまでは持出せない。出《で》た処《とこ》勝負で寝ようと云う気、尤《もっと》も壁あり襖あるは、病を守る後楯《うしろだて》ともなるかして。

……

で、引落《ひきおと》した有丈《ありたけ》を一つに襲《かさ》ねて、敷蒲団をふっくりと高くして、

「寝ろよ。おい、」

夫人はその間《ま》も、枕頭《まくらもと》に、胸に手を入れて目を瞑《つぶ》っていた。

「貴下《あなた》の夜具は？」

「一所《いっしょ》に敷いた。何、己《おれ》は構わん。」

「だって、貴下、」

「医師《いしゃ》が暖くして寝ろってった、愚図愚図言わんで！　何だ。」

と直ぐに荒くなる。

何故か、癇癪の仔細は知らず、その仔細を兎《と》や角《かく》の元気もなしに、夫人は床《とこ》の上に摺上《ずりあが》ったが、枕が無い。

裾の方、机の、前ともなく横ともない、中ぶらりな処に、大尉が中腰で黙然《もくねん》たりで。——何だか附穂《つぎほ》のない様子が、枕を取って、とも言われないし、また言わせそうにもなし、自分起直《おきなお》るは懶《ものう》し。

で、夫人は敷蒲団の一枚を、端を巻いて頸《うなじ》にかった。が僥倖《さいわい》重い頭には、括《くく》り枕の仮《かり》の寝心《ねごころ》。

二十二

蚊帳を釣った時、夫人は、しかし夫の夕餉《ゆうげ》の心配をした。

「構わん！　病人が何だ、そんな事。」

とまた突剣《つッけん》ねて、我とその突慳貪《つッけんどん》なのに驚いたが、今はもう優しく言い直すのも気不精《きぶしょう》になっていた。……

こんな態度を、夫人が何と誤解しようと、後で弁解《いいと》けば立処《たちどころ》に分る。この持余《もてあま》した胸の始末さえ着けば、何でもない、なかなかそんな事に構えるものか。

大尉は、むっと面《おも》を打つ、蚊帳の香《か》を飛退《とびの》くが如くに避けて、ざっぶり浴びた泥水から、ハッと顔を出すばかり、夜気の涼しさを慕って、そのまままた縁へ出た。

いしくも、月夜！　と視《なが》めたが、その月はちょうど出汐《でしお》！　で、卵塔場の樹立《こだち》へ、葉を潜《くぐ》って、枝を伝って、黄色い蛇のような光を畳み掛けて、さやさやとした姿は見せぬ、余りその高くもない梢に透《す》いて、葉蔭の累《かさな》る門外の松原は、薄《うッす》りと青み渡って、ぱっと水田《みずた》へ掛け、藪へ渡って、微白《ほのじろ》く、川筋が通ると見えて、一際《ひときわ》すっと明るい処もある。

飛石も、月の色で、浅い海の底の岩見るよう。この影は触らぬか、蝮の毒気《どくき》か、萎《な》えて倒れた炎天の一本《ひともと》の桔梗が、生々しい鉋屑《かんなくず》のようにのたれたのが不気味なため、涼《すずし》い露も辿《たど》られず……

可怪《あやし》や、其処へ棄てた軀《むくろ》から、黒い粉でも吐きかけていそうな、卵塔場の、その月の影。熟《じっ》と瞻《みつ》めていると、目が渋い。渋いと言って、眼球《めだま》を毛で繋いで頸窩《ぼんのくぼ》へ引緊《ひきし》めるよう、毛穴が、びりびりと戦《おのの》きかかって、耳の底へ、何時《いつ》聞いた声やら、鐘の音《ね》が、ぐわんと響く。この響は、奥の底のドン詰りで、蝮の肝の唸るのが伝《つたわ》って、びりびりと五体へ来る……そのために目が渋い。

渋い目で月を見ると、卵塔場の影は、黄色い蛇のようになるのであろう。呀《や》！　或は蝮そのものが、自分でものを見る色は、万象凡て《ばんしょうすべ》黄であろうも知れぬ。恰《あたか》も尼の膚《はだえ》の如く——はてな。……

そう言えば、件の尼の起居挙動《たちいふるまい》、五ツ六ツ黒い天窓《あたま》、医師の出入り、黒門も、鐘撞堂も、座敷も、縁も、本堂も、月の色も、どうやら、鎌首が吐出した蜃気楼のようである。否《いや》、そうではない。その生肝を食って、自分がこのままに蝮属に籍を移して、縁にこう腰掛けたのが、這って月を見ているのかも分らぬ。

トぎょっとして、腕を出して一目見ると、手首がわななくのを、月の光がべろりと嘗《な》めて、黄色に長々と畝《うね》り映る。

「どうしたんだ。」

と思わず口へ出して、低声《こごえ》で情《なさけ》なそうに呟いた。

何が故に、またさまで不快な、見ずともの卵塔場を見詰めるの歟《か》。……程《ほど》を計って、一直線に跣足《はだし》ででも突入して、大尉はその軀《むくろ》を拾うとともに、以前企てた、件の焼撃《やきうち》を試みたいのであった。そうさえすれば、吐《つ》く息と斉《ひと》しく、大空へ飛散して、一切跡方《あとかた》もなくなろうまで、今も尚《な》お信じて疑わぬ。が、何故とも知らず、そうする事を人に見られるが太く疚《いた》しい。就中《なかんずく》、尼が何処からか伺っていて、自分に目も離さないような気がするので、偏《ひとえ》に隙《すき》を狙って躊躇していたのである。

雨戸も障子も、未だ開放《あけはな》しの宵の内、台所にも、方丈にも、月と同じような灯《あかり》が射して、両方のあかりが隠れ場所もなく、微《かすか》ながら何処へも届く。此方《こちら》が月に動けば、尼も灯で動きそうで、聊《いささか》の隙間も見当らず、殊に次第に伸び且《か》つ拡がる樹の枝の黄色な影を、もう静《じっ》として見るには忍びなくなった。

「ええ、寝るとせい。」

怫然《むっ》として立揚《たちあが》ると、ぐしゃりと来て、生暖く足に掛った物体がある。大尉は総毛立ったが、それは夫人の手から棄てられた、未だ乾き果てぬ海水帽。

と見定めはしたけれども、雫《しずく》する紐に、どんよりと月が射して、潮の鱗がのろのろとした細長い燐火《おにび》となって、足首にずたりと懸《かか》った。

二十三

蚊帳の中でも、大尉の目は黄色く光った。

元来、手触り足触り、其処《そこら》等のものが、兎《と》もすると、蝮のように見えるから、この蚊帳へ入るのも、ふわと口を開けて、長い腹の中へ呑まれるようで可厭《いや》だった。

が仮令《たとい》蝮の腹にしろ、最惜《いとし》い夫人が寝ていて見れば、これぱかりは流石《さすが》に猶予も躊躇も出来ない。がばと潜込《もぐりこ》んで黙って仰向けに寝た。枕もしないで、頭を抱えて、今悪いものを踏んだ片足は、膚《はだ》につくのも不快であるから、股から開いて、毛布《けっと》の外へ投げておく。

——それでも、やがて寝るつもりで、毛布《けっと》は一枚だけ自分の臥床《ふしど》に先刻《さっき》からのけてあった。

こう枕を並べても、肩よりふっくり高い処に、仰向けに寝た夫人の唇から声が出ぬから、稍《やや》あって、むずむずと額を上げて覗《うかが》うと、すやすやと眠っている。

枕許に盆があって、散薬の袋と茶碗が一個《ひとつ》、薬の瓶。ははあ、さては使者《つかい》で届けたのを、尼が取次いで持って来て、もう一度振《ぶり》は服用したろう。つい目の前の縁端《えんばた》に出ていながら、何かに気を取られて知らずに過ごした。これだから言わぬ事ではない。自分の見ぬ間も、尼はくるくると立廻る。

待て、もう些《ちっ》と、と大尉は卵塔場の死体捜索の機会を摑み寄せるまで心を取られ、一つはかかる際、小取廻《ことりまわ》しの仕事なぞ思いも寄らず、面倒ながら、洋燈《ランプ》も点《つ》けないで、敷居越の常燈明《じょうとうみょう》を蚊帳越に便《たよ》ったが、その灯《あかり》の色もまた黄色い。そうして、もうそれへは蛾《ひとりむし》が来て、ばさり、トン、ばさりと当る。

当る毎《たび》に、潑《ぱっ》と翅《つばさ》から黄色い粉を散らすように思われる。とその粉が、ふっと来て、粉薬の袋へ飛込んで、劇《はげし》い毒になりそうな気がしてならぬ。

で、夫人に過失《あやまち》あらせじ、と憂慮《きづか》って、密《そっ》と盆から取って、毛布《けっと》の下へ入れようとして、余りその仕業の変なのに心付いて、元のまま差置《さしお》いたが……袋の色も黄色く見えた。中の粉も何故か黄色かろう、と思うと、透かして覗けば、罎《びん》の薬の水も黄なり。

ぐい、と大尉は渋い目を引擦《ひっこす》った。このまた目の渋いのはどうしてだろう。いや、目ばかりでない、耳の穴も渋く、鼻の中も渋く、唇から舌の根、咽喉へ下《くだ》って、胃の中にも渋さが凝固《かたま》る。こう渋いのは蝮の不断《ふだん》の気持かも知れぬ。腹一面蝮の薄皮で張り詰めたようで、その上、渋さで、ぐんぐんこめかみから頸窩《ぼんのくぼ》をかけて引緊《ひきし》められる工合が、段々《だんだん》脳天が縮まって、尖《とが》って、平《ひらた》くなって、這奴《しゃっ》が鎌首に化け懸ける。あれあれ、眦《まなじり》も釣って、眉毛がきりきりと耳に附着《くッつ》く。……

と悶えて溢出《はみだ》した、畳の目の膚触りが、ざらざらと逆立つ鱗で、毛穴へ喰込んで、むくと擡《もた》げて、一ツのっしと、のた打って、ぬいと伸びる。

大尉は腹這いになっていたので。

「わ！」

と叫んで刎起《はねお》きた。

ああ、嬉しや――渾沌として黄色い、夏の夜の蒸暑い肚《はら》に宿って、身体《からだ》一つ黒く蠢《うご》めく、このまま蝮に生《な》り変りそうな中に、――夫人の顔が白かった。

幸福《さいわい》、雌の蝮でない。

その美《うつくし》い顔を熟《じっ》と見ると、大尉は、目が覚めたようになったが、髪も黒し、蚊帳も青し、常燈明《じょうとうみょう》の火も赤い。

「おい、」

とも言わずで、遮二無二《しやにむに》、腕《かいな》を髪に潜らし、横合《よこあい》から接唇《きつす》をと思うと、舌がめらめらと出そうでならぬ。戦《おのの》いてにじり退《すさ》った。

手も先《ま》ず、腕も忍ぶべし。唇を、と寄せては毒気《どくき》を吹き炎を吐いて、煮上《にえあが》る肝《きも》のために、夫人の膚《はだ》が立処《たちどころ》に斑《ぶち》になりそう。

「何だ。ええ!」

とばったり畳に手を支いたかと思うと、突立《つッた》ち上《あ》って、蚊帳を頭突きに、天井へ、食《かぶ》り附きたく、苛々《いらいら》となって、髪を摑んで、ドンと倒れた。

「ウム、」

と幽《かすか》に、夫人は寝返る。

二十四

「江崎さん、もう寝られましたかい。」

余所《よそ》から帰って、上人《しようにん》が、法衣《ころも》を脱いだ膚襦袢《はだじゆばん》のなりで、褌《ふんどし》を緩《ゆる》く、但《ただ》し埒《らち》ない緊《し》め方をしたのではなかろう。痩せさらばえた腰の骨に、紐を痛んで、たわいなく、背《せなか》に附着《くッつ》いた下腹を、おのずと摺下《ずりさが》る、畚《もつこ》に跨《また》いだ、股も蚊細《かぼそ》く、竹の杖で継足《つぎた》したような膝のあたりを、水玉《みずたま》に立つ浪、これはまた裟婆《しやば》っ気《け》な団扇《うちわ》で、ばたばたと蚊を追いながら、常燈明《じようとうみよう》の上へ、入道天窓《にゆうどうあたま》で、脚長く立顕《たちあらわ》れたが、返事もせぬ蚊帳を覗いて、少時《しばらく》して言った。

「ははあ、お若い同士じゃ。些《ち》と蝮酒でも喫《や》らしゃれぬと……はッはッはッ。」

高笑いを団扇拍子で、ばっさ、ばっさ、とそのまま方丈へ引返《ひきかえ》したは、何処かで一杯般若湯召《きこしめ》したものと見える。

この声を何処に居て聞いたか、

「ふえへ、」

尼のその仇白《あだじろ》い笑《わらい》が、煙のように縁で立った。

それから続いて、しとしとと歩行《ある》いて来たのが、猫の跫音《あしおと》のように響いて、ちょうど机の前あたりで留まると、ニャーゴと鳴く。

さてさて紛《まぎら》わしいが、矢張猫《やつぱり》が附いて来たのであった。

戸袋の雨戸を、かたかたと引出しながら、

「鼠を捕れよ。」

と尼が言う。

ニャーゴ。

「鼠を捕れよ、蜥蜴《とかげ》、守宮《やもり》、蛙《かわず》、長虫《ながむし》、銜《くわ》えて来まいぞ。」

ニャーゴ。

「汝《ぬし》は夏児《なつご》じゃえの、また蚊帳の外で、ぴちぴち尻尾鎌首刎《は》ねさすな。」

ニャーゴ、と鳴いたが、稍《やや》細くなって庭で聞えた。猫は胴を伸して、倒《さかさ》にトンと外へ出たのであった。

「真個《ほん》に真個に、当寺《おてら》の御本尊様は猫がお嫌《きらい》じゃ申して喃《なあ》、幾個《いくつ》飼うても、つい育たぬえ。古寺なれば鼠が荒れて、傘《からかさ》までも喰裂《くいさ》きますけに、お寺の損耗《ついえ》は年《ねん》に積って、どれだけか分りませぬ。猫一匹飼いとうござります。御了簡《ごりようけん》遊ばされ、お見免《みの》がし下さりませい云うて、私《わし》がお願い申したればこそ、そない好《よ》う肥えてじゃえ。真個にえの、無駄な殺生せまいぞよ、南無阿弥陀仏《なんまいだぶ》。」

と戸一枚、がたがたと引閉《ひきた》てたが、急に忙しそうな足取で、ばた、ばた、ばたばた、膝きりの腰巻で、摺足《すりあし》の呼吸《いき》も吐《つ》かず、仰向いて、目を据えて、ちょこちょこ走りの気勢《けはい》を立てて、瞬《また》く間に雨戸を繰《く》ったが、やがて、本堂を隔てた向《むこう》の縁で、ごろごろと遠雷の如く聞えて、——寂《しん》となる。

それは、其処で雨戸を閉め果てた響きであったが、この折から、薄く、かつ弱い電光《いなびかり》が、本堂の前へ黄色く射した。

ト全身を颯《さつ》と染めて、衢《つ》と階《きざはし》の上へ顕《あらわ》れた大尉は、その時、わなわな、手に小刀《ナイフ》を扼《とりしば》っていたのである。

夜陰に辿《たど》り着く廻国者《かいこくしゃ》のためと云い、何と云い、近頃は浜あるきして遅く帰る夫婦のためにも、階《きざはし》の上だけは、本堂の正面一枚、暑くもあるし、閉めずにおく。

大尉は其処へ、小刀《ナイフ》を手にして突立《つッた》った。

さらぬだに神経の過敏な処、午《ひる》から寸隙《すんげき》なく惑乱《わくらん》し苦悶した折もこそあれ、和尚の蝮酒、尼が猫話。一時癇癪の発作に赫《かつ》となって、渠等《かれら》を刺殺《さしころ》しも仕兼《しか》まい機会《はめ》ながら、非《あら》ず、目ざすは、彼処《かしこ》の卵塔場。……

彼は辛うじて、人の寝静まるのを待ち得たのである。

言うまでもなく跣足《はだし》で下りた。

颯《さつ》とまた電《いなびかり》に送られて、ひらひらと閃《ひら》めくが如く卵塔場へ入ったが、樹立《こだち》の闇を貫いて、ト四辺《あたり》を眴《みまわ》した顔の色は物凄い。

曇りはしたが月はある。けれども、田圃《たんぼ》の榛《はん》の梢と、山の尾の間にかかって、燻《いぶ》したように円《まどか》に黒い。

二十五

その月を蔽《おお》うた雲の端が、黄色に環取《わど》られて、其処から迸《ほとばし》らすように時々電《いなびかり》がする。

……畦《あぜ》には蒲公英《たんぽぽ》、山には菜の花の幻が潑《ぱっ》と開く。

風は生温《なまぬる》く海から吹くが、その空は晴渡って、未《いま》だに、手を引きつれた白地の少《わか》いのが、ちらほらしそう。月も其方《そちら》から見れば澄んでいよう。夜が、海と山と二つに分れて、月も玉と土とがありそうな景色である。

大尉の作業は、月暗き中に、敵弾を浴びつつ、土塁を築く、歩兵の如くはじめられた。土を撫で、草を分け、砂を引搔《ひっか》いて廻る。予《かね》て用意した燧火《マッチ》の、時々、燦《ぱっ》と燃えて消えるのが、火を曳く弾丸の落ちて走るが如くに見える。

点《つ》けては消し、点けては消し、瓜《うり》の皮も、貝殻も摑んだが、蝮の軀《むくろ》は見当らぬ。時には仰いで、樹の枝も差覗《さしのぞ》いた。引《ひっ》かかってもいようかと。――勿論手鞠の外《そ》れたのを、猟犬《かりいぬ》が銜《くわ》え出すほど手もなく探し出せようとは予期しなかったが、こうまで手数《てすう》が係《かか》ろうとも思わなかった。卵塔場は、前にも言った二十坪《はたつぼ》には足りない処へ、手は届かぬ、と言っても丈隠《たけかく》す葎《むぐら》ではない。草の生えたも隅々で、樹立の下の昼も暗いだけの事、真中は蛇の目に土が出て、墓の数も、蛇を隠すほど密着《くっつ》いたものではないのに。……

大尉は宝玉を求むるものの熱心で、殆《ほとん》ど、掌《てのひら》で卵塔場を撫尽《なでつく》そうと足掻《あが》き立てる。その草を這う処が、我ながら何か可厭《いや》なものに肖《に》て見えた。

可《よし》、夥間《なかま》なら早く出ろ、で、露には濡れる、土には塗《まぶ》れる。瞬く間に髪が伸びて、蓬々《おどろおどろ》とならないばかり。しどろもどろで、卵塔場を呼吸忙《いきせわ》しく泳いでいると、時はやがて小半時、どの塚あたりで始まったか、何でも樹の根を引掻《ひっか》いたと思う時分から、墓を這うものが別にまた他にもう一人ある？……気勢《けはい》がし出す。……

草がざわざわと鳴れば、ざわざわと鳴る。衣《きもの》が摺《す》れれば衣が摺れる、吻《ほ》と呼吸《いき》を吐《つ》けば、呼吸を吐く。

それが必ず、大尉の後へは続かないで、前に立って、とこう這身《はいみ》に屈《かが》んだ額のあたりに、尾か、後足《あとあし》か、何しろある。……で矢張《やっぱり》……とこう這身に屈む。が、額か、角か、鎌首か、それは分らぬ。――燧火《マッチ》を摺《す》って翳《かざ》せば何にもない。また畜生に燧火《マッチ》は燃せまい。

うむと手を伸ばすと、前《さき》でも、うむと手を伸す。膝を立てれば膝を立てる。爪立《つまだ》てば矢張《ば》り爪立つ。ぬっくと立てば、立揚《たちあが》る。焦《じ》れて、樹を揺《ゆす》れば、むらむらと枝が鳴る。生暖《なまぬる》い風が吹く。

月を、と見れば仇白《あだじろ》く、莞《にや》りと嘲笑《あざわら》って、雲が瞼《まぶた》のように、ぶるりと震《ふる》う。

大尉は火のようになった。

「尼か。」

と思わず空《くう》に訊いた。

何にも答えぬ。

も一つ烈しく樹を揺《ゆす》ぶる、とまた揺ぶる。手を出すと、手を伸ばす。地蹈鞴踏《じだんだ》むと、地蹈鞴踏む。

「誰だ！」

と掠《かす》れ声を絞ったが、声は自分の声である。

「己《おれ》か。」

と言って、野狸《のだぬき》が楽書《らくがき》したような月に向って、ニヤリと歯を白く独りで笑った。

「己だ！」

と自から返事をして、

「うむ、己だな。矢張己だ、何だい。」

で、別に者のあって存するが如く、錯覚したのは気の迷いだ、と稍《やや》と心付いたが、はじめて心付くともう……直ぐにまた、草を探すと、もう、既にまた誰か、草を探す音が、同じく額のあたりで前立《さきだ》ちになって遣《や》っつけおる。

大尉は、魂を抜かれたように、フト思った。這奴《しゃっ》自分の真似をするのではなく、自分が彼《か》の者に導かれて、草の中を這うのである。……

「蝮？」

と屹《きっ》となって、

「き様《さま》、蝮か。」

と得も言われぬ声して聞く。

二十六

その時、黄味を帯びた白いものが、怪しい月の前にぼうと立って、

「蝮じゃえ。」

と、えたいは知れず、皺嗄《しわが》れつつも、仇媚《あだなまめ》かしい婦《おんな》の声。

大尉の耳はぐわんと鳴る。呀《や》！　鐘が、鐘が鳴る、鐘が響く、あれあれ鐘が揺れる。ぐらぐらと揺《ゆら》ぎ始めて、鐘楼《しゅろう》を、ずずんと落ちた。が、縦に、のっくり、山の欠片《かけら》の如く、真黒に圧《お》して来て、夢中で駈出《かけだ》した大尉の足を、折戸口で、ぐわっと塞いだ。為に、大盤石をウンと嚥《の》んで、下腹へ詰《つま》ったように立竦《たちすく》むと、龍頭《りゅうず》を開いて、磆《はた》と睨む、

いぼいぼ立った偉大なる蝮の鎌首。

途端に、颯《さつ》と電《いなびかり》！

「江、江、江崎、江崎順吉だぞッ。」

誰《たれ》だと思う、我は海軍の大尉なり、と犇《ひし》と小刀《ナイフ》を逆手に取る。

まだ電の消えない一秒、風を溶いて流したような黄色い足許《あしもと》、眩《めくるめ》くばかりゆらゆらと動いた、と思うと、釣鐘が浮いて、膨れて、影薄く朦朧として艦《ふね》になる。

敵艦来《きた》れり。

時に遠雷が、ごうと聞えて、どろどろと谺《こだま》を返す。

大尉が乗った水雷艇は、暗《やみ》の海を、大鮫《おおざめ》の翻るが如く、荒海に腹を縫わせつつ、かの龍宮の墓の如き、敵艦の舷《ふなばた》を死黙《しもく》して衝《つ》と過《よぎ》った。

その時水雷を発射した。

思う間もなく、目を開くと、釣鐘はぐらりとなって、敵艦傾けりと見るや否や、一幅広《ひとはば》く浴びせかける黄色い光は、蒼い額、白い服を照し出《い》だして、大粒な雨が、ぱらぱらと降りかかる。

同時に逆立つ煽《あお》りの波に、のた打つ如く浮いつ沈みつ、顔を曝《さ》らす、手を握る、一人《にん》の脊が伸びたと思うと、艇のスクリップを操る冴《さえ》に、すっくと二ツに胴が切れる。血は黒く、潮《うしお》は白く、探海燈《たんかいとう》の余波《なごり》は蒼い。ソレ黄色い顔、切れた首、筒服《ずぼん》が流れる、腕が捥《も》げる、鼻の長い犬が……犬が、葡萄色の目を真赤にして、海豚《いるか》のように泳ぎ上る、卜忽《たちま》ち海は、繁吹《しぶき》ばかりの闇夜《やみ》となって、水の底にも国ありや、高きオオケストラの楽《がく》に合せて、歌唄う声が、からからと貝の破《わ》れるような音《ね》を伝えると、渠等《かれら》を導く天の使者歟《つかいか》、片割月《かたわれづき》を美しく彩ったような鸚鵡《おうむ》が一羽、手足と漕ぎ行く、我が水雷艇の舷《ふなべり》をかけて飛ぶぞ、と見たが……

百日紅《ひやくじつこう》に電《いなびかり》が射したのであった。

鐘は依然として、鐘楼《しゆろう》に。……けれども、夜は大きくなるものだ、とように据《すわ》っていた。

「そうか。ああ、」

大尉は片折戸に吻《ほ》と息した。

「馬鹿な事を！　艦《ふね》と共に、幾百の敵を屠《ほふ》った己《おれ》ではないか。何だ！　蝮の一疋二疋、皆《みんな》こりゃ病気の所為《せい》だ。ははは。」

と呵々《からから》と笑ったが、笑う後から眉が顰《ひそ》んで、

「神経衰弱も国家のためだ。が、蝮の生肝を呑んだのは妻《さい》のためだ。——そうだ……美《うつくし》い、……」

と見ると、釣鐘の膚《はだ》が、むっくり動いて、鳴らぬ響が、ブンと来ると、耳がぐわんと鳴

ったと思うと、動くわ、その鐘、揺れるわ、掉《ふ》れるわ、ぐらぐらと廂《ひさし》を覗いて、渦を捲くや、中空《なかぞら》へ衝《つ》と飛んで、月を離れ、山を離れ、雲の中に躍込《おどりこ》むと、ぐるぐると一つ廻って、忽《たちま》ち、ぐわんぐわらん、ぐわんぐわらんと逆《さかさま》に翻り、西へ、東へ、南へ、北へ、向《むき》を替え、龍頭《りゅうず》を捻《ひね》って、大口を開いて、大尉の頭上を狙い下《さが》りに落《おと》して来る。

「わっ。」と叫ぶと、どしんと、棟瓦《むねがわら》へものの音。……この音を、気の付く咄嗟《とっさ》に、大尉はちょうど蝮の鎌首ぐらいのものだ、と思った。

「貴下《あなた》、貴下。」と眠そうな夫人の声。

大尉は蚊帳の中で、我に返って、さては夢か、と思った。が、続けて、一段高い蒲団の上から、夫人が横顔で、うっとりしながら言うのを聞くと……

「何処へ行っていらしったの、今時分。」

二十七

それには答えないで、少時《しばらく》して、

「何時だ。」

と辛うじて言ったが、早《は》やその返事はなしに、夫人はすやすやと小さな寝息。今の言《ことば》に因《よ》ると、悩ましい身体《からだ》で、ふと目が覚めて、夫が傍《そば》に居ないのが心細かったのを、聊《いささ》か怨《うら》んだらしかった。で、安心が出来たと見える。

大尉が茫然と毛布《けっと》の上に——身内を探ると知れたが——砂だらけになって胡坐《あぐら》掻いた方を向いた、蒲団の端を丸げたのが、こんもり向う高《むこうだか》になって、頷《うなず》いたらしく可愛い顋《あぎと》をつけた枕と鼻とすれすれの横顔で、眉が浮上ったように見えた。はらりと前髪の崩れた額のあたり、雪が溶けそうに汗ばんだが、敷いた夜具の襲《かさ》なったばかりでも、暑いと覚しく、乳を白う、胸を反《そ》らすばかり仰向けに掻巻《かいまき》を乗出《のりだ》した。浴衣の襟の下あたりが、何となく微紅《うすくれない》の色の映《さ》す。手はぐったりとしたのを、強《し》いて力づけたように柔《やわら》かに曲げて、花に蕊《しべ》ある如く、指の尖《さき》が未開紅《みかいこう》なる唇に触れていた。

熟《じっ》と見た時、つと思った事は、どれ一ツ。が僅《わずか》にその真似ばかりも出来なかった。何故と言え、皆尽《ことごと》く人間離れのした、蝮の思《おもい》、蛇の心、もう一つ言えば生肝がそう考えさせるのであるかの如く感じたからである。

譬えば、夫人のその高い衾《ふすま》の寝姿は、ここに砂だらけ、草だらけになって、戦《たたかい》に敗れた大童《おおわらわ》の阿修羅が、腹巻かなぐり取って、臓腑を摑み出そうとするのを慰め顔の、天女ぞと拝まれる。……

……処《ところ》で、その腕《かいな》に縋れば、この苦悩は救われよう、が、尻尾で絡みつくようで出来なかった。その唇に触るれば、蒼い、腥《なまぐさ》い、肝《きも》の臭《におい》は消える。が、歯が鍼《はり》になって刺《さ》りそうで為得《しえ》なんだ。その胸を枕にすれば、鳴りはためく鐘の音《おと》は失せて、微妙な音楽が聞えよう、けれども、へろへろと舌が出そうで浅猿《あさま》しい。我が浅猿しさは断念《あきら》めても、可愛や、最惜《いとおし》む女の生命がなかろう。

況《いわん》や……だ、心ばかり扱帯《しごき》のあたり被《かっ》いだ絹のふっくりとある……片足屈《かが》めた裳《もすそ》か知らず、夫人は、帯の五月目《いつつきめ》。

「坊か、」

などと撫でるが如きは、鎌首が、ソレ引切《ひきき》られた胴中《どうなか》へ逆に摺返《ずりかえ》って、白眼《しろまなこ》で噛むに斉《ひと》しい。……

大尉は居竦《いすく》まってぶるぶると身震《みぶるい》した。

ああ、昨夜《ゆうべ》までの夫婦《めおと》の語《かた》いは、生肝のために、今や蝮の了簡。大尉は指の尖も触れ得ず。現下の我相好《そうごう》を見られる辛さに、離れていて、呼覚《よびさま》す事さえならぬ。

「うん、うん、うん、――」

と細く、長く、呻吟《うめ》く声が、本堂の裏から抜けて、梁《はり》を伝って煤《すす》のように振《ぶ》ら下《さが》る。

「うう、むにゃむにゃ……」

で、やがて脚長上人が魘《うな》されているのが知れた。

成程。

汚い、夜具風呂敷を、拡げたような蚊帳が、畳へ這った体《てい》に、本堂を隔てた差対向《さしむかい》、台所の障子の前に釣ってある。——方丈は暑いから、縁を繞《めぐ》って入る松原の風を憧《あく》がれて、端近《はしぢか》に寝さっしゃる、その中で、

「ううう、蛇じゃ、蝮じゃ。」

と怯《おび》えたように叫んだ。

尼の寝ぐさげな、粘った声が、

「蚊帳の外にかい。また猫ずらえの。」

と言ったが、和尚の声はそれ切りで、一ツ、ぐう、と云う大《おおき》な寝息。

「夢かや、やれ。」

と独言《ひとりごと》。

暫時《しばらく》、寂《しん》となって、

「ふえへ、」

と笑《や》った。が、ふわりと蚊帳を煽《あお》るようで、蒸暑《いきれ》臭く、遠く此方《こなた》へ伝わる。

大尉は、両の耳に拇指《おやゆび》の栓を加《か》って、夫人の枕頭《まくらもと》へ真俯向《まうつむけ》に突伏《つッぷ》した。

で、動くと、腹で摺《す》って、身体が這いそうでならぬから、鉄棒《かなぼう》のように静《じっ》となる。

何かふわふわと天窓《あたま》に触った。

「比丘《びく》ずく入《にゅう》、また一つ笑いおった。」

と切歯噛《はがみ》をすると、またふわりと来た。

二十八

矢張《やっぱり》、笑《わらい》が来て、仇白《あだじろ》く、凭《もた》れ懸《かか》るのだ、と思って、手を出して、掻払《かっぱら》ったが、何にもない。尤《もっと》も声が手に触るべき次第はない。

が、如何《いか》にも形あるものの如く、またふわりと来る。

尼の笑は、その魂を吐くのだな、と考えた。

待て、魂にも形はなかろう。但《ただ》し色はある。その色は、尼が口を開けたように仇白かろう、と顔を上げたが、何にも見えぬ。

蚊帳の裾《すそ》が煽《あお》るのでもなかった。

フト心付くと、枕をこぼれて、片頬《かたほ》に敷いた夫人の後れ毛が、襲《かさ》ねた蒲団を余って、はらはらとかかるのであった。

さまでに丈長《たけ》い夫人の髪は、晩方、一絞り絞ったまま、無雑作に束《つか》ねてあったが、恰《あたか》も雲の漾《ただよ》う如く、頸《うなじ》を包んで、肩に流れて、空《そら》ざまに翻したら、梁《うつばり》を払うであろう。胸に、一団の暖い雪があれば、ここに千筋《ちすじ》の柳を束《つか》ぬる。

頭《かしら》を撫でて、触ったのが、夫人の髪であったと知れる、と忽《たちま》ちその微細な管《くだ》から、清涼剤を注射されたように、咽喉がすっきりと通って、目も清《すず》しく、常燈明《じようとうみよう》も、暗くはあるが、不断《ふだん》の灯《あかり》の色になった。

その明《あかり》に、寝顔を透かして、大尉は、密《そっ》と指を出して、鬢《びん》の毛尖《けさき》に触って見る、と、心が通うか、脈が響くか、頷くように、そよりとする。すらすらと掌《て》に靡《なび》く。

危ぶみ惶《おそ》れた、我が手が触れても、それが、白髪《しらが》にも針にもならぬので、心地も清々《すがすが》しく、はじめて莞爾《につこり》と微笑《ほほえ》んで、可《よし》、呼起《よびおこ》して見よう。——否《いや》、医師も静かに寝よ、と云った。妻は今夜病人である。起《おこ》さぬまでも名を呼ぼう。

「光子《みつこ》、」

と言おうとした時である。

指にかかった、髪の末の、優しく細く、戦《そよ》ぐのは可《い》い、が、と見ると、戦ぐその毛筋を伝って、髻《もとどり》の辺《あたり》が一握《ひとつか》み、こう、むずむずと呼吸吐《いきつ》くように動いている。伸びるようで、縮むようで、乱るるようで、渦《うずま》くようで。そのゆらゆらとなる中《うち》に、照々《てらてら》と艶《つや》を持って、底から湧いて出る如く、むくれ上って、煌々《きらきら》と蒼く光る、潮の余波《なごり》が宛然《さながら》、鱗！

「蝮！」

と一声、無手《むず》と圧《おさ》えた。殆《ほとん》ど、発作的に握ったまま、右手《めて》を離れぬ小刀《ナイフ》がキラリと、蚊帳の目を閃《きらめ》いて落ちると、根元から弗《ふっ》と切った。

その六尺にも余るのが、筋を揃えて、一摑《ひとつかみ》。切ったトタンに、粘って冷たく、きりきりと巻いて腕に絡んだ。

「やっ！」

と叫んで、掻捥《かきむし》るが如く、蚊帳を起身《たちみ》で飛出《とびだ》しざまに、ぶるぶると揮《ふる》って、引《ひっ》かなぐって、すたりと投げる。……

や、のしと音して、板敷へ水を流したように落ちたが、湾を描き、円になり、波状《はじょう》をなして、ぐるぐると環《わ》を閉じつ開きつ、何と、ずるずると動いて板敷を向うへ辷出《すべりだ》す。

と引寄せるが如き、手を、蚊帳から出した、尼は片手で、破《やぶれ》蚊帳の裾を捲きつつ、ふわりと、腰布の黄色いのを支膝《つきひざ》で、のそのそと這い寄って、遠くから掻込《かっこ》む状《さま》して、さらりとその黒髪を胸に抱《いだ》くと、黒く、丈《たけ》に余って、煮染《にし》めたような肌襦袢《はだじゅばん》——だけ着ていた——の胸に余って、胴を畝《うね》らして刎《は》ねると見えた。……主《ぬし》を慕って争う如きを、無手《むず》と圧えて、のそりと、背向《うしろむ》いて、そのまま蚊帳へ引込《ひきこ》もうとした。

「あれえ。」

ざんばら髪を頸《うなじ》で乱して、わななきわななき、小刀《ナイフ》持つ大尉の手に取縋《とりすが》った夫人を、背後《うしろ》に突退《つきの》け、躍《おど》り懸《かか》って、大尉が、

「尼！」

「お主《ぬし》あ！」

と和尚が、これも顔の色を変えて、骨まで蒼くなって、長い脚を骸骨の如く、がたがたと踏《ふみ》はだけ、蚊帳を捲《まく》って、突然《いきなり》、尼の手を摑もうとしたが、

「わい。」

と舌を噛んで、尻持《しりもち》を突いたも道理。尼のぶよぶよした乳の間《あい》から、蝮の鎌首がにょろりと顔出す。

大尉も思わず、たじたじと退《すさ》ったが、伏し転《まろ》ぶ夫人を、脚で囲うて、

「髪を返せ。」

と夢中で言う。

「おう、」

と答えて、もそりと立つと、胸を両手で抱《だ》きながら、よろよろと足を捩《もじ》りつつも、走り蒐《かか》るが如くに衝《つ》と寄って、正面《むき》に顔を見せたが、すくすくと眉毛が透く。……常燈明《じょうとうみょう》の

転瞬《またた》くと一所《いっしょ》に、ぶるぶると瞼《ひとみ》を震わし、大尉の額を見上げながら、

「ふえへ、」

と笑って、

「肝を返《かえ》しゃいの、生肝を返しゃいの。」

「返す！」

と、くわっと開《あ》いた口が、仇白《あだじろ》い笑《わらい》に吸込《すいこ》まれた。

「きゃっ、」

と泣いて刎《は》ね起きて遁《に》げながら倒れる夫人を、脚長上人が、ぐらぐらと抱留《だきと》めて、

「南無阿弥陀仏《なむあみだぶ》、南無阿弥陀仏。」

と念仏をぶるぶる震わす。

ドタドタと物音して、猫が人の中を駈廻《かけまわ》った。

その時、内陣《ないじん》の扉に、カタリと音がしたようだった。月の晴れたような、端厳微妙《たんごんびみょう》な
俤《おもかげ》が、ふと人だけの大《おおき》さに見えて、

「見苦しい、汝達《おまえたち》。」

と聞えたが、その後《のち》は知らなかった。

――と大尉は後に……人に語った。――

尼は、と聞くと……

彼《か》の女《おんな》は、大尉に執着《しゅうじゃく》して、夫人の長き黒髪を嫉《ねた》んだのであった。

が、大尉に先《さき》んじて卵塔場を探った蝮の首と、呪詛《のろ》い得た髪を抱《いだ》いて、ふいと東雲《しののめ》に寺を出た。

（「新小説」明治四十二年二月号・四月号）

菊《きく》あわせ

「蟹《かに》です、あのすくすくと刺《とげ》のある。……あれは、東京では、まだ珍らしいのですが、魚市をあるいていて、鮒《ふな》、鯔《ぼら》など、潟魚《かたうお》をぴちゃぴちゃ刎《は》ねさせながら売っているのと、おし合って……その茨蟹《いばらがに》が薄暮方《うすくれがた》の焚火のように目についたものですから、つれの婦《おんな》ども、家内と、もう一人、親類の娘をつれております。——ご挨拶をさせますのですが。」

画工、穂坂一車《ほさかいっしゃ》氏は、軽く膝の上に手をおいた。巻莨を火鉢にさして、

「帰りがけの些細な土産ものやなにか、一寸用達《ちょっとようた》しに出掛けておりますので、失礼を。その娘の如きは、景色より、見物より、蟹を啖《くら》わんがために、遠路《えんろ》くッついて参りましたようなもので。」

「仕合せな蟹でありますな。」

五十六七にもなろう、人品《じんぴん》のいい、もの柔かな、出家容《すがた》の一客が、火鉢に手を重ねながら、髯のない口許《くちもと》に、ニコリとした。

「食われて蟹が嬉しがりそうな別嬪《べっぴん》ではありませんが、何しろ、毎日のように、昼ばたごから――この旅宿《やど》の料理番に直接《じか》談判で蟹を食《や》ります。いつも脚のすっとした、ご存じの楚蟹《ずわえ》の方ですから、何でも茨を買って帰って――時々話して聞かせます――一寸《いっすん》幅の、ブツ切《ぎり》で、雪間《ゆきま》の紅梅《こうばい》という身どころを嚙《や》ろうと、家内と徒党をして買ったのですが、年長者に対する礼だか、離すまいという喰心坊《くいしんぼう》だか、分りません。自分で、赤鬼の面という……甲羅を引《ひっ》からげたのを、コオトですか、羽織ですか、とに角紫色の袖にぶら下げた形は――三日月、いや、あれは寒い時雨《しぐれ》の降ったり留《や》んだりの日暮方《ひくれがた》だから、蛇の目とか、宵闇の……とか、渾名《あだな》のつきそうな容子《ようす》で。しかし、もみじや、山茶花《さざんか》の枝を故《わざ》と持って、悪く気取って歩行《ある》くよりはましだ、と私が思うより、売ってくれた阿媽《おっかあ》の……栄螺《さざえ》を拳《こぶし》で割りそうなのが見兼《みか》ねましてね、(笊《ざる》一枚散財さっせい、二銭《にひゃく》か、三銭《さんびゃく》だ、目の粗いのでよかんべい。)……いきなり、人混みと、ぬかるみを、こね分けて、草鞋《わらじ》で飛出《とびだ》して、(さあさあ山媽々《やまあば》が抱いて来てやったぞ)と、其処らの荒物屋からでしょう、目笊を一つ。おどけて頭へも被《かぶ》らず、汚れた襟のはだかった、胸へ、両手で抱いて来ましたのは、形はどうでも、女ごころは優しいものだと思った事です。」

客僧は、言うも、聞くも、奇特と思ったように頷《うなず》いた。

「値をききました始めから、山媽々が、品《しな》は受合《うけあ》うその、山媽々が、今朝しらしらあけに、背戸《せど》の大釜でうで上げたの、山媽々が、たった今、お前さんたちのような、東京ものだろう、旅の男に、土産にするで三疋《びき》売ったなどと、猛烈に饒舌《しゃべ》るのです。——背戸で、蟹をうでるなら、浜の媽々《かかあ》でありそうな処を、おかしい、と婦《おんな》どもも話したのですが。——山だの——浜だの、あれは市の場所割の称《とな》えだそうで、従って、浜の娘が松茸、占地茸《しめじたけ》を売る事になりますのですね。」

「さようで。」

と云って、客僧は、丁寧にまたうなずいた。

「すぐ電車で帰りましょうと、大通《おおどおり》……辻へ出ますと、電車は十文字に往来する。自動車、自転車。——人の往来《ゆきき》は織るようで、申しては如何《いかが》ですが、唯表側だけでしょうけれど、以前は遠く視《なが》められました、城の森の、石垣のかわりに、目の前に大百貨店の電燈が、紅い羽、翠《みどり》の鏃《やじり》の千の矢のように晃々《きらきら》と雨道を射ています。魚市の鯛、鰈《かれい》、烏賊蛸《いかたこ》を眼下に見て、薄暗い雫《しずく》に——人の影を泳がせた処は、喜見城《きけんじょう》出現と云った趣《おもむき》もありますが。

また雨になりました。

電燈のついたばかりの、町店が、一軒、檐下《のきした》のごく端近《はしぢか》で、大蛤《おおはまぐり》の吹出《ふきだ》したような、湯気をむらむらと立てると、蒸籠《せいろう》から簀《す》の子へぶちまけました、うまそうな、饅頭と、真黄色な？……」

「いが餅《もち》じゃ、ほうと、……暖い、大福を糯米《もちごめ》でまぶしたあんばい、黄色う染めた形ゆえ、菊見餅《きくみもち》とも申しますが。」

「ああ、いが餅……菊見餅……」

「黒餡の安菓子……子供だまし。……詩歌にお客分の、黄菊白菊に対しては、聊《いささ》か僭上《せんじよう》かも知れぬのでありますな。」

と骨ばった、しかし細い指を、口にあてて、客僧は軽く咳《しわぶ》いた。

「——一別《いちべつ》以来、さて余りにもお久しい。やがて四十年ぶり、初めてのあなたに、……ただ心ばかり、手づくりの手遊品《おもちゃ》を、七つ八つごろのお友だち、子供にかえった心持で持参しました。これをば、菊細工、菊人形と、今しがた差出《さしで》て名告《なの》りはしましたものの、……お話につけてもお恥かしい。中味は安餡の駄菓子、まぶしものの、いが細工、餅人形とも称えますのが適当なのでありましたよ。」

寛《くつろ》いだ状《さま》に袖を開いて、胸を斜《ななめ》に見返った。卓子台《ちやぶだい》の上に、一尺四五寸まわり白木の箱を、清らかな奉書包《ほうしよづつみ》、水引《みずひき》を装って、一羽、紫の裏白蝶《うらしろちよう》を折った形の、珍らしい熨斗《のし》を添えたのが、塵も置かず、据えてある。

穂坂は一度取って量を知った、両手にすっと軽く、しかし恭《うやうや》しく、また押戴《おしいただ》いて据直《すえなお》した。

「飛《とん》でもないお言葉です。——何よりの品と申して、まだ拝見をいたしません。——頂戴をしますと、そのまた、玉手箱以上、あけて見たいのは山々でございました。が、この熨斗、この水引、余りお見事に遊《あそ》ばした。どうにか絵の具は扱いますが、障子もはれない不器用な手で、しかもせっかちのせき心、引き掩《むし》りでもしましては余りに惜《おし》い。蟹を嚙るのは難《なん》ですが、優しい娘《こ》ですから、今にも帰りますと、せめて若いものの手で扱わせようと存じまして、やっとがまんをしましたほどです。」

——話に機《きつ》かけをつけるのではない。ごめん遊ばせと、年増の女中が、ここへ朱塗の吸物膳に、胡桃《くるみ》と、鶫《つぐみ》、蒲鉾《かまぼこ》のつまみもので。……何の好みだか、金いりの青九谷《あおくたに》の銚子と、おなじ部厚《ぶあつ》な猪口《ちよこ》を伏せて出た。飲みてによって、器に説はあろうけれども、水引に並べては、絵の秋草もふさわしい。卓子台《ちゃぶだい》の上は冬の花野で、欄間越《らんまごし》の小春日も、朗《ほが》らかに青く明るい。——客僧の墨染《すみぞめ》よ。

「一献《いっこん》頂戴の口ではいかがですか、そこで、件の、いが餅は?」

一車は急《いそが》しく一つ手酌して、

「子供のうち大好きで、……いやお話がどうも、子供になります。胎毒《たいどく》ですか、また案じられた種痘《うえぼうそう》の頃でしたか、卯辰山《うたつやま》の下、あの鶯谷《うぐいすだに》の、中でも奥の寺へ、祖母に手を引《ひか》れては参詣をしました処、山門前の坂道が、両方森々《しんしん》とした樹立《こだち》でしょう。昼間も、あの枝、こっちの枝にも、頭の上で梟《ふくろ》が鳴くんです。……可恐《こわ》い。それに歩行《ある》かせられるのに弱って、駄々をこねますのを（七日《なぬか》まいり、いが餅七つ。）と、すかされるので、（七日まいり、いが餅七つ。）と、唄に唄って、道草に、椎《しい》や、団栗《どんぐり》で数《かず》とりをした覚えがあります。それなんですから。……

ほかほかと時雨《しぐれ》の中へ――餅よりは黄菊の香《か》で、兎が粟《あわ》を搗《つ》いたようにおもしろい。あれはうまい、と言いますと、電車を待って雨宿りをしていたのが、傘をざらりと開けて、あの四辻を饅頭屋へ突切《つっき》ったんです。――家内という奴が、食意地《くい》にかけては、娘にまけない難物で、ラジオででも覚えたんでしょう。球《たま》も鞠《まり》も分らない癖に、ご馳走を取込《とりこ》むせつは相競って、両選手、両選手というんですから。いが餅、饅頭の大づつみを、山媽々《やまあば》の籠の如くに抱いて戻ると、来合わせた電車――これが人の瀬の汐時で、波を揉合《もみあ》っていますのに、晩飯前で腹はすく、寒し……大急ぎで乗ったのです。処《ところ》が、並んで真中へ立ちました。近くに居ると、頰辺《ほっぺた》がほてるくらい、つれの持った、いが、饅頭が、ほかりと暖い。暖いどころか、あつつ、と息を吹く次第で。……一方が切符を買うのに、傘は私が預り、娘が餅の手がわりとなる、とどうでしょう。薄ゴオトで澄《す》ましたはいいが、裙《すそ》をからげて、長襦袢《ながじゆばん》の紅入《べにいり》を、何と、引《ひき》さばいたように、赤うでの大蟹が、籠の目を睨んで、爪を突張《つっぱ》る……襟もとからは、湯上りの乳ほどに、ふかしたての餅の湯気が、むくむくと立昇る。……いやアたなびく、天津風《あまつかぜ》、雲の通路《かよいじ》、といったのがある。蟹に乗ってら、曲馬の人魚だ、といううちに、その喜見城《きけんじょう》を離れて行く筈の電車が、もう一度、真下の雨に漾《ただよ》って、出て来た魚市の方へ馳《は》るのです。方角が、方角が違ったぞ、と慌てる処へ、おっぱいが飲みたい、とあびせたのがあります。耳まで真赤になる処を、娘の顔が白澄《しろす》んで青味が出て来た。狐につままれたか知ら、車掌さん済みませんが乗りかえを、と家内のやつが。人のいい車掌でした。……黙って切ってくれて、ふふふんと笑うと、それまで堪《こら》えていたらしい乗客が一斉《いっとき》に哄《わっ》と吹出《ふきだ》したじゃありませんか。次の停車場へ着くが早いか、真暗三宝《まっくらさんぼう》です。飛降《とびおり》同然。――処《ところ》が肝心の道案内の私に、何処だか町が分りません。どうやら東西だけは分っているようですけれども、急に暗くなった処へ、ひどい道です。息休めの煙草《たばこ》の火と、暗い町の燈《ひ》が、うろつく湯気に、ふわふわ消えかかる狐火で、心細く、何処か、自動車、俥宿《くるまやど》はあるまいかと、また降出《ふりだ》した中を、沼を拾う鷺《さぎ》の次第――古外套は黷《ばん》ですか。――ええ電車、電車飛《とん》でもない、いまのふかし立ての饅頭の一件ですもの。やっと、自動車で宿へ帰って――この、あなた、隣の室《ま》で、いきなり、いが餅にくいつくと、あ熱《つつ》、……舌をやけどしたほどですよ。で、その自動車が、町の角家《かどや》で見つかりました時、夜目に横町をすかしますと、真向うに石の鳥居が見えるんです。呆《あき》れもしない、何の事です。……あなたと、ご一所《いっしょ》、私ども、氏神様の社《やしろ》なんじゃありませんか。三羽《さんば》、羽掻《はがい》をすくめてまごついた処は、うまれた家の表通りだったのですから……笑事《わらいごと》じゃありません。些《ち》と変です。変に、気味が悪い。尤《もっと》も、当地《こちら》へ着きますと、直《す》ぐ翌日、さいわい、誂えたような好天気で、歩行《ある》くのに、ぼっと汗ばみますくらい、雛が巣に返りました、お鳥居さきから、帽も外套も脱いでお参りをしたのです。が、拝殿の、階《きざはし》の、あの擬宝珠《ぎぼしゅ》の裂けた穴も昔のままで、この欄干を抱いて、四五尺、辷《すべ》ったり、攀登《よじのぼ》ったか、と思うと、同じ七つ八つでも、四谷あたりの高い石段に渡した八九間《けん》の丸太を辷って、上《のぼ》り下《お》りをする東京は、広いものです。それだけ世渡りに骨が折れます訳だと思います。いや、……その時参詣をしていましたから、気安めにはなりましたものの、実は、ふかし立ての餅菓子と茨蟹で電車などは、些《ち》と不謹慎だったのですから。」

「それも旅の一興《いっきょう》。」

と、客僧は、忍辱《にんにく》の手をさしのべて、年下の画工を、撫でるように言ったのである。

「が、しかし、故郷に対して、礼を失したかも知れません。ですから、氏神、本殿の、名《めい》剣宮《けんぐう》は、氏子の、こんな小僧など、何を刎《は》ねようと、蜻蛉《とんぼ》が飛んでるともお心にはお掛けなさいますまい。けれども、境内のお末社《まっしゃ》には、皆が存じた、大分《だいぶ》、悪戯《いたずら》ずきなのがおいでになります。……奥の院の、横手を、川端へ抜けます、あのくらがり坂へ曲る処……」

「はあ、稲荷堂《いなりどう》。——」

「すぐ裏が、あいもかわらず、崩れ壁の古い土塀――今度見ました時も、落葉が堆《うずたか》く、樹の茂りに日も暗し、冷い風が吹きました。幅なら二尺、潜り抜け二間《けん》ばかりの処ですが、御堂《おどう》裏と、あの塀の間は、いかなるわんぱくと雖《いえど》も、もぐる事は措《お》き、抜けも、くぐりも絶対に出来なかった。……思出《おもいだ》しても気味の悪い処ですから、耳は、尖《とが》り、目は、たてに裂けたり、というのが、じろりと視《み》て、穂坂の矮小僧《ちびこぞう》、些《ち》と怯《おど》かして遣《や》ろう、でもって、魚市の辻から、ぐるりと引戻《ひきもど》されたろうと、……ですね、ひどく怯《おび》えなければならない処でした。何しろ、昔から有名な、お化《ばけ》稲荷。……」

と、言いかけると、清く頬のやせた客僧が、掌《て》を上げて、またニコリとしながら、頭を一つ、つるりと撫でた。

「われは化けたと思えども、でござろうかな。……彼処《あすこ》を、礼《れい》さん。」――

急に親しく、画工を、幼名《おさなな》に呼びかけて、

「はて、彼処《あすこ》をさように魔所あつかい、おばけあつかいにされましてはじゃ、この似非《えせ》坊主、白蔵主《はくぞうす》ではなけれども、尻尾が出そうで、擽《くすぐ》っとうてならんですわ。……口上《こうじょうもうしつう》で申通じたばかり、世外《せがい》のものゆえ、名刺の用意もしませず――住所もまだ申さなんだが、実は、あの稲荷の裏店《うらだな》にな、堂裏の崩塀《くずれべい》の中に住居《すまい》をします。」

という、顔の色が、思いなしでも何でもない、白樺の皮に似て、由緒深げに、うそ寂《さび》しい。

　が、いよいよ柔和に、温容《おんよう》で、

「じゃが、ご心配ないようにな、暗い冷い処ではありません——ほんの掘立《ほったて》の草の屋根、秋の虫の庵《いおり》ではありますが、日向《ひなた》に小菊も盛《さかり》です。」

　と云って、墨染《すみぞめ》の袖を、ゆったりと合わせた。——さて聞けば、堂裏のそのくずれ塀の穴から、前日、穂坂が、くらがり坂を抜けたのを見たのだという。時に、日あたりの障子の白さが、その客僧の頬に影を積んで、むくむくと白い髯さえ生えたように見える。官吏もした、銀行に勤めもした——海外の貿易に富を積んだ覚えもある。派手にも暮らし、寂《さび》しくも住み、有為転変《ういてんぺん》の世をすごすこと四十余年、兄弟とも、子とも申さず、唯血族一統の中に、一人、海軍の中将を出したのを、一生の思出《おもいで》に、出離隠遁《しゅつりいんとん》の身となんぬ。世には隠れたれども、土地、故郷《ふるさと》の旧顔《ふるがお》ゆえ、いずれ旅店《はたご》にも懇意がある。それぞれへ聞合《ききあ》わせて、あまりの懐しさに、魚市の人ごみにも、電車通りの雑沓《ざつとう》にも、すぎこしかたの思出や、おのが姿を、化けた尻尾の如く、うしろ姿に顧《かえり》み、顧み、この宿を訪ねたというのである。

　一車は七日《なぬか》逗留した。——今夜立って帰京する……既に寝台車も調《ととの》えた。荷造りも昨夜《ゆうべ》かたづけた。ゆっくりと朝餉《あさげ》を済まして、もう一度、水の姿、山の容《すがた》を見に出よう。

さかり場を抜けながら。で、婦《おんな》は、もう座敷を出かかった時であった。

女中が来て、お目にかかりたいお人がある……香山《かやま》の宗参《そうさん》――と伝えて、と申されました、という。……宗さん――余りの思掛《おもいが》けなさに、一車は真昼に碧《あお》い星を見る思《おもい》がしたそうである。いや、若じにをされて、はやくわかれた、母親の声を、うつくしく、かすかな、雲間から聞く思いがした、と言うのである。玉の緒の糸絶えておよそ幾十年の声であろう。香山の宗さん――自分で宗さんと名のるのも、おかしいといえばおかしい……あとで知れた、僧名《そうめい》、宗参《そうさん》との事であるが、この名は、しかも、幼い時の記憶のほか、それ以来の環境、生活、と共に、他人《ひと》に呼び、自分に語る機会と云っては実に一度もなかった。だから、なき母からすぐに呼続《よびつ》がれたと同じに思った。香山の宗さん。宗さんと、母親の慈愛の手から、学校にも、あそびにも、すぐにその年上の友だちの手にゆだねられるのがならいだったからである。念のために容子《ようす》を聞くと、年紀《とし》は六十近い、被布《ひふ》を着ておらるるが、出家《しゅっけ》のようで、すらりと痩せた、人品《じんぴん》の好《よ》い法体《ほったい》だという。騎馬の将軍というより、毛皮の外套の紳士というより、遠く消息の断えた人には、その僧形《そうぎょう》が尚《な》お可懐《なつかし》い。

「ああ、これは――小学校へ通いはじめに、私の手を曳《ひ》いてつれてってくれた、町内の兄《あに》哥《き》だ。」と、じとじとと声がしめると、立《たち》がけの廊下から振返って、「おばさんと手をひかれるのとどっち？」「……」と呆れた顔して、「おばさんに聞いてごらん。」「じゃあ、私と、どっち。」どうも、そういう外道《げどう》は、速《すみや》かに疎遠して、僧形の餓鬼大将を迎えるに限る。……。

女どもを出掛けさせ、慌しく一枚ありあわせの紋のついた羽織を引掛《ひっか》け、胸の紐を結びもあえず、恰《あたか》も空《あ》いていたので、隣の上段へ招《しょう》じたのであった。

「――特に、あの御堂《おどう》は、昔から神体《しんたい》がわかりません。……第一何と申すか、神名《かみな》がおありなさらないのでありましてな、唯至って古い、一面の額に、稲荷明神――これは誰が見ても名書であります。惜《おし》い事に、雨露《うろ》、霜雪《そうせつ》に曝《さら》され、蝕《むしばみ》もあり、その額の裏に、彩色した一叢《ひとむら》の野菊の絵がほのかに見えて、その一本《ひともと》の根に(きく)という仮名《かな》があります。これが願主《がんしゅ》でありますか――或は……いや実は仔細あって、右の額は、私が小庵《しょうあん》に預ってありましてな、内々《ないない》で、因縁いわれを、朧気《おぼろげ》ながら存ぜぬでもありませぬじゃが、日短《ひみじか》と申し、今夕はおたちと言う、かく慌しい折には、なかなか申尽《もうしつく》されますまい。……と申す下《した》から……これはまた種々《しゅじゅ》お心づかいで、第一、鯛ひらめの白いにもいたせ、刺身を頬張った口からは、些《ち》と如何《どう》かと存じますので――また折もありましょうと存じますが、ともかく、祭《まつ》られましたは、端麗な女体《にょたい》じゃ、と申します。秘密の儀で。……さて、随縁《ずいえん》と申すは、妙なもので、あなたはその頃、鬼ごっこ、かくれん坊――勿論、堂裏へだけはお入りなさらなかったであろうが、軍《いくさ》ごっこ。棕櫚箒《しゅろぼうき》の朽ちたのに、溝泥《どぶどろ》を掻廻《かきまわ》して……また下水の悪い町内でしたからな……そいつを振廻《ふりまわ》わすのが、お流儀でしたな。」

「いや、どうも……」

「ははは、いやどうも、あの車がかりの一術《ひとて》には、織田、武田。……子供どころか、町中が大辟易《だいへきえき》。いつも取鎮《とりしず》め役が、五つ、たしか五つと思います、年上の私でしてな。かれこれ、お覚えはあるまいけれども、町内の娘たちが、よく朝晩、あのお堂へ参詣をしたものです。その女体にあやかったのと、また、直接に申すのも如何《いかが》じゃけれど、あなたのお母さんが、ご所有だった――参勤交代の屋敷方は格別、町屋には珍らしい、豊国、国貞の浮世絵――美人画。それを間《ま》さえあれば見に集《あつま》る……と、時に、その頃は、世なみがよく、町も穏《おだやか》で、家々が皆相応にくらしていましたから、縞《しま》、小紋、友染《ゆうぜん》、錦絵の風俗を、そのまま誂《あつら》えて、着もし、着せたのでもありました。

江戸絵といった、江戸絵の小路《こうじ》と、他町《たちょう》までも申しましたよ。またよく、いい娘さんが揃っていました。（高松のお藤さん）（長江のお園さん、お光《みつ》さん）医師《いしゃ》の娘が三人揃って、（百合さん）（婦美《ふみ》さん）（皐月《さつき》さん）歯を染めたのでは、（お妾のお妻さん）（割鹿《わりか》の子《こ》のお京さん）――極彩色の中の一人、（薄墨の絵のお銀さん）――小銀《こぎん》のむかし話を思わせます——継子《ままこ》ではないが、預り娘の掛人《かかりゆうど》居《い》候《そうろう》。あ、あ、根雪の上を、その雪よりも白い素足で、草履ばきで、追立《おった》て使いに、使いあるき。それで、なよなよとして、しかも上品でありました。その春の雪のような膚《はだ》へ——邪慳《じゃけん》な叔父叔母に孝行な真心が、うっすりと、薄紅梅の影になって透通《すきとお》る。いや、お話し申すうちにも涙が出ますが、間もなくあわれに消えられました。遠国へな。——お覚えはありませんか、よく、礼さん、あなたを抱いた娘ですよ。」

「済まない事です——墓も知りません。」

一車が、聞くうちに、ふと涙ぐんだのを見ると、宗参は、急に陽気に、

「尤《もっと》も……人形が持てなかった、そのかわりだと思えば宜《よろ》しい。」

「果報な、羨《うらやま》しい人形です。」

「……果報な人形は、そればかりではありません。あなたを、なめたり、吸ったり、負《おぶ》ってふりまわしたり——今申したお銀さんは、歌麿の絵のような嫋々《なよなよ》とした娘でしたが、——まだ一人、色白で、少しふとり肉《じし》で、婀娜《あだ》な娘。……いや、また不思議に、町内の美しいのが、揃って、背戸《せど》、庭でも散らず、名所の水の流《ながれ》をも染めないで、皆他国の土となりました。中にも、その婀娜なのは、また妙齢から、ふと魔に攫《さら》われたように行方が知れなくなりましたよ。そういう、この私にしても。」

手で圧《おさ》えた宗参の胸は、庭の柿の梢が陰翳《かげ》って暗かった。が、溜息は却って安らかに聞こえつつ。

「八方、諸国、流転の末が、一頃、黒姫山の山家在《やまがざい》の荒寺に、堂守坊主で居《お》りました時、千箇寺《せんがじ》まいり、一人旅の中年の美麗な婦人——町内の江戸絵の中《うち》と……先《ま》ず申して宜しい。長旅の煩《わずら》いを、縁あって、貧寺《ひんじ》で保養をさせました。起臥《おきふし》の、徒然《つれづれ》に、水引《みずひき》の結び方、熨斗《のし》の折り方、押絵など、中にも唯今の菊細工——人形のつくり方を、見真似《みまね》に覚えもし、教えもされましたのが、……かく持参のこの手遊品《おもちゃ》で。」

卓上を見遣《みや》った謙譲な目に、何となく威《い》が見える。

「ものの、化身の如き、本家《ほんけ》の婦人の手すさびとは事かわり、口すぎの為とは申せ、見真似の戯《ざ》れ仕事。菊細工というが、糸だか寄切《よせぎ》れだか……ただ水引を、半輪《はんわ》の菊結び、のしがわりの蝶の羽には、ゆかり香《か》を添えました。いや、しばらく。ごらんを促したようで心苦しい、まずしばらく。

——処《ところ》で、名剣神社《めいけんじんじゃ》前の、もとの、私どもの横町の錦絵の中で、今の、それ、婀娜一番、という島田髷《しまだまげ》を覚えていらっしゃろう。あなたの軒《のき》ならび三軒目——さよう、さよう、さよう、それ、前夜、あなたが道を違えて、捜したとお話しのじゃ。唯今の自動車屋が、裏へ突抜《つきぬ》けにその娘の家でありますわ。」

「ええ、松村の（おきい）さん。」

といって、何故か、はっと息を引いた。

「いや、あれは……子供が、つい呼びいいので、（おきいさん、おきいさん）で通りました。実は、きく、本字で（奇駒《きく》）とよませたのだそうでありましたが、いや何しろ――手綱染《たづなぞめ》に花片《はなびら》の散った帯なにかで、しごきにすずを着《つ》けて、チリリン……もの静かな町内を、あの娘《こ》があるくと直《す》ぐに鳴った――という育ちだから、お転婆《てんば》でな――

何を……覚えておいでか知らん、大雪の年で、廂《ひさし》まで積った上を、やがて、五歳になろうという、あなたを、半てんおんぶで振《ふ》って歩行《ある》いた。可厭《いや》だい、おりよう、と暴れるのを揉《も》んで廻ると、やがてお家《うち》の前へ来たというのが、ちょうど廂、ですわ。大《おお》きな声で、かあちゃん、と呼ぶものだから、二階の障子が開《あ》く。――小菊を一束、寒中の事ゆえ花屋の室《むろ》のかこいですな――仏壇へお供えなさるのを、片手に、半身《はんしん》で立ちなすった、浅葱《あさぎ》の半襟で、横顔が、伏目は、特にお優しい。

私は拝借の分をお返ししながら、草双紙《くさぞうし》の、あれは、白縫《しらぬい》でありましたか、釈迦八相《しゃかはっそう》でありましたか。……続きをお借り申そうと、行きかかった処でありました。転婆娘が、（あの、白菊と、私の黄ぎくと、どっちがいい、ええ坊や。）――礼さん、あなたが、乗上《のりあが》って、二階の欄干へ、もろ手を上げて、身もだえをしたとお思いなさい。（坊主になって極楽へおいで。）と云った。はて——それが私だと、お誂《あつら》えでありましたよ。」

一寸言《ちょっとことば》を切った。

「……いうが早いか、何と、串戯《じょうだん》にも、脱けかかった脊筋から振上げるように一振り振ったはずみですわ！……いいかげん揉抜《もみぬ》いた負い紐が弛《ゆる》んだ処へ、飛上《とびあが》ろうとする勢《いきおい》で、どん、と肩を抜けると、ひっくりかえった。あなたが落ちた。（あら、地獄）と何と思ったか、お奇駒さんが茫然と立ちましたっけが、女の身にすれば、この方が地獄同様。胸を半分、膚《はだ》が辷《すべ》って、その肩、乳まで、光った雪よりも白かった。

雪の上じゃ、些《ちっ》とも怪我はありませんけれども、あなた、礼坊は、二階の欄干をかけて、もんどりを打って落ちたに違わぬ。

吃驚《びっくり》して落《おと》しなすった、お母さんの手の仏の菊が、枕になって、ああ、ありがたい、その子の頭に敷きましたよ。」

慄然《ぞっ》と、肩をすくめると、

「宗さん、宗さん。」

続けて呼んだが、舌が硬ばり、息つぎの、つぎざまに、猪口《ちょこ》の手がわなわなふるえた。

「ゆ、ゆめだか、現《うつつ》だかわかり兼ねます。礼吉が、いいかげん、五十近いこの年でありませんと、いきなり、ひっくりかえって、立処《たちどころ》に身体《からだ》が消えたかも分りません。またあなたが、忽《たちま》ち光明赫耀《こうみようかくよう》として雲にお乗りになるのを視《み》たかも知れません。また、もし氏神の、奥境内の、稲荷堂うらの塀の崩れからお出《い》でになったというのが事実だとすると……忽ちこの天井。」

息を詰めて、高く見据えた目に、何の幻を視たろう。

「……この天井から落葉がふって、座敷が真暗になると同時に、あなたの顔……が狐……」

「穏《おだや》かならず、は、は、は。穏《おだやか》でありませんな。」

「いいえ、いや。……と思うほど、立処に、私は気が狂ったかも知れないと申すのです。」

「また、何故《なぜ》にな。」

「さ、そ、それというのがです。……いうのがです。」

「まま一献《いっこん》まいれ。狐坊主、昆布《こぶ》と山椒《さんしょ》で、へたの茶の真似はしまするが、お酌の方は一《いっ》向《こう》なものじゃが、お一つ。」

「……気つけと心得、頂戴します。——承りました事は、はじめてで、まる切り記憶にはないのですけれども、なるほど伺えば、人間生涯のうちに、不思議な星に、再び、出逢う事がありそうに思われます、宗さん……

——お聞き下さいまし——

落着いて申します。勿論、要点だけですが、あなたは国産の代理店を、昔、東京でなすっておいでだったと承りますし……そんな事は、私よりお悉《くわ》しいと存じますが、浅草の観世音に、旧、九月九日、大抵十月の中旬《なかば》過ぎになりますが、その重陽《ちょうよう》の節《せつ》、菊の日に、菊供養というのがあります。仲見世、奥山、一帯に売ります。黄菊、白菊、みな小菊を、買っていらっしゃい、買っていらっしゃい、お花は五銭——あの、些《ち》と騒々しい呼声さえ、花の香《か》を伝えるほどです。あたりを静《しずか》に、圧《おさ》えるばかり菊の薫《かおり》で、これを手《て》ン手《で》に持って参って、本堂に備えますと、かわりの花を授《さずか》って帰りますね。のちに蔭干《かげぼし》にしたのを、菊枕、枕の中へ入れますと、諸病を払うというのです。

二階の欄干へ飛ぼうとして、宙に、もんどりを打って落ちて、小菊が枕になったという。……頭から悚《ぞっ》然としました。——近頃、信心気《しんじんぎ》……ただ恭敬《きょうけい》、礼拝《らいはい》の念の、薄くなりはしないかと危ぶまれます、私の身で、もし、一度、仲見世の敷石で仰向けに卒倒しましたら、頭の下に、観世音の菊も、誰の手の葉も枝もなく、行倒《ゆきだお》れになったでしょう。

いいえ、転んだのではないのです、危《あぶな》く、怪しく美しい人を見て、茫然となったのです。

——大震災の翌年奥山のある料理店《や》に一寸《ちょっと》した会合がありまして、それへ参りましたのが、ちょうどその日、菊の日に逢いました。もう仲見世へ向《むか》いますと、袖と裾と襟と、まだ日本髷《まげ》が多いのです。あの辺、八分まで女たちで、行くのも、来るのも、残らず、菊の花を手にしている。折からでした、染模様になるよう、颯《さつ》と、むら雨《さめ》が降りました。紅梅《こうばい》焼《やき》と思うのが、ちらちらと、もみじの散るようで、通りかかった誰かの割鹿《わりか》の子《こ》の黄金《きん》の平打《ひらうち》に、白露《しらつゆ》がかかる景気の——その紅梅焼の店の前へ、お参《まいり》の帰りみち、通りがかりに、浅葱《あさぎ》の蛇目傘を、白い手で、菊を持添えながら、すっと穿《すぼ》めて、顔を上げた、ぞっとするような美人があります。珍らしい、面長な、それは歌麿の絵、といっていい媚《なま》めかしい中《うち》に、うっとりと上品な。……すぼめた傘は、雨が晴れたのではありません。群集で傘と傘が渋《しぶ》も紺も累《かさな》り合ったために、その細い肩にさえ、あがきが要《い》ったらしいので。……いずれも盛装した中に、無雑作な櫛巻《くしまき》で、黒繻子《くろじゅす》の半襟が、くっきりと白い頸脚《えりあし》に水際が立つのです。藍色がかった、おぶい半纏《ばんてん》に、朱鷺色《ときいろ》の、おぶい紐を、大きく結《ゆわ》えた、ほんの不《ふ》断着《だんぎ》と云った姿。で、いま、傘をすぼめると、やりちがえに、白い手の菊を、背中の子供へさしあげました。横に刎《は》ねて、ずり下《お》る子供の重みで、するりと半纏の襟が辷《すべ》ると、肩から着くずれがして、緋《ひ》を一文字に衝《つッ》と引いた、絖《ぬめ》のような肌が。」

「ははあ——それは、大宇宙の間に、おなじ小さな花が二輪咲いたと思えば宜しい。」

と、いう、宗参の眉が緊《しま》った。

「鬢《びん》のはずれの頸脚《えりあし》から、すっと片乳《かたち》の上、雪の腕《かいな》のつけもとかけて、大きな花びら、八アト形の白雪を見たんです。

――お話につけて思うんです。――何故《なぜ》、その、それだけの姿が、もの狂おしいまで私の心を乱したんでしょうか。――大宇宙に咲く小さな花を、芥子《けし》粒ほどの、この人間、私だけが見たからでしょうな。」

「いや些《ち》と大きな、坊主でも、それは見たい。」

と、宗参は微笑《ほほえ》んだ。

障子の日影は、桟をやや低く算《かぞ》え、欄間《らんま》の下に、たとえば雪の積ったようである。

鳥影が、さして、消えた。

「しかし、その時の子供は、お奇駒さんの肌からのように落ちはしません。が、やがて、そのために――絵か、恋か、命か、狂気か、自殺か。弱輩な申分《もうしぶん》ですが、頭を掻毟《かきむし》るようになりまして、――時節柄、この不景気に、親の墓も今はありません、この土地へ、栄耀《えよう》がましく遊びに参りましたのも、多日《しばらく》、煩《わず》らいました……保養のためなのでした。」

「大慈大悲《だいじだいひ》、観世音《かんぜおん》。おなくなりの母ぎみも、あなたにお疎《うと》しかろうとは存ぜぬ。が、その砌《みぎり》、何ぞ怪我でもなさったか。」

「否《いや》、その時は、しかも子供に菊を見せながら、艶《えん》に莞爾《にっこり》したその面影ばかりをなごりに、人ごみに押隔《おしへだ》てられまして、さながら、むかし、菊見にいでたった、いずれか御簾中《ごれんちゅう》の行列、前後の腰元の中へ、椋鳥《むくどり》がまぐれたように、ふらふらと分れたんです。

それ切《きり》ですが、続けて、二年、三年、五年、ざっと七年目に当ります、一昨年のおなじ菊の日——三度に二度、あの供養は、しぐれ時で、よく降ります。当日は、びしょびしょ降《ぶり》。誰も、雨支度で出ましたが、ゆき来の菊も、花の露より、葉の雫《しずく》で、気も、しっとりと落着いていました。

ここぞと、心も焦《こげ》つくような、紅梅焼の前を通過《とおりす》ぎて、左側、銀花堂といいましたか、花簪《はなかんざし》の前あたりで、何心なく振向くと、つい其処、ついうしろに、ああ、あの、その艶《えん》麗《れい》な。思わず、私は、突きのめされて二三間《げん》前へ出ました。——その婦人が立っていたのです。いや、静《しずか》に歩行《ある》いています。おなじ姿で、おぶい半纏《ばんてん》で。

唯、背負紐《おぶいひも》が、お待ち下さい——段々《だんだん》に、迷いは深くなるようですが——紫と水紅色《ときいろ》の手綱染《たづなぞめ》です。……はてな、私をおぶった、お奇駒さんの手綱染を、もしその時知っていましたら……」

「それは、些《ち》とむずかしい。」

「承った処では、お奇駒さんの、その婀娜《あだ》なのと、もう一人の、お銀さんの、品よく澄んで寂《さび》しいのと、二人を合わせたような美しさで、一時《いっとき》に魅入ったのでしょう。七年めだのに、些《ちっ》とも、年を。

無論、それだけの美人ですから、年を取ろうとは思いません。が、そのおぶってる子が、矢張《やっぱ》り……と云って、二度めの子だか、三度目だか、顔も年も覚えていません。

——まりやの面《おもて》を見る時は基督《キリスト》を忘却する——とか、西洋でも言うそうです。

右になり、左になり、横ちがいに曲《ゆが》んだり、こちらは人をよけて、雨の傘《からかさ》越しに、幾《いく》度《たび》も振返る。おなじ筋を、しかし殆《ほとん》ど真直に、すっと、触るもののないように、その、おぶい半纏の手綱染《たづなぞめ》が通りました。

普請中——唯今は仮堂です。菊をかえて下《お》りましたが、仏前では逢いません。この道よりほかにはない、と額下の角柱《かくばしら》に立って、銀杏《いちょう》の根をすかしても、矢大臣門を視《なが》めても、手水鉢《ちょうずばち》の前を覗いても、もうその姿は見えません。——

仏身円満無背相《ぶっしんえんまんむはいそう》。

十方来人聞万面《じっぽうらいにんもんまんめん》。」——

宗参が、

「実に、実に。」

と面《おもて》を正して言った。

「正面の、左右の聯《れん》の偈《げ》を……失礼ながら、嬉しい、御籤《みくじ》にして、思《おもい》の矢の的《まと》に、線香のたなびく煙を、中の唯一条《ひとすじ》、その人の来る道と、じっと、時雨《しぐれ》にも濡れず白くほろほろとこぼれるまで待ちましたが、すれ違い押合う女連《おんなづれ》にも、ただ袖の寒くなりますばかり。その伝法院《でんぽういん》の前を来るまでは見たのですのに、あれから、弁天山へ入るまでの間で、消えたも同じに思われました。」

宗参の眉が動いた。

「はて、通り魔かな。——或類属《あるるいぞく》の。」

「ええ通り魔……」

「いや、先《ま》ず……」

「三度めに。」

「さんど……めに……」

「え。」

「なるほど。」

「また、思いがけず逢いましたのが、それが、昨年、意外とも何とも、あなた！……奥伊豆の山の湯の宿なんです。もう開《ひら》けていて、山深くも何ともありません、四五度行馴《たびゆきな》れておりますから、谷も水もかわった趣と云ってはありませんが、秋の末……もみじ頃で、谿《たに》河《がわ》から宿の庭へ引きました大池を、瀬になって、崖づくりを急流で落ちます、大巌《おおいわ》の向うの置石《おきいし》に、竹の樋《とい》を操《あやつ》って、添水《そうず》——僧都《そうず》を一つ掛けました。樋の水がさらさらと木の刳《く》りめへかかって一杯になると、ざアと流《ながれ》へこぼれます、拍子を取って、突尖《とっさき》の杵形《きねがた》が、カーン、何とも言えない、閑《しず》かな、寂《さび》しい、いい音《おと》がするんです。其処へ、ちらちらと真《まっ》紅《か》な緋葉《もみじ》も散れば、色をかさねて、松杉の影が映《さ》します。」

「はあ、添水――珍らしい。山田守《も》る僧都の身こそ……何とやら……秋はてぬれば、と云う人もなし、とんと、私の身の上でありますが、案山子《かかし》同様の鹿おどし、……たしか一度、京都、嵯峨の某《なにがし》寺の奥庭で、いまも鹿がおとずれると申して、仕掛けたのを見ました。――水を計りますから、自《おのず》から同じ間をもって、カーンと打つ……」

「慰《なぐさ》みに、それを仕掛けたのは、次平《じへい》と云って、山家《やまが》から出ましたが、娑婆気《しゃばっけ》な風呂番で、唯扁平《ひらった》い石の面《めん》を打つだけでは、音が冴えないから、と杵の当ります処へ、手頃な青竹の輪を置いたんですから、響いて、まことに透るのです。反橋《そりはし》の渡り廊下に、椅子に掛けたり、欄干にしゃがんだりで話したのですが、風呂番の村の一つ奥、十五六軒の山家には大《おお》きいのがある。一昼夜に米を三斗五升搗《つ》く、と言います。暗《やみ》の夜にも、月夜にも、添水番と云って、家々から、交代で世話をする……その谷川の大杵添水。筧《かけい》の水の小《こ》添水は、二十一秒、一つカーンだ、と風呂番が言いますが、私の安《やす》づもりで十九秒。……旦那、おらが時計は、日に二回、東京放送局の時報に合わせるから、一厘《りん》も間違わねえぞ、と大分大形《おおがた》なのを出して威張る。それを、どうこうと、申すわけではありませんけれども。」

「時に、お時間は。」

「つれのものも皈《もど》りません。……まだまだ、ご緩《ゆっく》り――ちょうど、お銚子のかわりも参りました――さ、おあつい処を――

――で、まあ、退屈まぎれに、セコンドを合わせながら、湯宿《やど》の二階の、つらつらと長い廻《まわ》り縁《えん》――一方の、廊下一つ隔てた一棟《ひとむね》に、私の借りた馴染の座敷が流《ながれ》に向いた処にあるのです――この廻縁の一廓は、広く大々《だいだい》とした宿の、累《かさな》り合った棟《むね》の真中処《まんなかどころ》にありまして、建物が一番古い。三方縁で、明りは十分に取れるのですが、余り広いから、真中、隅々、昼間でも薄暗い。……そうでしょう、置敷居《おきしきい》で、間《ま》を劃《しき》って、道具立ての襖が極まれば、十七室《ま》一時《いっとき》に出来ると云いますが、新館、新築で、ここを棄てて置《お》くから、中仕切《なかじきり》なんど、いつも取払って、畳数凡《およ》そ百五六十畳と云う古御殿です。枕を取って、スポンジボオル、枯れなくていい、万年いけの大松を抜いて、(構えました、)を行《や》る。碁盤、将棋盤を分捕《ぶんど》って、ボックスと称《とな》えますね。夜具蒲団の足場で、ラグビイの十チイムも捻合《ひねりあ》おう、と云う学生の団体でもないと、殆《ほとん》ど使った事がない。

行く度に、私は其処が、と云って湿りくさい、百何十畳ではないのです。障子外の縁を何処までも一直線に突当《つきあた》って、直角に折れ曲って、また片側《かたがわ》を戻って、廊下通りをまたその縁へ出て一廻り……廻ると云うと円味《まるみ》があります、ゆきあたり、ぎくり、ぎゅうぎゅう、ぐいぐいと行ったり、来たり。朝掃除のうち、雨のざんざぶり。夜、女中が片づけものして、床《とこ》を取ってくれる間、いい散歩で、大好きです。また全館のうち、帳場なり、客室《きやくま》なり、湯殿なり、このくらい、辞儀《じぎ》、斟酌《しんしやく》のいらない、無人《むにん》の境《きよう》はないでしょう。が、実は、申されたわけではありませんけれども、そんならといって、瀬の音に、夜寝られぬ、苦しい真夜中に其処を廻り得るか、というと、どういたして……東から南へ真直の一縁《ひとえん》だって、いい年をしながら、不気味で足が出ないのです。

峰の、寺の、暮六《くれむ》つの鐘が鳴りはじめた黄昏《たそがれ》です。樹立《こだち》を透かした、屋根あかりに、安時計のセコンドを熟《じつ》と視《み》る……カーン、十九秒。立停《たちど》まったり、ゆっくり歩行《ある》いたり、十九秒、カーン。行ったり、来たり、カーン。添水《そうず》ばかり。水の音も途絶えました。

欄干に一枚かかった、朱葉《もみじ》も翻《ひるがえ》らず、目の前の屋根に敷いた、大欅《おおけやき》の落葉も、ハラリとも動かぬのに、向う峰の山颪《やまおろし》が颯《さつ》ときこえる、カーンと、添水が幽《かすか》に鳴ると、スラリと、絹摺《きぬず》れの音がしました。

東の縁の中ごろです。西の角から曲って出たと思う、ほんのりと白く、おもながな

「………………」

……」

「艶々《つやつや》とした円髷《まるまげ》で、子供を半纏《はんてん》でおぶったから、ややふっくりと見えるが、背のすらり

としたのが、行違《ゆきちが》いに、通りざまに、（失礼。）と云って、すっとゆき抜けた、この背負紐《おぶいひも》が、くっきりと手綱染《たづなぞめ》——あなたに承る前に存じていたら——二階から、私は転げたでしょう。そのかわりに、カーン……ガチリと時計が落ちました。

処《ところ》が——その姿の、うしろ向きに曲る廊下が、しかも、私の座敷の方、尤《もっと》も三室《みま》並んでいるのですが、あと二室《ふたま》に、客は一人も居ない筈、いや全く居ないのです。

変じゃアありませんか、どういうものか、私の部屋へ入ったような気がする、とそれでいて、一寸《ちょっと》、足が淀《よど》みました。

腕組みをして、ずかずかと帰《もど》ると、もとより開放《あけはな》したままの壁に、真黒な外套が影法師のようにかかって、や、魂が黒く抜けたかと吃驚《びっくり》しました。

床の間に、雁来紅《はげいとう》を活けたのが、暗く見えて、掛軸に白の野菊……蝶が一羽。」

と云いかけて、客僧のおくりものを、見るともなしに、思わず座を正して、手をつくと、宗参も慇懃《いんぎん》に褥《しとね》を辷《すべ》ったのである。

「——ですが、裏階子《うらばしご》の、折曲《おれまが》るのが、部屋の、まん前にあって、穴のように下廊下へ通うのですから、其処を下りた、と思えば、それ切《きり》の事なんです。

世にも稀な……と私が見ただけで、子供をおぶった女は、何も、観世音の菊供養、むら雨《さめ》の中をばかり通るとは限らない。

女中は口が煩《うるさ》い。――内証《ないしよ》で、風呂番に聞いて見ました。――折から閑散期……というが不景気の客ずくなで、全館八十ばかりの座敷数《かず》の中に、客は三組《みくみ》ばかり、子供づれなどは一人もない、と言います。尤《もつと》も私がその婦《おんな》にすれ違った、昨《きのう》の日は、名古屋から伊豆まわりの、大がかりな呉服屋が、自動車三台で乗込んで、年に一度の取引、湯の町の女たち、この宿の番頭手代、大勢の女房娘連《づれ》が、挙《こぞ》って階下《した》の広間へ集《あつま》りましたから、ふとその中《うち》の一人かも知れない、……という事で、それは……ありそうな事でした。――

別して、例の縁側散歩は留《や》められません。……一日おいて、また薄暮合《うすくれあい》、おなじ東の縁の真中の柱に、屋根の落葉と鼻を突合《つきあ》わせて踞《しやが》んで、カーン、あの添水《そうず》を聞き澄んでいたのです。カーン、何だか添水の尖《とが》った杵の、両方へ目がついて、じろりと此方《こつち》を見るように思われる。一人で息をしている私の鼻が小鳥の嘴《くちばし》のように落葉をたたくらしく、カーン、奥歯が鳴るような、夕迫るものの気勢《けはい》がしますと、呼吸で知れる、添水のくり抜きの水が流《ながれ》を打って、いま杵が上って、カーン、と鳴る。尖って狐に似た、その背に乗って、ひらりと屋根へ上って、欄干を跨《また》いだように思われるまで、突然、縁の曲角《まがりかど》へ、あの婦《おんな》がほんのりと見えました。」

「添水に、婦《おんな》が乗りましたか、ははあ、私が稲荷明神の額裏《がくうら》を背負《しよ》ったような形に見えます。」

寸時《しばらく》、顔を見合せた。

「……ええ、約束したものに近寄るように、ためらいも何も敢《あえ》てせず、すらすらと来て、欄干に手をついて向う峰を、前髪に、大欅に、雪のような顔を向けてならんだのです。見馴れた半纏《はんてん》を着ていません。鎧《よろい》のようなおぶい半纏を脱いだ姿は、羽衣を棄てた天女に似て、一層《いっそう》なよなよと、雪身《せっしん》に、絹糸の影が絡《まつわ》ったばかりの姿。帯も紐も、懐紙《かいし》一重《ひとえ》の隔《へだ》てもない、柱が一本あるばかり。……判然《はっきり》と私は言《ことば》を覚えています。

——坊ちゃん……ああ、いや、お子さんはどうなさいました。——

——うっちゃって来ました。言うことをきかないから。……子どもに用はないでしょう——

と云って、莞爾《にっこり》としたんです。

宗さん。

——菩薩と存じます、魔と思います——

いうが早いか、猛然と、さ、どう気が狂ったのか、分りませんが、踊り蒐《かか》って、白い頸《くび》を抱きました。が、浮いた膝で、使古《つかいふる》しの箱火鉢を置き棄てたのを、したたかに蹈《ふ》んで、向うのめりに手をついた、ぱっと立ったのは灰ですが、唇には菊の露を吸いました。もう暗い、落葉が、からからと黒く舞って、美人は居ません。

這うよりは、立った、立つより、よろけて、確《たしか》に其処へ隠れたろうと思う障子一重《ひとえ》、その百何十畳の中を、野原のように、うろつく目に、茫々《ぼうぼう》と草が生えて、方角も分らず。その草の中に、榜示杭《ぼうじぐい》に似た一本の柱の根に、禁厭《まじない》か、供養か、呪詛《のろい》か、線香が一束、燃えさしの蠟燭が一挺《ちょう》。何故か、その不気味さといってはなかったのです。

部屋へ皈《かえ》って、仰向けに倒れた耳に、添水《そうず》がカーンと聞こえました。杵の長い顔が笑うようです。渓流の上に月があって。——

また変に……それまでは、二方《にほう》に五十六枚ずつか——添水に向いた縁は少し狭い——障子が一枚なり、二枚なり、いつも開いていたのが、翌日から、ぴたりと閉りました。めったに客は入れないでも、外見上、其処は体裁で、貼りかえない処も、切張《きりばり》がちゃんとしてある。私は人目を憚《はばか》りながら、ゆきかえり、長々とした四角なお百度をはじめるようになったんです。

——お百度、百万遍、丑《うし》の時参《ときまいり》……ま、何とも、カーン、添水の音《ね》を数取りに、真夜中でした。長い縁は三方ともに真の暗やみです。何里歩行《ある》いたとも分らぬ気がして、一まわり、足を摺《す》って、手探りに遥々《はるばる》と渡って来ますと、一歩上へ浮いてつく、その、その蹈心地《ふみごこち》。足が、障子の合せ目に揃えて脱いだ上草履《うわぞうり》にかかった……当ったのです。その蹈心地。ほんのりと人肌のぬくみがある。申すも憚られますが、女と一つ衾《しとね》でも、この時くらい、

人肌のしっとりとした暖さを感じた覚えがありません。全身湯を浴びて、香《かん》ばしい汗にな
った。ふるえたか、萎《な》えたか、よろよろになった腰を据えて、障子の隙間へ目をあてて、
熟《じっ》と、くらやみの大広間を覗きますと、影のように、ああ、女の形が、ものの四五十人も
あって、ふわふわと、畳を離れて、天井の宙に浮いている。帯、袖、ふらりと下《さが》った裾を、
幾重、何枚にも越した奥に、蠟燭と思う、小さな火が、鉛の沼のような畳に見える。それ
で、幽《かすか》に、朦朧《もうろう》と、ものの黒白《あいろ》がわかるのです。これに不思議はありません。柱から柱へ
幾条《いくすじ》ともなく綱を渡して、三十人以上居る、宿の女中たちの衣類が掛けてあったんです。
帯も、扱帯《しごき》も、長襦袢《ながじゅばん》、羽織はもとより……そういえば、昼間時々声が交って、がやがや
と女中たちが出入りをしました。買込んだ呉服の嬉しさ次手《ついで》に、簞笥を払った、隙《ひま》ふさげ
の、土用干《どようぼし》の真似なんでしょう。
活花《いけばな》の稽古の真似もするのがあって、水際、山懐《やまふところ》にいくらもある、山菊、野菊の花も
葉も、そこここに乱れていました。
どの袖、どの袂から、抜けた女の手ですか、いくつも、何人も、その菊をもって、影の
ようにゆききをし出した、と思う中《うち》に、ふっと浮いて、鼻筋も、目も、眉も、あでやかに、
おぶい半纏《ばんてん》も、手綱染《たづなぞめ》も、水際の立ったのは、婀娜《あだ》に美しい、その人です。
どうでしょう、傘《からかさ》まで天井に干した、その下で、熟《じっ》と、此方《こっち》を、私を見たと思うと、撫《な》で

肩《がた》をくねって、媚《なまめ》かしく、小菊の枝で一寸あやしながら、

――坊や――（背に子供が居ました。）いやなおじさんが……あれ、覗く、覗く、覗くよう――

と、いう、肩ずれに雪の膚《はだ》が見えると、負《おぶ》われて出た子供の顔が、無精髯《はや》を生した、まずい、おやじの私の面《つら》です。莞爾《にこり》とその時、女が笑った唇が、縹色《はなだいろ》に真青に見えて、目の前へ――あの近頃の友染向《ゆうぜんむき》にはありましょう、雁来紅《はげいとう》を肩から染めた――釣り下げた長襦袢《ながじゅ》《ばん》の、宙にふらふらとかかった、その真中へ、ぬっと、障子一杯の大きな顔になって、私の胸へ、雪の釣鐘ほどの重さが柔々《やわやわ》と、ずしん！　とかかった。

東京から人を呼びます騒ぎ、仰向けに倒れた、再び、火鉢で頸窪《ぼんのくぼ》を打ったのです。」

「また、お煩《わず》らいになるといかん。四十年来のおくりもの、故《わざ》と持参しましたが、この菊細工の人形は、お話の様子によって、しばらくお目に掛けますまい。」

引抱《ひっかか》えて立った、小脇の奉書包は、重いもののように見えた。宗参の脊が、すっくと伸びると、熨斗《のし》の紫の蝶が、急いで包んだ風呂敷のほぐれめに、霧を吸って高く翻《ひるがえ》ったのである。

階子段《はしごだん》の下で、廊下を転《もど》る、紫のコオトと、濃いお納戸にすれ違ったが、菊人形に、気

も心も奪われて、言《ことば》をかける隙《ひま》もない。

玄関で見送って、尚《な》お、ねだりがましく、慕って出ると、前の小川に橋がある。門《かど》の柳の散る中に、つないだ駒はなかったが、細流《せせらぎ》を織る木《こ》の葉《は》は、手綱《たづな》の影を浮かして行く……流《ながれ》に添った片側の長い土塀を、向うに隔たる、宗参法師は、間近ながら遥々《はるばる》と、駅路《えきろ》を過ぐる趣して、古鼠の帽子の日向《ひなた》が、白髪《しらが》を捌《さば》いたようである。真白な遠山の頂《いただき》は、黒髪を捌《さば》いたような横雲の見えがくれに、雪の駒の如く駈けた。

名剣神社の拝殿には、紅《あか》の袴の、お巫子《みこ》が二人、かよいをして、歌の会があった。社務所で、神職たちが、三人、口を揃えて、

「大《だい》先生。」――

この同音は、一車を瞠若《どうじゃく》たらしめた。

「大先生は、急に思立《おもいた》ったとありまして……ええ、黒姫山へ――もみじを見に。」――

「あら、おじさん。」

娘の手が、もう届く。……外套の袖を振切って、いか凧《のぼり》が切れたように、穂坂は、すとんと深更《しんこう》の停車場に下りた。急行列車が、その黒姫山の麓《ふもと》の古駅《こえき》について、まさに発車し

ようとした時である。

その手が、燗《かん》をつけてくれた魔法瓶、さかなにとて、膳のをへずった女房の胡桃《くるみ》にも、且《か》つ心を取られた、一所《いっしょ》にたべようと、今しがた買った姫上川《ひめかみがわ》の鮎の熟鮓《なれずし》にも、恥ずべし、涙ぐましい思《おもい》をしつつ、その谿谷《けいこく》をもみじの中へ入って行く、残《のこ》ンの桔梗と、うら寂《さび》しい刈萱《かるかや》のような、二人の姿の、窓あかりに、暗くせまったのを見つつ、乗放《のりはな》して下《お》りた、おなじ処に、しばらく、とぼんと踞《しゃが》んでいた。

しかし、峰を攀《よ》じ、谷を越えて、大宗参《だいそうさん》の菊細工を見ることが出来たら、或《あるい》は、絵のよい題材を得ようも知れない。


（「文藝春秋」昭和七年一月号）

霰《あられ》ふる

一

若いのと、少し年の上なると……

この二人《ふたり》の婦人《おんな》は、民也《たみや》のためには宿世《すぐせ》からの縁《えん》と見える。ふとした時、思いも懸けない処へ、夢のように姿を露《あら》わす——

ここで、夢のように、と云うものの、実際はそれが夢だった事もないではない。けれども、夢の方は、また……と思うだけで、取り留めもなく、すぐに陽炎《かげろう》の乱るる如く、記憶の裡《うち》から乱れて行く。

しかし目前《まのあたり》、歴然《ありあり》とその二人を見たのは、何時《いつ》になっても忘れぬ。峰を視《なが》めて、山の端《は》に彳《たたず》んだ時もあり、岸づたいに川船に乗って船頭もなしに流れて行くのを見たり、揃って、すっと抜けて、二人が床の間の柱から出て来た事もある。

民也は九《ここの》ツ……十《とお》歳ばかりの時に、はじめて知って、三十を越すまでに、四度《よたび》か五度《いったび》は確《たしか》に逢った。

これだと、随分中絶《なかだ》えして、久しいようではあるけれども、自分には、さまでたまさかのようには思えぬ。人は我が身体《からだ》の一部分を、何年にも見ないで済ます場合が多いから……姿見に向わなければ、顔にも逢わないと同一《おなじ》かも知れぬ。

で、見なくっても、逢わないでも、忘れもせねば思出《おもいだ》すまでもなく、何時《いつ》も身に着いているると同様に、二個《ふたつ》、二人の姿もまた、十年見なかろうが、逢わなかろうが、そんなに間《あいだ》を隔てたとは考えない。

が、つい近くは、近く、一昔前は矢張《やっぱ》り前、道理に於て年を隔てない筈はないから、十《とお》から三十までとしても、その間《あいだ》は言わずとも二十年経つのに、最初逢った時から幾歳《いくとせ》を経ても、婦人《おんな》二人は何時も違わぬ、顔容《かおかたち》に年を取らず、些《ちっ》とも変らず、同一《おなじ》である。

水になり、空になり、面影は宿っても、虹のように、すっと映って、忽《たちま》ち消えて行く姿であるから、確《しか》と取留《とりと》めた事はないが――何時でも二人連《づれ》の――その一人は、年紀《とし》の頃、どんな場合にも二十四五の上へは出ない……一人は十八九で、この少《わか》い方は、ふっくりして、引緊《ひきしま》った肉づきの可《い》い、中背《ちゅうぜい》で、……年上の方は、すらりとして、細いほど瘠せている。

その背《せい》の高いのは、極めて、品の可《よ》い艶《つや》やかな円髷《まるまげ》で顕《あらわ》れる。少《わか》いのは時々《よりより》に髪が違う、銀杏返《いちょうがえ》しの時もあった、高島田の時もあった、三輪《みつわ》と云うのに結《ゆ》ってもいた。

そのかわり、衣服《きもの》は年上の方が、紋着《もんつき》だったり、お召《めし》だったり、時にはしどけない伊達《だて》巻《まき》の寝着《ねまき》姿と変るのに、若いのは、屹《きっ》と縞《しま》ものに定《さだま》って、帯をきちんと〆《し》めている。

二人とも色が白い。

が、少い方は、ほんのりして、もう一人のは沈んで見える。

その人柄、風采《とりなり》、姉妹ともつかず、主従でもなし、親しい中の友達とも見えず、従姉妹《いとこ》でもないらしい。

と思うばかりで、何故《なぜ》と云う次第は民也にも説明は出来ぬと云う。――何《な》にしろ、遁《のが》れられない間《あいだ》と見えた。孰方《どっち》か乳母の児《こ》で、乳姉妹《ちきょうだい》。それとも嫂《あによめ》と弟嫁《おとよめ》か、敵《かたき》同士か、いずれ二重《ふたえ》の幻影である。

時に、民也が、はじめてその姿を見たのは、揃って二階からすらすらと降りる所。で、彼が九ツか十の年、その日は、小学校の友達と二人で見た。

霰《あられ》の降った夜更《よふけ》の事――

二

山国の山を、町へ掛けて、戸外《おもて》の夜の色は、部屋の裡《うち》からよく知れる。雲は暗かろう……水はもの凄く白かろう……空の所々に颯《さっ》と薬研《やげん》のようなひびが入《い》って、霰はその中から、銀河の珠《たま》を砕くが如く迸《ほとばし》る。

ハタと止《や》めば、その空の破《わ》れた処へ、むらむらとまた一重《ひとえ》冷い雲が累《かさな》りかかって、薄墨色に縫合《ぬいあわ》わせる、と風さえ、そよとのもの音も、蜜蠟を以《もっ》て固く封じた如く、乾坤寂《けんこんじゃく》となる。……

建着《たてつけ》の悪い戸、障子、雨戸も、カタリとも響かず。鼬《いたち》が覗《のぞ》くような、鼠が匍匐《はらば》ったような、切って塡《は》めた菱《ひし》の実が、ト、べっかっこをして、ぺろりと黒い舌を吐くような、いや、念の入《い》った、雑多な隙間、破《や》れ穴が、寒さにきりきりと歯を噛んで、呼吸《いき》を詰めて、うむと堪《こら》えて凍着《こごえつ》くが、古家《ふるいえ》の煤《すす》にむせると、時々遣切《やりき》れなくなって、潜《ひそ》めた嚔《くしゃめ》、ハッと噴出《ふきだ》しそうで不気味な真夜中。

板戸一つが直《す》ぐ町の、店の八畳、古畳の真中に机を置いて対向《さしむか》いに、洋燈《ランプ》に額を突合《つきあ》わせた、友達と二人で、その国の地誌略《ちしりやく》と云う、学校の教科書を読んでいた。——その頃、風《ふう》をなして行われた試験間際に徹夜の勉強、終夜と称《とな》えて、気の合った同志が夜あかしに演習《おさらい》をする、なまけものの節季《せっき》仕事と云うのである。

一枚……二枚、と両方で、ペエジを遣《やッ》つ、取《とッ》つして、眠気ざましに声を出して読んでいたが、こう夜が更けて、可恐《おそろ》しく陰気に閉《とざ》されると、低い声さえ、びりびりと氷を削るように唇へきしんで響いた。

常《つね》さんと云うお友達が、読み掛けたのを、フッと留《と》めて、

「民さん。」

と呼ぶ、……本を読んでたとは、からりと調子が変って、引入《ひきい》れられそうに滅入《めい》って聞えた。

「……何《なあに》、」
ト、一つ一つ、自分の睫《まつげ》が、紙の上へばらばらと溢《こほ》れた、本の、片仮名まじりに落葉《おちば》する、山だの、谷だのをそのままの字を、熟《じっ》と相手に読ませて、傍目《わきめ》も触らず視《み》ていたのが。
呼ばれて目を上げると、笠は破《やぶ》れて、紙を被《かぶ》せた、黄色に燻《くすぶ》ったほやの上へ、眉の優しい額を見せた、頬のあたりが、ぽっと白く、朧夜《おぼろよ》に落ちた目《め》かずらと云う顔色《かおつき》。

「寂《さび》しいねえ。」

「ああ……」

「何時だねえ。」

「先刻《さつき》二時うったよ。眠くなったの？」

対手《あいて》は忽《たちま》ち元気づいた声を出して、

「何、眠いもんか……だけどもねえ、今時分になると寂しいねえ。」

「其処に皆寝ているもの……」

と云った——大きな戸棚、と云っても先祖代々、刻み着けて何時《いつ》が代《だい》にも動かした事のない、……その横の襖《ふすま》一重《ひとえ》の納戸の内には、民也の父と祖母とが寝ていた。

母は世を早《はよ》うしたのである……

「常さんの許《とこ》よりか寂《さび》しくはない。」

「どうして？」

「だって、君の内はお邸《やしき》だから、広い座敷を二つも三つも通らないと、母《おつか》さんや何か寝ている部屋へ行けないんだもの。この間、君の許《とこ》で、徹夜をした時は、僕は、そりゃ、寂しかった……」

「でもね、僕ン許《とこ》は二階がないから……」

「二階が寂しい？」

と民也は真黒な天井を。……

常さんの目も、斉《ひと》しく仰いで、冷く光った。

三

「寂しいって、別に何でもないじゃないの。」

と云ったものの、両方で、机をずって、ごそごそと火鉢に噛着《かじりつ》いて、ひったりと寄合《よりあ》わす。

炭は黒いが、今しがた継いだばかりで、尉《じょう》にもならず、火気の立ちぎわ。それよりも、徹夜の温習《おさらい》に、何よりか書入《かきい》れな夜半《やはん》の茶漬で忘れられぬ、大福めいた餡餅《あんも》を烘《あぶ》ったなごりの、餅網が、侘《わび》しく破蓮《やればす》の形で畳に飛んだ。……御馳走は十二時と云うと早《は》や済んで、

――一つは二人ともそれがために勇気がないので。……

常さんは耳の白い頬を傾けて、民也の顔を覗《のぞ》くようにしながら、

「でも、誰も居ないんだもの……君の許《とこ》の二階は、広いのに、がらんとしている。……」

「病気の時はね、お母さんが寝ていたんだよ。」

コツコツ、炭を火箸で突《つつ》いて見たっけ、はっと止《や》めて、目を一つ瞬《また》いて、

「え、そして、亡《つか》くなった時、矢張《やっぱり》、二階。」

「ううん……違う。」

とかぶりを掉《ふ》って、

「其処のね、奥……」

「小父さんだの、寝ている許かい。……じゃ可《い》いや。」と莞爾《にっこり》した。

「弱虫だなあ……」

「でも、小母さんは病気の時寝ていたかって、今は誰も居ないんじゃないか。」

と観世捩《かんぜより》が拉《ひしゃ》げた体《てい》に、元気なく話は戻る……

「常さんの許だって、あの、広い座敷が、風はすうすう通って、それで人っ子は居ませんよ。」

「それでも階下《した》ばかりだもの。――二階は天井の上だろう、空に近いんだからね、高い所には何が居るか知れません。……」

「階下だって……君の内《うち》でも、この間、僕が、あの空間《あきま》を通った時、吃驚《びっくり》したものがあったじゃないか。」

「どんなものさ、」

「床の間に鎧《よろい》が飾ってあって、便所へ行く時に晃々《ぴかぴか》光った……わッて、そう云ったのを覚えていないかい。」

「臆病だね、……鎧は君、可恐《おそろし》いものが出たって、あれを着て向って行《ゆ》けるんだぜ、向って、」

と気勢《きお》って肩を突構《つきかま》え。

「こんな、寂《さび》しい時の、可恐《こわ》いものにはね、鎧なんか着たって叶わないや……向って行きや、消《きえ》っ了《ちま》うんだもの……これから冬の中頃になると、軒の下へ近く来るってさ、あの雪《ゆき》女郎《じょろう》見たいなもんだから、」

「そうかなあ、……雪女郎って真個《ほんと》にあるんだってね。」

「勿論だっさ。」

「雨のびしょびしょ降る時には、油舐坊主《あぶらなめぼうず》だの、とうふ買小僧《かいこぞう》だのって……あるだろう。」

「ある……」

「可厭《いや》だなあ。こんな、霰《あられ》の降る晩には何にも別にないだろうか。」

「町の中には何にもないとさ。それでも、人の行かない山寺だの、峰の堂だのの、額《がく》の絵がね、霰がぱらぱらと降る時、ぱちくり瞬《まばた》きをするんだって……」

「嘘を吐《つ》く……」

とそれでも常さんは瞬きした。からりと廂《ひさし》を鳴らしたのは、樋竹《といだけ》を辷《すべ》る、落《おち》たまりの霰らしい。

「うそなもんか、それは真暗な時……ちょうど今夜見たような時なんだね。それから……

雲の底にお月様が真蒼《まつさお》に出ていて、そして、降る事があるだろう……そう云う時は、八田《はつた》潟《がた》の鮒《ふな》が皆首を出して打たれるって云うんです。」

「痛かろうなあ。」

「其処が化けるんだから、……皆、兜を着ているそうだよ。」

「じゃ、僕ン許《とこ》の蓮池の緋鯉なんかどうするだろうね？」

其処には小船も浮べられる。が、穴のような真暗な場末の裏町を抜けて、大川に架けた、近道の、ぐらぐらと揺れる一銭橋《いちもんばし》と云うのを渡って、土塀ばかりで家《うち》の疎《まばら》な、畠も池も所々《ところどころ》、侍町《さむらいまち》を幾曲《いくまが》り、で、突当《つきあた》りの松の樹の中のその邸《やしき》に行く、……常さんの家《うち》を思うにも、恰《あたか》もこの時、二更《にこう》の鐘の音《おと》、幽《かすか》。

四

町なかの此処も同じ、一軒家の思《おもい》がある。

民也は心もその池へ、目も遥々《はるばる》となって恍惚《うつとり》しながら、

「蒼い鎧を着るだろうと思う。」

「真赤な鰭《ひれ》へ。凄い月で、紫色に透通《すきとお》ろうね。」

「其処へ玉のような霰《あられ》が飛ぶんだ……」

「そして、八田潟の鮒と戦《いくさ》をしたら、何方《どっち》が勝つ?……」

「そうだね、」

と真顔に引込《ひきこ》まれて、

「緋鯉は立派だから大将だろうが、鮒は雑兵《ぞうひょう》でも数が多いよ……潟一杯《かたいっぱい》なんだもの。」

「蛙《かわず》は何方《どっち》の味方をする。」

「君の池の?」

「ああ、」

「そりゃ同じ所に住んでるから、緋鯉に属《つ》くが当前《あたりまえ》だけれどもね、君が、よくお飯粒《まんまつぶ》で、糸で釣上《つりあ》げちゃ投げるだろう。ブッと咽喉《のど》を膨らまして、ぐるりと目を円くして腹を立つもの……鮒の味方になろうも知れない。」

「あ、また降るよ……」

凄まじい霰の音、八方から乱打《みだれう》つや、大屋根の石もからからと転げそうで、雲の渦《うずま》く影が入って、洋燈《ランプ》の笠が暗くなった。

「按摩《あんま》の笛が聞えなくなってから、三度目だねえ。」

「矢が飛ぶ。」

「弾《たま》が走るんだね。」

「緋鯉と鮒とが戦うんだよ。」

「紫の池と、黒い潟で……」

「蔀《しとみ》を一寸《ちょっと》開けてみようか、」

と魅せられた体《てい》で、ト立とうとした。

民也は急に慌しく、

「お止《よ》し？……」

「でも、何だか暗い中で、ひらひら真黒なのに交って、緋だか、紫だか、飛んでいそうで、面白いもの、」

「面白くはないよ……可恐《こわ》いよ。」

「何故？」

「だって、緋だの、紫だの、暗い中《うち》に、霰《あられ》に交って——それだと電《いなびかり》がしているようだもの……その蔀《しとみ》をこんな時に開けると、そりゃ可恐《こわ》いぜ。

さあ……これから海が荒れるぞ、と云う前触れに、廂《ひさし》よりか背の高い、大《おおき》な海坊主が、海から出て来て、町の中を歩行《ある》いていてね……人が覗《のぞ》くと、蛇のように腰を曲げて、その窓から睨返《にらみかえ》して、よくも見たな、よくも見たな、と云うそうだから。」

と常さんは未《ま》だ腑に落ちないか、立掛《たちか》けた膝を落《おと》さなかった……

「嘘だ！　嘘ばっかり。」

「真個《ほんと》だよ、霰《あられ》だって、半分は、その海坊主が蹴上《けあ》げて来る、波の瀑《しぶき》が交ってるんだとさ。」

「へえ？」

霰は屋根を駈廻《かけまわ》る。

民也は心に恐怖のある時、その蔀を開けさしたくなかった。

母がまだ存生《ぞんじょう》の時だった。……一夏《あるなつ》、日の暮方から凄じい雷雨があった……電光絶間《いなびかりたえま》なく、雨は車軸を流して、荒金《あらがね》の地《つち》の車は、轟《とどろ》きながら奈落の底に沈むと思う。――雨宿りに駈込《かけこ》んだ知合の男が一人と、内中《うちじゅう》、この店に居すくまった。十時を過ぎた頃、一呼吸《ひといき》吐《つ》かせて、もの音は静まったが、裾を捲いて、雷神《はたがみ》を乗せながら、赤黒《あかぐろ》に黄を交えた雲が虚空《そら》へ、舞い舞い上《あが》って、昇る気勢《けはい》に、雨が、さあと小止《おや》みになる。

その喜びを告さんため、神棚に燈火《みあかし》を点じようとして立った父が、そのまま色をかえて立窘《たちすく》んだ。

ひい、と泣いて雲に透《とお》る、……あわれに、悲しげな、何とも異様な声が、人々の耳をも胸をも突貫《つきつらぬ》いて響いたのである。

五

笛を吹く……と皆思った。笛もある限り悲哀を籠めて、呼吸《いき》の続くだけ長く、かつ細く叫ぶらしい。

雷鳴に、殆《ほとん》ど聾《し》いなんとした人々の耳に、驚破《すわ》や、天地一つの声。誰《たれ》もその声の長さだけ、気を閉じて呼吸を詰めたが、引く呼吸はその声の一度止むまでは続かなかった。

皆戦《おのの》いた。

ヒイと尾を微《かす》かに、その声が切れた、と思うと、雨がひたりと止んで、また二度めの声が聞えた。

「鳥か。」

「否《いいや》。」

「何だろうの。」

祖母と、父と、その客と言《ことば》を交わしたが、その言葉も、晃々《きらきら》と、震えて動いて、目を遮る電光《いなびかり》は隙間を射た。

「近い。」

「直《じ》き其処だ。」

と云う。叫ぶ声は、確かに筋向いの二階家の、軒下のあたりと覚えた。

それが三声《みこえ》めになると、泣くような、怨むような、呻吟《うめ》くような、苦《くるし》み踠《もが》くかと思う意味が明《あきら》かに籠《こも》って来て、新《あた》らしくまた耳を劈《つんざ》く……

「見よう、」

年少《わか》くて屈竟《くっきょう》なその客は、身震いして、すっくと立って、内中《うちじゅう》で止めるのも肯《き》かないで、タン、ド、ドン！　とその、其処の蔀《しとみ》を開けた。——

「何、」

と此処まで話した時、常さんは堅くなって火鉢を摑んだ。

「その時の事を思出《おもいだ》すもの、外《ほか》に何が居ようも知れない時、その蔀を開けるのは。」

と民也は言う。

却説《さて》、大雷《たいらい》の後の稀有なる悲鳴を聞いた夜、客が蔀を開けようとした時の人々の顔は……年月《としつき》を長く経ても眼前《まのあたり》見るような、いずれも石を以て刻みなした如きものであった。

蔀を上げると、格子戸を上へ切った……それも鳴るか、簫《しょう》の笛の如き形した窓のような隙間があって、衝《つ》と電光に照される。

と思うと、引緊《ひきし》めるような、柔かな母の両の手が強く民也の背に掛《かか》った。既に膝に乗って、嚙り着いていた小児《こども》は、それなり、薄青い襟を分けて、真白な胸の中へ、頬も口も揉《もみ》込《こ》むと、恍惚《うっとり》となって、もう一度、ひょいと母親の腹の内へ安置され終《おわ》んぬで、トもんどりを打って手足を一つに縮めた処は、滝を分けて、すとんと別の国へ出た趣《おもむき》がある、……そして、透通《すきとお》る胸の、暖かな、鮮血《からくれない》の美しさ。真紅の花の咲満《さきみ》ちた、雲の白い花園に、朗《ほが》らかな月の映るよ、とその浴衣の色を見たのであった。

が、その時までの可恐《おそろ》しさ。――


「常さん、今君が蔀を開けて、何かが覗いたって、僕は潜込《もぐりこ》む懐中《ふところ》がないんだもの……」

簫《しょう》の窓から覗いた客は、何も見えなかった、と云いながら、真蒼《まっさお》になっていた。

その夜から、筋向うのその土蔵附《つき》の二階家に、一人気が違った婦《おんな》があったのである。

寂寞《ひっそり》と霰《あられ》が止む。

民也は、ふと我に返ったようになって、

「去年、母《おつか》さんがなくなったからね……」

火桶《ひおけ》の面《おもて》を背《そむ》けると、机に降込《ふりこ》んだ霰があった。

じゅうと火の中にも溶けた音。

「勉強しようね、僕は父《おとつ》さんがないんだよ。さあ、」

鮒が兜を着ると云う。……

「八田潟の処を読もう。」

と常さんは机の向うに居直った。

洋燈《ランプ》が、じいじいと鳴る。

その時であった。

六

二階の階子壇《はしごだん》の一番上《いっちうえ》の一壇目……と思う処へ、欄間《らんま》の柱を真黒に、くッきりと空《そら》にして、袖を欄干《てすりず》摺れに……その時は、濃いお納戸と、薄い茶と、左右に両方、褄前《つまさき》を揃えて裾を踏みくぐむようにして、円髷《まげ》と島田の対丈《ついたけ》に、面影白く、ふッと立った、両個《ふたり》の見も知らぬ婦人《おんな》がある。

トその色も……薄いながら、判然《はっきり》と煤《すす》の中に、塵を払ってくっきりと鮮麗《あざやか》な姿が、二人が机に向った横手、畳数《たたみかず》二畳ばかり隔《へだ》てた処に、寒き夜なれば、ぴったり閉めた襖一枚……台所へ続くだだっ広い板敷との隔《へだて》になる……出入口《ではいりぐち》の扉《ひらき》があって、むしゃむしゃと巌《いわ》の根に蘭を描いたが、年数算《さん》するに堪《た》えず、で深山《みやま》の色に燻《くす》ぼった、引手《ひきて》の傍《わき》に、嬰児《あかんぼ》の掌《てのひら》の形して、ふちのめくれた穴が開いた——その穴から、件の板敷を、向うの反古張《ほごばり》の古壁へ突当《つきあた》って、ぎりりと曲って、直角に蒟蒻色《こんにゃくいろ》の干乾《ひから》びた階子壇……十《とお》ばかり、遥かに穴の如くに高いその真上。

即ち襖の破目《やれめ》を透《とお》して、一つ突当って、折屈《おりまが》った上に、たとえば月の影に、一刷彩《ひとはけいろど》った如く見えたのである。

トンと云う。

と思うと、トントントンと軽い柔かな音に連れて、褄《つま》が揺れ揺れ、揃った裳《もすそ》が、柳の二《ふた》枝靡《えだなび》くよう……すらすらと段を下りた。

肩を揃えて、雛の絵に見る……袖を左右から重ねた中に、どちらの手だろう、手燭か、台か、裸火《はだかび》の蠟燭を捧げていた。

蠟の火は白く燃えた。

胸のあたりに蒼味が射す。

頰のかかり白々《しろじろ》と、中にも、円髷《まるまげ》に結《ゆ》ったその細面《ほそおもて》の気高《けだか》く品の可《い》い女性《にょしょう》の、縺《もつ》れた鬢《びん》の露ばかり、面窶《おもやつ》れした横顔を、瞬《また》きもしない双《そう》の瞳に宿した途端に、スーと下りて、板の間で、もの優しく肩が動くと、その蠟の火が、件の絵襖の穴を覗《のぞ》く……その火が、洋燈《ランプ》の心《しん》の中へ、燑《ぱっ》と入って、一つになったようだった。

やあ！　開けると思う。

「きゃッ、」

と叫んで、友達が、前《さき》へ、背後《うしろ》の納戸へ刎込《はねこ》んだ。

口も利けず……民也もその身体《からだ》へ重なり合って、父の寝た枕頭《まくらもと》へ突伏《つっぷ》した。

ここの障子は、幼いものの夜更《よふか》しを守って、寒いに一枚開けたまま、霰《あられ》の中にも、父と祖母の情《なさけ》の夢は、紙一重《ひとえ》の遮るさえなく、机のあたりに通《かよ》ったのであった。

父は夢だ、と云って笑った、……祖母もともに起きて出《い》で、火鉢の上には、再び芳《かんば》しい香《かおり》が満つる、餅網がかかったのである。

茶の煮えた時、真夜中にまた霰が来た。

後で、常さんと語合《かたりあ》うと……二人の見たのは、しかもそれが、錦絵を板《はん》に合わせたように同一《おなじ》かったのである。

これが、民也の、ともすれば、フト出逢う、二人の姿の最初《はじめ》であった。

常さんの、三日ばかり学校を休んだのはさる事ながら、民也は、それが夢でなくとも、さまで可恐《おそろし》いとも可怪《あやし》いとも思わぬ。

敢《あえ》て思わぬ、と云うではないが、こうしたあやしみには、その時分馴れていた。

毎夜の如く、内井戸の釣瓶《つるべ》の、人手を借らず鳴ったのも聞く……

轆轤《ろくろ》が軋《きし》んで、ギイと云うと、キリキリと二つばかり井戸縄の擦合《すれあ》う音して、少須《しばらく》して、トンと幽《かす》かに水に響く。

極《きま》ったように、そのあとを、ちょきちょきと細《こま》かに俎《まないた》を刻む音。時雨《しぐれ》の頃から尚《な》お冴えて、ひとり寝の燈火《ともしび》を消した枕に通《かよ》う。

七

続いて、台所を、ことことと云う跫音《あしおと》がして、板の間へ掛《かか》る。——この板の間へ、その時の二人の姿は来たのであるが——また……実際より、寝ていて思う板の間の広い事。

民也は心に、これを板の間ヶ原だ、と称《とな》えた。

伝え言う……孫右衛門《まごえもん》と名づけた気の可《い》い小父さんが、独酌《どくしゃく》の酔醒《よいざめ》に、我がねたを首あげて見る寒さかな、と来山張《らいざんばり》の屏風越しに、魂消《たまげ》た首を出して覗《のぞ》いたと聞く。

台所の豪傑儕《ごうけつばら》、座敷方《ざしきがた》の僭上《せんじょう》、栄耀栄華《えいようえいが》に憤《いきどおり》を発し、しゃ討て、緋縮緬《ひぢりめん》小褄《こづま》の前を奪《ばい》取《と》れとて、竈将軍《かまど》が押取《おっと》った柄杓《ひしゃく》の采配、火吹竹の貝を吹いて、鍋釜の鎧武者が、のんのんのんのんと押出《おしだ》したとある……板の間ヶ原や、古戦場。

襖一重は一騎打《いっきうち》で、座敷方では切所《せっしょ》を防いだ、其処の一段低いのも面白い。トその気で、頬杖をつく民也に取っては、寝床から見るその板の間は、遥々《はるばる》としたものであった。

跫音《あしおと》は其処を通って、一寸《ちょっと》止んで、やがて、トントンと壇を上《あが》る、と高い空で、すらりと響く襖の開く音。

「ああ、二階のお婆さんだ。」

と、熟《じっ》と耳を澄ますと、少時《しばらく》して、

「ええん。」

と云う咳《せきばらい》。

「今度は二階のお爺さん。」

この二人は、母の父母で、同家《ひとついえ》に二階住居《ずまい》で、睦《むつま》じく暮したが、民也のもの心を覚えて後、母に先だって、前後して亡くなられた……

その人たちを、ここにあるもののように、あらぬ跫音を考えて、咳《しわぶき》を聞く耳には、人《ひと》気勢《けはい》のない二階から、手燭して、するすると壇を下りた二人の姿を、さまで可恐《おそろし》いとは思わなかった。

却《かえ》って、日を経《ふ》るに従って、物語を聞きさした如く、床《ゆか》しく、可懐《なつか》しく、身に染みるようになったのである。……

霰《あられ》が降れば思《おもい》が凝《こ》る。……

そうした折よ、もう時雨の頃から、その一二年は約束のように、井戸の響、板の間の跫音、人なき二階の襖の開くのを聞馴《ききな》れたが、婦《おんな》の姿は、当時また多日《しばらく》の間《あいだ》見えなかった。

白菊の咲く頃、大屋根へ出て、棟瓦《むねがわら》をひらりと跨《また》いで、高く、高く、雲の白きが、微《かすか》に動いて、瑠璃色《るりいろ》に澄渡《すみわた》った空を仰ぐ時は、あの、夕立の夜を思出《おもいだ》す……そして、美しく清らかな母の懐にある幼児《おさなご》の身にあこがれた。

この屋根と相向《あいむか》って、真蒼《まつさお》な流《ながれ》を隔てた薄紫の山がある。

医王山《いおうぜん》。

頂《いただき》を虚空に連ねて、雪の白銀《しろがね》の光を放って、遮る樹立《こだち》の影もないのは、名にし負《お》う白山《はくさん》である。

やや低く、山の腰にその流を繞《めぐ》らして、萌黄《もえぎ》まじりの朱の袖を、俤《おもかげ》の如く宿したのは、つい、まのあたり近い峰、向山《むかいやま》と人は呼ぶ。

その裾を長く曳《ひ》いた蔭に、円い姿見の如く、八田潟の波、一所《ひとところ》の水が澄む。島かと思う白帆に離れて、山の端《は》の岬の形、にっと出た端《はし》に、鶴の背に、緑の被衣《かつぎ》させた風情の松がある。

遥かに望んでも、その枝の下は、一筵《ひとむしろ》、掃清《はききよ》めたか、と塵《ちり》も留《と》めぬ。

ああ山の中に葬った、母のおくつきは彼処《かしこ》に近い。

その松の蔭に、その後《のち》、時々二人して佇《たたず》むように、民也は思った、が、母にはそうした女のつれはなかったのである。

月の冴ゆる夜は、峰に向った二階の縁《えん》の四枚《よまい》の障子に、それか、あらぬか、松影射しぬ……戸袋かけて床の間へ。……

また前に言った、もの凄い暗い夜も、年経て、なつかしい人を思えば、降積《ふりつも》る霰《あられ》も、白菊。

(「太陽」大正元年十二月号)

甲《きのえ》乙《きのと》

一

先刻《さっき》は、小さな女中の案内で、雨の晴間を宿の畑へ、家内と葱を抜きに行った。……料理番に頼んで、晩にはこれで味噌汁を拵《こしら》えて貰うつもりである。生玉子を割って、且《か》つは吸ものにし、且つはおじやと言う、上等のライスカレエを手鍋で拵《あつら》える。……腹ぐあいの悪い時だし、秋雨もこう毎日降続《ふりつづ》いて、そぞろ寒い晩にはこれが何より甘味《うま》い。

畑の次手《ついで》に、目の覚めるような真紅《まっか》な蓼《たで》の花と、かやつり草《そう》と、豆粒ほどな青い桔梗《ききょう》とを摘んで帰って、硝子杯《コップ》を借りて卓子台《ちゃぶだい》に活けた。

……いま、また女中が、表二階の演技場で、万歳《まんざい》がはじまるから、と云って誘いに来た。――毎日雨ばかり続くから、宿でも浴客、就中《なかんずく》、逗留客にたいくつさせまい心づかいであろう。

私はちょうど寝ころんで、メリメエの、（チュルジス夫人）を読んでいた処だ。真個《ほんとう》はこの作家のものなどは、机に向って拝見をすべきであろうが、温泉宿の昼間、掻巻《かいまき》を掛けて、じだらくで失礼をしていても、誰《たれ》も叱言《こごと》をいわない処がありがたい。が、この名作家に対しても、田舎まわりの万歳芝居は少々憚《はばか》る。……で、家内だけ、いくらかお義理を持参で。——ただし煙草《たばこ》をのませない都会の劇の義理見《けん》ぶつに切符を押《おし》つけられたような気味の悪いものではない。出来秋《できあき》の村芝居とおなじ野趣に対して、私も少からず興味を感ずる。——家内はいそいそと出て行った。

どれ、寝てばかりもおられまい。もう二十日過《はつかすぎ》だし少し稼ごう。——そのシャルル九世《くせい》年代記を、わが文化の版、三馬《さんば》の浮世風呂にかさねて袋棚にさしおいた。——この度胸でないと仕事は出来ない。——さて新しい知己（その人は昨日この宿を立ったが）秋庭俊之《あきばとしゆき》君の話を記そう。……

中へ出る人物は、芸妓《げいしや》が二人、それと湘南の盛場《さかりば》を片わきへ離れた、蘆《あし》の浦辺《うらべ》の料理茶屋の娘……と云うと、どうも十七八、二十《はたち》ぐらいまでの若々しいのに聞えるので、一寸《ちよつと》工合が悪い。二十四五の中年増《ちゆうどしま》で、内証《ないしよう》は知らず、表立った男がないのである。京阪地《かみがた》には、こんな婦人を呼ぶのに可《い》いのがある。（とうはん）とか言う。……これだと料理屋、待合《まちあい》などの娘で、円髷《まるまげ》に結《ゆ》った三十そこらのでも、差支《さしつか》えぬ。むかしは江戸にも相応《ふさわ》しいのがあった、娘分《むすめぶん》と云うのである。で、また仮に娘分として、名はお由紀《ゆき》と云うのと、秋庭君とである。

それから、――影のような、幻のような、絵にも、彫刻にも似て、神のような、魔のような、幽霊かとも思われる。……歌の、ははき木《ぎ》のような二人《ふたり》の婦《おんな》がある。時は今年の真夏だ。――

これから秋庭君の直話《じきわ》を殆《ほとん》どそのままであると云って可《い》い。

二

「――さあ、あれは明治何年頃でありましょうか。……新橋の芸妓《げいしゃ》で、人気と言えば、いつもおなじ事のようでございますが、絵端書《えはがき》や三面記事で評判でありました。一対の名妓が、罪障消滅《ざいしょうしょうめつ》のためだと言います。芸妓の罪障は、女郎の堅気も、女はおなじものと見えまして、一念発起、で、廻国《かいこく》の巡礼に出る。板橋から中仙道《なかせんどう》、わざと木曾の山路の寂《さび》しい中を辿《たど》って伊勢大和めぐり、四国まで遍路をする。……笈《おい》も笠も、用意をしたと、毎日のように発心《ほっしん》から、支度《したく》、見送人のそれぞれまで、続けて新聞が報道して、えらい騒ぎがありました。笈摺菅笠《おいずるすげがさ》と言えば、極《きま》った巡礼の扮装《いでたち》で、絵本のも、芝居で見るのも、実際と同じ姿でございます。……もしこれが間違って、たとい不図《ふと》した記事、また風説《うわさ》のあまりにもせよ、高尚なり、意気なり、婀娜《あだ》なり、帯、小袖をそのままで、東京をふッと木曾へ行く。……と言う事であったとしますと、私の身体《からだ》はその時、どうなっていたか分りません。

尚《な》おその上、四国遍路に出る、その一人が円髷《まるまげ》で、一人が銀杏返《いちょうがえし》だったのでありますと、私は立処《たちどころ》に杓《しゃく》を振って飛出《とびだ》したかも知れません。ただし途中で、桟道《さんばし》を踏辷《ふみすべ》るやら、御嶽《おんたけ》おろしに吹飛《ふきとば》されるやら、それは分らなかったのです。

御存じとは思いますが、川越喜多院《かわごえきたいん》には、擂粉木《すりこぎ》を立掛《たてか》けて置かないと云う仕来《しきた》りがあります。縦にして置くと変事がある。むかし、あの寺の大僧正が、信州の戸隠《とがくし》まで空中を飛んだ時に、屋の棟を、宙へ離れて行く。その師の坊の姿を見ると、ちょうど台所で味噌を擂《す》っていた小坊主が、擂粉木を縦に持ったまま、破風《はふ》から飛出《とびだ》して雲に続いた。これは行力《ぎょうりき》が足りないで、二荒山《ふたらやま》へ落《おっ》こちたと言うのです。

私にしても、おなじ運命かも知れません。別嬪《べっぴん》が二人、木曾街道を、ふだらくや岸打つ浪と、流れて行く。岨道《そばみち》の森の上から、杓を持った金釦《きんぼたん》が団栗《どんぐり》ころげに落ちてのめったら、余程《よっぽど》……妙なものが出来たろうと思います。

些《ち》と荒唐無稽に過ぎるようですが、真実《まったく》で、母可懐《なつかし》く、妹恋しく、唯心も空《そら》に憧憬《あこが》れて、ゆかりある女と言えば、日とも月とも思う年頃では、全く遣《や》りかねなかったのでございます。——幼いうちから、孤《みなしご》だった私は、その頃は、本郷の叔父のうちに世話になって、

――大学へ通っていました。……文科です。

幸《さいわい》ですか、如何《いかが》だか、単に巡礼とばかりで、その芸妓たちの風俗から、円髷と銀杏返と云う事を見出さなかったばかりに、胸を削るような思《おもい》ばかりで済みました。

もとより、円髷と銀杏返と、一人ずつ、別々に離れた場合は、私に取って何事もないのです。――申すまでもない事で、円髷と銀杏返を見るたびに、杓を持って追掛《おいか》けるのでは、色情狂《いろきちがい》を通り越して、人間離れがします、大道中《だいどうなか》で尻尾を振る犬と隔《へだた》りはありません。

それに、私が言う不思議な婦《おんな》は、いつも、円髷に結った方は、品がよく、高尚で、面長《おもなが》で、そして背がすらりと高い。色は澄んで、滑らかに白いのです。銀杏返の方は、そんなでもなく、少し桃色がさして、顔もふっくりと、中肉……が小肥《こぶと》りして、些《ち》と肩幅もあり、較べて背が低い。この方が、三つ四つ、さよう、……どうかすると五つぐらい年紀下《としした》で。縞《しま》のきものを着ている。円髷のは、小紋か、無地かと思う薄色《うすいろ》の小袖です。

思いもかけない時、――何処と言って、場所、時を定めず、私の身に取って、彗星《ほうきぼし》のように、スッとこの二人の並んだ姿の、顕《あらわ》れるのを見ます時の、その心持と云ってはありません。凄いとも、美しいとも、床《ゆか》しいとも、寂《さみ》しいとも、心細いとも、可恐《おそろし》いとも、また貴いとも、何とも形容が出来ないのです。

唯今も申した通り、一人ずつ別に――二人を離して見れば何でもありません。並んで、すっと来るのを、ふと居る処を、或《あるい》は送るのを見ます時にばかり、その心持がしますのです。」

著者はこれを聞きながら、思わず相対《さしむか》っていて、杯《さかずき》を控えた。

――こう聞くと、唯その二人立並《たちなら》んだ折のみでない。二人を別々に離しても、円髷《まるまげ》の女には円髷の女、銀杏返《いちょうがえし》の女には銀杏返の女が、他《ほか》に一体《ひとつ》ずつ影のように――色あり縞ある――影のように、一人ずつ附いて並んで、……いや、二人、三人、五人、七人、おなじようなのが、ふらふらと並んで見えるように聞き取られて、何となく悚然《ぞっと》した。

三

「はじめて、その二人の婦《おんな》を見ましたのは、私が八つ九つぐらいの時、故郷の生家で。……母親の若くてなくなりました一周忌の頃、山からも、川からも、空からも、町に霙《みぞれ》の降りくれる、暗い、寂《さみ》しい、寒い真夜中、小学校の友だちと二人で見ました。――なまけものの節季《せっき》ばたらきとか言って、試験の支度《したく》に、徹夜で勉強をして、ある地誌略《ちしりやく》を読んでいました。――白山《はくさん》は北陸道第一の高山にして、郡の東南隅《とうなんぐう》に秀《ひい》で、越前《えちぜん》、美濃《みの》、飛騨《ひだ》に跨《またが》る。三峰《さんぼう》あり、南を別山《べつざん》とし、北を大汝嶽《おおなんじだけ》とし、中央を御前峰《ごぜんがみね》とす。……後《うしろ》に剣峰《けんがみね》あり、その状《さま》、五剣《ごけん》を植《う》うるが如し、皆四時《しじ》雪を戴《いただ》く。山中に千仞瀑《せんじんだき》あり。御前峰の絶壁に懸《かか》る。美女坂《びじょざか》より遥《はるか》に看《み》るべし。しかれども唯飛流《ひりゅう》の白雲の中《うち》より落《お》つるを見るのみ、真に奇観なり。この他《た》美登利池《みどりがいけ》、千歳谷《せんざいだに》——と、びしょびしょと冷く読んでいると、しばらく降止《ふりや》んで、ひっそりしていたのが急にぱらぱらと霰《あられ》になった。霰……横の古襖の破目《やぶれめ》で真暗な天井から、ぽっと燈明《あかり》が映ります。寒さにすくんで鼠も鳴かない、人ッ子の居ない二階の、階子段《はしごだん》の上へ、すっとその二人の婦《おんな》が立ちました。縞の銀杏返の方のが硝子台《がらすだい》の煤《すす》けた洋燈《ランプ》を持っています。ここで、聊《いささか》でも作意があれば、青い蠟燭と言いたいのですが、洋燈《ランプ》です。洋燈《ランプ》のその燈《ひ》です、その燈で、円髷の婦《おんな》の薄色の衣紋《えもん》も帯も判然《はっきり》と見えました。あッと思うと、トントン、トントンと静《しずか》な跫音《あしおと》とともに階子段を下りて来る。キャッと云って飛上《とびあが》った友だちと一所《いっしょ》に、すぐ納戸の、父の寝ている所へ二人で転《ころが》り込みました。これが第一時の出現で、小児《こども》で邪気のない時の事ですから、これは時々、人に話した事がありますが。

翌年でしたか、また秋のくれ方に、母のない子は、蛙《かえる》がなくから帰ろ、で、一度別れた友だちを、尚《な》おさみしさに誘いたくって、町を左隣家《ひだりどなり》の格子戸の前まで行くと、このしもた屋は、前町《まえまち》の大商人《おおあきんど》の控屋《ひかえや》で、凡《およ》そ十人ぐらいは一側《ひとかわ》に並んで通ることの出来る、広い土間が、おも屋まで突抜《つきぬ》けていると言うのですが、その土間と、いま申した我家の階子段とは、暗い壁一重《ひとえ》になっていました。

稚《おさな》い時は、だから、よく階子の中段に腰を掛けて、壁越に、その土間を歩行《ある》く跫音や、ものいう人声を聞いて、それをあの何年何月の間《あいだ》か、何処までも何処までもほり抜くと、土一皮下《つちひとかわした》に人声がして、遠くで鶏《にわとり》の鳴くのが聞えたと言う、別の世界の話声が髣髴《ほうふつ》として土間から漏れる。……小児《こども》ごころに、内《うち》の階子段は、お伽話の怪《あやし》い山の、そのまま薄暗い坂でした。――そこが、いまの隣家《となり》の格子戸から、間《ま》を一つ框《かまち》に置いて、大《おお》きな穴のように偶《ふ》と見えました。――その口へ、円髷《まるまげ》の婦《おんな》がふっと立つ。同時に並んでいた銀杏返《いちょうがえし》のが、腰を消して、一寸《ちょっと》足もとの土間へ俯向《うつむ》きました。これは、畳を通るのに、駒下駄《こまげた》を脱いで、手に持つのだ、と見る、と……そのしもた家へ、入るのではなくて、人の居ない間《ま》を通抜《とおりぬ》けに、この格子戸へ出ようとするのだ、何故か、そう思うと、急に可恐《おそろし》くなって、一度、むこうへ駈出《かけだ》して、また夢中で、我家へ遁込《にげこ》んで了《しま》いました。

二年ばかり経ってからです。父のために、頻《しきり》に後妻を勧めるものがあって、城下から六七里離れた、合歓《ねむ》の浜――と言う、……いい名ですが、土地では、眠そうな目をしたり、坐睡《いねむり》をひやかす時に（それ、ねむの浜からお迎《むかえ》が。）と言います。ために夢見る里のような気がします。が、村に桃の林があって、浜の白砂《しらすな》へ影がさす、いつも合歓の花が咲いたようだと言うのだそうです。その浜の、一向寺《いっこうでら》の坊さんの姪が相談の後妻になるので、父に連れられて行きました。生れてから三里以上歩行《ある》いたのは、またその時がはじめてです。母《おっ》さんが出来ると云うので、いくら留《と》められても、大きな草鞋《わらじ》で、松並木を駈けました。庵《いおり》のような小寺で、方丈の濡縁《ぬれえん》の下へ、すぐに静《しずか》な浪が来ました。尤《もっと》もその間《あいだ》に拾うほどの浜はあります。――途中建場茶屋《たてばぢゃや》で夕飯は済みました――寺へ着いたのは、もう夜分、初夏《はつなつ》の宵なのです。行燈《あんどん》を中にして、父と坊さんと何か話している。とんびずわりの足を、チクチク蚊がくいます、行儀よくじっとしてはいられないから、そこは小児《こども》で、はきものとも言わないで縁からすぐに浜へ出ました。……雪国の癖に、もう暑い。まるッ切風《きり》がありません。池か、湖かと思う渚を、小児ばかり歩行いていました。が、月は裏山に照りながら海には一面に茫《ぼう》と靄《もや》が掛《かか》って、粗い貝も見つからないので、所在なくて、背丈に倍ぐらいな磯馴松《そなれまつ》に凭懸《よりかか》って、入海《いりうみ》の空、遠く遥々《はるばる》と果《はて》しも知れない浪を見て、何だか心細さに涙ぐんだ目に、高く浮いて小船が一艘《そう》――渚から、さまで遠くない処に、その靄の中に、影のような婦《おんな》が二人――船はすらすらと寄りました。

舷《ふなべり》に手首を少し片肱《かたひじ》をもたせて、じっと私を視《み》たのが円髷の婦《おんな》です、横に並んで銀杏返のが、手で浪を掻《か》いていました。その時船は銀《ぎん》の色して、浜は颯《さっ》と桃色に見えた。合歓《ねむ》の花の月夜です。――（やあ父《おとっ》さん――彼処《あすこ》に母《おっか》さんと、よその姉さんが。……）――後々《のちのち》私は、何故、あの時、その船へ飛込《とびこ》まなかったろうと思う事が度々《たびたび》あります。世を儚《はかな》む時、病に困《くるし》んだ時、恋に離れた時です。……無論、船に入ろうとすれば、海に溺れたに相違ない。――彼処に母さんと、よその姉さんが、――そう言って濡縁に飛びついたのは、まだ死なない運命だったろう、と思います。

言うまでもありませんが、後妻のことは、其処でやめになりました。可厭《いや》な、邪慳《じやけん》らしい、小母さんが行燈《あんどん》の影に来て坐っていましたもの。……」

俊之君は、話しかけて、少時《しばらく》思《おもい》にふけったようであった。

「……その後、時を定めず、場所を択《えら》ばず、ともするとその二人の姿を見た事があるのです。何となく、これは前世から、私に附纏《つきまと》っている、女体《じょたい》の星のように思われます。――いいえ、それも、世俗になずみ、所帯に煩わしく、家内もあるようになってからは、つい、忘れ勝《がち》……と言うよりも、思出《おもいだ》さない事さえ稀で、偶《たま》に夢に視《み》て、ああ、また（あの夢か。）と、思うようになりました。

――処《ところ》が、この八月の事です――

寺と海とが離れたように、間《ま》を抜いてお話しましょう。が、桃のうつる白妙《しろたえ》の合歓の浜のようでなく、途中は渺茫《びょうぼう》たる沙漠のようで。……」

四

「東京駅で、少し早めに待合《まちあ》わして。……つれはまだかと、待合室からプラットホオムを出口の方へ掛《かか》った処で、私はハッと思いました。……まだ朝のうちだが、実に暑い。息苦しいほどで、この日中が思遣《おもいや》られる。——海岸へ行くにしても、途中がどんなだろう。見合せた方がよかった、と逡巡《しりごみ》をしたくらいですから、頭脳《あたま》がどうかしていはしないかと、危《あやぶ》みました。

あの、いきれを挙げる……むッとした人混雑《ひとごみ》の中へ——円髷《まるまげ》のと、銀杏返《いちょうがえし》のと、二人の婦《おんな》が夢のように、しかも羅《うすもの》で、水際立って、寄って来ました。（あら。）と莞爾《にっこり》して、（お早う。）と若い方が言うと、年上の上品なのは、一寸俯目《ちょっとふしめ》に頷《うなず》くようにして、挨拶しました。」

——先刻《さっき》は、唯、芸妓《げいしゃ》が二人、と著者は記《しる》した。——俊之君は、「年増と若いの。」と云って話したのである。が、ここに記しつつ思うのに、どうも、どっちも——これから後《のち》も——それだと、少なくとも、著者がこの話についてうけた印象に相当しない。更《あらた》めて仮に姉と、妹としようと思う。……

「私は目が覚めたように、いや、龍宮から東京駅へ浮いて出た気がしました。同時に、どやどや往来《ゆきき》する人脚《ひとあし》に乱れて二人は、もう並んではいません。私と軽い巴《ともえ》になって、立停《たちどま》りましたので。……何の秘密も、不思議もない。——これが約束をした当日の同伴《つれ》なので。……実は昨夜、或場所で、余りの暑さだから、何処かいき抜きに、そんなに遠くない処へ一晩どまりで、と姉の方から話が出たので、可《よ》かろう、翌日《あした》にも、と酒の勢《いきおい》で云ったものの、用もたたまっていますし、さあ、どうしようか、と受けた杯を淀《よど》まして、——四五日経ってからの方が都合は可《い》いのだがと、煮切《にえき》らない。……姉さんは温和《おだやか》だから、ええええ御都合のいい時で結構。で、杯洗《はいせん》へ、それなり流れようとした処へ、(何の話?……)と、おくれて来た妹が、いきなり、(明日《あした》が可《い》い、明日になさい、明日になさい、ああこう云ってると、またお流れになる。)そこで約束が極《きま》って、出掛ける事になったのです。——昨夜《ゆうべ》の今朝ですもの、その二人を、不思議に思うのが却《かえ》って不思議なくらいで。いや自然の好《このみ》は妙なものだ、すらりとした姉の方が、細長い信玄袋を提げて、肩幅の広い、背の低い方が、ポコンと四角張って、胴の膨れた鞄を持っている、と、ふとおかしく思うほど、幻は現実に、お伽の坊やは、芸妓づれのいやな小父さんになりましたよ。

乗込《のりこ》んでから、またどうか云う工合で、女たちが二人並ぶか、それを此方《こっち》から見る、と云った風《ふう》になると、髪の形ばかりでも、菩提樹《ぼだいじゅ》か、石榴《ざくろ》の花に、女の顔した鳥が、腰掛けた如くに見えて、再び夢心に引入《ひきい》れられもしたのでありましょうけれど、なかなか、そんな事を云っていられる混雑方《こんざつかた》ではなかったのです。

　折からの日曜で、海岸へ一日がえりが、群《むら》がり掛《かか》る勢《いきおい》だから、汽車の中は、さながら野天《のでん》の蒸風呂へ、衣服《きもの》を着て浸《つか》ったようなありさまで。……それでも、当初《はな》乗った時は、一つ二つ、席の空いたのがありました。クションは、あの二人ずつ腰を掛ける誂《あつらえ》ので、私は肥満《でつぷり》した大柄の、洋服着た紳士の傍《わき》、内側へ、どうやら腰が掛けられました。ちょうど、椅子を開いて向合《むかいあい》に一つ空席《あき》がありましたので、推されながら、この真中ほどへ来た女たちが、

（姉さん。）

（まあ、お前さん。）

　と譲合《ゆずりあ》いながら、その円髷《まるまげ》の方が、とに角《かく》、其処へ掛けようとすると、

（一人居るんです。）と言った、一人居た、茶と鼠の合の子の、麻らしい……詰襟《つめえり》の洋服を着た、痩せたが、骨組のしっかりした、浅黒い男が、席を片腕で叩くのです。叩きながら上着を脱いで、そのあいた処へ刎《は》ねました。——さいわい斜違《はすかい》のクションへ、姉は掛ける事が出来ましたし、それと背中合せに、妹も落着いたんです。御存じの通り、よっかかりが高いのですから、その銀杏返《いちょうがえし》は、髪も低い……一寸《ちょっと》雛箱へ、空色天鵝絨《びろうど》の蓋をした形

に、此方《こっち》から見えなくなる。姉の円髷《まるまげ》ばかり、端正《きちん》として、通《とおり》を隔てて向合《むかいあ》ったので、これは弱った——目顔《めがお》で串戯《じょうだん》も言えない。——たかだか目的地まで三時間に足りないのだけれど、退屈だなと思いましたが、どうして、退屈などと云う贅沢は言っていられない、品川でまた一もみ揉込《もみこ》んだので、苦しいのが先に立ちます。その時も、手で突張《つっぱ》ったり、指で弾いたり、拳で席を払《はた》いたり、（人が居るです、——一人居るですよ。）その、貴下《あなた》……白襯衣《しろしゃつ》君の努力と云ってはなかった。誰にも掛けさせまいとする。……大方その同伴《つれ》は、列車の何処かに知合とでも話しているか、後架《はばかり》にでも行ってるのであろうが、まだ、出て来ません。このこみ合う中で、それとも一人占めにしようとするのか知ら、些《ち》と怪《け》しからんと思ううちに、汽車が大森駅へ入った時です。白襯衣君が、肩を聳《そび》やかして突立《つった》って、窓から半身《はんしん》を乗出《のりだ》したと思うと、真赤な洋傘《こうもり》が一本、矢のように窓からスポリと飛込《とびこ》んだ。白襯衣君がパッとうけて、血の点滴《したた》るばかりに腕へ留《と》めて抱きましたが、色の道には、あの、スパルタの勇士の趣《おもむき》がありましたよ。汽車がまだ留《とま》らない間《うち》の早業《はやわざ》でしてなあ。」

　俊之君は、吻《ほっ》と一息を吐《つ》いて言った。

「敏捷《すばや》い事……忽《たちま》ち雪崩《なだ》れ込む乗客の真前《まんまえ》に大手を振って、ふわふわと入って来たのは、巾着《きんちゃく》ひだの青い帽子を仰向《あおむ》けに被《かぶ》った、膝切《ひざきり》の洋服扮装《いでたち》の女で、肱《ひじ》に南京玉のピカピカしたオペラバックと云う奴を釣って、溢出《はみだ》しそうな乳《ちち》を圧《おさ》えて、その片手を——振るのではない、洋傘《こうもり》を投げたはずみがついて、惰力が留まらなかったものと考えられます。お定《きま》りの、もう何《ど》うにもならないと云った大《おおき》な尻をどしんと置くのだが、扱いつけていると見えて、軽妙に、ポンと、その大《おおき》な浮袋で、クションへ叩きつけると、赤い洋傘《こうもり》が股へ挟まったように捌《さば》ける、そいつを一蹴《ひとけり》けって黄色な靴足袋《くつたび》を膝でよじって両脚を重ねるのをキッカケに、ゴム靴の爪さきと、洋傘《こうもり》の柄をつつく手がトントンと刻んで動く、と一所《いっしょ》に、片肱を白襯衣《しろしゃつ》の肩へ掛けて、円々《まるまる》しい頤《あご》を頬杖で凭《もた》せかけて、何と、危く乳首だけ両方へかくれた、一面に寛《はだ》けた胸をずうずうと揺《ゆす》って、（おお、辛度《しんど》。）と故《わざ》とらしい京弁で甘ったれて、それから饒舌《しゃべ》る。のべつに饒舌る……黄色い歯の上下に動くのと、猪首《いくび》を巾着帽子の縁《ふち》で突《つつ》くのと同時なんです。

二の腕から、頸《えり》は勿論、胸の下までべた塗の白粉《おしろい》で、大切な女の膚《はだえ》を、厚化粧で見せてくれる。……それだけでも感謝しなければなりません。剰《あまつさ》え貴い血まで見せた、その貴下《あなた》、いきれを吹きそうな鳩尾《みずおち》のむき出た処に、ぽちぽちぽちと蚤《のみ》のくった痕がある。

——川崎を越す時分には、だらりと、むく毛の生えた頸《くび》を垂れて、白襯衣君の肩へ眉毛まで押着けて、坐睡《いねむり》をはじめたのですが、俯向けじゃあ寝勝手《ねがって》が悪いと見えて、ぐらぐら首を揺《ゆす》るうちに、男の肩へ、斜《はす》に仰向《あおの》け状《ざま》にぐたりとなった。どうも始末に悪いのは、高く崩れる裾ですが、よくしたもので、現《うつつ》に、その蚤の痕をごしごし引掻《ひっか》く次手《ついで》に、膝を捩《ね》じ合わせては、ポカリと他人《ひと》の目の前へ靴の底を蹴上《けあ》げるのです。

男の方は、その重量《おもみ》で、窓際へ推曲《おしゆが》められて、身体《からだ》を弓形《ゆみなり》に堪《た》えて納まっている。はじめは肩を抱込《だきこ》んで、手を女の背中へまわしていました。……膚《はだ》いきれと、よっかかりの天鵝絨《びろうど》で、長くは暑さに堪《たま》りますまい。やがて、魚を仰向けにしたような、ぶくりとした下腹の上で涼ませながら、汽車の動揺に調子を取って口笛です。

娑婆《しゃば》はこのくらいにして送りたい、羨《うらや》しいの何のと申して。

私は目の遣場《やりば》に困りました。往来《かよい》の通も、ぎっしり詰って、まるで隙間がないのです。現に私の頭の上には、緋手絡《ひてがら》の大円髷《おおまるまげ》が押被《おしかぶ》さって、この奥さんもそろそろ中腰になって、坐睡《いねむり》をはじめたのです。こくりこくりと遣るのに耳へも頬へもばらばらとおくれ毛が掛《かか》って来る。……鬢《びん》のおくれ毛が掛《かか》るのを、とや角《かく》言っては罰の当った話ですが、どうも小唄や小本《こほん》にあるように、これがヒヤリと参りません。べとべとと汗ばんで、一条《ひとすじ》かかると濛《もう》とします。ただし、色白で一寸《ちょっと》、きれいな奥さんでしたが、えらい子持だ。中を隔てられて、むこうに、海軍帽子の小児《こども》を二人抱いて押されている、脊のひょろりとしたのが主人らしい。その旦那の分と、奥さん自身のと、――私は所在なさに、勘定をしましたが、小児《こども》の分を合わせて洋傘《こうもり》九本は……どうです。

さあ、事ここに及んで、――現実の密度が濃くなっては、円髷《まるまげ》と銀杏返《いちょうがえし》の夢の姿などは、余りに影が薄すぎる。……消えて幽霊になって了《しま》ったかも知れません。

（清涼薬《きつけ》……）

と、むこうで、一寸噪《ちよつとはしや》いだ、お転婆《てんば》らしい、その銀杏返の声がすると、ちらりと瞳が動く時、顔が半分無理に覗いて、フフンと口許で笑いながら、こう手が、よっかかりを越して、姉の円髷の横へ伝《つたわ》って、白く下りると、その紙づつみを姉が受けて、子持の奥さんの肩の上から、

（清涼薬《きつけ》ですって。……嘸《さ》ぞお暑い事で。……）

と、腹の上で揺れてる手を流眄《ながしめ》に見て、身を引きました。

私は苦笑をしながら、ついぞ食べつけない、レモン入りの砂糖を舐《な》めました。――如何《いかが》、この動作で、その二人の婦《おんな》がやっと影を顕《あら》わし得た気がなさりはしませんか。

時に、おなじくその赤い蝙蝠《こうもり》――の比翼の形を目と鼻の前《さき》にしながら、私と隣合った年配の紳士は、世に恐らく達人と云って可《い》い、いや、聖人と言いたいほどで。――何故と云うと、この紳士は大森を出てから、つがいの蝙蝠が鎌倉で、赤い翼を伸《の》して下りた時まで、眠り続けて睡《ねむ》っていました。……

真個《ほんとう》に寝ていたのかと思うと、そうでありません。つがいが飛んだのを見ると、明《あきらか》に眼《まなこ》を活かして、棚のパナマ帽を取って、フッと埃を窓の外へ弾《はじ》きながら、

（御窮屈でございましたろう……御迷惑で。）
澄まして挨拶をされて、吃驚《びっくり》して、
（いや。どう仕《つかまつ》りまして。）
と面くらう隙《ひま》に、杖《ステッキ》を脇挟《わきばさ》んで悠然と下車しましたから。」
俊之君は、ここで更に居坐《いずまい》を直して続けた。……

五

「お話のいたしようで、どうお取りになったか知れないのでありますが、私は紳士に敬意を表するとともに、赤い蝙蝠《こうもり》にも、年児《としご》の奥さんにも感謝します。決して敵意は持ちません。そのいずれの感化であったかは自分にも分りません。が、とに角、その晩、二人の婦《おんな》と、一ツ蚊帳に……成《な》りたけ離れて寝ましたから。
——さあ、何時頃だったでしょう——二度めに、ふと寝苦しい暑さから、汗もねばねばとして目の覚めましたのは。——夜中も、その沈み切った底だったと思います。うつうつしながら糠《ぬか》に咽《む》せるように鬱陶《うっとう》しい、羽虫と蚊の声が陰《いん》に籠《こも》って、大蚊帳の上から圧《おし》附《つ》けるようで息苦しい。

蚊帳は広い、大《おお》きいのです。廻縁《まわりえん》の角座敷の十五畳一杯に釣って、四五ヶ所釣《つり》を取ってまだずるり――と中だるみがして、三つ敷いた床《とこ》の上へ蔽《おお》いかかって、縁へ裾が溢《こぼ》れている。私には珍しいほどの殆《ほとん》ど諸侯道具《だいみようどうぐ》で。……余り世間では知りませんが、旅宿《やど》が江戸時代からの旧家だと聞いて来たし、名所だし、料理旅籠《はたご》だししますから、いずれ由緒あるものと思われる、従って古いのです。その上、一面に嬰児《あかご》の掌《て》ほどの穴だらけで、干潟の蟹の巣のように、ただ一側《ひとかわ》だけにも五十破れがあるのです。勿論一々継《ひとつびとつつぎ》を当てた。……古《ふる》麻《あさ》に濃淡が出来て、こう瞬《またたき》をするばかり無数に取巻く。……この大瘂痕《おおあばた》の化《ばけ》ものの顔が一つ天井から抜出《ぬけだ》したとなると、可恐《おそろし》さのために一里《ひとさと》滅びようと言ったありさまなんです。――ここで一寸念《ちよつと》のために申しますが、この旅籠屋も、昨年の震災を免《まぬか》れなかったのに、しかも一棟《ひとむね》焚《や》けて、人死《ひとじに》さえ二三人あったのです――蚊帳は火の粉を被《かぶ》ったか、また、山へ押入って、散々に喰散らしたのかとも思われる。当時、壁も襖も防ぎようのなかった屋《や》のうちを荒して、畑に及ぶと云う野鼠が群り襲い、

　女中が二人で、宵にこの蚊帳を釣った時、

（まあ。）

と浮《うつ》かりしたように姉が云うと、

（お気の毒だわね。）

と思わず妹も。……この両方《ふたかた》だって、おなじく手拭浴衣一枚で、生命を助《たすか》って、この蚊帳を板にした同然な、節穴と隙間だらけのバラックに住んでいるのに、それでさえそう言った。

——実は、海岸も大分片よった処ですから、唯聞いたばかり、絵で見たばかりで様子を知らない。——宿が潰れた上、焚けて人死があった事は、途中自動車の運転手に聞いて、はじめて知ったのです。

(——それは少し心配だな。)

二人の婦《おんな》も、黙って顔を見合せました。

可恐《おそろ》しい崖崩れがそのままになっていて、自動車が大揺れに煽《あお》った処で。……またそれがために様子を聞きたくもなったのでした。

運転手は悍馬《かんば》を乗鎮《のりしず》めるが如くに腰を切って、昂然《こうぜん》として、

(来《きた》る……九月一日、十一時五十八分までは大丈夫請合います。)

と笑って言った。——(八月十日頃の事ですが)——

畜生、巫山戯《ふざけ》ている。私は……一昨々年——家内をなくしたのでございますが、連《つれ》がそれだったらこういう蔑《な》めた口は利きますまい。いや、これに対しても、いまさら他《よそ》の家《うち》

へとも言いたくなし、尤《もっと》も其家《そこ》をよしては、今頃間貸《まがし》をする農家ぐらいなものでしょうから。

（構わない、九月一日まで逗留だ。）

と擬勢《ぎせい》を示した。自動車は次第に動揺が烈しくなって乗込《のりこ》みました。入江に渡した村はずれの土橋などは危なかしいものでした。

場所は逗子から葉山を通って秋谷《あきや》、立石《たていし》へ行く間《あいだ》の浦なんです。が、思ったとは大変な相違で、第一土橋と云う、その土橋の下にまるで水がありません、……約束では、海の波が静《しずか》にこの下を通って、志した水戸屋《みなとや》と云うのの庭へ、大《おお》きな池に流れて、縁前《えんさき》をすぐに漁船が漕ぐ。蘆《あし》が青簾《あおす》の筈なんです。処《ところ》が、孰方《どっち》を向いても一面の泥田、沼ともいわず底が浅い。溝《どぶ》をたたきつけた同然に炎天に湧いたのが汐《しお》で焼けて、がさがさして、焦げています。……あの遠くの雲が海か知らんと思うばかりです。干潟と云うより亡《ほろ》びた沼です。気の利いた蛙なんか疾《と》くに引越して、のたり、のたりと蚯蚓《みみず》が雨乞《あまごい》に出そうな汐筋《しおすじ》の窪地を、列を造って船虫が這《はい》まわる……その上を、羽虫の大群《おおむれ》が、随所に固って濛々《もうもう》と、舞っているのが炎天に火薬の煙のように見えました。

半ばひしゃげたままの藤棚の方から、すくすくとこの屋台を起《おこ》して支えた、突支棒《つっかいぼう》の丸太越《たごし》に、三人広縁に立って三方に、この干からびた大沼を見た時は、何だか焼原《やけはら》の東京が恋しくなった。

贅沢だとお叱んなさい。私たちは海へ涼みに出掛けたのです。

(海には汐の満干《まんかん》があるよ、いまに汐がさすと一面の水になる。)

折角《せっかく》、楽《たのし》みにして、嬉しがって来た女連《おんなれん》に、気の毒らしくって、私が言訳《いいわけ》らしくそう言いますと、

(嘸《さ》ぞようござんしょうねお月夜だったら。)

姉の言った事は穏《おだやか》です。

些《ち》と跳《は》ねものの妹のをお聞きなさい。

(雪が降るといい景色だわね。)

真実《ほんとう》の事で。……これは決して皮肉でも何でもありません。成程ここへ雪が降れば、雪《せっ》舟《しゅう》が炭団《たどん》を描いたようになりましょう。

それも、まだ座敷が極《きま》ったと言うのではなかったので。……ここの座敷には、蜜柑《みかん》の皮だの、キャラメルの箱だのが散ばって、小児《こども》づれの客が、三崎へ行く途中、昼食《ちゅうじき》でもして行った跡《あと》をそのままらしい。障子はもとより開放《あけはな》してありました。古襖がたてつけの悪いままで、その絵の寒山拾得《かんざんじっとく》が、私たちを指《ゆびさ》して囁き合っている体《てい》で、おまけに、手から抜《ぬけ》出《だ》した同然に箒が一本立掛《たてか》けてあります。

串戯《じょうだん》にも、これじゃ居たたまらないわけなんですが、些《ちっ》とも気にならなかったのは、――先刻《さっき》広い、冠木門《かぶきもん》を入った時――前庭を見越したむこうの縁で、手をついた優しい婦《おんな》を見たためです。……すぐその縁には、山林局の見廻りでもあろうかと思う官吏風の洋装したのが、高い沓脱石《くつぬぎいし》を踏んで腰を掛けて、盆にビイル罎《びん》を乗せていました。またこの形は、水戸屋がむかしの茶屋旅籠のままらしくて面白し……で、玄関とも言わず、迎えられたまま、その傍《わき》から、すぐ縁側へ通ったのですが、優しい婦《ひと》が、客を嬉しそうに見て、(お暑うございましたでしょう、まあ、ようこそ、――一寸《ちょっと》お休み遊ばして。)と、すぐその障子の影へ入れる、とすぐ靴の紐を縷《かが》っていた洋装のが、ガチリと釣銭を衣兜《かくし》へ摑込《つかみこ》んで、がっしりした洋傘《こうもり》を支《つ》いて出て行く。……いまの婦《おんな》は門外《もんそと》まで、それを送ると、入違いに女中が、端近《はしぢか》へ茶盆を持って出て、座蒲団をと云った工合で?……うしろに古物《こぶつ》の衝立《ついたて》が立って、山鳥《やまどり》の剝製が覗いている。――処へ、三人茶盆を中にして坐った様子は、いまに本堂で、志す精霊《しょうりょう》の読経が始りそうで何とも以《もっ》て陰気な処へ、じとじと汗になるから堪《たま》りません……そこで、掃除の済まない座敷を、のそのそして、――右の廻縁へ立った始末で。……こう塩辛い、大沼を視《なが》めるうちに、山下の向う岸に、泥を食って沈んだ小船の、舷《ふなばた》がささらになって、鯉ならまだしも、朝日奈《あさひな》が取組《とっくみ》あった鰐《わに》の頤《あご》かと思うのを見つけたのも悲惨です。

山出しの女中が来て、どうぞお二階へ、――助かった、ここで翌朝《あす》まで辛抱するのかと断念《あきら》めていたのに。――いや、階子段《はしごだん》は、いま来た三崎街道よりずッと広い、見事なものです。三人撒いたように、ふらふらと上ると、上り口のまた広々とした板敷を、縁側へ廻る処で、白地の手拭の姉さんかぶりで、高箒《たかぼうき》を片手に襷《たすき》がけで、刻足《きざみあし》に出て行逢《ゆきあ》ったのがその優しい婦《おんな》で、一寸《ちょっと》手拭を取って会釈しながら、軽くすり抜けてトントンと、堅い段を下りて行くのが、あわただしい中にも、如何《いか》にも淑《しと》やかで跫音《あしおと》が柔《やわらこ》うございました。

何とも容子《ようす》のいい、何処かさみしいが、目鼻立《だち》のきりりとした、帯腰《おびごし》がしまっていて、そして媚《なまめ》かしい、なり恰好は女中らしいが、すてきな年増だ。二十六七か、と思ったのが――この水戸屋の娘分――お由紀さんと言うのだとあとで分りました。

――また、奇異《みょう》なものを見ました――

貴下《あなた》には、矢張《やっぱ》り唐突《だしぬけ》に聞えましょうが、私には度々の事で。……何かと申すと――例の怪しい二人の婦《おんな》の姿です。――私が湯から上りますと、二人はもう持参の浴衣に着換《きか》えていて、お定《きま》りの伊達巻《だてまき》で、湯殿へ下《お》ります、一人が市松で一人が独鈷《とっこ》……それも可《い》い、……姉の方の脱いだ明石《あかし》が、沖合の白波に向いた欄干《てすり》に、梁《はり》から衣紋竹《えもんだけ》で釣って掛けてさぼしてある。裾《すそ》にかくして、薄い紫のぼかしになった蹴出《けだ》しのあるのが、すらすら捌《さば》くように、海から吹く風にそよいでいました。——午後二時さがりだったと思います。真日中《まひなか》で、土橋にも浜道にも、人一人通りません。が、さすがに少し風が出ました。汗が引いてスッと涼しい。——とその蹴出しの下に脱いで揃えた白足袋が、蓮……蓮には済まないが、思うまま言わして下さい。……白蓮華《びやくれんげ》の蕾《つぼみ》のように見えました。同時に、横の襖に、それは欄間《らんま》に釣って掛けた、妹の方の明石《あかし》の下に、また一絞《ひとしぼ》りにして朱鷺色《ときいろ》の錦紗《きんしや》のあるのが一輪の薄紅い蓮華に見えます。——東京駅を出て、汽車で赤蝙蝠《あかこうもり》に襲われた、のちこの時まで、(ああ、涼しい。)と思えたのは、自動車で来る途中、山谷戸《やまやと》の、路傍に蓮田《はすた》があって、白いのが二三輪、旱《ひでり》にも露を含んで、紅蓮《こうれん》が一輪、むこうに交って咲いたのを見た時ばかりであったからです。

また涼しい風が颯《さつ》と来ました。羅《うすもの》は風よりも軽い……姉の明石が、竹を辷《すべ》ると、さらりと落ちたが、畳まれもしないで、煽《あお》った襟をしめ加減に、細《ほつそ》りとなって、脇あけも採《と》れながら、フッと宙を浮いて行く。……あ、あ、と思ううちに、妹のが誘われて、こう並んでひらひらと行く。後のの裾《すそ》が翻《かえ》ったと見る時、ガタリと云って羅の抜けたあとへ衣紋竹が落ちました。一つは擽《くすぐ》られるように、一つは抱くようにと、見るうちに、床《とこ》わきへ横に靡いて両方裾《すそ》を流したのです。

私は悚然《ぞつ》とした。

ばかりではありません。ここで覚めるのかと思う夢でない所を見ると、これが空蟬《うつせみ》になって、二人は、裏の松山へ、湯どのから消失《きえう》せたのではなかろうか——些《ち》と仰山《ぎようさん》なようであるが真個《まつたく》……勝手を知った湯殿の外まで密《そつ》と様子を見に行ったくらいです。婦《おんな》の事で、勿論戸は閉めてある。妹の方の笑声が湯気に籠《こも》って、姉が静《しずか》に小桶を使う。その白い、かがめた背筋と、桃色になった湯の中の乳《ち》のあたりが、卑《さもし》い事だが、想像されて。……ただし、紅白の蓮華が浴する、と自讃して後架《こうか》の前から急に跫音《あしおと》を立てて、二階の見霽《みはらし》へ帰りました。

や、二人の羅が、もとの通り、もとの処に掛《かか》っている、尤《もつと》も女中が来て、掛け直したと思えば、それまでなんですが、まだ希有《けう》な気がしたのです。

けれども、午飯《ひる》のお誂《あつらえ》が持出されて、湯上りの二人と向合う、鯒《こち》のあらいが氷に乗って、小蝦《こえび》と胡瓜が揉《もみあ》合った処を見れば無事なものです。しかも女連《おんなれん》はビイルを飲む。ビイルを飲む仏もなし、鬼もない。おまけに、(冷蔵庫じゃないわね。)そ、そんな幽霊があるもんじゃありません。

況《いわん》や、三人、そこへ、ころころと昼寝なんぞは、その上、客も、芸妓もない、姉も妹も、叔母さんも、更に人間も、何にもない。

暮方《くれがた》、またひったりと蒸伏《むしふ》せる夕凪《ゆうなぎ》になりました。が、折から淡《うつす》りと、入江の出岬《でさき》から覗いて来る上汐《あげしお》に勇気づいて、土地で一番景色のいい、名所の丘だと云うのを、女中に教わって、三人で出掛けました。もう土橋の下まで汐が来ました。路々《みちみち》、唐黍《とうきび》畑も、おいらん草《そう》も、そよりともしないで、ただねばりつくほどの暑さではありましたが、煙草《たばこ》を買えば（私が。）（あれさ、細《こま》いのが私の方に。）と女同士……東京子《とうきょうっこ》は小遣を使います。野掛け気分で、ぶらぶら七八町出掛けまして、地震で崩れたままの危《あぶな》かしい石段を、薮だの墓だのの間を抜けて、幾畝《いくうね》りかして、頂上へ——誰も居ません。葭簀張《よしずばり》の茶店が一軒、色の黒い皺《しな》びた婆さんが一人、真黒な犬を一匹、膝に引《ひき》つけていて、じろりと、犬と一所《いっしょ》に私たちを視《なが》めましたっけ。……

この婆さんに、可厭《いや》な事を聞きました。——

……此処で、姉の方が、隻手《かたて》を床几《しょうぎ》について、少し反身《そりみ》に、浴衣腰を長くのんびりと掛けて、ほんのり夕靄《ゆうもや》を視めている。崖縁《がけぶち》の台つきの遠目金《とおめがね》の六尺ばかりなのに妹が立掛《たちかか》った処は、誰も言うた事ですが、広重《ひろしげ》の絵をそのままの風情でしたが——婆の言う事で、変な気になりました。

目の下の水田《みずた》へは雁《かり》が降りるのだそうです。向うの森の山寺には、暮六《くれむ》つの鐘が鳴ると言う。その釣鐘堂も崩れました。右の空には富士が見える。それは唯深い息づきもしない靄です。沖も赤く焼けていて、白帆の影もなし、折から星一つ見えません。

(御覧じゃい、あないにの、どす黒くへりを取った水際から、三反《たん》も五反《たん》と、沖の方へさ汐の干《ひ》た処《とこ》へ、貝、蟹の穴からや、にょきにょきと蘆《あし》が生えましたぞい。あの……蘆がつくようでは、この浦は、はや近うちに、干上って陸《おか》になるぞいの。そうもござりましょ。

……去年の大地震で、海の底が一体《いったい》に三尺がとこ上りましての、家々の土地面《つちじめん》が三尺たたら踏んで落込《おちこ》みましたもの、の。いま、さいて来た汐も、あれ、御覧じゃい。……海鼠《なまこ》が這うようにちょろちょろと、蘆間《あしま》をあとへ引きますぞいの。村中が心を合せて、泥浚《どろさらい》をせぬ事には、ここの浦は、いまの間《ま》に干潟になって、やがて、ただ茫々《ぼうぼう》と蘆ばかりになるぞいの。……)

何だか独言《ひとりごと》のように言って聞かせて、錆茶釜《さびちゃがま》に踞《しゃが》んで、ぶつぶつ遣《や》るたびに、黒犬の背中を擦《さす》ると、犬が、ううう、ぐうぐうと遣る。変に、犬の腹から声を揉出《もみだ》すようで、あ、あの婆さんの、時々ニヤリとする歯が犬に似ている。薄暮合《うすくれあい》に、熟《じっ》としている犬の不気味さを、私は始めて知りました。……

(――旦那様方が泊らっしゃった、水戸屋がの、一番に海へ沈んだぞいの。)

靄《もや》の下に、また電燈の光を漏らさない、料理旅籠《はたご》は、古家《ふるいえ》の甍《いらか》を黒く、亜鉛《トタン》屋根が三面に薄《うっす》りと光って、あらぬ月の影を宿したように見えながら、縁《えん》も庇《ひさし》も、すぐあの蛇のような土橋に、庭に吸われて、小さな藤棚の遁《に》げようとする方へ、大《おお》きく傾いているのでした。

（……その時は、この山の下からの、土橋の、あの入江がや、もし……一面の海でござったがの、轟《ごう》と沖も空も鳴って来ると、大地も波も、一斉《いちどき》に箕《み》で煽《あお》るように揺れたと思わっしゃりまし。……あの水戸屋の屋根がの、ぐしゃぐしゃと、骨離れの、柱離れで挫《ひしゃ》げての――私らは、この時雨《しぐれ》の松の……）

と言いました。字の傘のように高く立って、枝が一本折れて、崖へ傾いているを指《ゆびさ》して、

（松の根に這い縋《すが》って見ましたがの、潰れた屋の棟《むね》の瓦の上へ、一《いっ》ちさきに、何処の犬やら、白い犬が乗りましたぞい。乾してあった浴衣が、人間のように、ぱッぱッと欄干《てすり》から飛出《とびだ》して、潟の中へへばりつく。もうその時は、沖まで汐が干《ひ》たぞいの。ありゃ海が倒《さかさま》になって裏返ったと思いましたよ。その白犬がの、狂気《きちがい》になったかの、沖の方へ、世界の涯《はて》までと駈出《かけだ》すと思う時、水戸屋の乾《いぬい》の隅へ、屋根へ抜けて黄色な雲が立ちますとの、赤旗がめらめらと搦《から》んで、真黒な煙がもんもんと天井まで上りました。男衆も女衆も、その火を消す間《ま》に、帳場から、何から、家中切《うちじゅうきり》もりをしてござった彼家《あのいえ》のお祖母様《ばばさま》が死なしやった。人の生命《いのち》を、火よりさきへ助ければ可《よ》いものと、村方《むらかた》では言うぞいの。お祖母様が雛児《ひよこ》のように抱いてござった小児《こども》衆も二人、一所《いっしょ》に死んだぞの。孀《やもめ》つづきの家で、後家《ごけ》御《ご》は一昨年《おととし》なくならした……娘さんが一人で、や、一気に家を装立《もりた》てていさっしゃりますよ。姉さんじゃ。弟どのは、東京の学校さ入っていさっしゃるで。……地震の時は留守じ

ゃったで、評判のようないは姉娘でござりますよ。——家《うち》とおのれは助かっても、老人《としより》小児を殺《ころ》いてはのうのう黒犬を、のう、黒犬や——）……

勝手にしろ。殺したのではない、死んだのである。その場合に、圧《おし》に打たれ、火に包まれたものと進退をともにするのは、助けるのではない、自殺をするのだ、と思いました。……私は可厭《いや》な事を聞いた、しかし、祖母と小さい弟妹を死なせて水戸屋を背負って生残《いきのこ》ったと言う娘分、——あの優しい婦《おんな》が確《たしか》にと、この時直覚的に知りましたが——どんなに心苦しいか……この狭い土地で、嘸《さ》ぞ肩身が狭かろう。——胸のせまるまで、いとしく、可憐《あわれ》になったのです。

（可厭な婆さん……）

（黒犬が憑いてるようね。犬も婆《ばばあ》のようだったよ。）

石段を下りかかって、二人がそう云った時、ふと見返ると、坂の下口《したぐち》に伸掛《のしかか》って覗いていました。こんな時は、——鹿は贅沢だ。寧《むし》ろ虎の方が可《い》い。礫《つぶて》を取って投げようとするのを二人に留《と》められて……幾つも新しい墓がある——墓を見ながら下りたんです。

時に——（見たいわね。）妹なぞもそう言ったのですが、お由紀さんは、それ切《きり》姿を見せなかったのです。

大分話が前後《あとさき》になりました。

処《ところ》で、真夜中に寝苦しい目の覚めた時です。が、娘分に対しても決して不足を言うんじゃあない。……蚊帳のこの古いのも、穴だらけなのも、一層《いっそう》お由紀さんの万事最惜《いとし》さを思わせるのですけれども、それにしても凄まじい、——先刻《さっき》も申した酷《ひど》い継《つぎ》です。隣室《となり》には八畳間が二つ並んで、上下だだ広《びろ》い家《うち》に、その晩はまた一組も客がないのです。この辺に限らず、何処でも地方は電燈が暗うございますから、顔の前に点いていても、畳の目がやっと見える、それも蚊帳の天井に光っておればまだしも、この燈《ひ》に羽虫の集る事夥多《おびただ》しい。何しろ、三方取巻いた泥沼に群れたのが蒸込《むしこ》むのだから堪《たま》りません。微細《こまか》い奴は蚊帳の目をこぼれて、むらむら降懸《ふりかか》るものですから、当初《はな》一旦寝たのが、起上《おきあが》って、妹が働いて、線を手繰《たぐ》って、次の室《ま》へ電燈を持って行ったので、それなり一枚開《あ》けてあります。その襖越しにぼんやりと明《あかり》が届く、蚊帳の裡《なか》の薄暗さをお察し下さい。——鹿を連れた仙人の襖の南画も、婆と黒犬の形に見える。……ああ、この家《うち》がぐわしゃぐわしゃと潰れて乾《いぬい》の隅から火が出た、三人の生命《いのち》が梁《はり》の下で焼けたのだと思うと、色合と言い、皺《しわ》といい、一面の穴と言い、何だか、ドス黒い沼の底に、私たち倒れているような気がしてなりません。

(ああ、これは尋常事《ただごと》でない。)

一体小児《いったいこども》の時から、三十年近くの間《あいだ》——ふと思い寄らず、二人の婦《おんな》の姿が、私の身の周囲へ顕《あら》われて、目に遮る時と云うと、善《いい》にしろ、悪いにしろ、それが境遇なり、生活なりの一転機となるのが、これまでに例を違《たが》えず、約束なのです。とに角、私の小さい身体《からだ》一つに取って、一時期を劃《かく》する、大切な場合なのです。

（これは、尋常事でない。……）

私は形に出る……この運命の映絵《うつしえ》に誘われていま不思議な処へ来た――ここで一生を終るのではないか、死ぬのかも知れない。

枕も髪も影になって、蒸暑さに沓《くつ》脱ぎながら、行儀よく組違《くみちが》えた、すんなりと伸びた浴衣の裾を洩《も》れて、しっとりと置いた姉の白々とした足ばかりが燈《ひ》の加減に浮いて見える。白い指をすッと刻んで、瞳をふうわりと浮いて軽い。あの白蓮華をまた思いました。取組《とりすが》って未来を尋ねようか、前世の事を聞こうか。――

と、この方《ほう》は、私の隣に寝ている。むこうへ、一嵩一寸《ひとかさちょっと》低く妹が寝ていました。

……三分……五分……

紅い蓮華がちらちらと咲いた。幽《かすか》に見えて、手首ばかり、夢で蝶を追うようなのが、どうやら此方《こっち》を招くらしい。……

――抱きしめて、未来を尋ねようか。前世の事を聞こうか。――

招く方へは寄易《よりやす》い。

私は、貴方、巻莨《まきたばこ》の火を消しました。

その時です。ぱちぱちと音のするばかり、大蚊帳の継穴《つぎあな》が、何百か、ありッたけの目になりました。――蚊帳の目が目になった、――否《いえ》、それが一つ一つ人《びと》間の目なんです。――お分りになり憎《にく》うございましょうか知ら。……一斉《いちどき》に、その何十人かの目が目ばかり出して熟《じつ》と覗いたのです。睜《みは》る、瞬《また》く、瞳《ひとみ》が動く。……馬鹿馬鹿しいが真個《まったく》です。睜る、瞬く、瞳が動く。……生々《なまなま》として覗いています。暗い、低い、大天井ばかりを余して、蚊帳の四方は残らず目です。

私はすくんで了《しま》いました。

いや、すくんでばかりはおられません。仰向けに胸へ緊乎《しっか》と手を組んで、両眼《りょうがん》を押睡《おしつむ》って、気を鎮めようとしたのです。

三分……五分――十分――

魔は通って過ぎたろうと、堅く目を開きますと、――鹿と仙人が、婆《ばば》と黒犬に見える、――その隣室《となり》の襖際と寝床の裾――皆が沖の方を枕にしました――裾の、袋戸棚との間が、もう一ヶ所通《かよい》で、裏階子《うらばしご》へ出る、一人立《ひとりだち》の口で。表二階の縁と、広く続いて、両方に通口《かよいぐち》のあるのが、何だか宵から、暗くて寂《さび》しゅうございました。――いま、その裏階子の口の狭い処にぼッと人影が映《さ》して色の白い婦《おんな》が立ちました。私は驚きません。それは円髷《まるまげ》の方で……すぐ銀杏返《いちょうがえし》のが出る、出て二人並ぶと同時に膝をついて、駒下駄を持つだろう。小児《こども》の時見たのと同じようだ。で、蚊帳から雨戸を宙に抜けて、海の空へ通るのだろうと思いました。私の身に、二人の婦《おんな》の必要な時は、床柱《とこばしら》の中から洋燈《ランプ》を持って出て来た事さえありますから。」……

「ははあ。」

著者は思わず肱《ひじ》を堅くして聞いたのであった。

六

「――処《ところ》がその婦《おんな》は一人きりで、薄いお納戸色の帯に、幽《かすか》な裾模様が、すッと蘆《あし》の葉のように映りました。すぐ背を伸ばせば届きます。立って、ふわふわと、凭《よ》りかかるようにして、ひったりと蚊帳に顔をつけた。ああ、覗く。……ありたけの目が、その一ところへ寄って、爛々《らんらん》として燃えて大蛇《おろち》の如し……とハッとするまに、目がない、鼻もない、何にもない、艶々《つやつや》として乱れたままの黒髪の黒い中に、ぺろりと白いのっぺらぼう。――」

「………………」

著者は黙って息を呑んで聞いた。

「うう、と殺されそうな声を吞むと、私は、この場合、婦《おんな》二人、生命《いのち》を預る……私は、むくと起きて、しにみに覚悟して、蚊帳を刎《は》ねた、その時、横ゆれに靡《なび》いて、あとへ下《さが》ったその婦《おんな》が、気に圧《お》されて遁《に》げ状《ざま》に板敷を、ふらふらとあと退《ずさ》りに退《すさ》るのを夢中で引捉《ひっとら》えようとしました。胸へ届きそうな私の手が、辷《すべ》るが早いか、何とも申しようのない事は、その婦《おんな》は三四尺ひらりと空《くう》へ飛んで、宙へ上《あが》った。白百合が裂けたように釣られた両足の指が反《そ》って震えて、素足です。藍、浅葱《あさぎ》、朱鷺色《ときいろ》と、鹿子《かのこ》と、絞《しぼり》と、紫の匹田《ひった》と、ありたけの扱帯《しごき》、腰紐を一つなぎに、夜の虹が化けたように、婦《おんな》の乳《ち》の下から腰に絡《まつ》わり、裾に搦《から》んで。……下に膝をついた私の肩に流れました。雪なす両の腕《かいな》は、よれて一条《ひとすじ》になって、裏欄間《うららんま》の梁に釣《つる》した扱帯の結目《むすびめ》、ちょうど緋鹿子の端を血に巻いて縋《すが》っている。顔を背けよう背けようと横仰向けに振って、よじって伸ばす白い咽喉《のど》が、傷々《いたいた》しく伸びて、蒼褪《あおざ》める頰の色が見る見るうちに、その咽喉へ隈《くま》を薄く浸《にじ》ませて、身悶《みもだえ》をするたびに、踏処《ふみどころ》のない、つぼまった蹴出《けだし》が乱れました。凄いとも、美しいとも、あわれとも、……踏台が置いてある。目鼻のない、のっぺらぼうと見えたのは、白地の手拭《てぬぐい》で、顔の半ば目かくしをしていたのです。」

俊之君は、やや、声忙《せわ》しく語った。此処で吻《ほっ》と一息した。

「いま、これを処置するのに、人の妻であろうと、妾であろうと、娘であろうと、私は抱《だき》取《と》らなければなりません。

私は綺麗なばけものを、横抱きに膝に抱いて助けました。声を殺して、

（何をなさる。）

扱帯《しごき》で両膝は結《ゆわ》えていました。けれども、首をくるのに、目隠をするのは可訝《おか》しい。気だけも顔を隠そうとしたのかと思う。いや、そうでないのです。それに、実は死のうとしたのではない。私から遁《に》げようとしたので、目を隠したのは、見まい見せまいじゃあない。蚊帳を覗くためだったのだから余程《よっぽど》変です。」

七

「前後のいきさつで、大抵お察しでありましょう。それはお由紀さんでございました。申憎《もうしにく》うございますけれども、――今しがた、貴方の御令閨《ごれいけい》のお介添《かいぞえ》で――湯殿へ参っております、あの女なのです。

これでは……その時の私と、由紀とのうけこたえに、女のものいいが交りましては、尚《な》

お申憎うございますから、わけだけを、手取早《てっとりばや》く。……

由紀は、人の身の血も汐も引くかと思う、干潟に崩家《くずれや》を守りつつ、日も月も暗くなりました。……村の口の端《は》、里の蔭言《かげごと》、目も心も真暗になりますと、先達《せんだつ》て頃から、神棚、仏壇の前に坐って、目を閉じて拝む時、そのたびに、こう俯向《うつむ》く……と、衣《き》ものの縞《しま》が、我が膝が、影のように薄《うつす》りと浮いて見えます。それが毎日のように度重《たびかさな》ると段々《だんだん》に判然《はっきり》見える。姿見のない処に、自分の顔が映るようで、向うが影か、自分が影か、何とも言えない心細い、寂《さび》しい気がしたのだそうです。絣《かすり》は那様《そんな》でない、縞《しま》の方が、余計にきっぱりとしたのが、次第に、おなじまで、映る事になったと言います。ただ、神仏の前にぬかずく時、——ほかには何の仔細もなかった。

処《ところ》が当日、私たちの着きますのが、もう土橋のさきから分ったと言うのです。それは別に気にも留《と》めなかった。黄昏《たそがれ》に三人で、時雨《しぐれ》の松の見霽《みはらし》へ出掛けるのを、縁の柱で、悄乎《しょんぼり》と、藤棚越に伸上《のびあが》って見ていると、二人に連れられて、私の行くのが、山ではなしに、干潟を沖へ出て、それ切《きり》帰らない心持がしてならなかった。無事に山へ行きました。——が、遠目金《とおめがね》を覗くのも、一人が腰を掛けたのも、——台所へ引込《ひっこ》んでまでもよく分る。それとともに、犬婆さんが、由紀の身について饒舌《しゃべ》るのさえ聞えるようで。……それがために身を恥じて、皆の床の世話もしなかった。極《きま》りの悪い、蚊帳の所為《せい》ばかりではないと言います。夜の進むに従って、私たちの一挙一動がよく知れた。……

三人が一寝入《ひとねいり》したでしょう、うとうととして一度目を覚ます、その時でした。妹の方が、電燈を手繰《たぐ》って隣の室へ運んでいたのは。――（大変な虫ですよ）と姉は寝ながら懶《ものう》そうに団扇《うちわ》を動かす。蚤《のみ》と蚊で……私も痒《かゆ》い。身体中《からだじゅう》、くわッといきって、堪《たま》らない、と蚊帳を飛出《とびだ》して、電燈の行ったお隣へ両腕を捲《まく》って、むずむず掻きながら、うっかり入ると、したたかなものを見ました。頭から足のさきまで、とろりと白い膏《あぶら》のかかったはり切れそうな膚《はだ》なんです。蚤を振《ふる》って脱いでいたので。……電燈の下へ立派に立って、アハハと笑いました。（抱くと怪我をしてよ。……夏虫さん――）（いや、どうも、弱った。）と襖の陰へ、晩に押して置いた卓子台《ちゃぶだい》の前へ、くったりと小さくなる。（生憎《あいにく》、薬が。）と姉が言うと（香水をつけて上げましょう、かゆいのが直るわよ。……）と一気にその膚で押して出て、（どうせお目に掛けたんだ、暑さ凌《しの》ぎ。ほほほほ。）袋戸棚から探って取った小罎を持って、胸の乳《ち》、薫《かお》ってひったりと、（これ、ここも、ここも、ここも。）虫のあとへ、ひやひやと罎の口で接吻《キッス》をさせた。

ああ、この時は弱ったそうです。……由紀は仏間に一人、蚊帳に起きて端正《きちん》と坐って、そして目をつぶって、さきから俯向いて一人居たのだそうですが、二階の暗がりに、その有様が、下の奥から、歴々《ありあり》と透いて見えたのですから。——年は長《た》けても処女なんです。どうしていいか分らない。あっちへ遁《に》げ、此方《こっち》へ避《よ》け、ただ人の居ない処を、壁に、柱に、袖をふせて、顔をかくしたと言うじゃありませんか。

私は冷い汗を流した、汗と一所《いっしょ》に掌《てのひら》に血が滲《にじ》んだ。——帯も髪も乱れながら、両膝を緊乎《しっかり》結《ゆわ》えている由紀を、板の間に抱いたまま、手を離そうにも、頭《かぶり》をふり、頭を掉《ふ》って、目を結えたのをはずしませんから、見くびって、したたかくい込んでいた蚊の奴が、血をふいてぽとりと落ちたのです。

私は冷くなって恥じました。けれども、その妹も、並んだ姉も、ただの女、ただの芸妓に、私が扱い得なかったことは、お察し下さるだろうと存じます。

——痒《かゆ》さは、香水で立処《たちどころ》に去りましたが、息が詰《つま》る、余り暑いから、立って雨戸を一枚繰《く》りました。（おお涼しい。）勢《いきおい》に乗じて、妹は縁の真正面へ、蚊帳の黒雲を分けたように、乳を白く立ったのですが、ごろごろごろ、がたん。間遠《まどお》に荷車の音が、深夜の寂寞《せきばく》を破ったので、ハッとかくれて、籐椅子《とういす》に涼んだ私の蔭に立ちました。この音は妙に凄うございました。片輪車《かたわぐるま》の変化《へんげ》が通るようで、そのがたんと門にすれた時は、鬼が乗込《のりこ》む気勢《けはい》がしました。

姉がうっとりした声で、（ああ、私は睡《ねむ》い。……お寝よ、いいからさ。）（沢山《たんと》おっしゃいよ。）余り夜が深い。何だか、美しい化鳥《けちょう》と化鳥が囁いているように聞えた。（あ、梟《ふくろう》が鳴いている。）唯一つ、遥《はるか》に、先刻《さっき》の山の、時雨《しぐれ》の松のあたりで聞えました。

この、梟が鳴き、荷車の消えて行く音を聞いた時、由紀は、その車について、戸外《おもて》へ出丁《でっちま》おうと思ったと言います。しかし気がついた。いま外へ出れば、枝を探り、水を慕って、屹《きっ》と自殺をするに違いない。……それが可恐《おそろ》しい。由紀はまだ死にたくない未練があると思ったそうです。――真個《まったく》です、その時戸を出たらば魔に奪《と》られたに相違ありません。

私たちも凄かった。――岬も、洲《す》も、潟も、山も、峰の松も、名所一つずつ一ヶ所一体の魔が領《りょう》しているように見えたのですから。（天狗様でしょうか、鬼でしょうか、私《わたい》たちとはお宗旨違いだわね。引込《ひっこ》みましょう可恐《こわ》いから。）居かわって私の膝にうしろ向きにかけていた銀杏返《いちょうがえし》が言ったのです。

由紀は残らず知っていました。

それからは、私も余程《よつぽど》寝苦しかったと見えます——先にお話しした二度めに目を覚ましますまで、ものの一時間とはなかったそうで——由紀の下階《した》から透《とお》して見たのではないか——余り判明《はつきり》見えるので、由紀は自分で恐ろしくなって、これは発狂するのではないかと思った。それとも、唯、心で見る迷いで、大蚊帳の裡《なか》の模様は実際とまるで違っているかも知れない。それならば、まよいだけで、気が違うのではないであろう。どっちか確《たしか》めるのは、自分で一度二階へ上って様子を見なければ分らない。が深く堅く目を瞑《つぶ》っていると思いつつ……それが病気で、真個《ほんとう》は薄目を明けているのかも計《はか》られない、と、身だしなみを、恥かしくないまでに、坐ってカタカタと箪笥をあけて、きものを着かえて、それから手拭《てぬぐい》で目を結《ゆわ》えて、二階へ上ったのだそうですが、数ある段を、一歩《ひとあし》も誤らず、すらすらと上りながら、気が咎《とが》めて、二三度下りたり、上ったり、……また幾度《いくたび》、手で探っても、三重《みえ》にも折った手拭はちゃんと顔半分蔽《おお》うている。……いよいよ蚊帳を覗くとなると、余りの事に、それがこの病気の峠で、どんな風に、ひきつけるか、気を失うか、倒れるかも分らない。その時醜くないようにと、両膝をくくったから、くくったままで、蚊帳まで寄って来るのです、間《あいだ》は近いけれども、それでは忍んでは歩行《ある》けますまい。……扱帯《しごき》を繋《つな》いで、それに縋《すが》って、道成寺《どうじようじ》のつくりもののように、ふらふらと幽霊だちに、爪立《つまだ》った釣《つり》身《み》になって覗いたのだそうです。私に追われて、あれと遁《に》げる時、——ただたよりだったのですから、その扱帯《しごき》を引手繰《ひきたぐ》って、飛退《とびの》こうとしたはずみに、腰が宙に浮きました。浅間《あさま》しい、……極《きまり》が悪い。……由紀は、いまは活きていられない。——こうしていても、貴方（とはじめて顔を振向けて、）私の抱《だい》ている顔も手も皆見える。これが私を殺すのです——と云って、置処《おきどころ》のなさそうな顔を背《そむ》ける。猿轡《さるぐつわ》とか云うものより見ても可哀《あわれ》なその面縛《めんばく》した罪のありさまに、

（心配なさる事はない。私が見えないようにして上げる。）

と云って、目隠《めかくし》の上を二処《ふたところ》吸って吸いました。

貴下《あなた》、慰めるにしても、気休めを言うにしても、何と云う、馬鹿な、可忌《いまわ》しい、呪詛《のろ》った事を云ったものでしょう。

手拭は取れました。

（あれ、お二方《ふたかた》が。）

と俯向く処を、今度はまともに睫毛《まつげ》を吸った。——そのお二方ですが、由紀が、唯、憚《はばか》ったばかりではなかったので。すらすらと表二階の縁の端《はし》へ、歴々《ありあり》と、円髷《まるまげ》と銀杏返《いちょうがえし》の顔が白く、目をぱっちりと並んで出ました。由紀を抱きかくしながら踞《うずくま》って見た時、銀杏返の方が莞爾《にっこり》すると、円髷のが、頷《うなずき》を含んで眉を伏せた、ト顔も消えて、衣《きもの》ばかり、昼間

見た風の羅《うすもの》になって、スーッと、肩をかさねて、階子段《はしごだん》へ沈み、しずみ、トントントンと音がしました。

二人のその婦《おんな》の姿は、いつも用が済むと、何処かへ行って了《しま》うのが例なのです。

しかし、姉も妹も、すやすやと蚊帳に寝ていた事は言うまでもありますまい。

ただ不思議な事は、東京へ帰りましてからも、その後時々逢いますが、勝手勝手で、一人だったり、三人だったり、姉と妹と二人揃って立った場合に出会わなかったのでございます。

——少々金の都合も出来ました。いよいよ決心をして先月……十月……再び水戸屋を訪ねました時、自動車《タキシイ》が杜戸《もりと》、大くずれ、秋谷を越えて、傍道《わきみち》へかかる。……あすこだったと思う、紅蓮《こうれん》が一茎《ひとえだ》、白蓮華《びゃくれんげ》の咲いた枯田《かれた》のへりに、何の草か、幻の露の秋草の畦《あぜ》を前にして、崖の大巌《おおいわ》に抱かれたように、巌窟《いわむろ》に籠《こも》ったように、悄乎《しょんぼり》と一人、淡く彳《たたず》んだ婦《おんな》を見ました。

(やあ、水戸屋の姉さんが。)

と運転手が言いました。

ひらりと下りますと、

(旦那様——)

知らせもしないのに、今日来るのを知って、出迎《でむかえ》に出たと云って、手に縋《すが》って、あつい涙で泣きました。今度は、清《すずし》い目を睜《ひら》いても、露のみ溢《あふ》れて、私の顔は見えない。……由紀は、急な眼病で、目が見えなくなりました。

——結婚はまだしませんが、所帯万事引受《ひきう》けて、心ばかりは、なぐさめの保養に出ました。——途中から、御厚情を頂きます。

……ああ、帰って来ました。……御令閨《ごれいけい》が手をお取り下すって、」

と廊下を見つつ涙ぐんで。

「髪も、化粧も、為《し》て頂いて……あの、きれいな、美しい、あわれな……嬉しそうな。」

と言いかけて、無邪気に、握拳《にぎりこぶし》で目を圧《おさ》えて、渠《かれ》は落涙《らくるい》したのである。

涙はともに誘われた。が、聞えるスリッパの跫音《あしおと》にも、その（二人《ふたり》の婦《おんな》）にも、著者に取っては、何の不思議も、奇蹟も殆《ほとん》ど神秘らしい思いでのないのが、ものたりない。……

（「女性」大正十四年一月号）

黒《くろ》壁《かべ》

上

席上の各々方《おのおのがた》、今や予が物語すべき順番の来りしまでに、諸君が語給《かたり》いし種々《くさぐさ》の怪談は、いずれも驚魂奪魄《きょうこんだつぱく》の価値《あたい》なきにあらず。しかれども敢《あえ》て、眼の唯一個《ただひとつ》なるもの、首の長さの六尺なるもの、鼻の高さの八寸なるもの等、不具的仮装的の怪物を待たずとも、ここに最も簡単にして、しかも能《よ》く一見《いっけん》直ちに慄然《りつぜん》たらしむるに足る、いと凄まじき物躰《ぶったい》あり。他なし、深更《しんこう》人定まりて天に声無き時、道に如何なるか一人の女性に行逢《ゆきあい》たる機会是《これ》なり。知らず、この場合には婦人もまた男子に対して慄然たるか。恐らくは無かるべし、譬《たと》い之《これ》ありとするも、そは唯腕力の微弱なるより、一種の害迫を加えられんかを恐るるに因《よ》るのみ。

しかるに男子はこれと異なり、我輩の中に最も腕力無き者といえども、なお比較上婦人より力の優れるを、自ら信ずるにも関《かかわ》らず、幽寂《ゆうじゃく》の境《きょう》に於て突然婦人に会えば、一種謂《い》うべからざる陰惨の鬼気を感じて、勝《た》えざるものあるは何ぞや。

坐中の貴婦人方には礼を失する罪を免《まぬか》れざれども、予をして忌憚《きたん》なく謂《い》わしめば、元来、淑徳、貞操、温良、憐愛、仁恕《じんじょ》等あらゆる真善美の文字を以て彩色《さいしき》すべき女性と謂うなる曲線が、その実陰険の忌わしき影を有するが故に、夜半《やはん》宇宙を横領する悪魔の手に導かれて、自《おのず》から外形に露《あら》わるるは、あたかも地中に潜める燐素《りんそ》の、雨に逢いて出現するがごときものなればなり。

憤《いきどお》ることなかれ。恥ずることを止めよ。社会一般の者ことごとく強盗ならんには、誰か一人の罪を責むべき。陰険の気は、けだし婦人の通有性《つうゆうせい》にして、なおかつ一種の元素《げんそ》なり。しかして夜間は婦人がその特性を発揮すべき時節なれば、諸君もまた三更無人《さんこうぶじん》の境人目を憚《はばか》らざる一個の婦人が、我より外《ほか》に人なしと思いつつある場合に不意《ゆくりなく》婦人に邂逅《かいこう》せんか、その感覚果《はた》していかん。予は不幸にしてその経験を有せり。

予は去《い》にし年の冬十二月、加賀国随一の幽寂《ゆうじやく》界、黒壁《くろかべ》という処にて、夜半一箇の婦人に出会いし時、実に名状すべからざる凄《すご》気を感ぜしなり。黒壁は金沢市の郊外一里程の所にあり、魔境を以て国中に鳴る。けだし野田山の奥、深林幽暗の地たるに因《よ》れり。ここに摩利支天《まりしてん》の威霊を安置す。

信仰の行者を除くの外、昼も人跡罕《まれ》なれば、夜に入りては殆《ほとん》ど近《ちかづ》くものもあらざるなり。その物凄き夜を択《えら》びて予は故《ことさ》らに黒壁に赴けり。その何のためにせしやを知らず、血気に任せて行《ふるま》いたりし事どもは、今に到りて自《みず》からその意を了《りよう》するに困《くるし》むなり。昼間黒壁に詣《いた》りしことは両三回なるが故に、地理は暗《そらん》じ得たり。提灯の火影に照らして、闇《くら》き夜道をものともせず、峻坂《じゆんはん》、嶮路《けんろ》を冒《おか》して、目的の地に達せし頃は、午後十一時を過ぎつらん。

摩利支天の祠に詣《もう》ずるに先立ちて、その太さ三拱《みかかえ》にも余りぬべき一本杉の前を過ぐる時、ふと今の世にも「丑《うし》の時詣《ときまいり》」なるものありて、怨ある男を咒《のろ》う嫉妬深き婦人等の、此処に詣《き》で来て、この杉に釘を打つよし、人に聞きしを懐出《おもいい》でたり。

げに、さることもありぬべしと、提灯を差翳《さしかざ》して、ぐるりと杉を一周せしに、果せるかな、あたかも弾丸の雨注せし戦場の樹立《こだち》の如き、釘を抜取りし傷痕ありて、地上より三四尺、婦人の手の届かんあたりまでは、蜂の巣を見るが如し。唯《ただ》単に迷信のみにて、実際成《なり》立《た》たざる咒詛《のろい》にもせよ、かかる罪悪を造る女心の浅ましく、はたまた咒わるる男も憐むべしと、見るから不快の念に堪えず直ちに他方に転ぜんとせし視線は、端無《はしな》くも幹の中央に貼附《はりつ》けたる一片の紙に注げり。

と見れば紙上に文字ありて認《したた》められたるものの如し。

予は熟視せり。茂れる木の葉に雨を凌げば、墨の色さえ鮮明に、

「巳《一》の《二》年《三》、巳《四》の《五》月《六》、巳《七》の《八》日《九》、巳《十》の《十一》刻《十二》、出《十三》生《十四》。二《十五》十《十六》一《十七》歳《十八》の《十九》男《二十》子《廿一》と二十一文字を記せり。

第一の「巳」より「男」まで、字の数二十に一本宛《ずつ》、見るも凄まじき五寸釘を打込みて、

僅《わずか》に「子」の一文字を余《あま》せるのみ。

案ずるに三七二十一日の立願《りゅうがん》の二十日の夜は昨夜に過ぎて今夜しもこの咒咀主《のろいぬし》が満願の夜にあらざるなきか。予は氷を以て五体を撫でまわさるるが如く感せり。「巳の年巳の月巳の日巳の刻生」と口中に復誦するに及びて、村沢浅次郎の名は忽《たちま》ち脳裡に浮びぬ。

実に浅次郎は当年二十一歳にして巳の年月揃いたる生なり。或《あるい》は午《うま》に、或は牛に、此般《こんぱん》の者も多かるべし。しかれども予が嘗《かつ》て聞知《ききし》れる渠《かれ》が干支《かんし》の爾《しか》く巳を重ねたるを奇異とせる記憶は、咄嗟《とっさ》に浅次郎の名を呼起《よびおこ》せり。しかも浅次郎はその身より十ばかりも年嵩《としかさ》なる艶婦に契《ちぎり》を籠《こ》めしが、ほど経て余りにその妬《ねたみ》深きが厭《いと》わしく、否寧《むし》ろその非常なる執心の恐ろしさに、おぞ毛《け》を振《ふる》いて、当時予が家に潜めるをや。「正に渠なり」と予は断定しつ。文化、文政、天保間の伝奇小説に応用されたる、丑の時詣なんど謂えるものの実際功を奏すべしとは、決して予の信ぜざるところなるも、この惨怛《さんたん》たる光景は浅次郎の身に取りて、喜ぶべきことにはあらずと思いき。

浅次郎は美少年なりき。婦人に対しては才子なりき。富豪の家の次男にて艶冶《えんや》無腸《むちょう》の若旦那なりき。

予は渠を憎まず、却《かえ》りてその優柔なるを憐《あわれ》みぬ。

されば渠が巨多《きょた》の金銭を浪費して、父兄に義絶せられし後、今の情婦 某《なにがし》 年紀《とし》三十、名一月《ひとつき》を艶《つや》と謂うなる、豪商の寡婦に思われて、その家に入浸《いりひた》り、不義の快楽を貪りしが、一月こそ可けれ、二月こそ可けれ、三月四月に及びては、精神瞢騰《もうとう》として常に酔《よえ》るが如く、身躰《からだ》も太《いた》く衰弱しつ、元気次第に消耗せり。

こは火の如き婦人の熱情のために心身両《ふたつ》ながら溶解し去らるるならんと、ようやく渠を恐るる気色を、早く暁《さと》りたる大年増は、我子ともすべき美少年の、緑陰《りよくいん》深き所を厭《いと》いて、他に寒紅梅一枝の春をや探るならんと邪推なし、瞋恚《しんい》を燃す胸の炎は一段の熱を加えて、鉄火五躰を烘《あぶ》るにぞ、美少年は最早数分時も得堪《えた》えずなりて、辛くもその家を遁走したりけるが家に帰らんも勘当の身なり、且《かつ》は婦人に捜出《さがしい》だされんことを慮《おもんぱか》りて、遂に予を便《たよ》りしなり。予は快く匿《かくま》いつ。

しかるに美少年はなお心を安《やす》んせずして言いぬ。

「彼《か》の婦人は一種の魔法づかいともいうべき者なり。いつぞや召使の婢が金子を掠《かす》めて出奔せしに、お艶は争《いか》で遁《のが》すべきとて、直ちに足留《あしどめ》の法といえるを修したりき、それかあらぬか件の婢は、脱走せし翌日より遽《にわか》に足の疾《やまい》起りて、一寸《ちよつと》の歩行もなり難く、間近の家に潜みけるを直ちに引戻せしことを目撃したりき。その他咒詛、禁厭《きんえん》等、苟《いやしく》も幽冥《ゆうめい》の力を仮《か》りて為すべきを知らざるはなし。

さるからに口説《くぜつ》の際も常に予を戒めて、ここな性悪者め、他《あだ》し女子《おなご》に見替えて酷《むご》くも我を棄つることあらば呪殺《のろいころ》してくれんずと、凄まじかりし顔色は今もなお眼《まなこ》に在り。」と繰返しては歎息しつ。予は万々然《さ》ることのあるべからざる理をもて説諭すれども、渠《かれ》は常に戦々兢々《せんせんきょうきょう》として楽《たのし》まざりしを、密《ひそ》かに持余《もてあま》せしが、今眼前《まのあたり》一本杉の五寸釘を見るに及びて予は思半《おもいなか》ばに過ぎたり。

上の二

有恁《かくて》予は憐むべき美少年の為に、咒詛《のろい》の釘を抜棄《ぬきす》てなんと試みしに、執念《しゅうね》き鉄槌の一打は到底指の力の及ぶ所にあらざりき。洵《まこと》に八才の龍女がその功力を以て成仏せしというなる、法華経の何の巻かを、誦《ずん》じては抜き、誦じては抜くにあらざれば、得て抜くべからざるものをや。

誰にもあれ人無き処にて、他に見せまじき所業を為せばその事の善悪に関わらず、自から良心の咎むるものなり。

予も何となく後顧《うしろぐら》き心地して、人もや見んと危《あやぶ》みつつ今一息と踏張《ふんば》る機会に、提灯の火を揺消《ゆりけ》したり。黒白《こくびやく》も分かぬ闇夜となりぬ。予は茫然として自失したりき。時に遠く一点の火光《あかり》を認めつ。

良《やや》有りて予はその燈影なるを確《たしか》めたり。軈《やが》て視線の及ぶべき距離に近《ちかづ》きぬ。予が曩《さき》に諸君に向いて、凄まじきものの経験を有せりと謂いしは是《ここ》なり。

予は謂《い》えらく、偶然人の秘密を見るは可《よ》し。然《しか》れども秘密を行う者をして、人目を憚る行《ふるまい》を、見られたりと、心着かしめんは妙ならず。ために由《よし》無き怨《うらみ》を負いて、迷惑することもありぬべしと、四辺を見廻わして、身を隠すべき所を覔《もと》めしに、この辺には屢《しばしば》見る、山腹を横に穿《うが》ちたる洞穴を見出したり。

要こそあれと身を翻して、早くも洞中に潜むと与《とも》に、燈《ともしび》の主は間近に来りぬ。一個の婦人なり。予は燈影を見し始《はじめ》より、今夜《こよい》満願に当るべき咒詛主の、驚破《すわ》や来ると思いしなりき。

霜威《そうい》の凛冽《りんれつ》たる冬の夜に、見る目も寒く水を浴びしと覚《おぼ》しくて、真白の単衣《ひとえ》は濡紙を貼りたる如く、よれよれに手足に絡《まと》いて、全身の肉附は顕然《あらわ》に透きて見えぬ。霑《うるお》いたる緑の黒髪は颯《さつ》と乱れて、背と胸とに振分けたり。想うに、谷間を流るる一条《ひとすじ》の小川は、此処に詣ずる行者輩の身を浄《きよ》むる処なれば、婦人も彼処《あすこ》にこそ垢離《こり》を取れりしならめ。

と見る間に婦人は一本杉の下に立寄りたり。

ここに於て予がその婦人を目して誰なりとせしかは、予が言を待たずして、諸君は疾《とう》に推し給わむ。

予は洞中に声を呑みて、その為《せ》んようを窺《うかが》いたり。渠《かれ》は然りとも知らざれば、金燈籠に類したる手提の燈火を傍に差置き、足を爪立てて天を仰ぎ、腰を屈《かが》めて地に伏し、合掌しつ、礼拝しつ、頭を木の幹に打当つるなど、今や天地は己が独有に皈《かえ》せる時なるを信じて、他に我を見る一双の眼あるを知らざる者にあらざるよりは、到底裏恥《うらはず》かしく、為しがたかるべき、奇異なる挙動《ふるまい》を恣《ほしいまま》にしたりとせよ。

最後に婦人は口中より一本の釘を吐出《はき》して、これを彼二十一歳の男子と記したる紙片に推当《おしあ》て、鉄槌をもて丁々《ちょうちょう》と打ちたりけり。

時に万籟寂《ばんらいせき》として、地に虫の這う音も無く、天は今にも降《ふら》せんずる、霙《みぞれ》か、雪か、霰《あられ》か、雨かを、雲の袂《たもと》に蔵しつつ微音をだに語らざる、その静《しずか》さに睡りたりし耳元に、「カチン」と響く鉄槌の音は、鼓膜を劈《つんざ》きて予が腸を貫けり。

続きて打込む丁々は、滴々《たらたら》冷かなる汗を誘いて、予は自から支えかぬるまでに戦慄せり。剰《あまつさ》え陰々として、裳《もすそ》は暗く、腰より上の白き婦人が、長《たけ》なる髪を振乱《ふりみだ》して佇《たたず》める、その姿の凄じさに、予は寧ろ幽霊の与易《くみしやす》さを感じてき。

釘打つ音の終ると倐《ひとし》く、婦人はよろよろと身を退《すさ》りて、束ねしものの崩るる如く、地上に撞《どう》と膝を敷きぬ。

予をして謬《あやま》たざらしめば、首尾好く願《がん》の満ちたるより、二十日以来張詰《はりつ》めし気の一時に弛《ゆる》みたるにやあらん。良《やや》ありて渠《かれ》の身を起し、旧来《もと》し方に皈《かえ》るを見るに、その来りし時に似もやらで、太く足許《あしもと》の蹣《よろめ》きたりき。

(「詞海」第三輯第九巻・第十巻　明治二十七年十月・十二月)

遺^い稿^{こう}

この無題の小説は、泉先生逝去後、机辺の篋底《きょうてい》に、夫人の見出されしものにして、いつ頃書かれしものか、これにて完結のものか、はたまた未完結のものか、今はあきらかにする術《すべ》なきものなり。昭和十四年七月号中央公論掲載の、「縷紅新草《るこうしんそう》」は、先生の生前発表せられし最後のものにして、その完成に尽《つ》くされし努力は既に疾《やまい》を内に潜めいたる先生の肉体をいたむる事深く、その後再び机に対《むか》われしこと無かりしという。果して然《しか》らばこの無題の小説は「縷紅新草」以前のものと見るを至当とすべし。原稿はやや古びたる半紙に筆と墨をもって書かれたり。紙の古きは大正六年はじめて万年筆を使用されし以前に購《あがな》われしものを偶々《たまたま》引出して用いられしものと覚しく、墨色は未だ新しくしてこの作の近き頃のものたる事を証《あか》す。主人公の名の糸七は「縷紅新草」のそれとひとしく、点景に赤蜻蛉《あかとんぼ》のあらわるる事もまた相似たり。「どうもこう怠けていてはしかたが無いから、春になったら少し稼ごうと思っています。」と先生の私に語られしは昨年の暮の事なりき。恐らくこの無題の小説は今年のはじめに起稿されしものにはあらざるか。

雑誌社としては無題を迷惑がる事察するにあまりあれど、さりとて他人がみだりに命題すべき筋合《すじあい》にあらざるを以て、強《しい》てそのまま掲出すべきことを希望せり。

（水上瀧太郎附記）

伊豆の修禅寺《しゅぜんじ》の奥の院は、いろは仮名四十七、道しるべの石碑を畷《なわて》、山の根、村口に数えて、ざっと一里余りだと言う、第一のいの碑はたしかその御寺の正面、虎渓橋《こけいきょう》に向った石段の傍にあると思う……ろはと数えて道順ににのあたりが俗に釣橋釣橋と言って、渡ると小学校がある、が、それを渡らずに右へ廻るとほの碑に続く、何だか大根畠から首をもたげて指示《ゆびさ》しをするようだけれど、このお話に一寸《ちょっと》要があるので、頬被《ほおかむり》をはずして申しておく。

もう温泉場からその釣橋へ行く道の半ばからは、一方が小山の裙《すそ》、左が小流《こながれ》を間にして、田畑になる、橋向うへ廻ると、山の裙は山の裙、田畑は田畑それなりの道続きが、大畝《おおうね》りして向うに小さな土橋の見えるあたりから、自《おのず》から静かな寂しい参拝道となって、次第に俗地を遠ざかる思いが起《おこ》るのである。

土地では弘法様のお祭、お祭といっているが春秋二季の大式日《だいしきじつ》、月々の命日は知らず、不断《ふだん》、この奥の院は、長々と螺線《らせん》をゆるく田畝《でんぼ》の上に繞《めぐ》らした、処々《ところどころ》、萱薄《かやすすき》、草々の茂みに立ったしるべの石碑を、杖笠を棄てて彳《たたず》んだ順礼、道《どう》しゃの姿に見せる、それとても行くとも皈《かえ》るともなく棨然《けいぜん》として独り佇《たたず》むばかりで、往来の人は殆《ほとん》どない。またそれだけに、奥の院は幽邃森厳《ゆうすいしんげん》である。畷道《あぜみち》を桂川の上流に辿ると、迫る処怪石巨巌《かいせききょがん》の磊々《らいらい》たるはもとより古木大樹千年古き、楠槐《なんかい》の幹も根もそのまま大巌に化したようなのが纍々と立聳《たちそび》えて、忽《たちま》ち石門砦高く、無斎式、不精進の、わけては、病身《びょうしん》たりとも、がたくり、ふらふらと道わるを自動車にふんぞって来た奴等を、目さえ切塞《きりふさ》いだかと驚かれる、が、慈救の橋は、易々と欄干《らんかん》づきで、静《しずか》に平《たいら》かな境内へ、通行を許さる。

下車は言うまでもなかろう。

御堂《おどう》は颯《さつ》と松風よりも杉の香檜《かひのき》の香の清々《すがすが》しい森々《しんしん》とした樹立《こだち》の中に、青龍の背をさながらの石段の上に玉面の獅子頭の如く築かれて、背後の大碧巌《だいへきがん》より一筋水晶の滝が杖を鳴らして垂直に落ちて仰ぐも尊い。

境内わきの、左手の庵室、障子を閉して、……ただ、仮に差置いたような庵ながら構《かまえ》は縁が高い、端近《はしぢか》に三宝《さんぼう》を二つ置いて、一つには横綴の帳一冊、一つには奉納の米袋、ぱらぱらと少しこぼれて、おひねりというのが捧げてある、真中に硯箱《すずりばこ》が出て、朱書が添えてある。これは、俗名と戒名と、現当過去、未来、志す処の差によって、おもいおもいにその姓氏仏号を記すのであろう。

「お札を頂きます。」

　——お札は、それは米袋に添えて三宝に調えてある、そのままでもよかったろうが、もうやがて近い……年頭御慶の客に対する、近来流行の、式台は悪冷《わるつめた》く外套を脱ぐと嚔《くさめ》が出そうなのに御内証《ごないしょう》は煖炉《だんろ》のぬくもりにエヘンとも言わず、……蒔絵の名札受《なふだうけ》が出ているのとは些《ち》と勝手が違うようだから――私ども夫婦と、もう一人の若い方、と云って三十を越えた娘……分か？　女房の義理の姪、娘が縁づいたさきの舅の叔母の従弟の子で面倒だけれど、姉妹分の娘だから義理の姪、どうも事実のありのままにいうとなると説明は止むを得ない。とに角、若いから紅気《こうき》がある、長襦袢の褄《つま》がずれると、縁が高いから草履を釣られ気味に伸上って、

「ごめん下さいまし。」

すぐに返事のない処へ、小肥りだけれど気が早いから、三宝越に、眉で覗くように手を伸ばして障子腰を細目に開けた。

山気《さんき》は翠《みどり》に滴って、詣ずるものの袖は墨染のようだのに、向った背戸庭《せどにわ》は、一杯の日あたりの、ほかほかとした裏縁の障子の開いた壁際は、留守居かと思う質素な老僧が、小机に対《むか》い、つぐなんで、うつしものか、かきものをしてござった。

「ごめん下さいまし、お札を頂きます。」

黒い前髪、白い顔が這うばかり低く出たのを、蛇体と眉も顰《ひそ》めたまわず、目金越《めがねごし》の睫《まつげ》の皺が、日南《ひな》にとろりと些《ち》と伸びて、

「ああ、お札はの、御随意にの預かっしゃってようござるよ。」

と膝も頭も声も円い。

「はい。」

と、立直って、襟の下へ一寸端《ちょっと》を見せてお札を受けた、が、老僧と机ばかり円光の裡《うち》の日だまりで、あたりは森閑《しんかん》した、人気のないのに、何故か心を引かれたらしい。

「あの、あなた。」

こうした場所だ、対手《あいて》は弘法様の化身かも知れないのに、馴々《なれなれ》しいことという。

「お一人でございますか。」

「おお、留守番の隠居爺じゃ。」

「唯《たっ》たお一人。」

「さればの。」

「お寂しいでしょうね、こんな処にお一人きり。」

「いや、お堂裏へは、近い頃まで猿どもが出て来ました、それはもう見えぬがの、日和《ひより》さ

えよければ、この背戸へ山鳥が二羽ずつで遊びに来ますで、それも友になる、それ。」

目金がのんどりと、日に半面に庭の方へ傾いて、

「巌の根の木瓜《ぼけ》の中に、今もの、来ていますわ。これじゃ寂しいとは思いませぬじゃ。」

「はア。」

と息とともに娘分は胸を引いた、で、何だか考えるような顔をしたが、「山鳥がお友だち、洒落てるわねえ。」と下向《げこう》の橋を渡りながら言った、――「洒落てるわねえ」では困る、罪障《ざいしょう》の深い女性は、ここに至ってもこれを聞いても尼にもならない。

どころでない、宿へ皈《もど》ると、晩餉《ばんげ》の卓子台《ちゃぶだい》もやい、一銚子の相伴《しょうばん》、二つ三つで、赤くなって、ああ紅木瓜になった、と頬辺を圧《おさ》えながら、山鳥の旦那様はいい男か知ら。いや、尼処《どころ》か、このくらい悟り得ない事はない。「お日和《ひより》で、坊さんはお友だちでよかったけれど、番傘はお茶を引きましたわ。」と言った。

出掛けに、実は春の末だが、そちこち梅雨入模様で、時々気まぐれに、白い雲が薄墨の影を流してばらばらと掛る。其処《そこ》で自動車の中へ番傘を二本まで、奥の院御参詣結縁《けちえん》のため、「御縁日だとこの下で飴を売る奴だね、」「へへへ、お土産をどうぞ。」と世馴れた番頭が真新しい油もまだ白いのを、ばりばりと綴枠《とじわく》をはずして入れた。

贅沢《ぜいたく》を云っては悪いが、この暖さと、長閑《のどか》さの真中には一降《ひとふ》り来たらばと思った。路《みち》近

い農家の背戸に牡丹の緋に咲いて蕋《しべ》の香に黄色い雲の色を湛《たた》えたのに、舞う蝶の羽袖《はね》のびの影が、仏前に捧ぐる妙《たえ》なる白い手に見える。遠方の小さい幽《かすか》な茅屋を包んだ一むら竹の奥深く、山はその麓なりに咲込んだ映山紅に且《か》つ半ば濃い陽炎《かげろう》のかかったのも里親しき護《ご》摩《ま》の燃ゆる姿であった。傘さしてこの牡丹に彳《たたず》み、すぼめて、あの竹藪を分けたらばと詣ずる道すがら思ったのである。

土手には田芹《たぜり》、蕗《ふき》が満ちて、蒲公英《たんぽぽ》はまだ盛りに、目に幻のあの白い小さな車が自動車の輪に競って飛んだ。いま、その皈《かえ》りがけを道草を、笊《ざる》に洗って、縁に近く晩の卓子台を囲んでいたが、

——番傘がお茶を引いた——

おもしろい。

悟って尼にならない事は、凡《およ》そ女人以上の糸七《いとしち》であるから、折しも欄干《らんかん》越の桂川の流《ながれ》をたたいて、ざっと降出《ふりだ》した雨に気競って、

「おもしろい、その番傘にお茶をひかすな。」

宿つきの運転手の馴染なのも、ちょうど帳場に居わせた。

九時頃であった。

「さっきの番傘の新造を二人……どうぞ。」

「ははは、お楽《たのし》みで……」

番頭の八方無碍《むげ》の会釈をして、その真新しいのをまた運転手の傍へ立掛けた。

しばらくして、この傘を、さらさらと降る雨に薄白く暗夜《やみよ》にさして、女たちは袖を合せ糸七が一人立ちで一畝《ひとうね》の水田《みずた》を前にして彳《たたず》んだ処は、今しがた大根畑から首を出して指《ゆびさ》をした奥の院道の土橋を遥《はるか》に見る——一方は例の釣橋から、一方は鳶《とんび》の嘴《くちばし》のように上へ被《かぶ》さった山の端を潜って、奥在所へさながら谷のように深く入る——俗に三方、また信仰の道に因《ちな》んで三宝ヶ辻と呼ぶ場所である。

——衝《つ》き進むエンジンの音に鳴留《なきや》んだけれども、真上に突出《つきで》た山の端《は》に、ふアッふアッと、山臥《やまぶし》がうつむけに息を吹掛《ふきか》けるような梟《ふくろう》の声を聞くと、女連《おんなれん》は真暗な奥在所へ入るのを可厭《いや》がった。元来宿を出る時この二人《ひと》は温泉街の夜店飾りの濡灯色《ぬれびいろ》と、一寸野道で途絶えても殆《ほと》ど町続きに斉しい停車場あたりの靄《もや》の燈《ひ》を望んだのを、番傘を敲《たた》かぬばかり糸七が反対に、もの寂しいいろはの碑を、辿ったのであったから。

それでは、もう一方奥へ入ってからその土橋に向うとすると、余程の畷《なわて》を抜けなければ、車を返す足場がない。

三宝ヶ辻で下りたのである。

「あら、こんな処で。」

「番傘の情人に逢わせるんだよ。」

「情人ッて？　番傘の。」

「蛙だよ、いい声で一面に鳴いてるじゃあないか。」

「まあ、風流。」

さ、さ、その風流と言われるのが可厭《いや》さに、番傘を道具に使った。第一、雨の中に、立った形は、うしろの山際に柳はないが、小野道風何とか硯《すずり》を悪く趣向にしたちんどん屋の稽古をすると思われては、いいようは些《ち》とぞんざいだが……ごめんを被《こうむ》って……癪《しゃく》に障《さわ》る。

糸七は小児《こども》のうちから、妙に、見ることも、聞くことも、ぞっこん蛙といえば好きなのである。小学最初級の友だちの、――現今は貴族院議員なり人の知った商豪だが――邸《やしき》が侍町にあって、背戸《せど》の蓮池で飯粒で蛙を釣る、釣れるとも、目をぱちぱちとやって、腹をぶくぶくと膨《ふくら》ます、と云うのを聞くと、氏神の境内まで飛ばないと、蜻蛉《とんぼ》さえ易《たやす》くは見られない、雪国の城下でもせせこましい町家に育ったものは、瑠璃《るり》の丁斑魚《めだか》、珊瑚の鯉、五色《しき》の鮒《ふな》が泳ぐとも聞かないのに、池を蓬萊《ほうらい》の嶋に望んで、青蛙を釣る友だちは、宝貝のかくれ蓑を着て、白銀《しろがね》の糸を操るかと思った。

学問半端にして、親がなくなって、東京から一度田舎へ返って、朝夕のたつきにも途方に暮れた事がある。

「ああ、よく鳴いてるなあ。」――

城下優しい大川の土手の……松に添う片側町《かたかわまち》の裏へ入ると廃敗した潰れ屋のあとが町中に、棄苗《すてなえ》の水田《みずた》になった、その田の名には称《とな》えないが、其処をこだまの小路という、小玉というのの家跡か、白昼も寂然《しん》としていて訝をするか、濁って呼ぶから女の名ではあるまいが、おなじ名のきれいな、あわれな婦《おんな》がここで自殺をしたと伝えて、のちのちの今も尚《な》お、その手提灯が闇夜に往来をするといった、螢《こだま》がまた、ここに不思議に夥多《おびただ》しい。が、提灯の風説に消されて見る人の影も映さぬ。勿論、蛙なぞ聞きに出掛けるものはない。……世の暗さは五月闇《さつきやみ》さながらで、腹のすいた少年の身にして夜の灯でも繁華な巷は目がくらんで瘦脛《やせはぎ》も捩《ねじ》れるから、こんな処を便《たよ》っては立樹に凭《もた》れて、固《もと》からの耕地でない証《あかし》には破垣《やれがき》のまばらに残った水田《みずた》を熟《じつ》と闇夜に透かすと、鳴くわ、鳴くわ、好きな蛙どもが装上って浮かれて唱う、そこには見えぬ花菖蒲、杜若《かきつばた》、河骨《こうほね》も卯の花も誘われて来て踊りそうである。

此処だ。

「よく、鳴いてるなあ。」

世にある人でも、歌人でも、ここまでは変りはあるまい、が、情ない事には、すぐあとへ、

「ああ、嘸《さ》ぞお腹がいいだろう。」

——さだめしお飯《まんま》をふんだんに食ったろう—ても情ない事をいう—と、喜多八がさもしがる。……三嶋の宿で護摩《ごま》の灰に胴巻を抜かれたあとの、あわれはここに弥次郎兵衛、のまず、くわずのまず、竹杖にひょろひょろと海道を辿りながら、飛脚が威勢よく飛ぶのを見て、その満腹を羨《うらや》んだのと思いは斉《ひと》しい。……又膝栗毛で下司《げす》ばる、と思召《おぼしめ》しも恥かしいが、こんな場合には絵言葉巻《まき》ものや、哲理、科学の横綴《よことじ》では間に合わない。

生芋の欠片《かけら》さえ芋屋の小母《おば》さんが無代では見向きもしない時は、人間よりはまだ気の知れない化《ばけ》ものの方に幾分か憑頼《ひょうらい》がある、姑獲女《うぶめ》を知らずや、嬰児《あかんぼ》を抱かされても力餅が慾しいのだし、ひだるさにのめりそうでも、金平《きんぴら》式の武勇伝で、剣術は心得たから、糸七は、其処に小提灯の幽霊の怖れはなかった。

奇異ともいおう、一寸《ちょっと》微妙なまわり合わせがある。これは、ざっと十年も後の事で、糸七もいくらか稼げる、東京で些《いささ》かながら業を得た家業だから雑誌お誂《あつら》えの随筆のようで、一度話した覚えがある。やや年下だけれど心置かれぬ友だちに、——《原》ようから、本名俳名も——谷活東《たにかっとう》というのが居た。

作意で略《ほぼ》その人となりも知れよう、うまれは向嶋《むこうじま》小梅業平橋《こうめなりひらばし》辺の家持《いえもち》の若旦那が、心がらとて俳三昧に落魄《おちぶ》れて、牛込山吹町の割長屋、薄暗く戸を鎖《とざ》し、夜なか洋燈《ランプ》をつける処《どころ》か、身体《からだ》にも油を切らしていた。

昔からこうした男には得てつきものの恋がある。最も恋をするだけなら誰がしようと御随意で何処からも槍は出ない。許嫁《いいなずけ》の打壊《ぶっこわ》れだとか、三社様の祭礼に見初めたとかいう娘が、柳橋で芸妓《げいしゃ》をしていた。

さて、その色にも活計《かっけい》にも、寐起《ねおき》にも夜昼の区別のない、迷晦朦朧《めいかいもうろう》として黄昏男と言われても、江戸児《えどッこ》だ、大気《たいき》なもので、手ぶらで柳橋の館——いや館は上方——何とか家《や》へ推参する。その芸しゃの名を小玉といった。

借りたか、攫《と》ったか未だ審《つまびらか》ならずであるが、本望だというのに、絹糸のような春雨でも、襦袢《じゆばん》もなしに素袷《すあわせ》の膚薄《はだうす》な、と畜生め、何でもといって貸してくれた、と番傘に柳ばしと筆ぶとに打つけたのを、友だち中へ見せびらかすのが晴曇りにかかわらない。況《いわん》や待望の雨となると、長屋近間の茗荷畠《みようがばたけ》や、水車なんぞでは気分が出ないとまだ古《むかし》のままだった番町へのして清水谷《しみずだに》へ入り擬宝珠《ぎぼし》のついた弁慶橋で、一振柳を胸にたぐって、ギクリとなって……ああ、逢いたい。顔が見たい。

こたまだ、こたまだ

こたまだ……

その辺の蛙の声が、皆こたまだ、こたまだ、と鳴くというのである。

唯、糸七の遠い雪国のその小提灯の幽霊の彷徉《さまよ》う場所が小玉小路、断然話によそえて拵えたのではない、とすると、蛙に因《ちな》んで顕著なる奇遇である。かたり草、言《こと》の花は、蝶、鳥の翼、嘴《くちばし》には限らない、その種子は、地を飛び、空をめぐって、いつその実を結ぼうも知れないのである、――これなども、道芝、仇花の露にも過ぎない、実を結ぶまではなくても、幽《かすか》な葉を装い儚《はかな》い色を彩っている、ただしそれにさえ少からぬ時を経た。

明けていうと、活東のその柳橋の番傘を随筆に撰んだ時は、――それ以前、糸七が小玉小路で蛙の声を聞いてから、ものの三十年あまりを経ていたが、胸の何処《どこか》に潜み、心の何処にかくれたか、翼なく嘴なく、色なく影なき話の種子は、小机からも、硯からも、その形を顕《あら》わさなかった、まるで消えたように忘れていた。

それを、その折から尚《な》お十四五年ののち、修禅寺の奥の院路《みち》三宝ケ辻に彳《たたず》んで、蛙を聞きながら、ふと思出《おもいだ》した次第なのである。

悠久なるかな、人心の小さき花。

ああ、悠久なる……

そんな事をいったって、わかるような女連《おんなれん》ではない。

「――一つこの傘を廻わして見ようか。」

糸七は雨のなかで、——柳橋を粗《ざつ》と話したのである。

「今いった活東が弁慶橋でやったように。」

「およしなさい、沢山。」

と女房が声ばかりでたしなめた。田の縁に並んだが中に娘分が居ると、もうその顔が見えないほど暗かった。

「でも、妙ね、そういえば……何ですって、蛙の声が、その方には、こがれる女の小玉だ、小玉だと聞こえたんですって、こたまだ。あら、真個《ほんとう》だ、串戯《じょうだん》じゃないわ、叔母さん、こたまだ、こたまだッて鳴いてるわね、中でも大きな声なのねえ、叔母さん。」

「まったくさ、私もおかしいと思っているほどなんだよ、気の所為《せい》だわね、……気の所為といえば、新ちゃんどう、あの一斉に鳴く声が、活東さんといやしない？……

かっと、かっと、
かっと、……

それ、揃って、皆して……」

「むむ、聞こえる、——かっと、かっと——か、そういえば。——成程これはおもしろい。」

女房のいうことなぞは滅多に応といった事のない奴が、これでは済むまい、蛙の声を小玉小路で羨んだ、その昔の空腹を忘却して、図に乗気味《のりぎみ》に、田の縁へ、ぐっと踞《しやが》んで聞込《ききこ》む気で、いきなり腰を落しかけると、うしろ斜めに肩を並べて庇《ひさし》の端を借りていた運転手の帽子を傘で敲《たた》いて驚いたのである。

「ああ、これはどうも。」

その癖《くせ》、はじめは運転手が、……道案内の任がある、且《か》つは婦連《おんなれん》のために頭に近い梟の魔除《まよけ》の為に、降るのに故《わざ》と台から出て、自動車に引添って頭から黒扮装の細身に腕を組んだ、一寸《ちょっと》探偵小説のやみじあいの挿絵に似た形で屹《きつ》として彳《たたず》んでいたものを、暗夜の畷《なわて》の寂しさに、女連が世辞を言って、身近におびき寄せたものであった。

「ごめんなさい、熊沢さん。」

こんな時の、名も頼もしい運転手に娘分の方が――そのかわり糸七のために詫《わび》をいって、

「ね、小玉だ、小玉だ、……かっと、かっと……叔母さんのいうように聞こえるわね。」

「蛙なかまも、いずれ、さかり時の色事でございましょう、よく鳴きますな、調子に乗って、波を立てて鳴きますな、星が降ると言いますが、あの声をたたく雨は花片《はなびら》の音がします。」

月があると、昼間見た、畝《うね》に咲いた牡丹の影が、ここへ重《かさな》って映るであろう。

「旦那。」

「……」

妙に改った声で、

「提灯が来ますな——むこうから提灯ですね。」

「人通りがあるね。」

「今時分、やっぱり在方《ざいかた》の人でしょうね。」

娘分のいうのに、女房は黙って見た。

温泉の町入口はずれと言ってもよかろう、もう、あの釣橋よりも此方へ、土を二三尺離れて一つ灯《とも》れて来るのであるが、女連ばかりとは言うまい、糸七にしても、これは、はじめ心着いたのが土地のもので様子の分った運転手で先ず可《よ》かった、そうでないと、いきなり目の前へ梟の腹で鬼火が燃えたように怯《おび》えたかも知れない。……見えるその提灯が、むくむくと灯《とも》れ据《すわ》って、いびつに大《おおき》い。……軒へ立てる高張《たかはり》は御存じの事と思う、やがてそのくらいだけれども、夜の畷《なわて》のこんな時に、唯ばかりでは言い足りない。たとえば、翳《かざ》している雨の番傘をばさりと半分に切って、ややふくらみを継足《つぎた》したと思えばいい。樹蔭の加減か、雲が低いか、水濛《すいもう》が深いのか、持っているものの影さえなくて、その提灯ばかり。

つらつらつらつらと、動くのに濡色《ぬれいろ》が薄油に、ほの白く艶《つや》を取って、降りそそぐ雨を露に散らして、細いしぶきを立てると、その飛ぶ露の光るような片輪にもう一つ宙にふうわりと仄《ほの》あかりの輪を大きく提灯の形に巻いて、かつそのずぶ濡の色を一息に熟《じつ》と撓《たわ》めながら、風も添わずに寄って来る。

姿が華奢《きやしや》だと、女一人くらいは影法師にして倒《さかさ》に吸込みそうな提灯の大《おおき》さだから、一寸《ちよつと》皆声を嘸《の》んだ。

「田の水が茫《ぼう》と映ります、あの明《あかり》だと、縞だの斑だの、赤いのも居ますか、蛙の形が顕《あら》われて見えましょうな。」

運転手がいうほど間近になった。同時に自動車が寐ている大《おおき》な牛のように、その灯影を遮ったと思うと、スッと提灯が縮まって普通の手提に小さくなった。汽車が、その真似をする古狸を、線路で轢殺《ひきころ》したという話が僻地にはいくらもある。文化が妖怪を減ずるのである。が、すなおに思えば、何かの都合で図抜けに大きく見えた持手が、吃驚《びつくり》した拍子にもとの姿を顕わしたのであろう。

「南無、観世音……」

打念じたる、これを聞かれよ。……村方の人らしい、鳴きながらの蛙よりは、泥鼈《すつぽん》を抱いていそうな、雫《しずく》の垂る、雨蓑を深く着た、蓑だといって、すぐに笠とは限らない、古帽子だか手拭だか煤けですっぽりと頭を包んだから目鼻も分らず、雨脚は濁らぬが古ぼけた形で一濡れになって顕われたのが、——道巾は狭い、身近な女二人に擦違おうとして、ぎょッとしたように退《すさ》ると立直って提灯を持直《もちなお》した。

音を潜めたように、跫音《あしおと》を立てずに山際についてそのまま行過《ゆきす》ぎるのかと思うと、ひったりと寄って、運転手の肩越しに糸七の横顔へ提灯を突出《つきだ》した。

蛙かと思う目が二つ、くるッと映った。

すぐに、もとへ返して、今度は向う廻りに、娘分の顔へ提灯を上げた。

その時である、菩薩の名を唱えたのは――

「南無観世音。」

続けて又唱えた。

「南無観世音……」

この耳近な声に、娘分は湯上りに化粧した頸《くび》を垂れ、前髪でうつむいた、その白粉《おしろい》の香の雨に伝う白い顔に、一条《ひとすじ》ほんのりと紅を薄くさしたのは、近々と蓑の手の寄せた提灯の――模様かと見た――朱の映ったのである、……あとで聞くと、朱で、かなだ、「こんばんは」と記したのであった。

このまざまざと口を聞くが、声のない挨拶には誰も口へ出して会釈を返す機を得なかったが、菩薩の称号に、その娘分に続いて、糸七の女房も掌を合わせた。

「南無観世音……」

また繰返しながら、蓑の下の提灯は、洞《ほら》の口へ吸わるる如く、奥在所の口を見るうちに深く入って、肩から裙《すそ》へすぼまって、消えた。

「まるで嘲笑《あざわら》うようでしたな、帰りがけに、またあの梟めが、まだ鳴いています――爺い……老爺らしゅうございましたぜ。……爺も驚きましたろう、何しろ思いがけない雨のやみに第一ご婦人です……気味の悪さに爺もお慈悲を願ったでしょうが、観音様のお庇《かげ》で、此方が助かりました、……一息冷汗になりました。」

するすると車は早い。

「観音様は――男ですか、女でいらっしゃるんでございますか。」

響《ひびき》の応ずる如く、

「何とも言えない、うつくしい女のお姿ですわ。」

と、浅草寺《せんそうじ》の月々のお茶湯日を、やがて満願に近く、三年の間一度も欠かさない姫がいった。

「まったく、そうなんでございますか、旦那。」

「それは、その、何だね……」

いい塩梅《あんばい》に、車は、雨もふりやんだ、青葉の陰の濡色の柱の薄《うつす》り青い、つつじのあかるい旅館の玄関へ入ったのである。

出迎えて口々にお皈《かえ》んなさいましをいうのに答えて、糸七が、

「唯今《ただいま》、夜遊《よあそび》の番傘が皈《もど》りました——熊沢さん、今のはだね、修禅寺の然るべき坊さんに聞きたまえ。」

天狗の火、魔の燈——いや、雨の夜の畷《なわて》で不思議な大きな提灯を視《み》たからと言って敢《あえ》て図に乗って、妖怪を語ろうとするのではない、却《かえ》って、偶然の或《ある》場合にはそれが普通の影象らしい事を知って、糸七は一先《ひとま》ず読《どく》しゃとともに安心をしたいと思うのである。

学問、といっては些《ち》と堅過《かたす》ぎよう、勉強はすべきもの、本は読むべきもので、後日、紀州に棲《す》まるる著名の碩学《せきがく》、南方熊楠《みなかたくまぐす》氏の随筆を見ると、その龍燈に就《つい》て、と云う一章の中に、おなじ紀州田辺の糸川恒太夫《いとかわこうだゆう》という老人、中年まで毎度野諸村を行商した、秋の末らしい……一夜、新鹿村の湊《みなと》に宿る、この湊の川上に浅谷と称《たと》うるのがある、それと並んで二木嶋、片村、曾根と谿谷が続く二谷の間を、古来天狗道と呼んで少からず人の懼《おそ》るる処である。時に糸川老人の宿った夜は恰《あたか》も樹木挫《ひし》折《お》れ、屋根廂《ひさし》の摧《くだけ》飛《と》ばんとする大風雨であった、宿の主とても老夫婦で、客とともに揺れ撓《たわ》む柱を抱き、僅《わずか》に板形の残った天井下の三畳ばかりに立籠《たてこも》った、と聞くさえ、……わけて熊野の僻村らしい…その佗しさが思遣《おもいや》ら

れる。唯、ここに同郡羽鳥に住む老人の一人の甥、茶の木原に住む、その従弟を誘い、素裸に腹帯を緊《し》めて、途中川二つ渡って、伯父夫婦を見舞に来た、宿に着いたのは真夜中二時だ、と聞くさえ、その胆勇殆《たんゆうほとん》ど人間の類でない、が、暴風強雨如法《ぼうふうきょううにょほう》の大闇黒中《だいあんこくちゅう》、かの二谷を呑んだ峯の上を、見るも大なる炬火《きょか》廿《にじゅう》ばかり、烈々として連《つらな》り行くを仰いで、おなじ大暴風雨に処する村人の一行と知りながら、かかればこそ、天狗道の称《いわれ》が起ったのであると悟って話したという、が、或《あるい》は云う処のネルモの火か。

なお当の南方氏である、先年西牟《む》婁《ろ》郡安都ヶ峯下より坂泰《ばんたい》の巓《みね》を踰《こ》え日高丹生川にて時を過ごしすぎられたのを、案じて安堵の山小屋より深切《しんせつ》に多人数で捜しに来た、人数の中に提灯唯一つ灯したのが同氏の目には、ふと炬火数十束一度に併せ燃したほどに大きく見えた、と記されている。しかも嬉しい事には、談話に続けて、続膝栗毛善光寺道中に、落合峠のくらやみに、例の弥次郎兵衛、北八が、つれの猟夫の舌を縮めた天狗の話を、何だ鼻高、さあ出て見ろ、その鼻を引捩《ひきむし》いで小鳥の餌を磨《す》ってやろう、というを待たず、猟夫の落した火縄忽《たちま》ち大木の梢に飛上《とびあが》り、たった今まで吸殻ほどの火だったのが、またたくうちに松明《たいまつ》の大《おおき》さとなって、枝も木の葉もざわざわと鳴って燃上ったので、頭も足も猟師もろとも一縮み、生命ばかりはお助け、と心底から涙……が可笑《おか》しい、櫔面屋《とちめんや》と喜多利屋《きたりや》と、這個《しゃこ》二人の呑気ものが、一代のうちに唯一度であろうと思う……涙を流しつつ鼻高様に恐《おそれ》入《い》った、というのが、いまの南方氏の随筆に引いてある。

夜の燈火は、場所により、時とすると不思議の象《しょう》を現わす事があるらしい。

幸に運転手が猟師でなかった、婦《おんな》たちが真先に梟の鳴声に恐れた殊勝さだったから、大きな提灯が無事に通った。

が、例を引き、因を説き蒙《もう》を啓《ひら》く、大人の見識を表わすのには、南方氏の説話を聴聞することが少しばかり後《おく》れたのである。

実は、怪を語れば怪至る、風説をすれば影がさす——先哲の識語に鑑《かんが》みて、温泉宿には薄暗い長廊下が続く処、人の居ない百畳敷などがあるから、逗留中、取り出ては大提灯の怪を繰返して言出さなかったし、東京に皈《かえ》ればパッと皆消える……日記を出して話した処で、鉛筆の削屑ほども人が気に留めそうな事でない、婦《おんな》たちも、そんな事より釜の底の火移りで翌日のお天気を占う方が忙しいから、ただそのままになって過ぎた。

翌年——それは秋の末である。糸七は同じ場所——三宝ヶ辻の夜目に同じ処におなじ提灯の顕《あら》われたのを視《み》た。——

……そうは言っても第一季節は違う、蛙の鳴く頃ではなし、それにその時は女房ばかりが同伴の、それも宿に留守して、夜歩行《よあるき》をしたのは糸七一人だったのである。

夕餉《ゆうげ》が少し晩《おそ》くなって済んだ、女房は一風呂入ろうと云う、糸七は寐る前にと、その間

をふらりと宿を出た、奥の院の道へ向ったが、

「まず、御一名——今晩は。」

と道しるべの石碑に挨拶をする、微酔《ほろよい》のいい機嫌……機嫌のいいのは、まだ一つ、上等の巻莨《まきたばこ》に火を点けた、勿論自費購求の品ではない、大連に居る友達が土産にくれたのが、素敵な薫りで一人その香を聞くのが惜《おし》い、燐寸《マッチ》の燃えさしは路傍の小流《こながれ》に落したが、さらさらと行く水の中へ、ツと音がして消えるのが耳についたほど四辺は静《しずか》で。……あの釣橋、その三宝ヶ辻——一昨夜、例の提灯の暗くなって隠れた山入の村を、とふと眗《みまわ》したが、今夜は素《もと》より降ってはいない、がさあ、幾日ぐらいの月だろうか、薄曇りに唯茫《ぼう》として、暗くはないが月は見えない、星一つ影もささなかった、風も吹かぬ。

煙草の薫が来たあとへも、ほんのりと残りそうで、袖にも匂う……たまさかに吸ってふッと吹くのが、すらすらと向うへ靡《なび》くのに乗って、畷《なわた》のほの白いのを蹈《ふ》むともなしに、うかうかと前途なるその板橋を渡った。

ここで見た景色を忘れない、苅あとの稲田は二三尺、濃い霧に包まれて、見渡すかぎり、一面の朧《おぼろ》の中に薄煙を敷いた道が、ゆるく、長く波形になって遥々《はるばる》と何処までともなく奥の院の雲の果まで、遠く近く、一むらの樹立《こだち》に絶えては続く。

その路筋を田の畔《あぜ》畷の左右に、一つ、二つ、三つ、四つ、五つ、六つ、七つと順々に数

えるとふわりと霧に包まれて、ぼうと末消《うら》えたのが浮いて出たようにまた一つ二つ三つ四つ五つ、稲塚――その稲塚が、ひょいひょいと、いや、実のあとといえば気は軽いけれども、夜気に沈んだ薄墨の石燈籠の大きな蓋のように何処までも行儀よく並んだのが、中絶えがしつつ、雲の底に姿の見えない、月にかけた果知れぬ八ツ橋の状《さま》に視《なが》められた。

四辺は、ものの、ただ霧の朧《おぼろ》である。

糸七は、そうした橋を渡った処に、うっかり恍惚《うっとり》と彳《たたず》んだが、裙《すそ》に近く流の音が沈んで聞こえる、その沈んだのが下から足を浮かすようで、余り静かなのが心細くなった。

あの稲塚がむくむくと動き出しはしないか、一つ一つ大きな笠を被《かぶ》った狸になって、やがては誘い合い、頷《うなず》きかわし、寄合って手を繋ぎ、振向いて見返るのもあって、けたけたと笑出《わらいだ》したらどうだろう。……それはまだ与《くみ》し易い。宿縁に因《よ》って仏法を信じ、霊地を巡拝すると聞く、あの海豚《いるか》の一群が野山の霧を泳いで順々に朦朧と列を整えて、ふかりふかりと浮いつ沈んつ音なく頭を進めるのに似て、稲塚の藁の形は一つ一つその頂いた幻の大《おおき》な笠の趣がある。……

いや、串戯《じょうだん》ではない、が、ふと、そんな事を思ったのも、余り夜ただ一色の底を、静《しずか》に揺って動く流の音に漾《ただよ》わされて、心もうわの空になったのであろう……と。

何も体裁を言うには当らない、ぶちまけて言えば、馬鹿な、糸七は……狐狸《こり》とは言うまい――あたりを海洋に変えた霧に魅《み》まれそうになったのであろう、そうらしい……で幽谷の蘭の如く、一人で聞いていた、巻莨《まきたばこ》を、其処から引返しざまに流に棄てると、真紅な蕾《つぼみ》が消えるように、水までは届かず霧に吸われたのを確《しか》と見た。が、すぐに踏掛けた橋の土はふわふわと柔かな気がした。

それからである。

かかる折しも三宝ヶ辻で、また提灯に出会った。

もとの三宝ヶ辻まで引返すと、ちょうどいつかの時と殆《ほとん》ど同じ処、その温泉の町から折曲一つ折れて奥の院参道へあらたまる釣橋の袂へ提灯がふうわりと灯も仄白《ほのじろ》んで顕われた。

糸七は立停《たちどま》った。

忽然として、仁王が鷲摑みにするほど大きな提灯になろうも知れない。夜気は――夜気は略《ほぼ》似て居るが、いま雨は降らない、けれども灯の角度が殆ど同じだから、当座仕込の南方学《みなかたがく》に教えられた処によれば、この場合、偶然エルモの火を心して見る事が出来ようと思ったのである。

――違う、提灯が動かない霧に据《すわ》ったままの趣ながら、静《しずか》にやや此方へ近づいたと思うと、もう違うも違いすぎた――そんな、古蓑で頬被《ほっかむ》りをした親爺には似てもつかぬ。髪の艶々《つやつや》と黒いのと、色のうつくしく白い顔が、丈《たけ》だちすらりとして、ほんのり見える。

婦人が、いま時分、唯一人。

およそ、積っても知れるが、前刻、旅館を出てから今になるまで、糸七は人影にも逢わなかった。成程、くらやみの底を抜けば村の地へ足は着こう。が、一里あまり奥の院まで、曠野の杜を飛々《とびとび》に心覚えの家数は六七軒と数えて十《とお》に足りない、この心細い渺漠《びょうばく》たる霧の中を何処へ吸われて行くのであろう。里馴れたものといえば、ただ遥々《はるばる》と畷《なわて》を奥下りに連った稲塚の数ばかりであるのに。――しかも村里の女性の風情では断じてない。

霧は濡色《ぬれいろ》の紗《しゃ》を掛けた、それを透いて、却《かえ》って柳の薄い朧に、霞んだ藍か、いや、淡い紫を掛けたような衣の彩織で、しっとりともう一枚羽織はおなじようで、それよりも濃く黒いように見えた。

時に、例の提灯である、それが膝のあたりだから、褄《つま》は消えた、そして、胸の帯が、空近くして猶且《なおか》つ雲の底に隠れた月影が、其処にばかり映るように艶を消しながら白く光った。

唯、ここで言うのは、言うのさえ、余り町じみるが、あの背負揚《しょいあげ》とか言うものの、灯の加減で映るのだろうか、ちらちらと……いや、霧が凝ったから、花片《はなびら》、緋の葉、そうは散らない、すッすッと細く、毛引《けびき》の雁金《かりがね》を紅で描いたように提灯に映るのが、透通《すきとお》るばかり美しい。

「今晩は。」

この静寂さ、いきなり声をかけて行違《ゆきちが》ったら、耳元で雷……は威《い》がありすぎる、それこそ梟が法螺《ほら》を吹くほどに淑女を驚かそう、黙ってぬっと出たら、狸が泳ぐと思われよう。

ここは動かないでいるに限る。

第一、あの提灯の小山のように明るくなるのを、熟《じっ》として待つ筈だ。

糸七は、嘗《かつ》て熱海にも両三度入湯した事があって、同地に知己の按摩がある。療治が達しゃで、すこし目が見える、夜話が実に巧い、職がらで夜戸出《よとで》が多い、そのいろいろな話であるが、先《ま》ず水口園の前の野原の真中で夜なかであった、茫々とした草の中から、足もとへ、むくむくと牛の突立《つった》つように起上った大漢子《おおおとこ》が、いきなり鼻の先へ大きな握拳《にぎりこぶし》を突《つき》出《だ》した、「マッチねえか。」「身ぐるみ脱ぎます――あなたの前でございますが。……何、この界隈トンネル工事の労働しゃが、酔払って寐ころがっていた奴なんで。しかし、その時は自分でも身に覚えて、がたがたぶるぶると震えてましてな、へい。」まだある、新温泉の別荘へ療治に行った帰《かえ》りがけ、それが、真夜中、時刻もちょうど丑満《うしみつ》であった、来《き》の宮《みや》神社へ上り口、新温泉は神社の裏山に開けたから、帰《かえ》り途《みち》の按摩さんには下口になる、隧道《ずいどう》の中で、今時、何と、丑《うし》の時参詣《ときまいり》にまざまざと出会った。黒髪を長く肩を分けて蓬《おどろ》に捌《さば》いた、青白い、細面《ほそおもて》の婦《おんな》が、白装束といっても、浴衣らしい、寒の中に唯一枚、糸枠に立てると聞いた蠟燭を、裸火で、それを左に灯して、右手に提げたのは鉄槌《てっつい》に違いない。さて、藁人形と思うのは白布で、小箱を包んだのを乳の下鳩尾《みずおち》へ首から釣《つる》した、頰へ乱れた捌髪《さばきがみ》が、その白色を蛇のように這ったのが、あるくにつれて、ぬらぬら動くのが蠟燭の灯の揺れるのに映ると思うと、その毛筋へぽたぽたと血の滴るように見えたのは、約束の口に啣《くわ》えた、その耳まで裂けるという梳櫛《すきぐし》のしかもそれが燃えるような朱塗であった。いや、その姿が真の闇暗《くらやみ》の隧道の天井を貫くばかり、行違《ゆきちが》った時、すっくりと大きくなって、目前を通る、白い跣足《はだし》が宿の池にありましょう、小さな船。あれへ、霜が降ったように見えた、「私は腰を抜かして、のめったのです。あの釘を打込む時は、杉だか、樟《くす》だか、その樹の梢へその青白い大きな顔が乗りましょう。」というのである。

——まだある、秋の末で、その夜は網代《あじろ》の郷《ごう》の旧大荘屋の内へ療治を頼まれた。旗桜の名所のある山越の捷徑《しょうけい》は、今は茅萱《ちがや》に埋もれて、人の往来は殆どない、伊東通い新道の、あの海岸を辿って皈った、その時も夜更《よふけ》であった。

やがて二時か。

もう、網代の大荘屋を出た時から、途中松風と浪ばかり、路《みち》に落ちた緋《あか》い木の葉も動かない、月は皎々昭々《こうこうしょうしょう》として、磯際の巌も一つ一つ紫水晶のように見えて山際の雑樹《ぞうき》が青い、穿《は》いた下駄の古鼻緒も霜を置くかと白く冴えた。

……牡丹は持たねど越後の獅子は……いや、そうではない、嗜《たしなみ》があったら、何とか石橋《しやつきよう》でも口誦《くちずさ》んだであろう、途中、目の下に細く白浪の糸を乱して崖に添って橋を架けた処がある、その崖には滝が掛《かか》って橋の下は淵になった所がある、熱海から網代へ通る海岸の此処は言わば絶所である。按摩さんがちょうどその橋を渡りかかると、浦添《うらぞえ》を曲る山の根に突出《つきで》た巌膚《いわはだ》に響いて、カラカラコロコロと、冴えた駒下駄の音が聞こえて、ふと此方の足の淀む間に、その音が流れるように、もう近い、勘でも知れる、確《たしか》に若い婦《おんな》だと思うと悚然《ぞっ》とした。

寐鳥《ねどり》の羽音一つしない、かかる真夜中に若い婦《おんな》が。按摩さんには、それ、嘗《かつ》て丑《うし》の時詣《まいり》のもの凄い経験がある、そうではなくても、いずれ一生懸命の婦《おんな》にも突詰《つきつ》めた絶壁の場合だと思うと、忽《たちま》ち颯《さつ》と殺気を浴びて、あとへも前《さき》へも足が縮《き》んだ、右へのめれば海へ転《らん》がる、左へ転べば淵へ落ちる。杖を両手に犇《ひし》と摑んで根を極め、がッしりと腰を据え、欄干《かん》のない橋際を前へ九分ばかり譲って、其処をお通り下さりませ、で、一分だけわがものに背筋へ滝の音を浴びて踞《しやが》んで、うつくしい魔の通るのを堪《こら》えて待ったそうである。それがまた長い間なのでございますよ、あなたの前でございますが。カラン、コロンが直《じ》き其処にきこえたと思いましたのが、実はその何とも寂然《しん》とした月夜なので、遠くから響いたので、御本体は遥《はるか》に遠い、お渡りに手間が取れます、寒さは寒し、さあ、そうなりますと、がっがっごうごうという滝の音ともろともに、ぶるぶるがたがたと、ふるえがとまらなかったのでございますが、話のようで、飛んでもない、何、あなた、ここに月明《つきあかり》に一人、橋に噛りついた男が居るのに、そのカラコロの調子一つ乱さないで、やがて澄《す》まして通過《とおり》すぎますのを、さあ、鬼か、魔か、と事も大層に聞こえましょうけれども、まったく、そんな気がいたしましてな、千鈞《せんきん》の重さで、すくんだ頸首《くび》へ獅噛《しが》みついて離れようとしません、世間様へお附合ばかり少々櫛目を入れましたこの素頭《すあたま》を捻向《ねじむ》けて見ました処が、何と拍子ぬけにも何にも、銀杏返《いちょうがえし》の中背の若い婦《おんな》で……娘でございますよ、妙齢の——姉さん、姉さん——私は此方が肝を冷しましただけ、余りに対手《あいて》の澄して行くのに、口惜くなって、——今時分一人で何処へ行きなさる、——いいえ、あの、網代へ皈《かえ》るんでございますと言います、農家の娘で、野良仕事の手伝を済ました晩過ぎてから、裁縫のお稽古に熱海まで通うんだとまた申します、痩せた按摩だが、大の男だ、それがさ、活きた心地はなかった、というのに、お前さん、いい度胸だ、よく可怖《こわ》くないね、といいますとな、おっかさんに聞きました、簪《かんざし》を逆手に取れば、婦《おんな》は何にも可恐《こわ》くはないと、いたずらをする奴の目の球を狙うんだって、キラリと、それ、ああ、危い、この上目を狙われて堪《たま》るもんでございますか、もう片手に抜いて持っていたでございますよ、串戯《じょうだん》じゃありません、裁縫がえりの網代の娘と分っても、そのうつくしい顔といい容子《ようす》といい、月夜の真夜中、折からと申し……といって揉み分けながらその聞手《ききて》の糸七の背筋へ頭を下げた。観音様のお腰元か、弁天様のお使姫、当の娘の裁縫というのによれば、そのまま天降《あまくだ》った織姫のよう思われてならない、というのである。

こうしたどの話、いずれの場合にも、あってしかるべき、冒険の功名と、武勇の勝利がともなわない、熱海のこの按摩さんは一種の人格しゃと言ってもいい、学んでしかるべしだ。

——処《ところ》で、いま、修禅寺奥の院道の三宝ヶ辻に於ける糸七の場合である。夜の霧なかに、ほのかな提灯の灯とともに近づくおぼろにうつくしい婦《おんな》の姿に対した。糸七はそのまま人格しゃの例に習った、が、按摩でないだけに、姿勢は渠《かれ》と反対に道を前にして洋杖《ステツキ》を膝に取った、突出《つきだ》しては通る人の裳《もすそ》を妨げそうだから。で、道端へ踞《しやが》んだのである。

がさがさと、踞込《しやがみこ》む、その背筋へ触るのが、苅残《かりのこ》しの小さな茄子畠で……そういえば、いつか番傘で蛙を聞いた時ここに畝《うね》近く蚕豆《そらまめ》の植っていたと思う……もう提灯が前を行く……その灯とともに、枯茎に残った渋い紫の小さな茄子が、眉をたたき耳を打つ礫《つぶて》の如く目を遮るとばかりの隙《ひま》に、婦の姿は通過《とおりす》ぎた。

や、一人でない、銀杏返《いちようがえ》しの中背なのが、添並《そいなら》んでと見送ったのは、按摩さんの話にくッつけた幻覚で、無論唯一人、中背などというよりは、すっとすらりと背が高い、そして、気高く、姿に威がある。

その姿が山入《やまいり》の真暗な村へは向かず、道の折めを、やや袖ななめに奥の院へ通う橋の方へ、あの、道下り奥入りに、揃えて順々に行方も遥かに心細く思われた、稲塚の数も段々に遠い処へ向ったのである。

釣橋の方からはじめは左の袖だった提灯が、そうだ、その時ちらりと見た、糸七の前を通る前後を知らぬ間に持替《もちか》えたらしい、いまその袂に灯《とも》れる。

その今も消えないで、反《かえ》って、色の明くなった、ちらちらと映る小さな紅は、羽をつないで、二つつづいた赤蜻蛉《あかとんぼ》で、形が浮くようで、沈んだようで、ありのままの赤蜻蛉か、提灯に描いた画か、見る目には定まらないが、態《すがた》は鮮明に、その羽摺れに霧がほぐれるように、尾花の白い穂が靡《なび》いて、幽《かすか》な音の伝うばかり、二つの紅い条《すじ》が道芝の露に濡れつつ、薄い桃色に見えて行く。

（「文藝春秋」昭和十四年十一月号）

幼《おさな》い頃《ころ》の記《き》憶《おく》

人から受けた印象と云うことに就《つ》いて先《ま》ず思い出すのは、幼い時分の軟らかな目に刻み付けられた様々な人々である。

年を取ってからはそれが少い。あってもそれは少年時代の憧《あこが》れ易い目に、些《ちょ》っと見た何の関係もない姿が永久その記憶から離れないと云うような、単純なものではなく、忘れ得ない人々となるまでに、いろいろ複雑した動機なり、原因なりがある。

この点から見ると、私は少年時代の目を、純一無雑な、極《ご》く軟らかなものであると思う。どんな些《ちょ》っとした物を見ても、その印象が長く記憶に止まっている。大人となった人の目は、もう乾《ひ》からびて、殻が出来ている。余程《よほど》強い刺撃《しげき》を持ったものでないと、記憶に止まらない。

私は、その幼い時分から、今でも忘れることの出来ない一人の女のことを話して見よう。

何処《どこ》へ行く時であったか、それは知らない。私は、母に連れられて船に乗っていたことを覚えている。その時は何と云うものか知らなかった。今考えて見ると船だ。汽車ではない、確かに船であった。

それは、私の五つぐらいの時と思う。未だ母の柔らかな乳房を指で摘《つま》み摘みしていたように覚えている。幼い時の記憶だから、その外《ほか》のことはハッキリしないけれども、何でも、秋の薄日の光りが、白く水の上にチラチラ動いていたように思う。

その水が、川であったか、海であったか、また、湖であったか、私は、今それをここでハッキリ云うことが出来ない。兎《と》に角《かく》、水の上であった。

私の傍には沢山《たくさん》の人々が居た。その人々を相手に、母はさまざまのことを喋っていた。私は、母の膝に抱かれていたが、母の唇が動くのを、物珍らしそうに凝《じ》っと見ていた。その時、私は、母の乳房を右の指にて摘んで、ちょうど、子供が耳に珍らしい何事かを聞いた時、目に珍らしい何事かを見た時、今迄貪《むさぼ》っていた母の乳房を離して、その澄んだ瞳を上げて、それが何物であるかを究《きわ》めようとする時のような様子をしていたように思う。

その人々の中に、一人の年の若い美しい女の居たことを、私はその時偶《ふ》と見出した。そして、珍らしいものを求める私の心は、その、自分の目に見慣れない女の姿を、照れたり、含恥《はにか》んだりする心がなく、正直に見詰めた。

女は、その時は分らなかったけれども、今思ってみると、十七ぐらいであったと思う。

如何《いか》にも色の白かったこと、眉が三日月形に細く整って、二重瞼《ふたえまぶた》の目が如何にも涼しい、面長な、鼻の高い、瓜実顔《うりざねがお》であったことを覚えている。

今、思い出して見ても、確かに美人であったと信ずる。

着物は派手な友禅縮緬《ゆうぜんちりめん》を着ていた。その時の記憶では、十七ぐらいと覚えているが、十七にもなって、そんな着物を着もすまいから、或《あるい》は十二三、せいぜい四五であったかも知れぬ。

兎《と》に角《かく》、その縮緬の派手な友禅が、その時の私の目に何とも言えぬ美しい印象を与えた。秋の日の弱い光りが、その模様の上を陽炎《かげろう》のようにゆらゆら動いていたと思う。

美人ではあったが、その女は淋しい顔立ちであった。何所《どこ》か沈んでいるように見えた。人々が賑《にぎ》やかに笑ったり、話したりしているのに、その女のみ一人除け者《のけもの》のようになって、隅の方に坐って、外《ほか》の人の話に耳を傾けるでもなく、何を思っているのか、水の上を見たり、空を見たりしていた。

私は、その様を見ると、何とも言えず気の毒なような気がした。どうして外《ほか》の人々はあの女ばかりを除《の》け者にしているのか、それが分らなかった。誰かその女の話相手になって遣《や》れば好《よ》いと思っていた。

私は、母の膝を下りると、その女の前に行って立った。そして、女が何とか云ってくれるだろうと待っていた。

けれども、女は何とも言わなかった。却《かえ》ってその傍に居た婆さんが、私の頭を撫でたり、抱いたりしてくれた。私は、ひどくむずがって泣き出した。そして、直ぐに母の膝に帰った。

母の膝に帰っても、その女の方を気にしては、能《よ》く見返り見返りした。女は、相変らず、沈み切った顔をして、あてもなく目を動かしていた。しみじみ淋しい顔であった。

それから、私は眠って了《しま》ったのか、どうなったのか何の記憶もない。

私は、その記憶を長い間思い出すことが出来なかった。十二三の時分、同じような秋の夕暮、外口の所で、外の子供と一緒に遊んでいると、偶《ふ》と遠い昔に見た夢のような、その時の記憶を喚《よ》び起《おこ》した。

私は、その時、その光景や、女の姿など、ハッキリとした記憶をまざまざと目に浮べて見ながら、それが本当にあったことか、また、生れぬ先にでも見たことか、或は幼い時分に見た夢を、何かの拍子に偶《ふ》と思い出したのか、どうにも判断が付かなかった。今でも矢《や》張《は》り分らない。或《あるい》は夢かも知れぬ。けれども、私は実際に見たような気がしている。その場の光景でも、その女の姿でも、実際に見た記憶のように、ハッキリと今でも目に見えるから本当だと思っている。

夢に見たのか、生れぬ前に見たのか、或は本当に見たのか、若《も》し、人間に前世の約束と云うようなことがあり、仏説などに云う深い因縁があるものなれば、私は、その女と切るに切り難い何等かの因縁の下に生れて来たような気がする。

それで、道を歩いていても、偶《ふ》と私の記憶に残ったそう云う姿、そう云う顔立ちの女を見ると、若《も》しや、と思って胸を躍らすことがある。

若《も》し、その女を本当に私が見たものとすれば、私は十年後か、二十年後か、それは分らないけれども、兎《と》に角《かく》その女にもう一度、何所《どこ》かで会うような気がしている。確かに会えると信じている。


（「新文壇」第七巻第二号 明治四十五年四月）

編者解説

東 雅夫

世に、怪談の名品を残した文豪は数多《あまた》あるけれども、もっぱら怪談・怪奇幻想小説ばかりを手がけながら、文壇に独自の地歩を築き、後続作家から敬愛を寄せられ、後にはみずから文豪と呼ばれるに至った作家となると、はなはだ数少ないように思われる。

その稀有《けう》なる作家の筆頭に挙げるべきが、わが泉鏡花である。

敬慕する師・尾崎紅葉ひきいる硯友社の一員として明治後期の文壇にデビューして以来、鏡花は「日本語のもっとも奔放な、もっとも高い可能性を開拓し、講談や人情話などの民衆の話法を採用しながら、海のように豊富な語彙で金石の文を成し、高度な神秘主義と象徴主義の密林へほとんど素手で分け入った」（三島由紀夫『作家論』所収「尾崎紅葉 泉鏡花」）とも評される天賦の筆力を思うさま駆使して、怪異幻妖の翳《かげ》ただならぬ長短の小説や戯曲を、明治・大正・昭和の三代にわたり、一種職人的な勤勉さをもって、悠然と書き継いだのであった。

いま試みに、長短合わせて三百篇を超えるその全作品中から、超自然のモチーフに関わる作品を抽《ぬ》き出してみたところ、ざっと二百篇に達するを得た。かれこれ半世紀に及ぶ文筆活動期間中に生みだされた全文業のうち、実に三分の二近くを怪奇幻想作品が占めていたことになる。みずから「おばけずき」をもって認じ、「僕は明《あきら》かに世に二つの大《おおい》なる超自然力のあることを信ずる。これを強いて一纏《ひとまと》めに命名すると、一を観音力《かんのんりき》、他を鬼神力《きじんりき》とでも呼ぼうか、共に人間はこれに対して到底不可抗力のものである」(「おばけずきのいわれ少々と処女作」)と断言して憚《はばか》らなかった作者の面目躍如たるものがあろう。

鏡花のおばけずき=怪談偏愛が骨身に徹していたことは、たとえば最近になって復刻された、次のような資料の一節からも察することができる。明治四十二年(一九〇九)十一月、文芸革新会の一員として、後藤宙外、笹川臨風らと関西へ講演旅行に出かけた際、名古屋御園座で演壇に立ったときの談話である(『新編泉鏡花集　別巻一』所収「文芸雑感」)。

講演の類が大の苦手であった鏡花は、満座の聴衆を前に演説逃れの言い訳を、あれこれと並べ立てたあげく――

「余り気が利きませぬからお化《ばけ》の談《はなし》、怪談でもやれと仰有《おつしや》るが、一寸《ちよつと》見まして二千人もお出《いで》なさる事ですからこれも物にならぬ、怪談をしましてもお化の方から退散する、何しろ三千人《ママ》もおられる事ですから、私《わたくし》などは目が暗《くら》んでボウボウとなります。

昨年御当地では御馴《おなじみ》客の喜多村緑郎《ろくろう》君と布袋六《ほてろく》などなど向島《むこうじま》に来まして……向島は江戸で一番閑静なところであります、その向島で怪談をやった事があります、ちょうど五十人余り集《あつま》りました、私どもがその家《うち》に行きますと女中共がお化《ばけ》のお入《い》りだの、お化の御連中などなど随分酷い事を申しました」

すでに文壇で、怪談語りが鏡花の十八番と認知されていたことを窺わせるような発言ではあるまいか。ちなみに、後段で言及されている向島の怪談会とは、明治四十一年（一九〇八）七月十一日に向島有馬温泉で催された有名な「化物会」のことで、その模様は「読売新聞」七月十三日付紙面にて紹介されている（『新編泉鏡花集　別巻二』所収の吉田昌志氏作成による「年譜」より教示を得た）。これまた貴重な資料なので、次にその全文を掲げておこう。

一昨夜の化物会

▲十一日の夜十一時、向島の有馬《ありま》温泉で化物会が催された。近頃変な趣興《しゆこう》と思われて、記者も行って見ようと云う気になった。けれど夜の十一時、向島の辺避《へんぴ》、しかも行く先

は化物会、何だか可嫌《いや》な気持ちのせぬでもないので、社の給仕を伴《とも》として出掛けた。

▲雷門《かみなりもん》で電車を降り、吾妻橋を渡り、言問《こととい》の辺《あたり》の夜の景は風なぎていとど寂《しずか》に感じられた。淋しい小路《こみち》を下《お》りて心配しながら歩み歩み、ようやく無事に有馬温泉へ着いたのは十一時頃であった。銀座に住む者、たまにこんな所へ来ると俗胆《ぞくたん》を拭《ぬぐ》うに足る。その朧月夜《おぼろづきよ》の天《そら》ほんのりと閑《のどか》に、蛙《かわず》の鳴く音《ね》も風雅の心地して。

▲十二時頃、会集打ち揃う。十畳の二《ふた》座敷におよそ五十名列《なら》ぶ。夜十一時開会の挨拶あって互自《てんで》に趣興《しゅこう》したるおみやを開く。最も奇抜だったのは白布《しろぬの》で蓋《おお》うたる柩《ひつぎ》の打ち開け見れば、函入りのビールであったことだ。是には皆《みんな》が泡喰ったのも無理はない。

▲床の間に幽霊の軸掛かり、電燈消えて蠟燭の火幽《かすか》に人の面影を示す下《もと》、化物物語が始まった。鬼気人を襲う筈なのが、五十人の多勢だからさほど恐怖《こわ》くも思わない。ただ下《した》座敷の四畳半に蚊帳が吊られて凄い幽霊の掛物《かけもの》の前、行燈《あんどう》の下《もと》へ、三階から一人宛《ずつ》行って名前を書くことは随分おっかない不可《いや》な感じをさせた。

▲物語りは種々様々で、一として怪ならざるなく妖ならざるなくで、哲学上心理学上研究の価《あたい》ある者のあったようだけれど、記者はうつらうつらと居眠りながら聴いていたので、夜の明けると共に忘れて仕舞《しも》うた。

▲四時、夜明け始めて有馬温泉の蓮の池を眺め、来会者のお顔を見合う。まず目立った

のは喜多村緑郎、伊井蓉峯、泉鏡花、柳川春葉、神林周道、しぐれ女史（＝長谷川時雨）などであった。しぐれ女史、二時の頃怪談を試む。弁舌爽《さわやか》なり。文筆を嗜《たしな》むの女性としては容色また中々に棄て難しと見た。

▲朝の風に吹かれつつビール正宗、さて蓮飯に夜来の陰気も陽気に復《かえ》り、五時頃思い思いに去る。記者は言問より渡舟《わたしぶね》で今戸へ送られた。墨田川の得も云われぬ朝の景は、最《も》早《はや》化物をも幽霊をも思い出さしめなかった。されど化物会がかく珍に振《ふる》ったのも化物会主の骨折《ほねおり》と云わねばならぬ。

さて、このとき参会者により語られた怪談話を一素材として編纂されたと推測されるのが、明治四十二年（一九〇九）十月に東京の柏舎書楼から上梓された『怪談会』という書物である。

巻頭に泉鏡花による格調高き序文を掲げ、右の記事中に言及されたほか、小山内薫、水野葉舟、鏑木清方、鰭崎英朋、尾上梅幸ら総勢二十二名の文人墨客が名を連ねるこの稀書は、明治末期の文壇における怪談ブームの熱気を今に伝えるとともに（その詳細については拙編著『泉鏡花〈怪談会〉全集』春陽堂書店を参照されたい）、著名人の実話を蒐《あつ》めた百物語形式による怪談本の嚆矢《こうし》というべき歴史的意義を有する一巻としても記憶されている。

この化物会あたりを一契機として、鏡花は好んでお化け関連の集いに列席し、ナマの怪談話に興じるようになる。みずからのホームグラウンドたる鏡花会でも、即席の百物語が挙行されるかと思えば（明治四十四年五月、於箱根塔ノ沢。寺木定芳『人間泉鏡花』を参照）、大正三年（一九一四）には、長野で開催された幽霊会（三月）や、京橋の画廊が主催した妖怪画展覧会と怪談会（七月）に相次ぎ関与するといった具合である。

また、「怪談会」（「新小説」大正十三年四月号・五月号掲載）や「幽霊と怪談の座談会」（「主婦之友」昭和三年八月号掲載）などの雑誌企画にも、同好の士とともに参加している。ここでは、怪談趣味の盟友たる柳田國男や長谷川時雨も同席した「幽霊と怪談の座談会」の中から、鏡花本人の語り口を髣髴《ほうふつ》させる一節を掲げてみよう。

泉 その途端に、ばたばたと廊下を走る女の足音がして、慌《あわただ》しく入って来たのは受持《うけもち》の看護婦でした。「奥様、何か変ったことはありませんか。」と、息をはずませて訊ねるので、お照《てる》さんは、「別に何ともありません。」看護婦が、ほっとしたような顔附《かおつき》で、「実は、今、奥様のお部屋から、誰か出たような気配がしましたので、変だ……と思っておりましたら、一つおいた次の病室の患者さんが、突然、天井を指《ゆび》さして、「何か来た。

何か来た。」と譫言《うわこと》を言いながら、息を引き取られました。」と話したそうです。これには流石《さすが》のお照さんも、思わずぞっとしたということです。

これは鏡花とも親交深い日本画家・鏑木清方の細君・照が、産褥で入院中に体験した怪異の結末部なのだが、本書をすでに読み了《お》えられた方なら、鏡花がこの怪談実話を巧みに自家薬籠中のものとして、余情纏綿たる一篇の怪談小説を生みだしていることにもお気づきだろう(「浅茅生」参照)。

さて、ちくま文庫からは、すでに種村季弘編『泉鏡花集成』全十四巻が刊行されて版を重ねている。

先述の化物会の情景を偲ばせるような百物語小説の逸品「吉原新話」や、『怪談会』所載の実話にもとづく「海異記」、怪猫小説の雄篇「悪獣篇」ほかを収める第四巻、怪談としてのみならず全鏡花作品中の最高峰に推す向きも少なくない「春昼・春昼後刻」と「草迷宮」の二大傑作に、水妖譚の佳品「沼夫人」と嗜虐幻想の極致「星女郎」を加えた第五巻などは、そのまま「鏡花怪談傑作選」と称するにふさわしい。

しかしながら、こと怪談文芸の観点から眺めるとき、鏡花小説の沃野には、『泉鏡花集成』はもとより他社の文庫にも採録されたことのない知られざる名作佳品が、まだまだ埋もれているとおぼしい。本書にはその中から、とりわけ恐怖と戦慄と憧憬に満ちた鏡花怪異譚の粋を選りすぐって収めた（初文庫化作品多数！）。

「高桟敷」から「尼ケ紅」までの前半五篇は、ストレートな怪談小説、鏡花流モダン・ホラーともいうべき作品群である。「高野聖」や「眉かくしの霊」あるいは「草迷宮」や「春昼」といった代表作の洗煉を極めた幻想美の世界とは著しく肌合いを異にする、ことさらに生理的嫌悪感を掻きたて不条理な嗜虐趣味に充ち満ちた趣向の容赦ない釣瓶打ちには、鏡花云うところの「鬼神力」――魔性のもののグロテスクな跳梁を目の当たりにさせるかのごとき凄味があろう。

一方、「菊あわせ」「霰ふる」「甲乙」の後半三篇と、巻末に収めた最初期と最晩年の未定稿およびエッセイには、これまた作者云うところの「観音力」――亡き母への思慕に由来する遥けき聖性への憧れが、あえかに揺曳《ようえい》しているように感じられる。

前世へ、はたまた黄泉路《よみじ》へと連なるかのごとき真闇の中にたたずむ妖しの美女――デビユーから程なくして書かれた（おそらくは『やまと新聞』の『百物語』連載記事に刺戟されて……）「黒壁」から、没後、篋底《きょうてい》より発見された「遺稿」まで、その作家的生涯を通じて、あたかも金太郎飴さながら繰り返し作中に出没する「女怪幻想」こそは、恐ろしくも慕わしい、鏡花にとっての怪談的原風景にほかなるまい。

【後記——再刊にあたって】

本書は二〇〇六年十月、ちくま文庫の〈文豪怪談傑作選〉第四巻として刊行され第四刷まで重ねたが、その後、品切・絶版となって久しかった。文庫化初収録作品多数ということで、その後も同書を求める声は絶えず、このほど双葉社の御厚意により復刊に至ったことは、まことに悦ばしい。筑摩書房、双葉社両社の御理解と御協力に深く謝意を表する次第である。

（編者しるす）

二〇二一年八月

本書には、今日の観点からすると、偏見や差別的、及び考慮すべき表現が含まれておりますが、本書収録の作品は執筆当時の時代を反映しており、その制約から逃れられない、また、削除改変することが差別意識の解消にはつながらない、との観点から、底本のままとしました。よろしくご理解のほどお願いいたします。

（編集部）

本作品は二〇〇六年十月、ちくま文庫から刊行された
『泉鏡花集 黒壁』を改題し新たに編者解説を収録しました。

双葉文庫

ふ-32-04

文豪怪奇《ぶんごうかいき》コレクション
耽美《たんび》と憧憬《しょうけい》の泉鏡花《いずみきょうか》〈小説篇〉

2021年9月12日　第1刷発行

【著者】
泉鏡花《いずみきょうか》
【編者】
東雅夫《ひがしまさお》
【発行者】
箕浦克史
【発行所】
株式会社双葉社
〒162-8540 東京都新宿区東五軒町3番28号
［電話］03-5261-4818（営業）　03-5261-4831（編集）
www.futabasha.co.jp（双葉社の書籍・コミックが買えます）
【印刷所】
大日本印刷株式会社
【製本所】
大日本印刷株式会社
【カバー印刷】
株式会社久栄社
【DTP】
株式会社ビーワークス

【フォーマット・デザイン】
日下潤一

ISBN978-4-575-52500-7 C0193
Printed in Japan

文豪怪奇コレクション

幻想と怪奇の夏目漱石

東雅夫 編

国民的文豪の知られざる魅力を、この一冊に凝縮。妖怪俳句や怪奇新体詩などレアな作品も多数収録!

文豪怪奇コレクション

猟奇と妖美の江戸川乱歩

東雅夫 編

残虐への郷愁に満ちた闇黒耽美な禁断の名作を総てこの一冊に凝縮。文庫初収録「夏の夜ばなし—幽霊を語る座談会」

文豪怪奇コレクション

恐怖と哀愁の内田百閒

東雅夫 編

史上最恐の怪談作家が遺したいちばん怖い話のアンソロジー。磨き抜かれた文体が織りなす恐怖と哀愁の魔界を堪能せよ！

怪談と名刀

本堂平四郎 著
東雅夫 編

名刀妖刀にまつわる怪談奇聞の数々を、物語的興趣を湛えて活写。昭和十年初刊行以来、史上初の再編復刊！